Caroline Fyffe
Was der Wind uns bringt

AF202823

Montlake
Romance

Das Buch

In der Freiheit und Ungezähmtheit des Wilden Westens erblüht die Liebe an den unwahrscheinlichsten Orten ...

Als der Mann vom Waisenhaus Chase Logan fälschlicherweise für Jessie Strongs Ehemann hält, ist das Mindeste, was Chase tun kann, Jessie zu helfen, das Kind zu adoptieren, das sie sich so sehr wünscht und das ihre einzige Familie in der Wildnis von Wyoming sein wird. Drei Tage sind alles, worum sie ihn bittet. Drei Tage, in denen er so tun soll, als liebte er eine Frau, die anders ist als alle anderen, die er bisher gekannt hat ...

Jessie weiß, dass es schlicht Ritterlichkeit ist, die Chase Logan dazu bringt, zu ihrer Rettung zu kommen, als die kleine Sarah vor der Tür steht. Ein Mann wie er ist nicht dafür gemacht, sesshaft zu werden. Er ist so wild wie das Land, das er durchstreift. Sie sollte es besser wissen, als einem Fremden zu vertrauen und sich nach einer Familie und dem Leben mit jemandem zu sehen, den sie kaum kennt. Aber trotzdem wagt sie zu hoffen, dass Chase Logan vielleicht doch der Mann sein könnte, der dazu bestimmt ist, all ihre Träume wahr werden zu lassen.

Die Autorin

Die USA-Today-Bestsellerautorin Caroline Fyffe wurde in Waco, Texas geboren, die erste von vielen Städten, die während der Zeit, in der ihr Vater bei der US Air Force war, ihre Heimat wurden. Von Kindheit an Pferdenärrin machte sie einen BA in Kommunikationswissenschaft an der California State University in Chico, bevor sie sich zwanzig Jahre lang ihrer Karriere als Pferdefotografin widmete.

Mit dem Schreiben begann sie an den langen Tagen in der Showarena und ließ dabei ihre Liebe zu Pferden und dem Wilden Westen in eine Reihe von Western-Historicals einfließen. Ihr erster Roman »Where the Wind Blows« hat den begehrten Golden Heart Award der *Romance Writers of America* gewonnen sowie den *Wisconsin RWA's Write Touch Readers' Award*.

Zusammen mit ihrem Mann, mit dem sie zwei erwachsene Söhne hat, lebt sie in Kentucky.

CAROLINE FYFFE

Was der Wind uns bringt

ROMAN

Übersetzt von Stella Glasson

Kapitel 1

Wyoming 1878

Chase Logan nahm den Hut ab und fuhr sich mit der Hand durchs Haar, spürte, wie es auf den Kragen seines Ledermantels fiel. Wie zum Teufel sollte er Mrs Strong bloß die Nachricht überbringen? Was, wenn sie in Ohnmacht fiel oder, noch schlimmer, zu weinen anfing? Mit Frauen hatte er nur wenig Erfahrung. Jedenfalls mit anständigen. Er stützte die Hände auf den glatten Lederknauf des Sattels und starrte in das Tal hinab, in dem sein Ziel lag. Wenn aus dem Schornstein kein Rauch aufgestiegen wäre, hätte er geglaubt, eine verlassene Hütte vor sich zu haben.

Sich hierzu bereit zu erklären war das Dümmste, was er je getan hatte. Wieso hatte er sich nur dazu überreden lassen? Zu dem Zeitpunkt war es ihm vorgekommen, als wäre das Versprechen, Nathans Frau die Botschaft zu überbringen, keine große Sache. Er wollte sowieso nach Cheyenne, käme beinahe an der Hütte vorbei. Also kein großer Umweg. Aber nun, wo er hier war …

Er schüttelte den Kopf. Es hatte keinen Sinn, den unliebsamen Auftrag vor sich herzuschieben. Besser, er brachte es gleich hinter sich und machte sich wieder auf den Weg.

Während die Sonne hinter der zerklüfteten schwarzen Silhouette eines Berges verschwand, ritt Chase langsam den gewundenen Weg ins Tal hinunter. Golden spiegelte sich das Licht in den tief hängenden Wolken, malte rosa und gelbe Streifen an den grauen Himmel, die sich zu einem zarten Muster verwoben. Chase legte sich den schweren Kragen seines Ledermantels fester um den Hals und zog die Schultern hoch, um sich gegen das windige Oktoberwetter zu wappnen. Die Nacht würde kalt werden.

Als er bei der Behausung angekommen war, hielt er sich länger als nötig mit seinem Pferd auf. Doch schließlich ging er über den Hof zur Tür und klopfte an. Durch das Holz hörte er das metallische Klicken einer Waffe, die entsichert wurde.

»Wer ist da?«, ertönte zögernd eine weibliche Stimme.

»Mein Name ist Chase Logan. Ich habe eine Nachricht für Mrs Strong. Sind Sie das?«

»Ja«, antwortete sie nach einer kurzen Pause.

Chase' Brust schnürte sich zusammen. Er war sich nicht sicher, ob er die Angst der Frau nachempfand oder ob es seine eigene war.

»Sagen Sie, was Sie zu sagen haben, Mister.«

»Nathan und ich haben auf derselben Ranch gearbeitet«, erklärte er, während er noch immer auf die alten Bretter unmittelbar vor seinem Gesicht starrte. »Es wäre einfacher, wenn wir miteinander reden könnten, ohne dass da eine Tür zwischen uns ist.« Er wartete, spürte die beißende Kälte an den Ohren.

Es blieb still. Chase ließ den Blick über den verlassenen Hof schweifen, gab der Frau so viel Zeit, wie sie brauchte. Langsam verstrichen die Augenblicke. Endlich wurde die Tür entriegelt, und sie öffnete sich mit einem leisen Knarren, gerade weit genug, um die Mündung eines Gewehrlaufs durchzulassen.

»Meinen Sie, Sie könnten die Waffe runternehmen, Ma'am, und die Tür aufmachen? Ich will Ihnen nichts Böses. Ich bin ein Freund Ihres Ehemannes.«

Es schien eine Ewigkeit zu dauern, bevor der Gewehrlauf langsam zurückgezogen wurde. Mit einem protestierenden Quietschen schwang die Tür auf und gab die Sicht in einen Raum frei, in dem sich mehrere Holzstühle und ein Tisch befanden. Auf einem verblichenen kleinen Flickenteppich vor dem Kamin stand ein Schaukelstuhl und einsam an der Wand ein kleiner Schrank. Der Geruch nach Holzfeuer lag in der Luft und der wundervolle Duft frisch gebackenen Brotes, der dem Zimmer eine warme, heimelige Atmosphäre verlieh. Chase spürte, wie sein Magen knurrte.

»Na gut, da Sie ja mit Nathan befreundet sind, ist es wohl in Ordnung, wenn Sie reinkommen«, lenkte Mrs Strong ein und trat hinter der Tür hervor.

Chase wandte den Blick von dem runden Eisenofen ab, auf dem etwas vor sich hin köchelte. Er schaute zu dem Mädchen – nein, es war eine Frau, die da vor ihm stand. Sehr jung, als gehöre sie eigentlich noch nach Hause zu ihren Eltern, wo sie auf ihre jüngeren Geschwister aufpasste. Zu jung, um hier allein zu leben, um Nathans Frau zu sein – die Frau eines Mannes, der bestimmt doppelt so alt war wie sie.

Auch ihre Schönheit überraschte ihn. Das seidige weißblonde Haar fiel ihr in dicken Strähnen über den Rücken. Ihre Augen waren blauer als der Himmel über Wyoming, und in ihnen konnte er lesen, dass sie schon wusste, welche Nachricht er ihr zu überbringen hatte. Ihr Blick war unergründlich und traurig.

»Sie sind Nathans Frau?« Fragend zog er eine Augenbraue hoch.

»Mit der wollten Sie doch sprechen, oder?« Ein kleines Lächeln umspielte ihre Mundwinkel.

»Ja, Ma'am. Ich hatte nur niemanden … in Ihrem Alter erwartet.«

Mrs Strong hob das Kinn. »Setzen Sie sich hier an den Tisch, Mr Logan. Eine Tasse Kaffee wird Ihnen sicher guttun und Sie aufwärmen.«

Unruhig trat Chase von einem Fuß auf den anderen. Er spielte nervös an seinem Hut herum, bis der ihm aus den Händen glitt und auf den Boden fiel. Schnell hob er ihn auf. Ihm war unangenehm warm, obwohl es ein so kalter Abend war.

Aus einer alten Emaillekanne goss die Frau zwei Tassen Kaffee ein. Ihre Hände zitterten leicht.

»Sie haben eine Nachricht von Nathan für mich, sagen Sie?«

Chase schluckte. Es war besser, das Ganze rasch hinter sich zu bringen. »Ja, Ma'am. Es tut mir leid, dass gerade ich Ihnen das mitteilen muss, das dürfen Sie mir glauben, aber«, wieder musste er schlucken, »Nathan ist tot.«

Mrs Strong stand ihm gegenüber. Nur ihr Brustkorb hob und senkte sich, ansonsten blieb sie völlig reglos. Chase wünschte, er wäre weit weg von hier.

»Was ist passiert?«, flüsterte sie.

»Nun …«, murmelte Chase und versuchte abzuwägen, was er am besten antworten sollte. Ihr ernster Blick suchte seinen. Auch wenn er sich für einen ziemlich anständigen Kerl hielt, zumindest im Vergleich zu anderen, die er kannte, kam es nicht infrage, ihr zu erzählen, was sich wirklich zugetragen hatte. Dass Nathan bei einer Auseinandersetzung in einer Bar umgekommen war, im Streit um ein Pokerspiel, mit einem Saloon-Mädchen auf dem Schoß. Nein, das brachte er einfach nicht übers Herz.

Um Zeit zu gewinnen, nahm er der jungen Frau die Tassen aus der Hand, die sie offenbar völlig vergessen hatte, und stellte sie auf den Tisch. Er zog einen der Stühle hervor und bedeutete ihr, sie möge sich hinsetzen. Dann tat er das Gleiche, während seine Gedanken rasten.

»Also, folgendermaßen … Nathan war mit der Nachtwache dran und hat sich gegen zehn Uhr aufgemacht. Es hat gestürmt, und die Rinder waren deswegen ganz unruhig. Donner und Blitz und … Nun ja, Ma'am … niemand weiß, was genau passiert ist, aber als sie ihn am Morgen gefunden haben, war er tot.«

Rasch hob er den Blick, um sehen zu können, wie seine Zuhörerin auf den Bericht reagierte. Wenn man schon sterben musste, dachte er sich, war das jedenfalls eine ziemlich anständige Weise.

Sie saß bewegungslos da, hielt sich so krampfhaft an der Ecke des Holztisches fest, dass ihre Fingerknöchel weiß hervortraten. Langsam hob sie den Blick und sah ihn an.

»Danke für Ihre Mühe, Mr Logan. Sie haben diesen ganzen weiten Weg auf sich genommen, um mir die Nachricht zu überbringen. Das war sicher nicht leicht für Sie.« Sie hielt kurz inne. »Ich habe Bohnen auf dem Herd, und frisches Brot ist auch da. Nicht gerade ein fürstliches Mahl, aber es wird Sie satt machen.«

Chase war verwirrt. Er hatte Tränen erwartet, sogar damit gerechnet, sie werde in Ohnmacht fallen. Diese kühle, fast gleichgültig wirkende Ruhe verblüffte ihn. Er wusste nicht, wie er ihr Verhalten einschätzen sollte.

»Ich möchte Ihnen keine Umstände machen. Sie haben doch jetzt ganz andere Sorgen.« Aber während er noch sprach, protestierte sein Magen lautstark. Nichts wäre ihm in diesem Moment willkommener gewesen als eine dicke Scheibe frisches Brot. Vor seinem geistigen Auge erschien eine Schüssel Bohnen, dampfend und herrlich heiß. Er konnte das Bild nicht abschütteln, und ihm lief das Wasser im Mund zusammen.

»Unsinn. Bestimmt sind Sie völlig ausgehungert.« Sie erhob sich und nahm eine Schale vom Regal. Dann lüftete sie den Deckel des schmiedeeisernen Topfes, legte ihn zur Seite und schöpfte mit einer Kelle Bohnen in das Gefäß.

Sie war schlank und hatte nicht viele Rundungen. Ganz anders als die Mädchen im Saloon, an die er gewöhnt war. Die waren rundum üppig, wie es den Männern gefiel. Mrs Strong hingegen erinnerte ihn an ein Fohlen aus edler Zucht, jung und unverbraucht, voller Anmut.

Als sie die Schale vor ihn hinstellte, räusperte sich Chase. Dass seine Gedanken so abgeschweift waren, erfüllte ihn mit Scham. Sie hatte gerade ihren Mann verloren, verdammt noch mal, und er saß hier und verglich sie mit Frauen zweifelhafter Herkunft. »Vielen Dank.«

»Es tut mir leid, dass ich Ihnen keine Butter anbieten kann, aber wenigstens ist das Brot warm.« Sie legte den Deckel zurück auf den Topf und faltete das Geschirrtuch zusammen. »Aber ich habe ein bisschen braunen Zucker, vielleicht möchten Sie etwas davon für Ihre Bohnen. Das schmeckt wirklich gut, wenn man es süß mag.«

»Nicht nötig, danke«, erwiderte er. Um keinen Preis hätte er ihre kostbaren Vorräte angerührt. Als kleiner Junge hatte er einmal Zucker gekostet. An die genauen Umstände konnte er sich nicht mehr erinnern, aber den Geschmack hatte er immer noch im Gedächtnis, als wäre es gestern gewesen.

Er schaufelte sich einen riesigen Löffel Bohnen in den Mund und genoss den würzigen Geschmack. »Ma'am, das hier sind ganz ohne Zweifel die besten …« Er sah auf und hielt mitten im Satz inne. Mrs Strong stand über die leere Waschschüssel gebeugt. Ihre Schultern bebten, aber sie gab keinen Laut von sich.

Hastig schluckte er das Essen hinunter, wischte sich die Hände an der Hose ab und stieß beim Aufstehen seinen Stuhl um, sodass der mit einem lauten Klappern zu Boden fiel. Mit zwei Schritten stand er hinter ihr.

Kapitel 2

Chase hob die Hände, um sie Mrs Strong auf die Schultern zu legen, ließ sie jedoch gleich wieder sinken.

»Weinen Sie nicht, Ma'am.« Das feine Haar an ihrer Schläfe sah aus wie der Flaum eines Entenkükens, nur noch weicher. »Es wird schon alles gut werden.« Stand es ihm überhaupt zu, sie auf diese Weise zu trösten? »Ich weiß Ihren Vornamen gar nicht«, sagte er behutsam.

»Jessie. Ich heiße Jessie«, murmelte sie. Die Tränen verliehen ihrer Stimme eine heisere Sanftheit.

»Jessie. Was für ein schöner Name. Darf ich Sie so nennen?«

Sie nickte zustimmend.

Erstaunt bemerkte er, dass ein warmes Gefühl ihn durchflutete, in ihm eine Sehnsucht nach Dingen weckte, die er nie gekannt hatte. Gefühle, die nur in seiner Vorstellung existierten, hallten leise durch seine Gedanken und sorgten dafür, dass sich sein Herz schmerzhaft zusammenzog. »Kommen Sie, setzen Sie sich hier ans Feuer. Was ich Ihnen eben erzählt habe, muss ein ganz schöner Schock für Sie gewesen sein.«

Er legte ihr eine Hand auf den Rücken, führte sie zu einem Stuhl am Kamin und half ihr, sich darauf niederzulassen.

Nachdem er Holz nachgelegt hatte, ging er zum Schrank. Frauen tranken gern Tee, wenn sie sich unpässlich fühlten. Das hatte er zumindest gehört. Er suchte herum, bis er ein paar Sassafraswurzeln fand. Am Wassereimer füllte er einen kleinen schwarzen Kessel und stellte ihn auf den Herd. Er wartete.

Von seinem Platz am Tisch aus schien der Teller mit den Bohnen nach ihm zu rufen, aber es wäre ihm wenig höflich erschienen, sich jetzt hinzusetzen und weiterzuessen. Stattdessen nahm er sich noch eine Tasse Kaffee und beobachtete an den Schrank gelehnt, was sich im Kessel tat.

Diese Jessie war ein stolzes kleines Ding, versuchte ihre Trauer vor ihm zu verbergen. Wie war sie hier nur die ganze Zeit allein zurechtgekommen? Und wie würde sie jetzt, wo der Winter kam, ohne Nathan überleben?

Er goss eine Tasse Tee auf, trug sie zu Jessie hinüber und berührte die junge Frau leicht an der Schulter. Als sie nicht sofort reagierte, räusperte er sich leise. »Jessie, trinken Sie einen Schluck.«

Überrascht sah sie ihn an. »Danke schön.«

Sie nahm ihm die Tasse ab, doch das Gefäß schlug so heftig gegen ihre Zähne, dass er fürchtete, sie werde sich das Getränk in den Schoß schütten. Rasch streckte er beide Hände aus, bedeckte damit die ihren und half ihr, bis sie sich einigermaßen unter Kontrolle hatte. Ihre Wangen, die inzwischen die Farbe von Sommerrosen angenommen hatten, waren so schön, dass er den Blick kaum losreißen konnte.

»Es geht mir schon besser, der erste Schock ist überstanden«, erklärte sie und vermied es dabei, ihn anzusehen. Sie blies auf den heißen Tee, nippte dann daran.

»Gibt es hier in der Nähe vielleicht irgendein Familienmitglied oder einen Freund, den ich für Sie benachrichtigen soll?«

»Bitte machen Sie sich keine Sorgen, Mr Logan. Ich kann sehr gut selbst auf mich aufpassen. Alles, was sich geändert hat, ist, dass ich jetzt nicht mehr auf Nathan warte. Er wird nie wieder nach Hause kommen.«

Ihre Worte berührten ihn tief. Ob es die Art war, wie sie sie geäußert hatte, oder das, was sie bedeuteten, vermochte er nicht zu sagen. Dagegen wusste er genau, wie die junge Frau sich in diesem Augenblick fühlte. Allein, klein und der Aufmerksamkeit eines anderen Menschen nicht wert. Nun, heute Nacht würde er sie auf keinen Fall allein lassen – das war der letzte Gefallen, den er Nathan tun konnte.

»Wäre es in Ordnung für Sie, wenn ich mich gleich in Ihrer Scheune hinlege? Mein Pferd ist völlig erschöpft, und es wird immer später. Ich werfe einfach meine Decke ins Stroh und schlafe mich aus.« Er schaute sie so hoffnungsvoll an, wie er nur konnte.

Sie erwiderte seinen Blick mit einem Lächeln, und ihre Augen erhielten ein wenig von ihrem alten Glanz zurück. »Ich fürchte, besonders warm werden Sie es in der Scheune nicht haben. Nathan wollte bei seiner Rückkehr diesen Herbst als Erstes das Dach reparieren. Aber natürlich sind Sie herzlich eingeladen zu bleiben, wenn Sie möchten.«

Überrascht merkte er, welche Empfindungen ihre Antwort in ihm auslöste, und lächelte zurück. »Cody wird sich auf alle Fälle freuen, mal wieder eine Nacht drinnen verbringen zu dürfen, egal, ob es warm oder kalt ist. Und mir geht's genauso.« Er schielte zum Tisch hinüber. Zu seinen Bohnen.

»Aber passen Sie gut auf. Neulich hatte ich das deutliche Gefühl, ich würde beobachtet. Wahrscheinlich nur ein Kojote. Wölfe wagen sich nicht so nah an menschliche Behausungen heran, hat Nathan gesagt.«

Sie stand auf und ging zum Tisch hinüber, nahm seine Schüssel und schüttete die Bohnen zurück in den Topf. Chase schluckte einmal. Zweimal.

Ein feines Lächeln umspielte ihre Mundwinkel. »Ich will sie nur noch mal kurz auf den Herd stellen. Schließlich kann ich Sie nicht in der Scheune übernachten lassen, ohne dass Sie was Ordentliches im Magen haben, nicht wahr?«

Das warme Gefühl war wieder da. Seine Brust zog sich eng zusammen, und ihm stieg die Röte in die Wangen. Er versuchte, die Empfindung festzuhalten. Sie zu genießen. »Nein, Ma'am. Ich denke, das können Sie wirklich nicht.«

Erst als sich der Cowboy in die Scheune zurückgezogen hatte, drang das, was er ihr gesagt hatte, in seiner ganzen Entsetzlichkeit zu Jessie durch. Panik erfasste sie, und sie erschauerte, fror bis ins Mark. Nathan war tot. Er würde nie wieder heimkehren. Es stimmte sie unendlich traurig, zu denken, dass er auf solche Weise ums Leben gekommen sein sollte. Es musste ein schrecklich qualvoller Tod gewesen sein. Bevor er zuletzt aufgebrochen war, hatte sie nicht einmal Gelegenheit gehabt, sich von ihm zu verabschieden. Er war ein guter Mann gewesen, ein guter Mensch – so, wie er sie bei sich aufgenommen hatte.

Würde sie jetzt auch Sarah verlieren?

Jessie griff nach dem winzigen wollenen Babyschuh auf dem Kaminsims, während sie in den Augen die ungewohnten Tränen brennen fühlte. Die Strickarbeit war ungleichmäßig, die Maschen zu locker. Aber sie hatte den Schuh mit Liebe gemacht und ihn Sarah zusammen mit seinem Gegenstück jeden Tag angezogen. Sie hielt ihn sich ans Gesicht, sog seinen Geruch ein.

Nichts. Nicht einmal der leiseste Hauch von Sarahs einzigartigem Duft war übrig geblieben. Sie presste sich den Schuh an die Wange, wiegte sich vor und zurück, rief sich Sarahs Gesicht ins Gedächtnis. Als Jessie das Mädchen zuletzt im Waisenhaus gesehen hatte, hatte sie noch ein Kleinkind vor sich gehabt. Inzwischen musste sie etwa vier Jahre alt sein.

Jessie spürte den eigenen Herzschlag in den Ohren, als sie im Zimmer auf und ab schritt, nach Antworten suchte. Warum passierte das ausgerechnet jetzt? Gerade jetzt, wo sich endlich alles zum Guten zu wenden schien.

Sie schlang fest die Arme um sich, sackte überwältigt von Schmerz in sich zusammen. Schließlich kamen die Tränen, rannen ihr die Wangen hinab wie ein Bach beim ersten Tauwetter im Frühling. Ärgerlich wischte sie sie weg.

Sie atmete tief ein, um sich zu beruhigen, und ließ sich langsam in den Schaukelstuhl zurücksinken. Ihre Gedanken schweiften ab, zurück zu dem Tag, an dem ihre Mutter sie ohne jede Erklärung auf der Schwelle des Waisenhauses zurückgelassen hatte, verängstigt und allein. Lange, sehr lange hatte sie auf die Rückkehr ihrer Mutter gewartet. Zehn Jahre waren eine Ewigkeit, Hunger und Angst schlechte Spielkameraden.

»Du hast gesagt, du kommst und holst mich«, flüsterte sie in die Stille des Zimmers hinein. »Mütter lassen ihre kleinen Mädchen nicht einfach irgendwo zurück und gehen weg.« Ein nur allzu vertrauter Schmerz breitete sich in Jessies Brust aus und setzte sich fest.

Trotzdem war nicht alles völlig hoffnungslos. Zitternd atmete sie aus und merkte erst jetzt, dass sie unbewusst die Luft angehalten hatte. Nathan würde nie wiederkommen, das stimmte, aber sie selbst war am Leben und stark. So Gott wollte, würde sie alles überstehen. Wie, das wusste sie nicht, aber es musste eine Möglichkeit geben.

Schweigend striegelte Chase sein Pferd. Der Braune stand ruhig da, den Kopf gesenkt. Sein Atem ging gleichmäßig, während Chase ihm das Fell mit einer weichen Bürste bearbeitete. »Für so was gebe ich mich nie wieder her, Cody.« Unbeeindruckt stampfte der stattliche Wallach mit dem Hinterhuf auf, als wolle er sagen: »Sei still und mach weiter.«

»Aber lieb ist sie. Und richtig hübsch noch dazu.« Er beugte sich über Codys warme Flanke und erinnerte sich daran, wie sie sich gestreckt hatte, um die Schale vom Regal zu nehmen. Kopfschüttelnd steckte er die Bürste wieder in die Satteltasche, bevor er seine Decke im Heu ausbreitete.

Entspannt lag er auf dem Rücken, lauschte Codys gleichmäßigem Kauen, während das Pferd seine Abendmahlzeit fraß. Kurz lenkte ihn ein leises Rascheln ab, wahrscheinlich aus dem Nest eines kleinen Tieres in der Ecke, doch seine Gedanken kehrten immer wieder zu Nathans Witwe zurück.

Wie war es überhaupt zu dieser Ehe zwischen Jessie und Nathan gekommen? Dieser alte, wettergegerbte Cowboy, mit so einem jungen Mädchen ... Ein seltsames Paar.

Aber wenn man genau darüber nachdachte, fanden Leute auf die abenteuerlichste Weise zueinander. Außerdem war es nicht seine Aufgabe, sich Sorgen um sie zu machen.

Ihm blieb keine Zeit mehr. Der Job in Miles City würde nicht ewig auf ihn warten. Sie mussten eine große Herde von Rocking Crown nach Kansas City treiben, damit sie von dort aus verschifft werden konnte. Danach würde er sich auf den Weg in den Süden machen, dort die Wintermonate verbringen und sich dann für die Frühlingsarbeit auf der Double Sixes Ranch verdingen. So hatte er es in den vergangenen drei Jahren gemacht. Diese kräftezehrende Routine hatte er aufrechterhalten, seit Molly …

Langsam fuhr er sich mit der Hand über das Gesicht und starrte in das Halbdunkel der Scheune. Wie lange war es her, dass er zuletzt an sie gedacht hatte? Einen Monat? Länger vielleicht? Früher war keine Stunde vergangen, ohne dass er den quälenden Stachel der Schuld und der Wut gespürt hatte, der wie Feuer in ihm brannte. Jetzt war es eher ein dumpfer Schmerz irgendwo an der Stelle, wo früher einmal sein Herz gewesen war.

Es spielte keine Rolle, dass er an jenem Tag, als die Bank ausgeraubt worden und Molly verschwunden war, fort gewesen war. Diese Tatsache minderte seine Schuldgefühle nicht im Geringsten. Er hätte für sie da sein müssen. So, wie sie es für ihn gewesen wäre, komme, was da wolle. Würde er ihr eines Tages zufällig begegnen, irgendwo unterwegs? Würde sie sich ihm in die Arme werfen, und würden sie heiraten? Oder lag sie längst tot in einer Schlucht, wo ihre von der Sonne gebleichten Knochen, weiß wie Kalk, das einzige Zeugnis ablegten, dass sie je gelebt hatte? Würde er es jemals sicher wissen? Nach Jahren des erfolglosen Suchens hatte er irgendwann aufgegeben.

Er schob die schmerzliche Erinnerung von sich weg, streckte die Beine aus und verschränkte die Hände im Nacken. Ein einsamer Wolf war er, und das war gut so. War niemandem Rechenschaft schuldig, und niemand war von ihm abhängig. Frei wie ein klarer Gebirgsbach. Er drehte sich auf die Seite und schloss die Augen.

Kapitel 3

Eingewickelt in ihre dicke Steppdecke trat Jessie hinaus in die kalte Nachtluft. Sie konnte nicht schlafen. Ihr war, als rückten die Wände der Hütte immer näher zusammen, bis es ihr unmöglich gewesen war, auch nur einen Moment länger im Bett liegen zu bleiben. Seufzend ließ sie sich auf der Eingangstreppe nieder und starrte voller Bedauern in die Dunkelheit.

Armer Nathan. Er hatte immer sein Bestes gegeben. War gut zu ihr gewesen und hatte für sie gesorgt. Vielleicht war aus tiefstem Herzen kommende Dankbarkeit nicht unbedingt das einzige Gefühl, das eine Frau für ihren Mann empfinden sollte, aber ihre Ehe war nie eine gewöhnliche gewesen.

»Wäre es in Ordnung, wenn ich Ihnen Gesellschaft leiste?«

Jessie zuckte zusammen, als sie die tiefe Stimme hörte. »Natürlich«, antwortete sie schließlich. Bei Mr Logans plötzlichem Auftauchen schlug ihr Herz schneller.

Aus den Schatten tauchte seine stattliche Gestalt auf. Zu Jessies Erleichterung setzte er sich auf die Ecke einer Holzkiste, etwa drei Meter von ihr entfernt. Stille umgab die beiden.

»Ich konnte nicht schlafen«, sagte er nach einer Weile. »Da war eine Maus, die hat mich immer wieder geweckt.« Sie hörte, wie seine Stiefel über den Boden scharrten, als er die Beine ausstreckte.

Jessie war froh, dass die Dunkelheit ihr vom Weinen geschwollenes Gesicht verbarg. »Ich hatte auch ein bisschen frische Luft nötig.« Sie wandte sich von dem massigen Umriss des Mannes in seinem Mantel ab und schaute in den samtigen Nachthimmel hinauf. Gleißend hell glitt eine Sternschnuppe mit funkensprühendem Schweif über das von Sternen übersäte Firmament. Jessie holte tief Luft. »Haben Sie das gesehen?«

»Ja.«

»Wunderschön.«

»Hm.«

Jessie spürte, wie ihr leichter ums Herz wurde. Es war so lange her, dass sie Gesellschaft gehabt hatte. Darum schien ihr sogar die Anwesenheit von Mr Logan angenehm, so nervös er sie auch machte. »Manchmal stelle ich mir vor, all diese Sterne seien Engel, die über mich wachen. Glauben Sie, so viele gibt es im Himmel überhaupt?«

Es vergingen ein paar Augenblicke. Mr Logan setzte sich anders hin. Ihr war, als schaue er mit seinen braunen Augen in ihre Richtung.

»Das weiß ich nicht, Mrs Strong«, erwiderte er schließlich. »Himmel und Hölle, das sagt mir nicht so viel.«

Bei dem melancholischen Ton in seiner Stimme horchte sie auf. »Glauben Sie denn nicht an Gott?«

»Nicht mehr, seit ich klein war.«

Ein plötzlicher scharfer Windstoß fuhr Jessie übers Gesicht, und sie hüllte sich fester in ihre Steppdecke. »Aber was glauben Sie dann, was mit uns passiert … wenn wir sterben?« Sie selbst hatte immer an Gott geglaubt, egal wie schlecht es ihr gehen mochte.

»Man stirbt, und fertig. Staub zu Staub, wie es so schön heißt.«

Jessie gab keine Antwort. Ihr war deutlich bewusst, dass dieser fremde Mann seinen eigenen Kummer mit sich herumtrug. Das Leben hatte ihn hart werden lassen, ihm Verletzungen zugefügt. Ein Nomade, in jeglicher Hinsicht.

Mr Logan stand auf. »Am besten ruhen Sie sich noch ein wenig aus.«

Er war so hoch gewachsen, dass Jessie von ihrem Platz aus den Eindruck hatte, er könne ohne Schwierigkeiten einen Stern vom Himmel pflücken.

»Sie haben recht«, sagte sie leise. »Der nächste Tag mit all seinen Sorgen kommt früh genug. Gute Nacht, Mr Logan.«

Jessie fuhr aus dem Schlaf hoch, als es draußen klopfte. Kurz darauf ertönte das Klopfen wieder, diesmal gefolgt von Mr Logans tiefer Stimme.

»Mrs Strong, schlafen Sie noch?«

Noch ganz benommen und in Panik rollte sich Jessie von ihrer weichen Matratze und griff nach dem Kleid, das sie am Vortag getragen hatte. Sie zog es sich über den Kopf, quälte sich dann mit der langen Reihe winziger Knöpfe vom Kinn bis zur Taille ab. Langsam fiel ihr wieder ein, wer da vor der Tür stand und warum, und eine Woge der Trauer schlug über ihr zusammen.

Mit den Fingern fuhr sie sich einmal durchs Haar, versuchte die ungebärdigen Strähnen zu bändigen. Sie spritzte sich mit beiden Händen Wasser ins Gesicht und warf einen Blick auf ihr Spiegelbild. Geschwollene rote Augen starrten ihr entgegen.

Mr Logans Schritte entfernten sich schon wieder, während sie sich noch beeilte, die Hüttentür zu öffnen. Er wandte sich um und schaute sie an.

»Entschuldigen Sie. Ich hätte selbst darauf kommen können, dass Sie nach der letzten Nacht vielleicht länger schlafen wollen«, sagte er.

»Früher oder später muss ich mich dem Tag sowieso stellen.« Jessie ließ die Szene auf sich wirken. Schon der Anblick des Cowboys, wie er da im Morgenlicht stand, schien dafür zu sorgen, dass alles wieder gut wurde. Sein Hemd aus grobem Stoff war mit Staub überzogen, aber sein Gesicht und sein Haar waren noch feucht. Er musste sich gerade gewaschen haben. Und der Blick aus diesen warmen braunen Augen, genau wie sie ihn sich letzte Nacht vorgestellt hatte, löste in ihrem Inneren ein seltsames Kribbeln aus.

»Ich mache mich jetzt auf nach Norden und komme auch durch die Stadt.« Er ließ den Hut von den Fingerspitzen baumeln. »Wenn Sie möchten, kann ich jemanden für Sie benachrichtigen. Gibt es da irgendwen?«

»Nein, niemanden.«

»Machen Sie sich keine Sorgen, Jessie. Irgendwie wird sich alles finden. Das ist immer so.« Er hielt sich den Hut vor die Brust, stand zögernd da. »Wenn ich Feuer mache, könnten Sie uns dann vielleicht Kaffee kochen?«

Einen Herzschlag lang sah Jessie ihm fest in die Augen, dann wandte sie sich ab, trat an den Ofen und ließ die Tür für ihn offen stehen.

Zwei Tassen dampfenden Kaffees und einen Teller mit warmen Brötchen vor sich, saßen sie da und sprachen kein Wort. Draußen ging ein leichter Regen nieder, und das Prasseln der Tropfen auf dem alten Schindeldach mischte sich mit dem Knistern der Flammen. Von draußen wehte der Geruch nasser Erde herein.

Wenn sie nicht reden wollte, war das für ihn auch in Ordnung. Die Männer, mit denen er zusammenarbeitete, sprachen ebenfalls nicht viel. Er war Schweigen gewohnt. Trotzdem empfand er es als ein klein wenig beunruhigend, dass sie so dicht bei ihm saß. Beunruhigend auf eine angenehme Weise. Sosehr er sich auch nach einer Tasse Kaffee gesehnt hatte, bevor er sich auf den Weg machte, war es vielleicht doch keine so gute Idee gewesen, die Hütte noch einmal zu betreten.

Sie wischte sich den Mund mit der Serviette ab, legte sie zurück in den Schoß. »Woher kommen Sie, Mr Logan?«

»Von nirgendwoher. Meine Eltern habe ich nie gekannt, und ich weiß auch nicht, wo ich geboren bin. Man könnte mich als eine Art Heimatlosen bezeichnen.«

Erwartungsvoll sah sie ihn an. Legte nachdenklich den Kopf schief. Aus unerfindlichen Gründen entschied er sich dafür, mehr von sich preiszugeben. »Ich habe das mal versucht. Sesshaft zu werden, meine ich. Habe Geld gespart, bis ich genug beisammenhatte, um was Kleines zu kaufen. Mit ausreichend Land für eine Herde von vielleicht fünfzig Tieren.«

Die Erinnerung an Molly und die Pläne, die sie miteinander geschmiedet hatten, schmerzte ihn. Er schaute weg. »Aber dann wollte ich keine Ranch mehr führen. Also habe ich mich bei anderen Leuten verdingt. Das Land gehört immer noch mir, aber niemand nutzt es, und niemand kümmert sich darum. Wahrscheinlich ist inzwischen alles von Disteln überwuchert.«

»Verstehe.«

In kleinen Schlucken trank sie von ihrem Kaffee. Chase nahm an, sie würde weiterfragen. Er hoffte es sogar. Er mochte ihre Stimme, weich und feminin.

Als er zehn Jahre alt gewesen war, hatte es eine Lehrerin gegeben, die wollte, dass er ihren Unterricht besuchte. Jeden Morgen war sie ihm nachgegangen und hatte ihn dazu zu überreden versucht, doch in die Schule zu kommen. Es war ihr nie gelungen. Trotzdem erinnerte ihn Jessies Stimme an die jener Frau, die in seiner Kindheit Interesse an ihm gezeigt hatte.

»Und Sie?«, fragte er. Ihre Augen waren wirklich etwas ganz Besonderes. Dieses außergewöhnliche Blau hatte er noch nie zuvor gesehen. Es war wirklich erstaunlich, wie sie im Morgenlicht funkelten. »Stammen Sie aus dieser Gegend?«

»Aus Neu-Mexiko. Ich bin eine Waise, genau wie Sie. In einem Waisenhaus aufgewachsen.« Sie machte eine Pause, spielte mit dem Brötchen auf ihrem Teller herum, als sammle sie Mut. »Ich warte auf eine Lieferung, die bald kommen soll. Genau genommen ist es eine Übergabe. Wahrscheinlich nächste Woche. Das Ganze ist sehr wichtig.« Nachdenklich zog sie die Augenbrauen zusammen. »Durch Nathans Tod könnte sich mein Leben völlig verändern. Und zwar nicht in der Weise, wie Sie es jetzt vermuten.« Sie musterte intensiv sein Gesicht, als könne sie dort die Antworten auf ihre Fragen finden.

Der Klang ihrer Stimme verriet ihm, dass es um etwas Bedeutsames ging. Er wusste nicht genau, wie er reagieren sollte. »Nun …«, setzte er an.

Aufmerksam beobachtete sie ihn, als rechne sie damit, dass seine Erwiderung wie eine Inspiration von oben über ihn kommen würde.

Chase setze sich gerade hin. »Es gibt Leute, die ihre Entscheidungen ständig wie durch eine Lupe betrachten, sich immer wieder fragen, was sie wirklich wollen. Ich denke, Sie gehören zu der klugen Sorte Frau, die fast alles selbst regeln könnte.«

»Nicht in diesem Fall«, gestand sie. »Bei unserer Hochzeit hat mir Nathan versprochen, wir würden Sarah adoptieren, ein kleines Mädchen, das ich aus dem Waisenhaus kenne. Bevor er zu seinem letzten Job aufgebrochen ist, hat er mir erlaubt, mich in einem Brief nach ihr zu erkundigen und zu fragen, ob sie bei uns wohnen könnte. Das habe ich auch sofort gemacht. Sie werden sie bald herbringen.«

Er nickte, hörte aufmerksam zu. Nahm sich noch ein Brötchen, brach es in der Mitte durch und schaute dem Dampf zu, der emporstieg wie Morgennebel aus einem Wasserloch.

»Bestimmt wird man mir nicht erlauben, Sarah zu behalten, jetzt, wo Nathan tot ist … Oder vielleicht doch?«

»Nächste Woche, sagen Sie?«

»Ganz sicher bin ich mir nicht. Ich weiß nicht genau, wann sie sich auf den Weg gemacht haben.«

»Wenn Sie meine Meinung hören wollen, Jessie: Mit Adoptionen und diesen ganzen Regeln kenne ich mich nicht aus, aber ich bin fest davon überzeugt, dass Ehrlichkeit am längsten währt. Erzählen Sie denen einfach, was passiert ist, und mit allergrößter Wahrscheinlichkeit wird es keine Schwierigkeiten geben.« Das war nichts als Geschwätz, aber was hätte er sonst sagen sollen?

Einige Sekunden sah sie ihn schweigend an, als denke sie über seine Worte nach. Dann schaute sie auf seine Tasse. »Noch Kaffee?«

»Nein, vielen Dank. Ich sollte mich jetzt auf den Weg machen.«

Chase aß den Rest seines Brötchens auf, wischte sich die Krümel von den Händen und legte seine Serviette auf die blau-weiß karierte Tischdecke. Schließlich stand er auf und griff nach seinem Hut. »Vielen Dank für das Frühstück.«

Von draußen hörte man Wagenräder. Jessie sprang auf, und sofort fuhr Chase herum. Reflexartig glitt seine Hand zu seiner Pistole.

»Hallo, da in der Hütte«, erklang eine Stimme. »Jemand zu Hause?«

»Mr Hobbs!« Ohne Zögern eilte Jessie zur Tür und riss sie auf.

Draußen auf dem Wagen saßen drei in Decken gehüllte Gestalten, zwei große und eine ganz kleine. Alle waren bis auf die Haut durchnässt vom Regen.

»Das sind sie!«, stieß sie atemlos hervor. »Du lieber Himmel, viel früher, als ich angenommen hatte.«

»Ihre Lieferung?«

»J-ja.«

Während sie unter das Vordach trat, warf sie über die Schulter einen Blick zurück zu dem Cowboy, der ihr auf den Fersen folgte. Er streckte die Hand aus und hob sacht mit einem Finger ihr Kinn an, sodass er ihr in die Augen sehen konnte.

»Es wird schon gut gehen. Zerbrechen Sie sich nicht den Kopf, bevor es überhaupt ein Problem gibt.« Mit einem zittrigen Lächeln zeigte ihm Jessie ihre Dankbarkeit für seine Zuversicht, bevor sie hinaus auf den Hof eilte.

Die Reisenden sahen sich um. Jessie erkannte Mr Hobbs, und das kleine Bündel in der Mitte musste Sarah sein. Außerdem saß da noch ein junger Mann, den sie nicht kannte.

Er sprang vom Wagen und fing an, das Gepäck abzuladen. Jessie eilte hinzu und hob Sarah vom Sitz, zog sie an sich. Doch das Kind stemmte die Fäuste gegen Jessies Schultern und reckte den Hals, suchte nach Mr Hobbs. Sein kleines Gesicht nahm ein tiefes Kirschrot an, als es zu weinen begann.

»Sie kennt dich nicht mehr, Jess«, meinte Mr Hobbs entschuldigend. Vorsichtig nahm er ihr das Kind aus den Armen.

»Aber ... Aber ...« Jessie konnte nur stammeln, so tief traf sie das. »Ich bin doch keine Fremde für sie.«

»Natürlich nicht. Lass ihr einfach ein wenig Zeit, dann wird ihr schon wieder einfallen, wen sie da vor sich hat.«

Jessie war am Boden zerstört. Als sie das Waisenhaus verlassen hatte, war Sarah fast noch ein Baby gewesen, aber Jessie hatte nicht damit gerechnet, dass das kleine Mädchen sich gar nicht mehr an sie erinnern würde. Tag und Nacht hatte sie an das Kind gedacht. Sie bemühte sich, sich ihre Enttäuschung nicht anmerken zu lassen, als sie sah, wie sehr sich Mr Hobbs über das Wiedersehen freute.

»Jessie, es ist so viel Zeit vergangen. Du bist wirklich zu einer wunderschönen Frau herangewachsen, aber ich wusste ja schon immer, dass das passieren würde.« Voller Herzlichkeit drückte er sie kurz. »Ich möchte dir Gabe Garrison vorstellen. Er lebt noch nicht lange bei uns, aber weil er schon älter ist, habe ich ihn gebeten, mich auf der Reise zu begleiten. Helfende Hände kann man da immer gebrauchen.«

Mit skeptischer Miene wandte der junge Mann sich zu Jessie um. Er sah gut aus mit seinem kastanienbraunen Haar, von dem ihm ein paar Strähnen in die leuchtend grünen Augen fielen. Unsicher lächelte er, während er sich den Staub von der Kleidung klopfte, und streckte ihr die Hand hin. »Wie geht's, Ma'am.«

»Herzlich willkommen«, erwiderte Jessie mit einem Lächeln.

Chase verfolgte die Ankunft interessiert von der Veranda aus. Mr Hobbs mochte Jessie offensichtlich sehr gern, wie ein Onkel oder Vater. Der ältere Herr schien zu spüren, wie aufmerksam er gemustert wurde. Er schaute auf, ging mit einer einladenden Geste auf den anderen Mann zu und schüttelte Chase mit festem Griff die Hand.

»Nathan Strong. Schön, dass wir uns endlich einmal kennenlernen. Ich freue mich sehr darüber, dass Jessie einen so strammen jungen Mann geheiratet hat.« Lächelnd zwinkerte er ihr zu. »Und dann auch noch einen, der so gut aussieht. Mir wird ganz warm ums Herz, wenn ich sehe, dass Sie endlich ein Zuhause gefunden haben, Sarah und Sie.«

Kapitel 4

Verstohlen sah Chase zu Jessie hinüber und spürte, wie seine Wangen heiß wurden. Die junge Frau zögerte kurz, doch dann trat sie an seine Seite und hakte sich bei ihm unter. Sie schaute zu ihm auf und lächelte dabei leicht, aber in ihrem Blick lag eine flehentliche Bitte. Mit schmalen Augen wandte er sich wieder Mr Hobbs zu. Einige Sekunden vergingen, ohne dass jemand ein Wort sprach. Fragend legte Mr Hobbs den Kopf schief.

»Ich freue mich sehr, Ihre Bekanntschaft zu machen. Freunde von Jessie ... sind auch meine Freunde.«

Während das Grüppchen nicht ganz ohne Lärm in die Hütte einzog und es sich bequem machte, blieb Chase grübelnd an der Türschwelle stehen. Eben noch war er Chase Logan gewesen, bereit, sich wieder auf den Weg zu machen. Im nächsten Moment war er Nathan Strong – und hatte Frau und Familie.

»Ich muss los«, sagte er unvermittelt. »Wartet nicht mit dem Abendessen auf mich.« Er wandte sich um, nahm seine Jacke vom Haken an der Wand und stapfte nach draußen.

Rasch überquerte er den Hof und ignorierte dabei die großen Pfützen, durch die er dabei lief. Warum zum Teufel hatte er sich überhaupt damit einverstanden erklärt, hierherzukommen? Das war sein erster großer Fehler gewesen. Der zweite: die Tasse Kaffee heute Morgen. Hatte ein Mann denn nicht mal ein Recht darauf, etwas in den Magen zu kriegen, bevor er aufbrach? Er wollte längst in der Stadt sein, verdammt noch mal. An der Bar!

Auf halbem Weg zur Scheune holte Jessie ihn ein.

»Mr Logan, bitte warten Sie.« Sie hängte sich an ihn, um ihn aufzuhalten, packte ihn am Arm und zog daran, stemmte die Absätze in den schlammigen Boden. Unbeirrt setzte Chase seinen Weg fort, als sei sie nichts weiter als ein winziges Körnchen in einem Sandsturm.

»Es tut mir leid, ehrlich«, japste sie, während sie versuchte, ihn festzuhalten. »Ich wollte nicht, dass es so kommt. Es ist einfach passiert, und ich wusste nicht, was ich tun sollte.«

Das Haar fiel ihr in wirren Strähnen ins Gesicht, und der vom Regenwasser feuchte Rock klebte ihr an den Beinen, sodass sie beinahe gestürzt wäre. Abrupt blieb Chase stehen, was sie erneut aus dem Gleichgewicht brachte. Sekundenbruchteile, bevor sie fallen konnte, packte er sie am Kragen und hielt sie aufrecht. Beide waren sie mit Matsch bespritzt und völlig durchnässt. Wäre Chase nicht so wütend gewesen, hätte er lachen müssen.

»Was ich getan habe, ist unerhört. Ich weiß das. Aber es ging nicht anders. Die Vorstellung, dass sie Sarah wieder mitnehmen an diesen kalten, unheimlichen Ort, ist einfach … unerträglich. Wenn Sie einen Tag lang bleiben könnten, nur einen einzigen Tag, würde mir das mehr bedeuten als alles andere auf der Welt. Für Sarah. Und für Nathan.« Panisch klammerte sie sich an seinem Hemd fest.

Chase mied ihren Blick, wollte nicht in das flehentliche Gesicht der jungen Frau schauen. Selbst in ihrem abgetragenen, vom Regen durchweichten Kleid war sie noch schön. Immerhin hatte er ihr ja schon dabei geholfen, ihre wertvolle Fracht anzunehmen, nicht wahr? Jetzt musste er los. Es hatte keinen Sinn, sich weiter in diese Sache verwickeln zu lassen.

Er schaute zu ihr hinab, blickte in ihre von unterschiedlichsten Emotionen verdunkelten Augen. Dann strich er ihr eine Haarsträhne von der regennassen Wange. »Viel Glück, Jessie«, sagte er leise. Plötzlich spürte er keinen Ärger mehr. Er wandte sich um und wollte gehen.

»Bleiben Sie. Sie sind es. Mein Schutzengel. Der, von dem meine Mutter mir erzählt hat, bevor sie gegangen ist und ich allein zurückgeblieben bin. Das habe ich begriffen, da auf der Veranda. Ich brauche Ihre Hilfe.«

Das war unfair, und Chase hatte nicht damit gerechnet. Schutzengel! Warum unterhielt sie sich darüber nicht mit Molly? Die hatte er ja auch ganz ausgezeichnet beschützt.

Entmutigt ließ Jessie die Hände sinken, als er sich losmachte und davonging. In der Scheune sattelte er rasch Cody, stieg auf und beugte sich tief über den Rücken des Pferdes, als er durch das niedrige Scheunentor ritt. Jessie stand immer noch dort, wo er sie zurückgelassen hatte. Er lenkte den Wallach hügelaufwärts und wandte sich nicht mehr um.

Jessie ging zurück in die Hütte. Sie versuchte zu lächeln, als sie Sarahs besorgte Miene sah, spürte jedoch, wie ihre Mundwinkel unkontrolliert zitterten. Sie hatten beide so viel zu verlieren. »Nathan, dieser alberne Kerl! Dass er unbedingt jetzt auf die Jagd muss. Was soll ich nur mit ihm anstellen?« Sie zwinkerte dem kleinen Mädchen zu und deutete auf das verschmutzte Kleid, das ihr wie ein Sack um die Beine hing. »Ich ziehe mich nur rasch um, und dann schauen wir, wo ihr alle unterkommt.« Ehe einer der Gäste antworten konnte, eilte Jessie in ihr Schlafzimmer und schloss die Tür hinter sich, sank zu Boden und lehnte sich gegen das Holz.

Sie kniff die Augen zusammen und versuchte, die Tränen zurückzuhalten. Sie würde sich diesen Mann aus dem Kopf schlagen. Das musste sie. Es ging nicht anders. Sarah war verängstigt, müde und hungrig. Die Kleine brauchte Liebe und Zuwendung.

Während sie das nasse Kleid aufknöpfte, hallte in ihrem Inneren nach, was Mrs Hobbs damals zu ihr gesagt hatte. »Du bist eine graue Maus, Jessie McGentry. Aus so einem Mädchen macht man keine Prinzessin. Aber Kopf hoch, viele Männer finden es wichtiger, dass eine Frau kräftig zupacken kann, als dass sie schön aussieht – und wenn sie Narben hat, ist ihnen das auch gleichgültig.« Zum wohl tausendsten Mal fragte sich Jessie, wie der freundliche, liebevolle Mr Hobbs nur an eine so missmutige Frau hatte geraten können.

Aus Gewohnheit griff sie nach hinten und fuhr mit dem Finger über eine der roten, knotigen Narben, mit denen ihr Rücken fast zur Gänze übersät war. Der körperliche Heilungsprozess war abgeschlossen, und Schmerzen hatte sie keine mehr. Solange sie die Narben nicht sah, konnte sie vergessen, dass es sie gab und was für einen schrecklichen Anblick sie boten. Aber ob es ihr nun gefiel oder nicht, sie waren da, und ihre gnadenlose, beschämende Gegenwart nagte an Jessies Selbstbewusstsein.

Sie warf das Kleid in die Ecke und zog ihr einziges anderes an. Ihre Narben hatten ihr eine Kraft verliehen, die sie früher nicht besessen hatte, rief sie sich ins Gedächtnis. Alles, wirklich alles geschah aus gutem Grund. Sogar schlimme Dinge. Man musste nur lange genug hinschauen, um herauszufinden, worin dieser Grund bestand.

Jessie spritzte sich Wasser ins Gesicht, kämmte sich die Haare und flocht sie zu einem langen Zopf, der ihr über den Rücken fiel. Sie straffte die Schultern und zwang sich zu einem Lächeln. Sie war stark, und sie war am Leben. Sie würde diese schwierige Situation meistern und Sarah bei sich behalten. Aber es fiel ihr unendlich schwer, wie eine Betrügerin zu handeln. Das war gegen ihre Überzeugung, und es störte sie besonders, dass es ausgerechnet der gute Mr Hobbs war, den sie belog. Sie musste dafür sorgen, dass er sich so bald wie möglich wieder auf den Rückweg zum Waisenhaus machte, bevor er herausfand, was wirklich mit Nathan geschehen war.

Jessie verließ das Schlafzimmer und schaute sich um. Gabe saß am Feuer und hielt Sarah auf den Knien. Doch als die Kleine Jessie sah, verschwand das Lächeln von ihrem Gesicht.

Jessie legte einen noch freundlicheren Ton in ihre ohnehin schon sanfte Stimme. »Sarah, Liebling, kannst du dich denn gar nicht an mich erinnern?«

Das Mädchen starrte sie an. Verharrte regungslos. Es schien, als habe es kein einziges Wort gehört. Mit fragendem Blick wandte sich Jessie Mr Hobbs zu.

»Keine Sorge. Mit ihrem Gehör ist alles in Ordnung«, versicherte ihr der Mann. »Sie versteht auch alles. Selbst spricht sie aber nur sehr selten. Hin und wieder überrascht sie uns allerdings. Nicht wahr, Sarah?«

Langsam ließ das kleine Mädchen seinen ernsten Blick zwischen Jessie und Mr Hobbs hin und her wandern.

»Die Kinder von der ruhigen Sorte mag ich am liebsten«, meinte Jessie und strich dem kleinen Mädchen sachte mit einem Finger über die Wange.

»Amen«, stimmte Mr Hobbs schmunzelnd zu. In seinem Blick lag liebevolle Wärme. »Ganz unter uns: Mir ist es nur recht, wenn nicht so viel geredet wird.«

Gabe schnaubte ungläubig. »Na ja, heute Morgen war sie alles andere als schüchtern. Kaum mache ich die Augen auf, sitzt sie da und guckt wie eine Katze, die gerade den Sahnetopf ausgeschleckt hat. Sie hatte den Honig gefunden und war von oben bis unten damit vollgeschmiert.« Mit einem Kopfschütteln schaute er das Kind voll sichtlicher Zuneigung an.

»Wie lange wird Mr Strong wohl außer Haus sein?«, erkundigte sich Mr Hobbs.

»Das weiß ich nicht genau.« Rasch wandte Jessie den Blick ab. Sie schämte sich, weil ihr die Lüge so leicht über die Lippen ging. »Wie sehen denn Ihre eigenen Pläne aus?«, wechselte sie das Thema. »Wie lange können Sie bleiben?«

»Leider nur kurz. Daheim fehlt es uns an Arbeitskräften. Ich würde nur zu gern ein paar Tage hier bei dir verbringen. Es ist schon so lange her, dass du das Waisenhaus verlassen hast«, antwortete er mit bedauernder Miene.

Jessie fühlte sich nur noch schuldiger, als eine Welle der Erleichterung sie durchflutete.

»Eine Nacht muss genügen – wenn das Wetter mitspielt, natürlich. Oh, das hätte ich fast vergessen«, fügte er hinzu und begann in seiner Tasche zu kramen. Schließlich zog er ein abgegriffenes Stück Papier hervor.

»Ich brauche von euch beiden eine Unterschrift, damit die Adoption rechtskräftig wird.«

Der Wind fuhr durch die Bäume, dass die Zweige der Kiefern wild schwankten. Der Sturm war immer stärker geworden, und nun drückten heftige Böen die jüngeren Gewächse gefährlich weit zu Boden. Graue und schwarze Gewitterwolken zogen bedrohlich über den Himmel, und in Chase' Innerem sah es nur wenig anders aus.

Grübelnd und missmutig ritt er dahin. Das stürmische Wetter, das Schnee versprach, machte seine Laune nur noch finsterer. Für gewöhnlich entspannte ihn Codys leichtfüßiger Schritt, und er genoss es, unterwegs zu sein. Nun jedoch wurde er die düsteren Gedanken einfach nicht los.

Wenn sie darauf aus war, sich einen neuen Ehemann zu angeln, hatte sie sich den Falschen ausgesucht. Ihm war immer klar gewesen, dass er zu viel Unruhe im Blut hatte, als dass er irgendwo hätte sesshaft werden können. Außerdem hatte er sich nach Molly geschworen, nie wieder die Verantwortung für einen anderen Menschen zu übernehmen.

Mit einem übertriebenen Schnauben zog er sich den Hut tiefer in die Stirn, sodass ein kleiner Schwall Wasser über den Sattelknauf und seine ledernen Hosen auf die nasse Erde niederging. Verdammt! Da braute sich ein Unwetter zusammen. Er drückte dem Wallach ein wenig zu hart die Knie in die Flanken, und das Tier legte irritiert die Ohren zurück.

Als er noch ein Junge gewesen war, noch dazu obdachlos, hatte er ein leichtes Ziel für übelwollende Gleichaltrige dargestellt, und selbst einige niederträchtige erwachsene Männer hatten seine Situation ausgenutzt. Bei Jessies Täuschungsmanöver war Ärger in ihm hochgekommen, den er in dieser Heftigkeit lange Zeit nicht mehr verspürt hatte. Mit allen Mitteln hatte er versucht, diese Dinge hinter sich zu lassen – sie sollten der Vergangenheit angehören. Es gefiel ihm nicht, wenn er daran erinnert wurde. Allerdings musste er zugeben, dass es ein seltsames Gefühl in ihm ausgelöst hatte, als sie sich bei ihm eingehakt und so getan hatte, als seien sie ein Paar.

Nun, er war kein kleiner Junge mehr, und er ließ sich schon längst nichts mehr gefallen. Obwohl er als Kind nur wenig zu essen bekommen hatte, war er zu einem großen, muskulösen Mann herangewachsen. Er hatte gelernt, für sich selbst einzustehen, und auch wenn er nicht auf Probleme aus war, ging er ihnen ebenso wenig aus dem Weg. Für gewöhnlich machten alle einen großen Bogen um ihn.

Er entdeckte eine Felswand und lenkte das Pferd darauf zu. »Ruhig, Cody.« Er klatschte in die behandschuhten Hände, um sie zu wärmen, und griff dann in seine Satteltasche nach der kleinen Flasche mit Brandy, die er für kalte Tage wie diesen bereithielt.

Ohne hinzusehen, wühlte er in der Tasche herum, erkannte alles daran, wie es sich anfühlte. Codys Striegel. Seine Taschenuhr. Eine Tüte mit Dörrfleisch. Seine Mundharmonika. Dann stockte er. Da war etwas Unbekanntes. Er fühlte noch einmal nach.

Plötzlich wurde ihm klar, was er da in der Hand hielt. Es war, als hätte ihn eine Kugel direkt zwischen die Augen getroffen. Mit zusammengebissen Zähnen stieß er einen Fluch hervor, als sein Herz wild zu pochen begann.

Das Pferd spürte die Aufregung seines Herrn und warf mehrere Male den Kopf zurück, schnaubte laut. Es kaute auf seinem Mundstück herum, tänzelte auf der Stelle und legte die Ohren an.

Nathans Geld! Das Allerwichtigste hatte er vergessen. Vor allem darum hatte er Jessie aufgesucht. Erst hatte er sich von ihren blauen Augen und ihrem freundlichen Lächeln ablenken lassen, dann war er wütend davongeritten, ohne auch nur einen einzigen Gedanken an Nathans Hinterlassenschaft zu verschwenden.

»Wir müssen umkehren. Sechshundertachtundneunzig Dollar sind eine ganze Menge Geld.« Er zog die Ledertasche über den Sattel nach vorn und schaute hinein.

Er sah eine Rolle Dollarscheine, die Nathan in seiner Todesnacht beim Pokern gewonnen hatte. Außerdem den Wechsel mit dem Verdienst aus seinem letzten Job. Etwas loses Kleingeld und ein goldenes Amulett in Form eines Herzens, das an einer angelaufenen Silberkette hing. Auf der Rückseite war der Name Jessie eingraviert.

»Sie wird denken, ich hätte das absichtlich getan. Weil ich zurückkommen wollte. Sie wird vermutlich einen Freudentanz aufführen, wenn sie mich sieht«, murmelte er wütend. Er stopfte den Lederbeutel zurück in die Satteltasche und blieb still sitzen. Viele Minuten vergingen. Stumm starrte er in die Ferne, bis ihm der böige Wind beinahe den Hut vom Kopf riss. Dann spürte er, wie sich langsam ein Grinsen auf seinem Gesicht ausbreitete. Ein Gefühl der Befriedigung durchströmte ihn.

»Cody, alter Junge, am Anfang wird sie sich wahrscheinlich freuen, mich zu sehen, aber dann … Schutzengel, was? Den wird sie herbeisehnen, wenn ich ihr erst eine kleine Lektion erteilt habe. Ein paar Tage können wir es da aushalten. Bis der Sturm vorbeigezogen ist. Auf der Ranch in Miles City erwarten sie mich erst in drei Wochen. Außerdem ist und bleibt sie Nathans Witwe«, erklärte er dem nervösen Tier.

Chase saß ab und schaute zurück zu seinem neuen Ziel. Gedankenverloren klopfte er sich mit den Zügeln rhythmisch auf die behandschuhte Handfläche. »Ein wenig schuldig habe ich mich schon dabei gefühlt, sie so zurückzulassen, ohne Rücklagen für den Winter. Jawohl, das habe ich.«

Zufrieden atmete er aus, sodass eine kleine Wolke aus seinem Mund aufstieg. »Außerdem kann ich es kaum erwarten, ihr Gesicht zu sehen, wenn sie begreift, dass ich wieder da bin und ihr Mann-und-Frau-Spiel mitspiele.«

Kapitel 5

Jessie war dabei, zu planen, wo ihre Gäste schlafen sollten, als sie durch das Toben des Sturms hindurch ein seltsames Geräusch hörte. Kam da jemand? War das ein ... Pfeifen? Sie spitzte die Ohren, lauschte angestrengt. Da war es wieder.

Da pfiff jemand, ganz eindeutig. Wenige Augenblicke später hörte man Stiefelschritte draußen vor der Tür, dann öffnete sich diese. Jessie fuhr herum.

Auf der Schwelle stand Chase Logan. Den Hut hatte er weit aus der Stirn zurückgeschoben, und in seinen Augen glomm ein schelmischer Funke.

»Guten Abend, Liebling. Ist noch was vom Abendessen für mich übrig? Ich habe so einen Hunger, ich könnte ein ganzes Pferd vertilgen, mit Hufen und allem Drum und Dran. Entschuldigung, Cody, alter Freund. War nicht so gemeint«, sagte er schmunzelnd und mit einem Nicken in Richtung Scheune.

Das rege Treiben in der kleinen Hütte kam völlig zum Erliegen. Sarah versteckte sich hinter Gabes Beinen, schlang beide Arme um seine Knie und lugte zwischen ihnen hervor.

»Du ... da bist du ja!«, brachte Jessie schließlich heraus. »Ich hatte nicht damit gerechnet, dass du so bald zurück sein würdest.« Hämmernd klopfte ihr Herz, und sie fragte sich ernsthaft, ob es überhaupt möglich war, gleichzeitig so froh und so verängstigt zu sein.

Der Cowboy warf seine Satteltaschen in eine Ecke und hängte seine Jacke weg. Mit ausholenden Schritten betrat er das Zimmer, wie ein Mann, der ein Recht geltend machte. Direkt vor Jessie blieb er stehen.

Er beugte sich tief zu ihr hinab und flüsterte ihr ins Ohr: »Hast du mich vermisst?« Dann richtete er sich wieder auf und sah ihr geradewegs ins Gesicht. Forschend blickte er mit seinen whiskeyfarbenen Augen in ihre. Sie errötete und senkte den Blick.

Jessie stand so dicht bei ihm, dass sie seinen Geruch einatmen konnte: Pfefferminze, die Frische von draußen und … Männlichkeit. Mr Logan zog eine Augenbraue hoch und wandte sich den anderen zu.

»Die Überraschung ist gelungen, sprachlos erlebe ich meine süße kleine Frau nur überaus selten«, scherzte er. »Am besten wärme ich mich wohl erst mal ein wenig auf, sonst bekomme ich noch Frostbeulen. Lassen Sie sich von mir auf keinen Fall stören.« Mit diesen Worten trat er ans Feuer und hielt beide Hände vor die Flammen.

Jessie eilte zum Ofen und legte schnell Brötchen, Bohnen und einige Scheiben des Schinkens, den Mr Hobbs mitgebracht hatte, auf einen Teller. Sie wärmte den Kaffee auf und deckte den Tisch, nahm den einzigen der braunen Tonteller, der noch nicht angestoßen war. Dabei spähte sie immer wieder verstohlen zu Mr Logan hinüber.

Er stand am Feuer, ab und zu stampfte er mit den Füßen auf. Sein Gesicht, gerötet und wettergegerbt, faszinierte sie. Um ehrlich zu sein, war er der attraktivste Mann, der ihr je begegnet war. Wieder spürte sie, wie ihr die Hitze in die Wangen stieg. Sie versuchte den Blick von ihm abzuwenden, was ihr jedoch nicht gelang.

Über seiner Stirn wellte sich feuchtes braunes Haar, von seinem Hut in Unordnung gebracht. Er hatte dunkle Augenbrauen und sehr dichte Wimpern. Am meisten zogen sie jedoch seine Lippen in ihren Bann. Sie waren rau von der Kälte und zu einem geheimnisvollen Lächeln verzogen.

Er schien zu fühlen, dass sie ihn anstarrte, und drehte sich zu ihr um. Während er ihren Blick mit dem seinen festhielt, nickte er langsam, wissend. Jessie wandte ihre Aufmerksamkeit wieder dem Tisch zu, dem Abendessen, das sie dort bereitgestellt hatte. Ihre Wangen brannten.

Warum um alles in der Welt war er zurückgekehrt?

»Es ist angerichtet. Setz dich und iss. Ich gieße dir Kaffee ein.« Ihr Blick wurde unstet, wann immer er sie ansah. Trotzdem konnte sie spüren, dass seine Augen auf sie gerichtet waren – ein so intensives Gefühl, als berühre er sie mit den Händen.

Während Mr Logan seine Mahlzeit zu sich nahm, bereitete Jessie die kleine Sarah fürs Bett vor. Sie wusch dem Mädchen mit einem warmen, feuchten Lappen das Gesicht, bürstete ihm das Haar und flocht es zu Zöpfen. Sarah klagte nicht, doch besonders zu genießen schien sie die Zuwendung ebenso wenig. Als Jessie ihr das weiche Nachthemd über den Kopf zog, bemerkte sie das kleine Muttermal in der Form eines Schmetterlings auf dem rechten Schulterblatt des Kindes. Eine Welle der Zuneigung überflutete sie. Nach all den Jahren hatte ihr kleiner Schmetterling endlich ein Zuhause gefunden.

Als alles erledigt war, stellte Jessie das winzige Bett, das Nathan gebaut hatte, neben die Feuerstelle. Sie half dem Kind unter die Decke und küsste es auf die Wange. »Hab keine Angst, Liebes«, flüsterte sie. »Gabe schläft gleich hier neben dir. Das stimmt doch, Gabe, oder?«

»Darauf kannst du dich verlassen.« Gabe zwinkerte Sarah zu. »Ich hoffe nur, sie hält mich nicht die ganze Nacht mit ihrem Geplapper wach.«

Sarahs ernster Blick wanderte durch den Raum, bis sie Mr Logan entdeckte. Sorgfältig musterte das Kind den großen Cowboy, der da über sein Essen gebeugt saß. Als ihre Augenlider sich flatternd senkten, beugte sich Jessie über sie, um ihr einen Gutenachtkuss zu geben. »Schlaf gut, mein Schatz.«

Jessie wandte sich um und bemerkte, dass Mr Logan sie schon wieder anstarrte. Was wollte er überhaupt hier? Er machte sie nervöser als eine Henne auf einem Hof voller Hähne.

Er hingegen schien die Ruhe selbst. Jetzt schob er den Stuhl vom Tisch zurück und nahm zufrieden kleine Schlucke aus seiner Kaffeetasse. Als er erneut ihren Blick auffing, zwinkerte er ihr mit einem verschwörerischen Lächeln zu, ganz so, als sei er ein Ehemann, der es kaum erwarten konnte, dass die Kinder einschliefen. Ihr Gesicht glühte beinahe unerträglich. Unwillkürlich strich sie die Vorderseite ihrer Schürze glatt und eilte zum Spülstein.

Den Gästen entging dieser Austausch völlig. Die Reise hatte sie erschöpft, und Mr Hobbs und Gabe lagen schon auf ihren Decken neben Sarahs Bett. Doch auch wenn sie die Augen geschlossen hatten, wusste Jessie, dass sie noch nicht fest schlafen konnten.

Als sie sich anschickte, den Besen zu holen, ergriff Mr Logan ihre Hand und legte sie sich auf die Schulter. »Die tut mir schon den ganzen Tag weh, Liebling. Könntest du sie bitte ein wenig massieren?«

Jessie sprang zurück, als hätte sie sich verbrannt.

Mr Logan schmunzelte. »Nur keine Aufregung. Meiner Ansicht nach hat ein Mann jedes Recht, seine Frau hin und wieder um ein paar Streicheleinheiten zu bitten.«

Jessies Puls raste. Mr Logan hatte sie in der Hand, und das wusste sie. Angst machte ihr, dass auch er es wusste. Sie biss sich auf die Unterlippe, trat hinter ihn und legte ihm die Hände auf die Schultern.

»Genau so, Mädchen.«

Er atmete langsam aus, und sie spürte, wie er sich entspannte. Entschlossen griff sie zu, drückte ihre Finger in seine Muskeln, so fest sie nur konnte.

Überrumpelt sprang Mr Logan auf. »Was machst du da? Gleich lege ich dich übers Knie!«, grollte er drohend, während er sich die malträtierte Schulter rieb.

»Wa… was ist los?« Mr Hobbs setzte sich auf, versuchte sich zu orientieren.

»Nichts. Gar nichts. Ich wollte ihm nur … die Schultern massieren, weil sie wehtaten«, erklärte Jessie unschuldig. »Schlafen Sie nur ruhig weiter.«

Sie funkelte Mr Logan an. Er funkelte zurück. Keiner von ihnen wollte den anderen die Oberhand gewinnen lassen. Plötzlich erinnerte sich Jessie daran, dass man manchmal mit Freundlichkeit mehr erreichte als mit Widerborstigkeit. Mit ihrem süßesten Lächeln deutete sie zum Stuhl hinüber. Langsam setzte sich Mr Logan wieder hin, und sie widmete sich mit Hingabe ihrer Aufgabe und massierte seine breiten Schultern. Allerdings schlug ihr dabei das Herz bis zum Hals.

»Danke, Jessie.« Als er ihren Namen aussprach, tat er das langsam und gedehnt. »Das tut richtig gut.«

Ihr entging nicht, wie genüsslich er ihren Vornamen verwendete. Keine Spur mehr von der Sanftheit, mit der er sie gestern nach dem Überbringen der Todesnachricht getröstet hatte.

Sie wandte sich um, und für einen Moment fiel ihr Blick auf die Schlafzimmertür. Gütiger Himmel, was sollte sie nur tun? Ganz offensichtlich hatte er ernsthaft vor, bei ihr zu schlafen und die Rolle des Ehemanns so weit wie möglich auszureizen. Und es gab nichts, was sie dagegen hätte tun können – nichts, außer die Wahrheit zu sagen. Aber dann würde sie Sarah verlieren.

Die Zeit verging so langsam, als befände sich auf dem Weg zum Galgen, als brächte sie jeder Schritt dem Untergang näher. »Kann ich sonst noch etwas für dich tun?«, erkundigte sie sich und bemühte sich um einen besorgt freundlichen Ton.

Mr Logans Augen verengten sich zu Schlitzen, während er sie lange und aufmerksam ansah. Schließlich hielt er seine Tasse hoch.

Jessie ging damit zum Ofen, goss erneut Kaffee ein und gab sie ihm zurück. »Hier, bitte. Lass dir ruhig Zeit. Ich mache mich jetzt fertig fürs Bett.«

Ihre Stimme hatte sanft geklungen. Zu sanft. Chase nippte an dem lauwarmen Gebräu, während er über ihren verwirrenden Sinneswandel nachdachte. Plötzlich schien sie es richtiggehend eilig zu haben, ins Schlafzimmer zu kommen. Vielleicht vermisste sie ihren toten Ehemann gar nicht so sehr, wie er angenommen hatte. Er trank noch einen Schluck.

War es nicht so, dass *er sie* hätte verunsichern sollen statt umgekehrt? Genau genommen hatte er keinerlei Absicht, mit Nathans Witwe zu schlafen. Er hatte sich einfach … einen Spaß mit ihr erlauben wollen. Ihr eine Lektion erteilen.

Er trank die Tasse leer und stellte sie ungeschickt und mit einem leisen Klirren auf der Untertasse ab. Langsam senkten sich seine Augenlider. Die Kälte musste ihm mehr zugesetzt haben als gedacht. Er stützte den Kopf in die Hände und schloss die Augen.

Nur einen kleinen Moment. Ich bin so verdammt müde.

Jessie öffnete die Schlafzimmertür einen Spalt und spähte hinaus. Er saß noch immer am Tisch, aber sein Kopf ruhte in seinen Händen – ein gutes Zeichen.

Wenn sie Glück hatte, würde Mr Hobbs morgen früh aufbrechen. Jetzt jedoch musste sie herausfinden, wie sie Mr Logan am geschicktesten ins Schlafzimmer bekam.

Besorgt schaute Jessie auf ihr Bett und stellte fest, wie klein es aussah. Ganz eindeutig zu klein für diesen großen Mann, aber irgendwie würde sie es schaffen müssen.

Auf Zehenspitzen schlich sie durchs Zimmer und blies die Lampen aus, bis nur noch die auf der Kommode brannte. Schließlich ging sie zu dem Cowboy, beugte sich über ihn und flüsterte: »Pssst, Mr Logan … Sind Sie wach?«

Keine Antwort.

Sie rüttelte ihn leicht an der Schulter.

»Hmmm …«

»Na los, stehen Sie auf und kommen Sie mit.« Vorsichtig, damit er nicht zu wach wurde, griff sie ihm vorn ans Hemd und zog.

Nichts geschah.

Sie packte ein wenig fester zu und wisperte ihm ins Ohr: »Mr Logan, bitte. Da drinnen wartet ein schönes weiches Bett auf Sie. Es wird Ihnen gefallen. Nur ein paar Schritte.« Seine Mundwinkel verzogen sich zu einem kleinen Lächeln. Mühsam öffnete er die Augen.

Unter großer Anstrengung zog sie ihn hoch und legte sich seinen Arm um die Schulter. Fast wäre sie umgefallen, so schwer war er. Als sie ihm einen Arm um die Taille schlang, murmelte er etwas und versuchte, sie an sich zu ziehen. Entschlossen drängte sie ihn in Richtung Schlafzimmer.

Sobald sie die Tür hinter ihnen geschlossen hatte, drehte sie ihn um und gab ihm einen Schubs. Mit einem leisen Plumpsen landete er auf dem Fußende und ließ sich nach hinten fallen. Sein Kopf stieß dabei kurz an den Bettpfosten, bevor er auf das Kissen niedersank, aber er schien es nicht zu bemerken.

»Geschieht Ihnen recht.« Sie hob einen Stiefel, wollte ihn ihm vom Fuß ziehen. Doch das gelang ihr nicht, der Stiefel bewegte sich kein Stück. Sie versuchte es wieder, blieb erneut erfolglos. »Verdammtes Ding!«

»Dreh dich um und nimm mein Bein zwischen deine, Liebling«, murmelte Chase mit schwerer Zunge.

»Wie bitte?«

»Nun mach schon.« Er hatte hörbar Mühe, die Worte hervorzubringen. »Ich beiß schon nicht, versprochen.«

Peinlich berührt zog sie den Rock hoch und machte einen Schritt über sein Bein, bevor sie seinen Stiefel packte. Sie holte tief Luft und beugte sich vor. Vor Anstrengung wurde ihr ganz warm, aber nichts passierte.

Plötzlich hob Mr Logan das andere Bein und stützte sich mit dem Fuß auf ihrem Hinterteil ab. Im nächsten Moment stieß er sie nach vorn.

Endlich löste sich der Stiefel, und Jessie fiel nach vorn auf die Knie. Mit dem zweiten Schuh machten sie es genauso, und sie errötete im schwachen Schein der Lampe, als sie seinen bestrumpften Fuß auf ihrer Kehrseite spürte. Sie hob seine Beine auf das Bett, überzeugte sich davon, dass er wieder eingeschlafen war, und löschte das Licht der Lampe.

Im Dunklen setzte sie sich auf ihren Schaukelstuhl und wickelte sich fest in den Überwurf ein. Außer Mr Logans Atemzügen war nichts zu hören.

In was um Himmels willen war sie da hineingeraten? Sie hatte keine Ahnung gehabt, wie viel Laudanum man wohl brauchte, um einen Mann von seiner Größe bewusstlos zu machen, deshalb war sie großzügig gewesen. Aber eines wusste sie mit Sicherheit: Morgen früh würde sie es mit einem furchtbar verkaterten und verdammt wütenden Cowboy zu tun bekommen.

Kapitel 6

Leise Geräusche weckten Chase aus seinem Schlaf. In seinen Schläfen pochte ein heftiger Schmerz. Es fühlte sich an, als wären da viele kleine Hämmerchen am Werk. Als er sich zwang, die Augen zu öffnen, schien sich das Licht direkt in sein Gehirn zu bohren. Sofort schloss er sie wieder.

Er spürte, dass sich das Bett sachte bewegte, und schielte zum Fußende. Da saß das kleine Mädchen, die ganz besondere Lieferung. Sarah war in eine Decke gehüllt und gab, ganz in ihr Spiel vertieft, keinen Ton von sich.

Als hätte das Kind gespürt, dass er es ansah, hob es den Kopf und starrte ihn erschrocken an. Chase stöhnte auf, als sich die Matratze ein wenig bewegte, und Sarahs Augen weiteten sich vor Angst.

»Morgen.« Er hatte seiner Stimme einen weichen Ton verleihen wollen, aber das war misslungen. Er klang heiser und wütend.

Einen Augenblick lang beobachtete die Kleine ihn voller Neugier, bevor sie ihm zaghaft ihre Puppe entgegenstreckte, die aussah, als sei sie aus einem Strumpf gemacht. Er betrachtete das Spielzeug und nickte anerkennend.

Offensichtlich begriff Sarah, dass er ihre Puppe bewunderte, denn im nächsten Moment spielte sie weiter, als wäre Chase gar nicht im Zimmer.

Mit einer Hand fuhr er sich über die schmerzenden Augen und versuchte, die heftige Übelkeit in Schach zu halten, die ihn quälte. Was auch immer sie ihm letzte Nacht verabreicht hatte, es hatte Wirkung gezeigt. So schlecht war ihm schon seit Jahren nicht mehr gewesen.

Jessie stand vor der angelehnten Schlafzimmertür und lauschte. Ein leises Murmeln drang an ihr Ohr. Mr Logan musste aufgewacht sein, und er sprach mit Sarah. In ihr regte sich Angst, während sie zu verstehen versuchte, was er sagte. Nur mit Mühe konnte sie der Versuchung widerstehen, durch den Spalt zu schauen und herauszufinden, ob er noch immer so totenblass war wie gestern Abend, aber sie blieb standhaft.

Vorhin hatte sie Feuer gemacht und eine frische Kanne Kaffee aufgesetzt. Voller nervöser Energie hatte sie ihr Möglichstes getan, um die Hütte warm zu bekommen, bevor die anderen aufwachten und ihr Frühstück verlangten. Als Sarah unruhig geworden war, hatte sie das Kind genommen, samt Decke ins Schlafzimmer getragen und ans Fußende des Betts gelegt, weil sie Mr Hobbs und Gabe noch etwas länger ausruhen lassen wollte. Außerdem hoffte sie, Sarah würde weiterschlafen, bis es wärmer wurde. Zu diesem Zeitpunkt hatte Mr Logan noch wie bewusstlos dagelegen, schwer und langsam atmend.

Jessie selbst hatte letzte Nacht fast kein Auge zugetan. Sie hatte im Schaukelstuhl gesessen und jedes Mal zu dem Mann in ihrem Bett geschaut, wenn er einen Laut von sich gab. Spät in der Nacht war sie zu sich gekommen und hatte festgestellt, dass ihr Hinterteil eingeschlafen war und sie bald Frostbeulen an den Füßen bekommen würde.

Jetzt öffnete sich die Tür, und Sarah kam aus dem Schlafzimmer gelaufen. Jessie hob sie hoch und umarmte sie behutsam.

»Guten Morgen, Sarah.« Das Gewicht des Mädchens in ihren Armen zu spüren, war das Herrlichste auf der Welt, schöner als alles andere, was Jessie je erlebt hatte. »Hast du gut geschlafen?«

Zur Antwort steckte die Kleine sich zwei Finger in den Mund. Jessie war überwältigt von der Freude, die sie in den Augen des Kindes lesen konnte. Sie trug Sarah hinüber zum Feuer, setzte sich mit ihr auf den Stuhl davor und deutete auf Gabe hinunter.

»Schau dir nur diese Schlafmütze an. Glaubst du, er wacht überhaupt noch mal auf?« Mit sanften, langsamen Bewegungen streichelte sie Sarah den Rücken.

Das Kind sah zu Gabe hinunter, dann wieder hoch in Jessies Gesicht. Dabei strahlte sie, und in ihren Wangen zeigten sich zwei niedliche Grübchen. Das war das Schönste, was Jessie je gesehen hatte. Ein Glücksgefühl erfüllte ihre Brust, und sie spürte einen Kloß im Hals. Wie lange hatte sie auf diesen Augenblick gewartet! Es war, als sei ein Traum wahr geworden.

»Läft.« Mit einem nassen Finger deutete Sarah auf den jungen Mann.

Der Klang der hellen Kinderstimme überraschte Jessie so sehr, dass sie beinahe vom Stuhl gefallen wäre. »Ja. Ja, Schatz, Gabe schläft noch. Aber langsam wird es Zeit, dass du ihn aufweckst, oder? Was meinst du?«

Jessie wusste, dass sich Sarah in der Gesellschaft des Jungen am wohlsten fühlte. Sie setzte das Mädchen neben den Schlafenden, sodass es sich an ihn schmiegen konnte. Sarah kroch in Gabes Umarmung und schloss die Augen.

Mit Erstaunen nahm Jessie wahr, welch inniges Verhältnis die beiden verband. Wie schön wäre es, wenn sie Gabe bitten könnte, auch hierzubleiben. Sarah würde es unendlich viel bedeuten, und für sie wäre der junge Mann eine große Hilfe auf der Farm. Leider war es so gut wie unmöglich, einen weiteren Esser aufzunehmen. Schon jetzt hatte sie kaum genug. Aus ihrer Zeit im Waisenhaus hatte sie in Erinnerung, dass Jungen im Wachstum eine ganze Menge Nahrung brauchten.

Jessie spürte ein Prickeln im Nacken. Als sie sich umwandte, stellte sie erschrocken fest, dass Mr Logan im Türrahmen lehnte und sie anstarrte, dass es ihr kalt über den Rücken lief. Wie lange stand er wohl schon dort? Beim Anblick seiner bestrumpften Füße erwachten äußerst peinliche Erinnerungen in ihr. Er schien nicht zu registrieren, wie unwohl sie sich fühlte, und fuhr sich mit der Hand durch das wirre Haar.

»Morgen.« Seine Stimme klang hart. In seinem blassen Gesicht stachen die besorgniserregend blutunterlaufenen Augen deutlich hervor. Zu behaupten, er sehe so aus, als fühle er sich nicht wohl, wäre eine Untertreibung gewesen.

»Sieht so aus, als hätte man mir gestern einen kleinen Schlummertrunk verabreicht. Irgendeine Idee, wer das wohl gewesen sein könnte?«

Als ihre Antwort ausblieb, ging er schleppenden Schrittes zum Tisch, zog langsam einen Stuhl hervor und setzte sich mit vorsichtigen Bewegungen hin.

»Heraus damit, Jessie. Ich fühle mich grauenhaft, und ich denke, Sie kennen den Grund dafür. Was haben Sie mir in den Kaffee getan?«

In diesem Augenblick hörte Jessie, wie sich die Schlafenden drüben am Feuer regten. Panik erfasste sie. Sie eilte zu Mr Logan und beugte sich vor, sodass ihr Gesicht sich ganz nah an seinem befand. »Laudanum. Bitte, Mr Logan. Ich flehe Sie an, sagen Sie Mr Hobbs nichts davon. Und auch nicht, wer Sie wirklich sind. Ich weiß, Sie hätten jedes Recht dazu, ganz besonders nach allem, was ich getan habe. Aber wenn Ihnen Nathan jemals ein Freund gewesen ist, bitte ich Sie inständig, tun Sie es nicht.«

»Was genau soll ich denn Ihrer Ansicht nach stattdessen tun?« Er griff nach ihrer Hand, nahm sie in seine. Für Jessie kam das völlig unerwartet.

»Nun ...«, begann sie, und ihre Stimme zitterte leicht. Sie schaute kurz auf ihre vertraulich verschränkten Hände hinab, hob den Blick und sah ihm wieder in die Augen. »Ich möchte, dass Sie sich weiterhin so verhalten, als wären Sie Nathan, bis Mr Hobbs wieder nach Hause fährt.«

»Und wann wird das sein?«

Behutsam löste Jessie ihre Hand aus seinem warmen Griff und hoffte, er würde es nicht bemerken. Sie beugte sich noch dichter zu ihm hin. Es fiel ihr schwer, sich zu konzentrieren, wenn er ihr so nahe war.

»Ich weiß es nicht genau. Wahrscheinlich bleibt er nur noch einen Tag.«

Langsam breitete sich ein schiefes Grinsen auf seinem Gesicht aus. Es bestand kein Zweifel – er genoss das ganze Theater. Ihr war das egal. Wenn nötig, würde sie bitten und betteln. Sie würde alles tun, wenn sie nur Sarah behalten durfte.

»Und«, er hielt für einige Sekunden inne, nur um sie ein wenig zu quälen, davon war sie überzeugt, »was müsste ich da machen?«

»Was man als Ehemann eben so tut. In der Scheune arbeiten, jagen, Holz hacken …«

»Und was hätte ich davon, mal abgesehen von den höllischen Kopfschmerzen, die mir Ihre Bekanntschaft bis jetzt beschert hat?«

Sie räusperte sich leise, sammelte ihre Gedanken. »Warmes Essen, saubere Wäsche. Die ein oder andere Massage.« Mit einer Geste erfasste sie den Raum. »Ein warmes Plätzchen und … ein weiches Bett.«

Er zog die Augenbrauen hoch, als reagiere er auf eine Zweideutigkeit. Sie konnte kaum glauben, dass dies derselbe freundliche, bedächtige Cowboy sein sollte, der ihr die Nachricht von Nathans Tod so schonend zu überbringen versucht hatte.

»Und …« Sie wusste nicht weiter. »Alles eben. Außer dem einen.«

»Welches eine?«

Jessie hätte schreien mögen bei seinem übertrieben unschuldigen Tonfall. »Sie wissen ganz genau, wovon ich spreche, Chase Logan«, flüsterte sie mit Nachdruck.

»Nein, das weiß ich nicht. Ich hatte nie das Vergnügen, verheiratet zu sein. Vor Ihnen sitzt ein ahnungsloser alter Junggeselle.«

»Was eben so hinter verschlossenen Türen vor sich geht.«

»Ah, jetzt verstehe ich langsam.« Er stützte den Kopf in die Hände, als könne er ihn nicht aus eigener Kraft hochhalten. In seinen Augen glitzerte der Schalk. »Und die ganzen anderen Dinge, die sich außerhalb des Schlafzimmers ereignen? Sind die erlaubt?«

Gabe setzte sich auf und streckte sich. »Morgen.«

Erschrocken schaute Jessie wieder Chase in die Augen. Der sah so selbstzufrieden aus, wie ein Mann nur sein konnte. Sie packte seine Hand, hielt sie fest. »Ja, alles. Alles außer dem einen. Sind Sie dabei?«

»Nur unter einer Bedingung«, erwiderte er, und jegliche Leichtigkeit war aus seinem Blick verschwunden. »Ich entscheide, was hier gemacht wird. Wie hier gearbeitet wird. Ich bin die Vorhut, Sie der Treiber. Haben wir uns verstanden?«

Jessie nickte. Treiber? War das Cowboyjargon? Ach, und wenn schon. Wenigstens hatte er zugestimmt.

»Ach ja, eins noch.«

Jessie hatte sich schon halb erhoben, doch Chase zog sie sanft an der Hand auf den Stuhl zurück. Er sah ihr direkt in die Augen. »Es wäre sicher nicht verkehrt, wenn Sie mich von jetzt an Nathan nennen würden.«

Kapitel 7

Langsam neigte sich das Frühstück aus Haferbrei und Brötchen
dem Ende zu. Es wurde immer deutlicher, dass in der Hütte nicht
genug Platz für die drei Erwachsenen, Gabe und Sarah war.

Einen Moment lang verlor sich Jessie in ihren Gedanken. Ihr
Stuhl stand ganz dicht neben dem von Mr Logan. Von Zeit zu
Zeit berührten sie einander unversehens, und immer, wenn das
geschah, erfasste sie Verwirrung. Ihr angeblicher Gatte, freundlich und vollkommen entspannt, aß und unterhielt sich mit Mr
Hobbs. Vorbildlicher hätte sich kein Mann verhalten können. Für-
sorglicher auch nicht. Die Zeit verging, ohne dass sich einer von
ihnen einen Fehler geleistet hätte, und sie fand es sogar angenehm,
ihn bei sich zu haben. Sie war unendlich erleichtert.

Chase wollte gerade vom Tisch aufstehen, als Mr Hobbs ihm
eine Frage stellte, bei der seine alten, von Falten umkränzten Augen
aufleuchteten. »Was ich immer schon wissen wollte, Nathan: Wie
haben Sie unsere Jessie eigentlich gefunden? Wo haben Sie sie kennengelernt? Die ganze Geschichte kenne ich immer noch nicht.«

Langsam wischte sich Chase mit der Serviette den Mund ab.
»Wir haben …« Er räusperte sich und warf Jessie einen Blick zu.
»Als wir uns kennengelernt haben …«

Jessie legte Chase eine Hand auf den Oberarm. »Ich habe
Nathan … in der Stadt getroffen. Damals, als ich endlich einen
Anstellung gefunden habe«, sagte sie leise.

»Ja«, nahm Chase den Faden auf. »Das war, als sie im Laden nach Arbeit gefragt hat. Gertenschlank und so wunderschön stand sie da.« Mit jedem schmeichelnden Wort ließ er sich Zeit, wie Honig tropften ihm die Komplimente von den Lippen. »Ich musste sie einfach ansprechen. Welcher Mann könnte diesen bezaubernden blauen Augen widerstehen?« Er wandte sich ihr zu, schenkte ihr ein strahlendes Lächeln.

»Ich konnte gar nicht mehr wegschauen. Ich war ihr augenblicklich ganz und gar verfallen.«

Jessie zwang sich dazu, den zärtlichen Blick zu erwidern, und hoffte, nicht ganz so unbeholfen auszusehen, wie sie sich fühlte. In seinen Augen glitzerte solche Erheiterung, dass sie ihm am liebsten unterm Tisch einen Tritt versetzt hätte. Stattdessen nahm sie seinen Teller und trug ihn zum Wasserbecken.

»An diesem Tag wollte ich Vorräte kaufen«, fuhr er fort. »Unsere Verlobungszeit war ziemlich kurz, das muss man sagen.« Er lachte auf, tief und aus vollem Herzen, was ihr einen wohligen Schauer durch den Körper sandte. »Nur ein Narr hätte diese Frau jemals wieder hergegeben.«

Aus Mr Hobbs' Augen strahlte väterliche Liebe. Sein Mund verzog sich zu einem Lächeln, und er nickte.

Geschäftig deckte Jessie den Tisch ab. Mr Logans Version ihrer Geschichte war viel schöner als die Wahrheit. Viel schöner als die Handvoll verzweifelter Frauen, die in einem Raum voller Männer auf einer Bühne standen. Weniger verletzend als der Anblick des Publikums, von dem jeder Einzelne den Blick abgewandt hatte, als ihr hässlicher, von Narben übersäter Rücken zum Vorschein kam. Auch viel weniger beschämend, als als Letzte zurückzubleiben, ganz allein. Bis Nathan Strong vorgetreten war und um ihre Hand angehalten hatte.

Ja. Chase' Version gefiel ihr tausendmal besser.

Er stand auf, entschuldigte sich und ging ins Schlafzimmer.

»Bist du satt, Sarah?«, wollte Jessie wissen, froh, das Gespräch auf ein anderes Thema lenken zu können. Mit der friedlichen Idylle war es vorbei. Eine wilde Unruhe erfüllte sie, während das

Bewusstsein auf sie einstürzte, in welch schrecklicher, unehrlicher Situation sie sich befand. In ihr krampfte sich alles zusammen, bis ihre Eingeweide sich anfühlten wie ein einziger harter Knoten, und sie war entsetzlich nervös.

Das kleine Mädchen nickte, wandte seine Aufmerksamkeit wieder Gabe zu und steckte den Löffel in die Schale des Jungen.

»Ich versuche ja immer, ihr Manieren beizubringen, Ma'am, aber sie will einfach nicht. Heute ist sie ganz schön kess.« Demonstrativ nahm er ihren Löffel aus seiner leeren Schale und legte ihn zurück in ihre.

»Nun denn, wir haben gepackt und sind bereit zum Aufbruch«, verkündete Mr Hobbs. »Du wirst es mir sicher verzeihen, Jessie, dass wir nur so kurz bleiben konnten, aber ich möchte nicht länger warten, sonst werden wir noch eingeschneit.« Er hielt inne, schaute zweifelnd vor sich hin. »Allerdings gibt es da noch etwas, das ich gern mit dir und Mr Strong besprechen würde.«

»Ich bin da«, sagte Chase, der soeben das Schlafzimmer verließ. Er trug seine Satteltaschen über der Schulter und ein Gewehr in der Hand.

»Gabe, bring bitte schon mal mein Gepäck zum Wagen«, sagte Mr Hobbs. Als sich der Junge außer Hörweite befand, fuhr er fort: »Ich überfalle Sie nur sehr ungern damit, aber ich habe Gabe mit auf diese Reise genommen, weil ich gehofft hatte, Sie könnten ihn vielleicht auch bei sich aufnehmen. Er ist schon fast alt genug, um auf eigenen Beinen zu stehen, müsste also nicht für lange Zeit versorgt werden. Ich glaube sogar, er wäre Ihnen eine große Hilfe.« Mr Hobbs fuhr sich mit dem Taschentuch über die Stirn. »Er ist gut im Jagen und im Spurenlesen. Geschickt und arbeitsam – aber vor allem ein grundanständiger Junge.«

Der alte Mann wandte sich an Jessie, und seine Stimme bekam einen flehentlichen Klang. »Ich will keine überstürzten Entscheidungen erzwingen, aber im Waisenhaus ist wirklich kein Platz mehr für ihn. Wir haben inzwischen viel zu viele Kinder dort. Wenn ihr ihn nicht aufnehmen könnt, bin ich gezwungen, in irgendeiner Stadt Arbeit für ihn zu suchen.« Sein Gesichtsausdruck war sehr ernst. »Und dir brauche ich ja nicht zu erklären, dass man da nie wissen kann, was auf einen zukommt.«

Mr Hobbs holte tief Luft und sprach schnell weiter. »Sicher muss ich nicht erwähnen, wie sehr er an Sarah hängt. Sie ist wie eine Schwester für ihn. Er hatte eine, aber sie ist an der Cholera gestorben, als sie mit dem Treck unterwegs waren, genau wie seine Eltern. Dafür, dass er so jung ist, hat er schon viel Leid erfahren.«

Chase rief sich Gabe vor Augen. Wie alt war er noch einmal? Dreizehn? Im Westen war man mit dreizehn ein Mann. Er konnte Jessie eine große Hilfe sein, wenn er selbst weiterziehen musste.

»Der Junge kann hierbleiben«, sagte er und suchte Jessies Blick, um herauszufinden, ob sie widersprechen würde. Er schlang ihr einen Arm um die Taille und zog sie zu sich heran.

Sie zögerte kurz, bevor sie sich entspannte und sich an ihn lehnte. »Ja, wir nehmen ihn sehr gern bei uns auf.«

Genau in diesem Moment betrat Gabe die Hütte wieder. Jessie ging zu ihm hin und legte ihm eine Hand auf die Schulter. »Wir wären stolz und froh, dich als neues Familienmitglied zu haben. Das Leben hier ist kein Zuckerschlecken, aber ich glaube, du wirst gut damit zurechtkommen.«

»Danke, Ma'am«, erwiderte Gabe förmlich. »Ich verspreche Ihnen, Sie werden diese Entscheidung nicht bereuen.«

»Vielleicht doch … wenn du weiter Ma'am zu mir sagst«, war ihre scherzhafte Antwort. »Nenn mich Jessie, ich bestehe darauf.«

Mr Hobbs strahlte übers ganze Gesicht. »Ausgezeichnet! Jetzt, wo auch das geklärt ist, sollten wir uns um die Papiere kümmern, und dann mache ich mich auf den Weg.« Er begann, in seinen Unterlagen zu wühlen, und zog schließlich einige verknitterte Blätter hervor.

Chase spürte, wie ihm die Hände feucht wurden. Sicher würde ihn Jessie für einen Dummkopf halten. Aber nur weil er weder lesen noch schreiben konnte, war er noch lange kein Idiot. Er hatte einfach nie die Gelegenheit gehabt, es wie andere Kinder zu lernen. Weil er vollauf damit beschäftigt gewesen war zu überleben.

Mr Hobbs legte die Papiere auf den Tisch und tauchte seine Feder in ein kleines Tintenfass. »Sie brauchen nur hier unten zu unterschreiben.«

Chase schaute auf die Papiere hinab, tat so, als überfliege er sie. Das hatte er über Jahre geübt. Er schaute Jessie an, dann Mr Hobbs.

»Ich lasse meiner Ehefrau den Vortritt.«

Jessie nahm die Feder. In die zweite freie Zeile schrieb sie eine Reihe eleganter, fließender Buchstaben. Es sah aus wie ein Kunstwerk. Wahrscheinlich schrieb sie sogar ihren vollen Namen. Zu schade, dass er ihn nicht lesen konnte. Es hätte ihn schon interessiert, wie sie mit zweitem Vornamen hieß.

»Und jetzt du«, sagte sie und hielt ihm den Federkiel hin. Ohne Zögern griff er zu, tauchte die Spitze in die Tinte und malte ein großes X auf die Linie über ihrem Namen. Ohne ein weiteres Wort wandte er sich um, nahm den Beutel mit Essen, den Jessie für ihn vorbereitet hatte, und verabschiedete sich mit einem Nicken von der Gruppe.

»Er geht auf die Jagd«, sagte Jessie in das peinliche Schweigen hinein. »Schon wieder.« Sie folgte Chase zu Tür. Der Nordwind drang herein und brachte den kalten, frischen Geruch des Winters mit sich.

»Ich mache mich dann auch auf den Weg«, meinte Mr Hobbs. »Passen Sie gut auf Sarah auf. Gabe, du hilfst Jessie und Mr Strong. Und benimm dich.«

Sie umarmten sich lange, und Jessie vermochte die Tränen nicht zurückzuhalten. »Bitte grüßen Sie alle ganz herzlich von mir.«

»Das werde ich tun, meine Liebe.« Er küsste sie auf die Stirn, hielt sie ein Stück von sich weg und wischte ihr mit den Daumen die Tränen ab. »Ich bin unendlich froh und dankbar, dass du es so gut getroffen hast. Pass gut auf dich auf.«

Nachdem die beiden Männer aufgebrochen waren, schien es in der Hütte sehr still. Ein paar Stunden verbrachte Jessie damit, sich mit Sarah zu unterhalten und mit ihr zu spielen. Außerdem war sie damit beschäftigt, Brot zu backen. Sie knetete den Teig, bis sie meinte, die Arme müssten ihr abfallen, bevor sie ihn zum Gehen neben den Ofen stellte.

»Ich muss Wasser holen. Passt du bitte auf Sarah auf und sorgst dafür, dass sie dem Feuer nicht zu nahe kommt?« Schon knöpfte sie sich den Mantel zu und zog Fausthandschuhe über.

Gabe stand rasch auf und schaute verblüfft zu der Pumpe in der Küche hinüber. »Wasser?«

»Da kommt nur ein Rinnsal raus. Wenn ich Wäsche zu waschen habe, gehe ich zum Bach.«

»Das kann ich übernehmen. Zeig mir einfach die Richtung.«

»Danke, aber es wird mir guttun, rauszukommen. Ich habe so lange drinnen gesessen, dass ich bald verrückt werde. Ein bisschen frische Luft wird mir nicht schaden.« Sie freute sich darüber, wie hilfsbereit er war. »Es wird nicht lange dauern.«

Warm eingepackt, den Eimer in der Hand, lief sie den schmalen Pfad hinter der Hütte entlang. Nach ein paar Metern schlängelte sich der Weg zwischen den Bäumen eines kleinen Wäldchens hindurch. Sie zog unter den feuchten Ästen den Kopf ein und gab ihren Augen Zeit, sich an das Dämmerlicht im Wald zu gewöhnen, bevor sie sich vorsichtig an den kurzen Abstieg machte. Die Luft fühlte sich eisig an. Wieder und wieder zwang sie sich, an etwas anderes zu denken als an Mr Logan.

Warum wollte er ihr einfach nicht aus dem Kopf gehen? Und wieso war er überhaupt zurückgekommen? Um ihr zu helfen? So musste es sein. Er hatte Sarah gesehen und seine Meinung geändert. Was sonst wäre ein möglicher Grund für sein Verhalten?

Rauschend schlug das Wasser an die Ufer, schäumte, schien seinem Bett entkommen zu wollen. Der schmale Sandstreifen am Rand, auf dem Felsen aller Größen und Formen verstreut lagen, erfüllte sie immer mit Freude. Nathan hatte ihr erzählt, dass er genau diese Stelle so malerisch gefunden hatte, dass er die Hütte sofort gemietet und sich dort niedergelassen hatte. Sie kam oft an diesen Ort, wenn sie sich einsam fühlte, und hinterher ging es ihr jedes

Mal besser. Etwas Schöneres kannte sie nicht. Nirgendwo anders war die Natur so atemberaubend.

Sorgsam darauf achtend, dass der Saum ihres Kleides nicht ins Wasser hing, kniete sie sich auf denselben Felsen wie immer und tauchte den Eimer an einem Seil ins Wasser. Sie spürte den Widerstand der Strömung, und das eisige Nass schwappte ihr über beide Arme. Fast riss es ihr den Eimer aus der Hand.

Im Kampf um einen sicheren Griff bemerkte sie am gegenüberliegenden Ufer eine Bewegung und schaute auf. Vor Schreck blieb ihr beinahe das Herz stehen. Der Eimer glitt ihr aus den Händen und trieb davon.

Keine zehn Meter vor ihr saßen drei Indianer auf ihren Pferden.

Kapitel 8

Hektisch krabbelte Jessie rückwärts. Ihr Kleid verfing sich in ihren Stiefeln, sie fiel in den Sand und tat sich weh. Ihr Instinkt schrie, sie solle sich umdrehen und wegrennen, aber sie erinnerte sich an Nathans Anweisung, bevor er sie zum ersten Mal hier allein gelassen hatte.

»Versuch, nie Angst zu zeigen, wenn du einem Indianer begegnest. Du darfst nicht schreien oder weglaufen. Die meisten sind einfach neugierig, weil sie noch nie eine weiße Frau gesehen haben, und wollen nur gucken.«

Sie ignorierte den Schmerz, der durch ihren Körper pulsierte, stand langsam auf und zog sich vorsichtig zurück.

Zwei der Männer sahen in ihrer Wildlederkleidung und mit ihrem Federschmuck Ehrfurcht gebietend aus. Ihre Umhänge waren aus irgendwelchen Tierfellen mit seitlich daran hängenden Köpfen. Auf den Gesichtern der Indianer zeigte sich keine Regung, als Jessie ihnen direkt in die Augen blickte.

Der Dritte war noch sehr jung, etwa in Gabes Alter. Er hielt die Zügel eines Pferdes ohne Reiter, das nervös hin und her tänzelte, schnaubend mit den Hufen auf den Boden trat. Als das Tier sich umdrehte, erkannte Jessie den Sattel und die Satteltaschen.

»O nein«, flüsterte sie. »Chase.« Sie nahm allen Mut zusammen, zwang ihre Beine, sich zu bewegen, wieder das Ufer hinaufzuklettern. Langsam schritt sie rückwärts bis zum Saum der Bäume, dann wirbelte sie herum und rannte zur Hütte.

»Gabe!« Mit eiskalten Fäusten hämmerte sie gegen die Tür. »Mach auf!«

Mit einem Ruck wurde die Tür geöffnet, und Jessie stürzte nach drinnen. Rasch schlug sie die Tür hinter sich zu und schob den Riegel vor. Sie war völlig außer Atem.

»Was ist los?«

»Indianer. Drei, unten am Bach. Sie haben Chase' Pferd.«

»Chase? Wer ist das?«, fragte der Junge verwirrt.

»Nathan!« Sie hätte sich ohrfeigen können für ihren Fehler. »Chase ist sein Spitzname, und so nenne ich ihn meistens.«

»Bist du denn auch sicher, dass es seins war? Viele Pferde sehen sich sehr ähnlich.«

»Ganz sicher. Ich muss nach ihm suchen. Wenn er noch lebt … O Gott, lass ihn noch am Leben sein«, stieß sie keuchend hervor. »Ich hole ihn nach Hause.«

»Ich sollte gehen«, protestierte Gabe. »Selbst wenn du ihn findest, könntest du ihn weder hochheben noch bewegen. Wie willst du ihn dann hierher zurückkriegen?«

Heiße Verzweiflung stieg in Jessie auf. Sie hatte jetzt keine Zeit, darüber nachzudenken. In fliegender Hast zog sie sich ein paar zusätzliche Lagen Kleidung über. Um alles andere würde sie sich kümmern, wenn sie ihn gefunden hatte. Sarah, verunsichert von der ganzen Unruhe, begann zu weinen.

Gabe packte Jessie bei den Schultern. »Halt. Ich werde ihn finden. Das verspreche ich dir. Wenn du losziehst, würdest du nur erfrieren. Und dann steht Sarah wieder allein da. Willst du etwa, dass sie zurück ins Waisenhaus muss?«

Jessie nahm sich zusammen. Gabe hatte recht. Er war stärker. Er würde sich draußen zurechtfinden, könnte die Spuren lesen.

Wie viel Zeit war seit Chase' Aufbruch vergangen? Vier Stunden? Wie lange dauerte es, ehe ein Mann bei diesem Wetter erfror? Unzählige Fragen schossen ihr durch den Kopf.

»Ich muss was zu essen mitnehmen. Wer weiß, wie lange ich unterwegs bin.« Gabe wühlte in seinen Sachen und zog einen Revolver hervor. Er ließ die Trommel kreisen, bevor er die Waffe lud.

»Kannst du damit umgehen?«

»Ich bin ein erstklassiger Schütze. Als wir mit dem Treck unterwegs waren, habe ich viel gejagt.«

»Hast du jemals einen Mann erschießen müssen?«

»Nein. Aber wenn es ernst wird …«

Jessie trat ganz dicht an ihn heran. »Ich hoffe, dass es dazu nicht kommt, Gabe. Bitte sei vorsichtig. Komm gesund wieder, und bring Cha… Nathan mit nach Hause. Möge der Herr dich beschützen.«

Jessie stopfte noch eine kleine Decke und etwas Brot in Gabes Bündel, während er sich seinen schweren Mantel anzog. Sie hob Sarah hoch und hielt sie so, dass das kleine Mädchen Gabe einen Abschiedskuss geben konnte. Innerlich betete Jessie, dass sie das Richtige tat, indem sie den Jungen losschickte, um Chase zu finden. Oder schickte sie Gabe am Ende in den Tod?

Chase lag mit dem Gesicht nach unten auf dem gefrorenen Boden. Der Arm, der unter seinem Körper eingeklemmt war, pochte, aber er konnte nicht die Energie aufbringen, sich umzudrehen. Ein Schmerz von nie gekannter Heftigkeit drückte seinen Schädel mit unglaublicher Kraft zusammen. Der eisige, mit Felsbrocken übersäte Waldboden war hart wie Stein, und jede Faser seines Körpers tat ihm weh.

Was war nur geschehen? Er erinnerte sich daran, wie er ein Reh verfolgt und auf das Tier angelegt hatte. Im nächsten Moment hatte er sich in dieser unbequemen Lage auf dem kalten, harten Boden wiedergefunden.

Blut.

Er konnte es riechen, wusste jedoch nicht, woher es kam. Mit aller Macht versuchte er, sich zu konzentrieren und das Puzzle seiner Erinnerung zusammenzusetzen. Seine Gedanken waren wie Silberfische, wuselten ziellos herum. Sosehr er sich auch bemühte, er konnte keinen einzigen festhalten.

Er strengte sich an, ein Blatt dicht neben seiner Nase im Blick zu behalten, und tat alles, um nicht wieder das Bewusstsein zu verlieren. Sein letzter Gedanke, bevor alles schwarz wurde, galt einer hübschen jungen Frau mit glänzendem, goldblondem Haar. Hatte er tatsächlich ihre Hand gehalten und gespürt, wie die Wärme ihrer Körper sich vereinte? Oder war das alles ein Traum? Er klammerte sich an diesem Bild fest, solange es irgend ging, während er zurücksank in die Dunkelheit.

Es war leicht gewesen, Mr Strongs Spur aufzunehmen. Gabe bewegte sich dicht am Boden, mit zügigem Schritt. Daheim in Virginia, als er noch klein gewesen war, hatte sein Vater ihm beigebracht, wie man im Wald überlebte. Die Fähigkeiten seines einzigen Sohnes hatten den Mann mit Stolz erfüllt.

»Ach, Pa, ich vermisse dich, und gerade jetzt könnte ich deine Hilfe so gut brauchen. Das hier ist kein Spiel. Es geht um das Leben eines Mannes.«

Mit geübtem Blick suchte Gabe die Lichtung ab und fand die Wildfährte, der Mr Strong gefolgt sein musste. Bei der Spurensuche konnte Hast ein tödlicher Fehler sein. Er hielt inne und schaute zurück, suchte nach Anzeichen dafür, dass sich hinter ihm etwas rührte.

Hier draußen war es unheimlich. Zu still. Hier gab es nichts außer ihm und dem überlauten Geräusch seiner Schritte auf dem gefrorenen Boden. Er wollte nicht daran denken, was er würde tun müssen, wenn er plötzlich den Indianern gegenüberstand, die Jessie gesehen hatte. Während des Trecks hatte er viele Gruselgeschichten darüber gehört, was sie mit weißen Gefangenen anstellten. Sie waren zu schrecklich, als dass er jetzt an sie denken wollte.

Hinter ihm rollte etwas in die Schlucht hinab. Blitzschnell fuhr Gabe herum. Das Herz klopfte ihm bis zum Hals, er zog seinen Revolver und zielte auf … einen Tannenzapfen. Ein kleines Stück rollte der Zapfen noch weiter, dann blieb er liegen. Es dauerte einige Augenblicke, bis Gabes Herz ihm nicht mehr den Brustkorb zu sprengen drohte. Erleichtert lächelte er und setzte seinen Weg fort.

Als er um die nächste Biegung schlich, entdeckte er Mr Strong, der bäuchlings auf dem Boden lag. Nicht einmal dreißig Meter von ihm entfernt war ein Reh dahingestreckt, mit einem sauberen Schuss ins Herz erlegt.

Gabes eigenes Herz pochte noch immer heftig, aber er zwang sich, langsam näher zu treten. Es war nicht einfach, Mr Strong umzudrehen. Eine Wunde auf der Stirn des Mannes blutete beständig, sein ganzes Gesicht und sein Hals waren schon rot. Gabe legte sein Ohr an Mr Strongs Lippen und lauschte auf ein Lebenszeichen.

Weil ihm das eigene Blut so wild durch die Adern rauschte, war es schwierig für Gabe, überhaupt etwas zu hören. Doch nach ein paar Sekunden vernahm er Mr Strongs Atem wie einen leisen Hauch, und Erleichterung durchflutete ihn. Er nahm die Decke aus seinem Bündel, breitete sie mit raschen Bewegungen über Mr Strong aus und wickelte ihn fest darin ein.

»Es wäre eine Schande, das Reh zurückzulassen, für das Sie Ihr Leben riskiert haben. Ich nehme mir einen Moment Zeit, hänge es schnell auf und weide es aus. Fleisch ist einfach zu schwierig zu bekommen, als dass man es verschwenden sollte.«

Während er sich an die Arbeit machte, dachte Gabe darüber nach, wie er Mr Strong zurück zur Hütte transportieren könnte. Nachdem er sich um das erlegte Reh gekümmert hatte, hieb er rasch zwei junge Birken um. Er wickelte Mr. Strong aus der Decke und baute eine Schleiftrage, indem er den Stoff mit den beiden Holzstämmen verband.

»Das müsste reichen, um Sie nach Hause zu schaffen.« Mit Mühe hievte Gabe Mr Strong auf die Decke.

»Wieso kommst du erst jetzt?«

Gabe schrak zusammen, als er die heisere Stimme hörte.

»Keine Angst«, beruhigte ihn Mr Strong. »Außer uns ist hier niemand, und ich fühle mich im Augenblick nicht besonders stark. Was ist mit meinem Pferd?«

»Das haben die Indianer. Drei waren am Bach, als Jessie Wasser holen wollte. Sie hat das vierte Pferd erkannt und wusste, dass es Ihres war. Da hat sie mich losgeschickt, Sie zu suchen.«

Gabe hob das eine Ende der Schleiftrage an. »Also los. Sie über diese Hügel zurück nach Hause zu bekommen, wird schwieriger werden, als Fliegendreck aus dem Pfeffertopf zu fischen.«

Kapitel 9

Händeringend ging Jessie vor der Feuerstelle auf und ab, die Augenbrauen sorgenvoll zusammengezogen. Selbst der beruhigende Schein des Feuers konnte nichts daran ändern, dass ihr das Blut eiskalt durch die Adern floss. Was, wenn Chase längst tot war, und Gabe jetzt auch?

Als die Stunden vergingen, ohne dass der Junge zurückkam, wurde auch Sarah unruhig. Sie weinte und war nicht zu trösten, bis Jessie nichts anderes übrig blieb, als sie in ihr Bett zu legen und dem kleinen Mädchen den Rücken zu streicheln, bis es einschlief.

»Sarah, es tut mir so leid, dass du wegen mir in diese Sache hineingeraten bist«, murmelte Jessie leise. »Ich wollte dir nur die Albträume ersparen, die ich durchleben musste, als ich im Waisenhaus groß geworden bin. Mir war es wichtig, dass du ein richtiges Zuhause hast, mit einer Mama und einem Papa. Vielleicht eines Tages mit Geschwistern. Jetzt ist Nathan tot, und womöglich auch noch Chase und Gabe. Durch meine Schuld. Ich hätte von Anfang an die Wahrheit sagen sollen. All das ist aus einer einzigen kleinen Lüge entstanden.«

Kraftlos vor Sorge hätte sie am liebsten geweint, aber das tat sie nicht. Stattdessen starrte sie ins Feuer und stellte sich vor, was da draußen im Dunkeln alles Schreckliches passieren mochte.

Plötzlich waren vor dem Haus Geräusche zu hören. Auf Zehenspitzen schlich Jessie zur Tür und lauschte mit einem Ohr am Holz.

»Wir haben's geschafft, Mr Strong. Wir sind da.«

Gabe! Rasch entriegelte sie die Tür und riss sie weit auf.

»Ihr seid wieder zu Hause!«, rief sie vor Erleichterung schluchzend und beeilte sich, Gabe dabei zu helfen, die Trage nach drinnen zu schaffen.

Jessie fiel neben Chase' schlaffem Körper auf die Knie. Sein Gesicht hatte eine graue Färbung angenommen, und überall war Blut. Sie legte ihm eine Hand an die eiskalte Wange. »Wie geht es ihm?« Mehr brachte sie nicht heraus, so sehr schnürte es ihr die Kehle zu.

»Er ist angeschossen worden. Ein Streifschuss am Kopf. Ganz am Anfang hat er mit mir gesprochen, aber das ist schon Stunden her. Seitdem hat er noch eine Menge Blut verloren. Ehrlich gesagt mache ich mir große Sorgen.« Nachdenklich zog Gabe die Augenbrauen zusammen. »Da lag auch ein Rehbock, den er oder jemand anders geschossen hat. Alles ziemlich seltsam.«

Jessie sah sich die Wunde an, aus der immer noch Blut quoll. »Hilf mir, er muss ins Bett.« Gemeinsam mühten sie sich damit ab, die Trage durch den Raum und ins Schlafzimmer zu schaffen.

»Wenn wir ihn beide zugleich anheben, können wir ihn auf die Matratze wuchten«, sagte Jessie.

»Vorsicht, er ist ganz schön schwer«, erwiderte Gabe. »Ich nehme die Schultern, du die Beine. Auf drei.«

Plötzlich stand eine benommene Sarah in der Schlafzimmertür. Das Haar stand ihr zerzaust vom Kopf ab, und sie runzelte besorgt die Stirn. »Pipi.«

»Und ... eins, zwei, drei!«

Jessie wandte alle ihre Kraft auf. Als Chase auf der Bettkante landete, entrang sich seiner Brust ein schwaches Stöhnen. Nachdem sie ihn in die Mitte der Matratze geschoben hatte, machte sich Jessie daran, ihm die Stiefel auszuziehen, was sich als ebenso schwierig herausstellte wie am vergangenen Abend.

»Lass nur, ich mach das schon.« Aus Gabes Stimme klang deutlich die Erschöpfung.

Sarah begann zu wimmern.

»Was hast du?«, fragte Jessie, ging zu dem Mädchen hin und hob es hoch. »Es wird ihm bald besser gehen. Nur eine kleine Verletzung an der Schläfe, mehr fehlt ihm nicht.« Innerlich betete sie, ihre Worte würden sich als wahr erweisen.

»Pipi.«

»Oh. Du bist ein sehr braves Mädchen.« Sie küsste Sarah und lächelte ihr ins besorgte Gesicht. »Dann schauen wir doch mal, wo der Nachttopf steht.«

Bei ihrer Rückkehr übergab sie die Kleine an Gabe. Der Junge hatte Chase das Hemd ausgezogen und die ersten sechs Knöpfe seines Unterhemds geöffnet. Die verschlissene Baumwolle war fein säuberlich zurückgeschlagen und enthüllte eine muskulöse, leicht behaarte Brust. Chase' fester Bauch, der unter dem dünnen Stoff durchschimmerte, hob sich im Rhythmus seiner Atemzüge. Er gehörte zu der Sorte Mann, von der die Mädchen im Waisenhaus nur im Flüsterton gesprochen hatten. Beim Gedanken an jene Geschichten errötete Jessie sogar jetzt noch. Sie zwang sich, den Blick von seinem Körper abzuwenden, und bewunderte stattdessen sein attraktives Gesicht. Er war ein so guter Mensch. Ihr zog sich das Herz in der Brust zusammen, als sie daran dachte, welche Schmerzen er gerade leiden musste, und sie beeilte sich, alles zurechtzulegen, was sie brauchte, um seine Wunde zu versorgen. Sie setzte Wasser auf und riss mehrere saubere Geschirrtücher in Streifen.

Rasch wusch sie ihm das Blut von Gesicht und Hals und hüllte ihn in eine warme Decke. Als sein Kopf schließlich mit weißen Stoffstreifen verbunden war, hatte er sich noch immer nicht gerührt. Die Stunden vergingen, ohne dass Chase das Bewusstsein wiedererlangte.

Jessie schnitt gerade Brot, als Gabe aus der Scheune zurückkam. Auf seinem Gesicht war Besorgnis zu lesen.

»Was ist los?«

»Mr Strongs Pferd ist wieder da, aber es hat ein paar Schnittwunden abgekriegt.«

»Sehr schlimm?«

»Nein. Ich glaube, es waren die Indianer, die das Tier zurückgebracht haben – die Wunden waren bereits versorgt. Wegen denen brauchen wir uns wohl keine Sorgen mehr zu machen. Wenn sie uns nicht gewarnt hätten, wäre Mr Strong vielleicht da draußen gestorben.«

Chase stöhnte auf, und beide schauten zu ihm hin. Eilig trat Jessie ans Bett und legte ihm die Hand auf die Stirn. Er fühlte sich viel heißer an als noch eine Stunde zuvor, schien geradezu zu brennen.

Jessie zog die Decke weg, schob ihm vorsichtig das Unterhemd über den Kopf und wischte ihm Gesicht und Brustkorb mit Wasser aus dem Porzellankrug ab. Wieder und wieder fuhr sie ihm mit dem kühlen, feuchten Tuch über die Haut, über die Stirn und über Brust und Arme. Obwohl sie rasch zu Werke ging, hatte sie den Eindruck, als werde er mit jeder Minute unruhiger. Er warf sich hin und her und murmelte zusammenhanglose Wortfetzen.

Sein Anblick verstörte Sarah, und sie fing an zu wimmern.

»Alles in Ordnung, Kleines, mach dir keine Sorgen.« Gabe hob das Kind hoch und drückte es fest an sich. Sarah schmiegte sich an seine Brust, rollte sich zusammen und steckte sich die Finger in den Mund. »Ich gebe ihr was von dem Brot, das du vorhin aufgeschnitten hast, Jessie. Willst du auch etwas?«

»Nein. Ich fühle mich, als hätte ich Hufeisen im Bauch. Aber ihr beide müsst unbedingt etwas essen.«

Er nickte und trug Sarah ins andere Zimmer. »Ist bestimmt eine gute Idee, wenn ich morgen früh das Pferd nehme und das Reh hole, von dem ich dir erzählt habe«, rief er leise über die Schulter zurück.

Jessie hielt inne, die Hand auf Chase' Schulter. Unter den Fingerspitzen spürte sie die Hitze, die sein fiebriger Körper ausstrahlte.

»Wir wissen nicht, wer versucht hat, ihn umzubringen. Oder ob der Kerl sich noch draußen rumtreibt. Du glaubst nicht, dass es die Indianer waren?«

»Nein, sicher nicht.« Gabe stand wieder in der Schlafzimmertür. Er hielt noch immer Sarah in den Armen. »Warum hätten sie dann kommen und uns warnen sollen? Oder, noch entscheidender, warum Mr Strongs Pferd zurückbringen? Wenn ich reite, kann ich es in zwei Stunden hin und zurück schaffen. Das dürfte nicht allzu gefährlich sein.«

Als Jessie nicht sofort antwortete, sprach der Junge weiter. »Gut. Bei Tagesanbruch mache ich mich auf den Weg und bin dann rechtzeitig zum Frühstück wieder hier.«

Als Sarah und Gabe eingeschlafen waren, setzte Jessie sich wieder zu Chase ans Bett. Sie legte die Wange an seine Stirn und stellte fest, dass sein Fieber noch weiter gestiegen war. Er warf sich so wild hin und her, dass sie befürchtete, er werde aus dem Bett fallen.

»Molly?«

»Schhhh«, flüsterte Jessie und fuhr dem Kranken behutsam mit dem kühlen Lappen über die Haut.

»Molly«, seufzte er noch einmal.

In seiner Stimme lag tiefste Qual. Was auch immer er erneut durchlebte, es war schrecklich schmerzhaft für ihn.

Chase liebte ein Mädchen namens Molly. Das konnte man deutlich an seiner Stimme hören. Energisch rief sich Jessie in Erinnerung, dass sie keinen Grund hatte, für Chase etwas anderes als Dankbarkeit für seine Hilfe zu empfinden. Außerdem erwies er Nathan einen Freundschaftsdienst. Aber es war schwer, sich nicht zu ihm hingezogen zu fühlen. Wenn sie auch nur einen Funken Verstand besaß, täte sie gut daran, sich vor Augen zu halten, dass er sich bald wieder auf den Weg machen würde. Und zwar sobald es ihm, mit Gottes Hilfe, wieder gut ging. Dann würde er sein altes Leben wieder aufnehmen.

Sie tauchte das Tuch in das kalte Wasser und fuhr fort, ihm Gesicht und Schultern abzutupfen. Sie benetzte beide Arme, arbeitete sich bis zu den Fingerspitzen vor. Langsam schien Chase sich zu entspannen. Sein Atem wurde ruhiger, und er sank in einen tieferen Schlaf. Sie nutzte die Gelegenheit, sich die Wunde an seinem Kopf genauer anzusehen. Zwar blutete sie nicht mehr, aber die Ränder waren rot und geschwollen.

Als Älteste im Waisenhaus war es ihr zugefallen, die medizinische Versorgung zu übernehmen. Sie hatte sich oft um kranke Kinder gekümmert, vor allem, weil man sich keinen Arzt hatte leisten können.

Auch wenn sie daran gewöhnt war, Patienten zu versorgen, erfüllte es sie mit Dankbarkeit, dass Chase nur einen Streifschuss abbekommen hatte. Sie wollte gar nicht daran denken, wie es gewesen wäre, hätte sie eine Kugel herausholen müssen.

Die Nacht verging nur langsam. Chase kam nicht wieder zu Bewusstsein. Er wälzte sich umher, und im Delirium nahm er einmal ihre Hand und führte sie an die Lippen.

»Verzeih mir ... Molly ...« Ihm brach die Stimme, und Jessie fürchtete, er werde gleich zu weinen anfangen.

»Schhh. Alles ist gut. Ruh dich einfach aus. Ich weiß nicht, warum du so traurig bist, aber vergiss nicht, dass auf jede Nacht ein neuer Morgen folgt. Manchmal ist der Silberstreif am Horizont kaum zu erkennen, aber er ist dort. Man muss nur ganz genau hinsehen.«

Chase' Lider flatterten. Er öffnete kurz die Augen, versuchte zu fokussieren und schloss sie wieder. In den frühen Morgenstunden beruhigte er sich langsam. Erschöpft schlief Jessie an seiner Seite im Sitzen ein.

Sie wachte davon auf, dass Gabe ihr auf die Schulter tippte. »Wie geht es ihm?«

»Besser, glaube ich. Er fühlt sich nicht mehr so heiß an. Aber er schläft immer noch, und ...« Jessie hatte ihre Stimme nicht mehr in der Gewalt und wandte sich ab.

»Er kann jeden Moment aufwachen. Er ist nur sehr schwach, das ist alles.«

Jessie bemühte sich zu lächeln. »Ich danke dir, Gabe.«

»Sarah schläft auch noch. Ich mache mich jetzt auf und hole das Reh.«

Jessie nickte. »Gib gut auf dich acht.«

»Wach auf, Chase. Bitte … Mach die Augen auf.«

Da war sie wieder. Die Engelsstimme. Während der Nacht hatte Chase sie immer wieder gehört. Hatte darum gekämpft, dem schwarzen Loch zu entkommen, in dem er gefangen saß, darum, der Stimme zu folgen, aber das hatte sich als sehr schwer erwiesen.

»Es war so großherzig von dir, zurückzukommen und mir bei Sarah zu helfen. Das kann ich nie wiedergutmachen. Du bist umsichtig und liebevoll. Du hast für uns getan, was nur ein Vater oder ein Ehemann tun würde. Nein – mehr als das, es war die Tat eines Helden. Nein, noch mehr, eines Heiligen! Und jetzt hast du für deine Hilfsbereitschaft mit einer Verletzung bezahlt.«

Traurigkeit klang aus der Stimme des Engels. Es zerriss ihm das Herz. Vielleicht lag er im Sterben, und der Engel war gekommen, um ihn seinem gerechten Lohn entgegenzuführen. Himmel oder Hölle – es war ihm gleichgültig, wenn nur der Engel bei ihm blieb. Er mühte sich ab, öffnete schließlich die Augen. Er wollte ihn sehen, den Engel.

Sie saß dicht bei ihm, nur wenige Zentimeter entfernt. Den Kopf gesenkt, die Stirn in eine Hand gestützt. Mit der anderen wischte sie sich stumme Tränen ab.

»Nicht doch«, flüsterte er. »Du darfst dir das Schicksal eines einfachen Cowboys wie mir nicht so zu Herzen nehmen.«

Kapitel 10

»Sie sind wach!«

Sein verschwommener Blick suchte sie, blieb schließlich an ihren zitternden Lippen hängen. Wie sich herausstellte, war sein Engel das zierliche Mädchen, das ihm in seinen Träumen begegnet war. Es schien sich zu freuen, ihn wieder bei Bewusstsein zu sehen. Ihm gelang ein schwaches Lächeln.

»Wasser.«

»Ja. Hier.«

Sanft stützte sie seinen Kopf und hielt ihm eine Tasse an die aufgesprungenen Lippen, ließ ihn nicht aus den Augen. Allmählich kam Chase wieder ganz zu sich, und ihm wurde klar, dass er hier mit bloßer Brust lag, mit nichts als seiner langen Unterhose, um den Anstand zu wahren. Schlimmer noch, sein Kopf war verbunden, als wäre er eine alte Dame in ihrem besten Sonntagshut auf dem Weg zur Kirche.

»Was … ist passiert?«

»Das wissen wir nicht. Sie sind ausgeritten, um zu jagen, und jemand hat auf Sie geschossen. Gestern war das.«

»Und Cody?«

»Er ist entweder allein zurückgekehrt oder von Indianern gebracht worden. Sicher können wir das nicht sagen. Gabe ist gerade mit ihm unterwegs, um das Reh zu holen, das Sie erlegt haben, bevor man Sie überfallen hat. Er muss bald zurück sein.«

Etwas von der Anspannung wich von Chase. »Gut. Sie werden das Fleisch gebrauchen können.«

Schon jetzt machte der Junge sich nützlich. Todmüde ließ er sich zurück in die Kissen sinken. Es kam ihm vor, als hätte er einen Monat lang nicht geschlafen. Nein, ein ganzes Jahr. Er würde die Augen zumachen, nur für einen kurzen Moment …

Jetzt, nachdem Chase das Bewusstsein wiedererlangt hatte, war Jessie davon überzeugt, dass er sich auf dem Weg der Besserung befand. Sie schaute wieder optimistischer in die Zukunft. Als er in einen ruhigen Schlaf fiel, nutzte sie die Gelegenheit, nach Sarah zu schauen und in der Hütte aufzuräumen.

Das kleine Mädchen lag noch immer schlafend im Bett, die Puppe fest im Arm. Sein Haar glänzte im Morgenlicht, das durch die Fensterläden ins Zimmer fiel.

Jessie trug einen Stuhl hinüber zum Geschirrschrank. Sie kletterte hinauf, schob vorsichtig eine alte Kerosinlampe beiseite und tastete blind die Oberseite des Möbelstücks ab, bis sie mit den Fingern gegen einen rechteckigen Blechbehälter stieß. Sie nahm die Tabaksdose, legte sie auf den Tisch und öffnete den Deckel.

Darin befand sich ein kleines Bild von Nathan, aus seiner Zeit bei der Kavallerie. Jessie nahm es in die Hand, betrachtete das gutmütige Gesicht. Mit einer gewissen Verlegenheit wurde ihr etwas bewusst: All die Geschehnisse der letzten Tage hatten dazu geführt, dass sie nicht einen einzigen Moment um ihn getrauert hatte. Sie wusste nicht einmal, wo er begraben lag.

»Es tut mir leid.« Mit den Fingerspitzen fuhr sie über sein Bild.

Sie legte es weg und betrachtete Nathans Taschenuhr aus Silber, die er von seinem Vater bekommen hatte. An ihrem Hochzeitstag hatte Nathan sie ihr mit der Erklärung gegeben, die Uhr sei ziemlich wertvoll. Er hatte sie angewiesen, sie zu verstecken und für den Notfall aufzubewahren. Als Nächstes nahm sie das Geld vom Boden der Dose und zählte es sorgfältig. Vierzehn Dollar und sechsundvierzig Cent. Nicht viel für die Monate, die vor ihnen lagen, aber genug – wenn sie es sich gut einteilte.

Wenn möglich, würde sie getrocknete Äpfel kaufen und Pasteten backen, die sie dann im Kaufmannsladen verkaufen könnte. Mrs Hollyhock hatte ihr versprochen, alle Backwaren in das Sortiment des Geschäfts aufzunehmen, die Jessie ihr brachte. Die Städter fanden es herrlich, fertiges Gebäck zu kaufen, das sie sofort essen konnten. Wenn sie das nächste Mal in die Stadt fuhr, um ihre Vorräte aufzufüllen, würde sie sich erkundigen, ob derzeit Äpfel zu haben waren.

Chase empfing Jessie mit einem finsteren Blick, als diese das Schlafzimmer betrat, um das Tablett zu holen. »Ich habe so viel gegessen, ich könnte platzen. Was für ein Gebräu haben Sie mir da serviert?«

Sie lächelte. »Opossumbrühe.«

Er spürte, wie sich sein Magen zusammenkrampfte. Hastig drehte er sich auf die Seite und spürte förmlich, wie er grün um die Nase wurde, während sein Inneres versuchte, das Gegessene wieder loszuwerden. Jessie rannte in die Küche und kam mit einem Topf zurück. Sie hielt ihm das Gefäß hin und streichelte ihm tröstend über die Stirn.

»Ist schon gut, ist schon gut. Entspannen Sie sich, lassen Sie alles raus. Danach werden Sie sich besser fühlen.«

Ein paar Augenblicke später legte er sich wieder richtig hin, bedeckte die Augen mit dem Unterarm. »Schon vorbei.«

»Wie Sie meinen, aber den Topf lasse ich trotzdem hier stehen, nur für alle Fälle. Das braucht Ihnen nicht peinlich zu sein. Wenn man eine Kopfverletzung hat, wird einem oft übel. Außerdem habe ich mich im Waisenhaus viel um kranke Kinder gekümmert. Das macht mir überhaupt nichts aus.«

»Ich fühle mich ungefähr so hilflos wie eine Kuh, die in Treibsand geraten ist. Wenn nicht sogar schlimmer.«

Jessie lachte. »Das ist ganz normal. Sie müssen sich einfach ausruhen. Dann kommen Sie schneller wieder zu Kräften.«

Chase schalt sich innerlich einen Dummkopf, dass er jedes Mal, wenn sie lachte, auf ihre weichen Lippen starren musste. Er fühlte sich elend, da sollte er nicht irgendwelchen Tagträumen darüber nachhängen, wie er sie küsste. Es waren Jahre vergangen, seit eine Frau ihn so in Wallung gebracht hatte, und er hatte geglaubt, das werde ihm nie wieder passieren. Molly hatte für ihre Liebe zu ihm teuer bezahlen müssen. Seitdem floss das Blut nur noch kalt durch seine Adern.

Er schloss die Augen, während sie geschäftig um ihn herumräumte, und war erleichtert, als sie endlich das Zimmer verließ.

Es dauerte gar nicht lange, und sie kam zurück, dieses Mal mit einem Tuch und einer Schüssel Wasser in der Hand. Argwöhnisch musterte er sie. Inzwischen war ihm klar, wie hartnäckig sie sein konnte, wenn sie jemandem etwas Gutes tun wollte. Aber er hatte Kopfschmerzen, also schwieg er.

Sie schüttelte seine Kissen auf und drapierte die Decke über seine Schultern. Ohne ein Wort sah er ihr dabei zu, den Blick fest auf ihr Gesicht geheftet.

Das kalte Tuch glitt über seine Stirn und an seiner Schläfe hinab. Er stöhnte auf.

»Hab ich Ihnen wehgetan?«, fragte sie, und er hörte die Besorgnis in ihrer Stimme.

»Nein.« Chase verachtete sich dafür, dass er sich hier wie ein Schwächling aufführte. *Schick sie weg. Sag ihr, sie soll aufhören, dich mit dieser ganzen Aufmerksamkeit zu erdrücken.*

»Ich habe mich noch gar nicht dafür bedankt, dass Sie an diesem ersten Abend zurückgekommen sind. Dass Sie mir geholfen haben, Sarah zu behalten. Das war sehr großherzig von Ihnen.« Sie war mit seinem Gesicht fertig und schob jetzt die Decke nach unten, um sich seiner Brust und seinem Bauch zu widmen.

Energisch zog Chase die Decke wieder hoch.

»Kein Grund, sich zu prüde zu geben, Chase«, neckte ihn Jessie. »Ich habe Sie auch während der letzten anderthalb Tage versorgt, es gibt also keinen Grund, sich jetzt anzustellen. Entspannen Sie sich einfach und genießen Sie es ein bisschen, mal verwöhnt zu werden.«

Oh, er genoss es, daran bestand kein Zweifel. Er sollte lieber an etwas anderes denken. An ein Bad in einem eiskalten Gebirgsbach zum Beispiel.

Jessie tauchte das Tuch in die Schüssel und wrang es aus. »Ich weiß nicht, wie ich mich jemals für das erkenntlich zeigen kann, was Sie für mich getan haben.«

Ein eiskalter Gebirgsbach Ende Dezember, der durch einen Blizzard völlig eingefroren war.

»Und dass Sie die Adoptionspapiere unterschrieben haben«, fuhr Jessie fort. »Ich weiß, dass es illegal ist, auf einem offiziellen Dokument mit dem Namen eines anderen zu unterschreiben, und Sie hätten leicht ablehnen können, das zu tun. Es war klug von Ihnen, nur ein Kreuz zu machen – so kann man Sie nicht wegen Urkundenfälschung belangen.« Sie fuhr mit dem Tuch seinen rechten Arm hinunter. »Chase, hören Sie mir überhaupt zu?«

Heißes Verlangen durchströmte seinen Körper. Mit zusammengebissenen Zähnen rang er sich ein Nicken ab.

»Ich habe gerade gesagt, dass ich hoffe, Ihnen irgendwann etwas zurückgeben zu können für das, was Sie für mich getan haben. Dafür, dass Sie zurückgekommen sind, weil ich Sie brauchte.«

Eine Sekunde verging, ehe Chase in der Lage war, das Gehörte zu verdauen. Etwas an dem Wort »zurückgeben« hatte ihn aufhorchen lassen. Zurückgeben. Zurückgeben. Ihn beschlich das dumpfe Gefühl, da sei etwas Wichtiges, das er ihr sagen oder sie fragen müsste. Aber er konnte sich beim besten Willen nicht daran erinnern, was es war. Je angestrengter er darüber nachdachte, desto mehr quälten ihn seine Kopfschmerzen.

»Hören Sie auf damit. Ich bin jetzt wach und sehr gut in der Lage, mich selbst zu waschen.« Er nahm ihr das Tuch aus der Hand und hielt es so, dass sie es nicht erreichen konnte. Sie ging um das Bett herum, um es wieder an sich zu bringen, aber er steckte das Stück Stoff unter die Decke.

Seufzend gab Jessie nach. »Also gut, wie Sie wollen. Gibt es irgendetwas, was ich für Sie holen kann?« Sie warf einen Blick über die Schulter, weil von der Tür her ein Geräusch zu hören war. Da stand Sarah, schwang ihre Puppe von einer Hand in die andere.

»Komm rein, Mäuschen. Ich bin fertig, und Chase freut sich über ein wenig Gesellschaft. Aber pass auf, dass das Bett nicht wackelt.«

»Daddy besser?«, wollte Sarah wissen. Sie machte ein ernstes Gesicht.

Verblüfft sah Chase zu Jessie auf. Sarah war noch so klein, und er hatte nicht damit gerechnet, dass sie so bald verstehen würde, dass Jessie und er jetzt ihre Eltern waren. Das bedeutete, es wartete ein neues trauriges Erlebnis auf sie. »Mir steht nicht der Sinn nach Besuch«, brummte er und schaute weg. Jessies verletzter Gesichtsausdruck entging ihm jedoch nicht.

»Wie Sie möchten«, erwiderte sie. Dann wandte sie sich Sarah zu. »Ich brauche dich sowieso in der Küche. Komm, lassen wir diesen gereizten alten Bären in Ruhe.«

Aus den Augenwinkeln spähte er zu den beiden hinüber. In Sarahs Blick lag ein verwunderter Ausdruck. Er wünschte, sie würde sich beeilen und aus dem Zimmer verschwinden. Aber das tat sie nicht. Sie kletterte auf den Stuhl neben dem Bett, und langsam, als sei sie nicht ganz sicher, ob es richtig war, beugte sich vor und gab ihm einen Kuss auf den Kopfverband.

»Na, wenn das nicht genau die richtige Medizin ist.« Mit diesen Worten nahm Jessie das kleine Mädchen auf den Arm und ging aus dem Zimmer.

Jessie summte vor sich hin, während sie aus dem Wildbret, das Gabe heute Morgen geholt hatte, einen Eintopf kochte. Es war ihr nicht schwergefallen, die Opossumbrühe wegzuschütten, die sie Chase eingeflößt hatte. Frisches Fleisch würde ihnen allen guttun.

Gabe hatte das Reh nicht nur ausgenommen und Steaks und andere Fleischstücke zurechtgeschnitten, sondern es auch schon vorkonserviert, indem er die Einzelstücke in salzgetränkte Jutesäcke eingewickelt hatte. Gerade war er in der Räucherkammer und bereitete das Fleisch für die weitere Verarbeitung vor.

In ihrer Gemüsekiste lagen noch zwei Kartoffeln und drei Rüben. Mit dem Wild und etwas warmem Brot würde sie ein Festmahl bereiten können.

Jessie wischte sich die Hände ab und strich sich eine Haarsträhne aus der Stirn. Der Eintopf kochte vor sich hin, das Gemüse

wurde langsam geröstet. Sie fühlte sich erschöpft. Völlig leer, auf-
gezehrt von der Sorge um Chase und der langen Nacht, die sie
damit verbracht hatte, ihn zu versorgen. Die davor hatte sie ja auf
dem Stuhl gesessen, also auch nicht viel mehr Schlaf abbekommen.
Gabes Lager neben dem Feuer schien geradezu nach ihr zu rufen,
und sie konnte nicht widerstehen. Nur einen kurzen Moment würde sie sich hinlegen. Dann aufstehen und den Tisch decken. Sarah
machte ein Nickerchen auf dem Bett, und der Junge war immer
noch draußen. Für eine Weile würde niemand sie brauchen.

Kapitel 11

Es war zu still im Haus. Jahre des Lebens in der Wildnis hatten Chase gelehrt, seinem Instinkt zu vertrauen, und das Fehlen jeglicher Geräusche aus dem Nebenzimmer fühlte sich verkehrt an.

Er schob die Decke zurück, stand unsicher auf und nahm seine Pistole vom Nachtschränkchen. Er wartete einen Moment, bis der Schwindel nachgelassen hatte, und prüfte dann die Trommel. Leer. Vorsichtig nahm er zwei Kugeln aus der Schublade und lud geräuschlos nach.

Nur mit langen Unterhosen bekleidet, schlich er zur Tür und spähte um die Ecke. Auf dem Herd köchelte etwas vor sich hin. Das Feuer brannte. Alles schien in Ordnung, aber von den anderen war nichts zu sehen.

Als er sich weiter ins Zimmer vorwagte, entdeckte er Jessie, die friedlich auf Gabes Decke schlief.

Sie lag auf der Seite, beide Hände unter einer Wange. Ihren Zopf hatte sie gelöst, und das Haar floss ihr über die Schultern, glänzend wie Seide.

Er war wie gebannt. Niemals hatte er ein schöneres Wesen gesehen, eine perfekte Mischung aus Liebreiz und Unschuld. Während sie träumte, flatterten ihre Augenlider, und wenn sie seufzte, bildeten ihre Lippen ein kleines O. Chase musste sich zurückhalten, sie nicht in seine Arme zu reißen und nie wieder loszulassen.

Da öffnete sich die Tür, und er schrak aus seinem Tagtraum hoch.

Rasch führte er einen Finger an die Lippen.

Mit weit aufgerissenen Augen starrte Gabe ihn an, dann erschien ein freches Grinsen auf seinem Gesicht. »Wofür haben Sie sich denn so schick gemacht?«

Chase machte mit einem Blick deutlich, dass ihm nicht nach Scherzen zumute war.

»Besonders gut sehen Sie aber nicht aus«, stellte Gabe ernst geworden fest. »Ich glaube, es wäre besser, Sie gehen wieder ins Bett.«

Chase war bewusst, dass er einen seltsamen Anblick bieten musste, nur mit langen Unterhosen bekleidet, mit gezogener Pistole und dem noch immer verbundenen Kopf. »Nur weil du mir das Leben gerettet hast, brauchst du mir noch lange keine Befehle zu erteilen. Bist schließlich noch nicht mal trocken hinter den Ohren. Vergiss das bloß nicht.« Es ging ihm wieder schlechter, und das Letzte, was er jetzt gebrauchen konnte, war jemand, der ihn herumkommandierte.

»Jawohl, Sir.« Gabe lachte in sich hinein, ehe er an den Spülstein trat, um sich zu säubern.

»Ich will, dass Jessie Gelegenheit hat, sich auszuruhen.« Erneut schaute Chase sie bewundernd an. »Ich schnappe mir jetzt meine Sachen, und du sorgst dafür, dass das Abendessen auf den Tisch kommt. Sarah wacht sicher auch gleich auf und hat dann bestimmt Hunger. Wir essen so leise wie möglich.«

Schweigend nahmen die drei ihre Mahlzeit zu sich, während Jessie vor dem Feuer schlief. Nur das Klirren des Geschirrs und hin und wieder ein Kaffeeschlürfen waren zu hören.

Jedes Mal, wenn Sarah ein wenig lauter wurde, hob Chase den Finger an die Lippen. Dann kicherte das kleine Mädchen, als handele es sich um ein Spiel. Sie ahmte ihn nach, machte dieselbe Geste und bedachte Gabe mit einem Kopfschütteln.

Später nahm Chase all seine Kraft zusammen und trug Jessie ins Schlafzimmer. Dort zog er ihr die Schuhe aus, dann die Wollstrümpfe. Beim Kleid hielt er inne. Wahrscheinlich würde sie fuchsteufelswild werden, wenn sie aufwachte und nur noch Unterwäsche trug. Andererseits brauchte sie Ruhe, und sie würde zweifellos besser und länger schlafen, wenn sie nicht diese einengende Kleidung anhatte.

Leise fluchend kämpfte er mit den winzigen Knöpfen, mit denen das Oberteil ihres Kleides vorn geschlossen war. Er kam sich vor wie der schlimmste aller Spanner, und wer auch immer dieses vermaledeite Kleidungsstück entworfen hatte, verdiente es, geteert, gefedert und den Kojoten zum Fraß vorgeworfen zu werden.

Ihr den Stoff über den Kopf zu ziehen, erwies sich als nicht viel einfacher. Langsam kann Jessie zu sich.

»Was ist los?«, fragte sie mit verschlafener Stimme.

»Ich bringe Sie ins Bett, nichts weiter.« Mit angehaltenem Atem wartete er, ob sie protestieren würde, bevor er ihr behutsam die Decke bis unters Kinn zog. »Die ganze Zeit haben Sie sich um mich gekümmert, Sie sind doch völlig erschöpft. Machen Sie mir jetzt bloß keine Szene, Jessie.«

Ihr benommener Blick fand seinen, und es durchzuckte ihn wie ein Blitz. Im nächsten Moment schlossen sich ihre Lider, und sie kuschelte sich ins Kissen.

Er konnte nicht umhin zu bemerken, wie zerschlissen ihr Unterrock war. Sie musste ihn haben, seit sie ein junges Mädchen gewesen war. Der Saum hing in Fransen herab, und passen konnte das Kleidungsstück ihr schon lange nicht mehr. Früher mochte es mit Spitze besetzt gewesen sein, aber die war längst verschwunden.

Himmel noch mal, würde nicht jeder Ehemann seiner Frau einen neuen Unterrock kaufen, sobald er sah, in welchem Zustand ihr alter war? Beim Anblick ihrer langen Beine war nach der Anstrengung, die er hinter sich hatte, das schwummrige Gefühl in seinem Kopf noch schlimmer geworden. Er musste zusehen, dass er ebenfalls ins Bett kam. Behutsam deckte er sie richtig zu und überließ sie ihrem Schlaf.

Gabe hatte bereits abgewaschen, als Chase wieder ins Wohnzimmer trat. Sarah saß auf dem Boden und spielte zufrieden.

»Schläft Jessie noch?«, wollte der junge Mann mit gesenkter Stimme wissen.

»Japp, und ich gehe davon aus, dass sie in den nächsten Stunden nicht aufwachen wird. Sie ist völlig erschöpft.«

»Auf dem Herd steht noch etwas von dem Essen für sie. Falls sie aufwacht und Hunger hat.«

»Gut mitgedacht.« Chase ließ sich auf einen Stuhl sinken und stützte den Kopf in die Hände.

»Ehrlich gesagt sehen Sie so aus, als ginge es Ihnen nicht besonders gut. Wenn Sie sich auch schlafen legen möchten, passe ich auf Sarah auf und bringe sie in etwa einer Stunde ins Bett, wenn sie müde wird.« Gabe trocknete sich die Hände ab und setzte sich an den Tisch.

»Klingt gut. Zuerst will ich aber nach meinem Pferd sehen und auch mal schauen, was draußen so los ist. Wer auch immer mich angeschossen hat – gut möglich, dass er sich noch hier herumtreibt.«

Mit Mühe streifte sich Chase seinen schweren Mantel über und ließ sich schließlich von Gabe helfen. Er nahm den Hut vom Haken und setzte ihn vorsichtig auf. Es fühlte sich an, als würde sein wunder Schädel von einer Schraubzwinge zerquetscht. Er nahm sein Gewehr, das in der Ecke stand, und überprüfte das Magazin. »Schieb den Riegel wieder vor, wenn ich draußen bin.«

Es dauerte länger, die Gegend zu erkunden, als Chase erwartet hatte. Immer wieder musste er stehen bleiben und sich ausruhen. Die Augen schließen, damit das Hämmern in seinem Kopf abebbte. Er hatte noch einmal Glück gehabt. Verdammtes Glück. Ein klein wenig weiter zur Seite, und er wäre jetzt tot, kein Zweifel.

Knapp dem Tod zu entkommen, war keine neue Erfahrung für ihn. Viermal hatte er eine Kugel abbekommen. Zweimal hatte jemand versucht, ihn abzustechen. Außerdem war er des Pferdediebstahls beschuldigt worden. Das hätte ihn an den Galgen gebracht, wenn Molly sich nicht für ihn eingesetzt hätte. Ihr Alibi für ihn hatte der Wahrheit entsprochen. Dass sie dadurch ihren guten Ruf einbüßte, war ihr gleichgültig gewesen.

Die Erinnerung schmerzte, brannte geradezu. Sie waren so jung gewesen. So allein. Von Molly hatte er viel gelernt. Wie es sich anfühlte, zu jemandem zu gehören. Gemeinsam Zukunftspläne zu schmieden. Wie herrlich es war, eine Frau zu lieben – auch das hatte ihm Molly beigebracht.

Mit Freuden hätte er sein eigenes Leben hingegeben, damit sie ihres wiederbekam. »Eine Ewigkeit ist das alles her«, murmelte er. »Aber sicher nicht falsch, daran zu denken, wenn mir plötzlich die Idee kommt, ich könnte mich doch irgendwo niederlassen. Mit jemandem etwas Neues aufbauen.« Vor sich sah er Jessies blaue Augen leuchten – so deutlich, als wäre die junge Frau tatsächlich bei ihm.

Als Chase zurück in die Hütte kam, schlief Sarah, und Gabe war dabei, Jessies Gewehr zu reinigen. In ihre Einzelteile zerlegt lag die Waffe auf dem Tisch, und der Junge ölte jedes davon sorgfältig.

»Haben Sie was entdeckt?«

»Nein. Aber das bedeutet nicht, dass uns nicht jemand vom Hügelkamm aus beobachtet. Morgen werde ich noch mal gründlicher nachsehen.« Er zog den Mantel aus und hängte ihn zusammen mit seinem Hut an einen Haken. »Ist Jessie aufgewacht?«

»Nein. Alles war ruhig. Sarah ist müde geworden und ganz von selbst eingeschlafen.« Gabe setzte das Gewehr wieder zusammen und fuhr mit einem weichen Baumwolltuch über den Lauf. Das Metall glänzte im Lampenschein, und Chase konnte sich gut daran erinnern, wie aufregend es gewesen war, zum ersten Mal diese Arbeit auszuführen.

»Ich habe Kaffee gekocht.« Gabe erhob sich und ging zum Ofen, um seine Tasse zu füllen. »Möchten Sie auch welchen?«

»Klar. Mir ist alles willkommen, was mich wieder auftaut.«

Der Junge stellte beide Tassen auf den Tisch und setzte sich wieder.

Verstohlen warf Chase einen Blick auf Jessies Schlafzimmertür. Heute Abend war er ausgesprochen nervös. Langsam trank er seinen Kaffee und schaute Gabe dabei zu, wie er nun seine Pistole zum Säubern auseinandernahm. Eine halbe Stunde verging, ohne dass einer der beiden ein Wort gesprochen hätte.

»Ich gehe schlafen«, erklärte Chase schließlich. »Lass die Lampe auf dem Tisch über Nacht brennen. Wenn etwas passiert, habe ich keine Lust, im Dunkeln herumzustolpern. Weck mich, wenn du irgendetwas Verdächtiges hörst.«

»Ja, Sir.«

Chase stand am Feuer und schaute zu Sarah hinüber, die in ihrem Bett bei der Feuerstelle schlief. Plötzlich erfasste ihn das überwältigende Bedürfnis, sich zu dem Mädchen hinunterzubeugen und den Kuss zu erwidern, den er wenige Stunden zuvor von ihm bekommen hatte. Ohne Zweifel ein ganz bezauberndes Kind, doch er war auf der Hut und hielt sich zurück. Stattdessen blies er die Lampe aus, die flackernd auf dem Sims stand.

»Gute Nacht … Schatz«, flüsterte er und erinnerte sich mit einem warmen Gefühl an die Liebkosung, mit der sie seinen alten Cowboyschädel versehen hatte. Sie hatte es getan, damit es ihm besser ginge, aber stattdessen fühlte er sich schlechter als zuvor.

Plötzlich schlug sie die Augen auf. Schüchtern reckte sie die Arme zu ihm empor und wartete auf seine Reaktion. In Chase rangen verschiedene Empfindungen miteinander. Am liebsten hätte er sie hochgenommen. Aber das würde alles nur noch schwieriger machen, wenn er weitermusste. War es nicht besser, jetzt nicht auf ihre Wünsche einzugehen, als ihr später das Herz zu brechen?

Grimmig nickte er ihr zu, wie einer Bekannten, der er zufällig auf der Straße begegnete.

Einige Sekunden lang sah ihn Sarah aufmerksam an. Dann kuschelte sie sich wieder in ihre Decke, ohne auch nur die geringste Gefühlsregung zu zeigen.

Kapitel 12

Chase zögerte. Sich jetzt neben Jessie ins Bett zu legen, würde ihm ernsthafte Probleme bereiten. Er begehrte sie. Wäre kein Mann gewesen, wenn er nicht solche Gefühle für sie gehegt hätte. Natürlich war er aber auch kein Tier. Er wusste, dass er eine herzensgute junge Frau vor sich hatte. Es lag ihm fern, irgendetwas zu tun, das ihr schaden würde.

Während er sein Hemd auszog und es auf den Stuhl warf, erinnerte sich Chase an die Worte eines Mannes, mit dem er früher einmal zusammengearbeitet hatte. Mack, älter als er und sehr erfahren, was das Leben als Cowboy anging, hatte ihm beigebracht, was man tun musste, um den Einsatz beim Viehtrieb unbeschadet zu überstehen. »Vergiss das nie, mein Junge«, hatte Mack gesagt. »Wenn es nicht anders geht, musst du tapfer sein. Schon so mancher Mann hat Schlimmes überstanden, weil er sich geweigert hat, aufzugeben.« Er setzte sich auf Jessies Schaukelstuhl und zog sich leise die Stiefel von den Füßen. Vorsichtig ließ er sich auf dem winzigen Bett nieder und verzog das Gesicht, als es unter seinem Gewicht ächzte. Er zögerte und schaute zu der schlafenden Frau hinüber, weil er fürchtete, die Bewegung werde sie aufwecken.

Behutsam schob er ihren Arm zur Seite und hüllte sie fest in die Decke ein. Noch immer bewegte sie sich nicht. Also legte Chase sich auf die Überdecke, streckte die Beine aus und machte es sich so bequem, wie es unter diesen Umständen ging. Verschränkte die Hände hinter dem Kopf und lauschte den Geräuschen der Nacht.

Dem Ruf einer Eule, irgendwo weit weg.

Dem Ticken der Uhr über dem Kaminsims.

Den Atemzügen von Nathans Witwe, die direkt neben ihm lag …

Nathan! Fast wäre Chase hochgeschreckt, als ihm das Geld seines Freundes wieder einfiel. Das war es, was ihm die ganze Zeit im Hinterkopf herumgespukt hatte. Gleich morgen früh musste er Jessie das Geld geben, sofort wenn sie aufwachte. Wenn sie dann schlecht von ihm dachte, würde er das hinnehmen.

Je später es wurde, desto mehr breitete sich die Kälte in der Hütte aus. Jessies Duft, unaufdringlich und feminin, ließ Chase keine Sekunde lang vergessen, dass sie sich direkt neben ihm befand. Er holte tief Atem, ließ ihn langsam entweichen, versuchte, sich auf alles andere zu konzentrieren als auf das, was ihm den Schlaf raubte.

Chase dachte an seine Vergangenheit und an die Fehler, die er gemacht hatte. »Wenn man schon mal jemanden getötet hat, ist es vorbei mit dem Schlaf der Gerechten«, flüsterte er in die Dunkelheit hinein. »Wer zuerst die Waffe gezogen hat, spielt dabei keine Rolle.«

Das war keine gute Idee. Jessie murmelte etwas und schmiegte sich an ihn. Vorsichtig rollte er sich weg, um der Berührung zu entgehen, doch sie schob ihren Arm über ihn.

Sie stellt meine Willenskraft auf eine harte Probe – und weiß es noch nicht einmal.

Er würde nicht mehr lange hier sein, ermahnte er sich. Sie war Nathans Witwe. Und obwohl sie ihm einige der Rechte eines Ehemannes eingeräumt hatte, gehörte körperlicher Kontakt mit Sicherheit nicht dazu. Gegen jede Vernunft drehte er sich wieder zu ihr. Jessies Gesicht so dicht an seinem zu spüren, verzauberte ihn.

»Jessie. Wach auf.«

Sie reagierte mit einem leisen Geräusch.

Für Chase war das Einladung genug – er beugte sich vor und gab der Versuchung nach, die ihn so lange gequält hatte. Sanft strich er mit den Lippen über die der jungen Frau. Es verging ein Moment. »Mmmh …«, flüsterte er. »Süßer als Zuckerkuchen.«

Jessie schlug die Augen auf. Als sie begriff, was er da tat, schnappte sie nach Luft und bedeckte ihren Mund mit der Hand.

Chase hob den Arm, um sie zu beruhigen, ihr klarzumachen, dass nichts, aber auch gar nichts geschehen war. Nun ja, fast nichts. Doch sie wehrte sich gegen seine Umarmung und versuchte, sich unter der Decke herauszuwinden. Chase zog sich zurück.

»Alles in Ordnung, Jess. Es tut mir leid. Es ist alles meine Schuld. Bitte nicht weinen.«

Es tat ihm wirklich leid. Sie war die Witwe eines Freundes, der ihm vertraut hatte, und hatte erst vor Kurzem ihren Mann verloren. *Ich bin ein solches Schwein.*

Im selben Moment erklang aus dem anderen Zimmer Sarahs Weinen.

Jessie sprang auf und hörte Chase hinterherkommen. Besorgt hob sie Sarah hoch, wiegte sie in ihren Armen. Die Unruhe weckte Gabe, der sich aufsetzte.

»Was ist los?«, wollte er wissen, während er sich das Haar aus der Stirn strich.

»Sarah hat einen Albtraum«, erklärte Jessie. »Du kannst weiterschlafen. Ich kümmere mich um sie.«

Schützend drückte sie Sarah an ihre Brust und spürte das wilde Herzklopfen des Mädchens, das ihrem eigenen in nichts nachstand. Zärtlich fuhr sie dem Kind über die braunen Locken und streichelte ihm den Rücken.

Chase zögerte, er wirkte verunsichert. Als Jessie das nächste Mal aufsah, war er verschwunden, zurück ins Schlafzimmer gegangen.

»Schhh … Bitte nicht weinen«, flüsterte sie in beruhigendem Tonfall und gebrauchte dabei genau die Worte, die Chase vor wenigen Minuten ihr zugeflüstert hatte. »Es ist alles in Ordnung, Schatz. Du hattest einen bösen Traum.«

»Dunkel, dunkel im Keller«, brach es aus der Kleinen heraus.

»Nein, nein, Schatz. Hier gibt es keinen Keller. Da musst du nie, nie wieder hin.«

Aus der Vergangenheit brach eine Lawine von Albträumen über Jessie herein. Sie erinnerte sich lebhaft an ihren letzten Tag im Waisenhaus.

»Was haben wir denn da? Nur einen Schuh?« Aus Mrs *Hobbs' Stimme klang sadistische Vorfreude, als sie sich Sarah näherte. »Jessie, steck sie bis nach dem Frühstück in den Keller. Kinder müssen lernen, auf ihre Sachen achtzugeben.«*

Nur mit Mühe gelang es Jessie, ihren Zorn zu unterdrücken. Wenn sie Sarah verteidigte, wie sie das früher oft getan hatte, würde sie für das kleine Mädchen alles nur noch schlimmer machen.

Sie nahm Sarah fest in die Arme, und die anderen Kinder betrachteten sie mitleidig. Keines von ihnen wurde gern in den Keller gesperrt. Doch Sarah, die sich im Dunkeln schrecklich fürchtete, empfand diese Strafe als besonders schlimm.

»Keine Angst, Schatz« flüsterte Jessie. »Ich bleibe bei dir. Das wird die böse alte Mrs *Hobbs gar nicht merken.«*

Sarah, die das Gesicht an Jessies Hals vergraben hatte, nickte kurz. »Braves Mädchen.« *Jessie wusste aus eigener Erfahrung, was es bedeutete, mit* »Keller« *bestraft zu werden. Dort war es dunkel und kalt, und von überallher drangen unheimliche Geräusche aus der Dunkelheit. Jedes Mal, wenn ihr Mann außer Haus war, suchte Mrs Hobbs sich einen Anlass, Kinder dort einzusperren. Lieber nahm Jessie das ebenfalls auf sich, als Sarah dort allein zu lassen.*

Während Jessie das Kind auf ihrem Schoß wiegte, durchlebte sie die Erinnerung aufs Neue, als sei es erst gestern gewesen. Wenn es schon für sie selbst so schrecklich war, wie viel mehr musste dann Sarah darunter leiden, die noch so klein war? Was war wohl noch passiert, nachdem Jessie das Waisenhaus verlassen hatte? Bei dem Gedanken überlief sie ein Schauer.

»Schhh … Mein Kleines, das ist jetzt alles vorbei. Ich bleibe bei dir, und ich werde niemandem erlauben, dir noch mal Angst zu machen.«

»Mama, Mama«, schluchzte Sarah und klammerte sich an Jessie.

Diese Nacht verbrachte Jessie mit Sarah in den Armen. Sie breitete neben Gabe ein Laken aus und ließ sich dort nieder.

Kurz vor dem Morgengrauen legte Jessie ihren Schützling zurück ins Bett, dann streckte sie die verkrampften, durchgefrorenen Beine und schüttelte die Arme aus. Der Gedanke daran, an diesem Morgen Chase gegenüberzutreten, bereitete ihr Unbehagen. Jeden Moment konnte er aufwachen, und das versetzte sie in Panik. Sie brauchte Zeit für sich, musste sich erst über ihre Gefühle klar werden. Doch in dieser kleinen Hütte war es unmöglich, Ruhe zu finden.

Ich gehe in die Stadt! Wir brauchen ein paar Vorräte, und das Wetter ist gar nicht mal schlecht, nur ein bisschen kalt. Wenn sie sich jetzt auf den Weg machte, konnte sie alles besorgen, was sie brauchte, und rechtzeitig zurück sein, um das Abendessen auf den Tisch zu bringen.

Rasch kritzelte sie eine Nachricht mit einer Erklärung und bat Gabe, sich um Sarah und Chase zu kümmern. Die Sonne lugte gerade über den Berg, als Jessie die Tür hinter sich schloss. Ein leichter Wind umspielte ihre Knöchel, wirbelte die vom Regen durchweichten Blätter auf und wehte sie ihr vor die Füße.

Wie gut es sich anfühlte, der engen Hütte entkommen zu sein! Mit hoch erhobenem Kopf, die Schultern gestrafft, lief sie los und ließ ihre Sorgen und Nöte hinter sich. Die Morgenluft erfüllte sie mit Kraft. *Einen Tag nach dem anderen angehen*, sagte sie sich. *Auf diese Weise kann ich alles schaffen.*

Doch es war unvermeidlich, dass ihre Gedanken abschweiften ... zurück zu Chase. *Nein! Heute Morgen werde ich nicht an ihn denken!* In ihrem Bauch kribbelte und summte es wie ein ganzer Bienenstock.

Und Nathan? Was war mit all dem, was er getan hatte, um ihr zu helfen? Sollte sie nicht eher an ihn denken, der jetzt tot in seinem Grab lag? Sollte sie nicht von Trauer überwältigt sein?

Er war mein rechtmäßig angetrauter Ehemann. Was ist nur mit mir los? Ich bin ein schlechter Mensch!

Sie folgte der Wegbiegung, und vor ihr breitete sich das Panorama von Valley Springs aus. Zwei lange Monate war sie nicht mehr hier gewesen. Viel hatte die Stadt nicht zu bieten mit ihren zwei Straßen und der Handvoll Häuser. Aber es gab einen Kaufmannsladen, einen Schmied und eine Gastwirtschaft, außerdem ein kleines Haus, das unter der Woche als Schule und sonntags als Kirche verwendet wurde. Und natürlich einen Saloon.

Jessie beeilte sich, denn sie freute sich darauf, Mrs Hollyhock zu sehen. Ihre ältere Freundin brachte sie oft zum Lachen. Weil es früh am Morgen war, schien die Stadt noch zu schlafen. Als einziges Geräusch erklang ein metallisches Hämmern aus der Schmiede. Mr Shepard war schon bei der Arbeit.

Garth Shepard hatte sie als Ersten kennengelernt, als Nathan sie in seine Heimatstadt gebracht hatte – einen großen, strammen jungen Mann, dessen Arme dick wie Baumstämme waren. Er war blond und muskulös, mit sonnengebräunter Haut, auf der immer jener leichte Schimmer lag, der von der Arbeit am Feuer herrührte. Sein Blick ruhte unablässig auf Jessie, obwohl sie doch eine verheiratete Frau war.

Wenn sie es geschickt anstellte, würde sie vielleicht an seiner Schmiede vorbeischleichen können, ohne dass er sie bemerkte. Sein entwaffnend charmantes Lächeln schien in der Lage, selbst das kälteste Frauenherz zum Schmelzen zu bringen. Die jungen Mädchen – und darüber hinaus allzu viele vergebene Frauen – machten ihm ständig schöne Augen und versuchten, seine Aufmerksamkeit auf sich zu ziehen.

Erleichtert seufzte Jessie auf. *Noch ein paar Schritte*, dachte sie, *und die Gefahr ist überstanden.* Doch genau in diesem Moment trat eine große Gestalt auf die Planken des Bürgersteiges, ihr direkt in den Weg.

Kapitel 13

»Wie geht es Ihnen, Jessie?«, erkundigte sich Garth, während er sich die Hände an einem Lumpen abwischte, der an seinem Gürtel hing. Seine Augen funkelten. »Sie sehen heute ganz besonders entzückend aus.«

»Hallo, Mr Shepard.« Jessie hob das Kinn und sah dem Mann ins Gesicht. »Mir geht es gut, danke.« Es gefiel ihr nicht, wie intensiv er sie bei jeder Begegnung von Kopf bis Fuß musterte. Dabei fühlte sie sich jedes Mal wie ein Preisbulle bei einer Auktion. Das machte sie wütend.

»Wo ist denn Nathan? Ist er auch in der Stadt?« Er trat dicht an sie heran, sodass ihr der scharfe Geruch von Pferdemist und Schweiß in die Nase stieg. Sie musste leichten Abscheu unterdrücken.

»Nein, heute nicht«, erwiderte sie in neutralem Tonfall, konnte jedoch nur mühsam ihren Ärger verbergen. Sie wusste, warum er nach Nathan fragte. Garth hatte schon mehrfach sein Missfallen darüber zum Ausdruck gebracht, dass sie allein in die Stadt kam. Ihr graute davor, ihm sagen zu müssen, dass sie ein weiteres Mal ohne Begleitung hergekommen war. Doch es war nicht zu vermeiden – und darüber hinaus ging ihn das auch gar nichts an.

Garth sah aus, als zähle er innerlich bis zehn. Dann streckte er beide Hände gen Himmel, die Handteller in einer Geste des stillen Flehens nach oben gerichtet. »Mrs Strong ... Jessie«, grollte er lang gezogen. »Es ist *riskant* für eine Frau wie Sie, solche langen Wege ohne Schutz auf sich zu nehmen. Warum geht das nicht in Ihr hübsches kleines Köpfchen?«

»Darüber haben wir schon einmal gesprochen, Mr Shepard. Ich danke Ihnen aufrichtig für Ihre Besorgnis, aber ich bin nicht allein.« Sie vollführte eine theatralische Geste.

»Ich weiß«, erwiderte Garth und gab sich geschlagen. »Der Herr hält seine schützende Hand über Sie.«

»So ist es. Besonders weit habe ich es nicht, und wenn man alleine lebt, geht das eben nicht anders. Außerdem mag ich es, ab und zu ein Stück zu laufen. Irgendwann kommt der Winter, und manchmal muss auch ich ein paar Dinge einkaufen.«

Verstohlen schaute Jessie sich um, um herauszufinden, ob man sie beobachtete. Mr Shepard hatte einen gewissen Ruf, und sie wollte vermeiden, dass die Leute zu reden begannen. »Es war schön, Sie zu sehen, Mr Shepard. Aber jetzt muss ich leider weiter.«

Enttäuschung malte sich auf das Gesicht des Schmieds. »Meine Kutsche steht für Sie bereit. Lassen Sie es mich wissen, wenn Sie nach Hause möchten, und es wird mir eine Freude sein, Sie zu bringen.«

»Sehr freundlich von Ihnen. Mrs Hollyhock sorgt dafür, dass meine Einkäufe geliefert werden. Trotzdem vielen Dank.«

Leise klingelte das Glöckchen über der Tür, als Jessie den Kaufmannsladen betrat. Herrlich warme Luft empfing sie, in der sich die verführerischen Düfte von Kaffee, Gewürzen und Leder mischten. Oh, wie gut das alles roch. So viel besser als Garth! Sie holte tief Luft und schloss die Augen, sog jedes einzelne Aroma in sich auf.

»Gott im Himmel, Kind, dein Anblick ist Balsam für meine müden Augen!« Mrs Hollyhock, eine winzige Frau, die von Kopf bis Fuß in braunen und blauen Kattun gekleidet war, eilte Jessie geschäftig entgegen und schloss sie in die knochigen Arme.

Jessie hatte einen Kloß im Hals, während sie die Zuneigung der Älteren genoss. In der Zeit, die sie und Nathan in Valley Springs verbracht hatten, hatte sie die zierliche Frau lieb gewonnen.

»Wie geht's dir, mein Kind? Behandelt dich dein Ehemann auch gut?« Mrs Hollyhock zwinkerte Jessie zu und warf einen verstohlenen Blick auf ihren Bauch. »Ich versuch ja, mich in Geduld zu üben.« Nichts auf der Welt liebte sie mehr als Babys.

Jessie lachte. »Es geht mir gut, Mrs Hollyhock.« Die alte Frau nahm Jessies Hände in ihre beiden, hielt sie weit auseinander und musterte ihr Gegenüber gründlich. »Ich freue mich so sehr, Sie zu sehen. Sie haben mir gefehlt.«

Mrs Hollyhock kniff die Augen zusammen, und auf ihrem Gesicht erschien ein ernster Ausdruck. »Du lächelst, Mädchen, aber mir scheint, du hast Sorgen. Raus damit, was ist los?«

»Alles in Ordnung. Wirklich! Ich möchte nur schnell meiner lieben Freundin Hallo sagen und einige Dinge kaufen, die ich zu Hause brauche. Hier ist meine Liste.« Jessie überreichte Mrs Hollyhock den Zettel mit so viel Elan, wie sie nur aufbringen konnte.

Die Ladeninhaberin schaute freundlich, aber in ihren Augen lag Sorge. »Dafür, dass wir dich hier so lange nicht gesehen haben, steht da aber nicht viel, Liebes. Bist du sicher, dass das reicht?«

Jessie nickte. Mehr konnte sie sich nicht leisten, denn ihre finanziellen Rücklagen schrumpften stetig.

»Wie wär's mit ein bisschen Sassafras, um die Kehle anzufeuchten? Geht aufs Haus.«

»Nein, vielen Dank.«

»Aber ich weiß doch, wie gerne du Tee trinkst. Nimm dir eine Tasse. Da drüben an der Süßwarentheke stehen auch Teekuchen. Ich kümmere mich rasch um deine Liste, und dann setzen wir uns zusammen und halten ein Schwätzchen. Wenn du solange in meiner Bibel lesen willst, du weißt ja, wo du sie findest. Das ist doch deine Lieblingsbeschäftigung.«

Mrs Hollyhock trippelte geschäftig durch den Laden, nahm getrocknete Äpfel und andere Lebensmittel aus dem Regal, schaufelte Mehl in eine Tüte, maß etwas Zucker und eine kleine Portion Kaffee ab. Jessie bemerkte, wie sie unauffällig einige Zuckerstangen, Pfefferminzbonbons, saure Drops und noch einiges andere in den Sack steckte. Dieses Ritual zelebrierte sie seit jenem Tag, als Jessie zum ersten Mal allein in die Stadt gekommen war.

Jessie trank aus ihrer dampfenden Tasse und sah sich dabei in der Kurzwarenabteilung um. Nur zu gern hätte sie etwas Schönes für Sarah gekauft. Es würde ihr so viel Freude machen, dem Mädchen ein neues Kleid zu nähen, vielleicht auch ein Nachthemd. Sie ließ die Finger über eine Satinborte gleiten, die von einem hohen Regal herabhing, auf dem Schleifen und andere Stoffteile wild durcheinanderlagen.

Wenn der Winter vorbei ist und ich dann noch etwas Geld übrig habe, gelobte sich Jessie, *kaufe ich meiner Kleinen ein paar schöne Sachen.* Für den Moment allerdings musste sie streng mit dem Geld haushalten. Nur an Essen durfte sie denken.

Sie hielt inne, die Satinborte noch immer zwischen den Fingern. War es das, was ihre Mutter empfunden hatte? Hatte sie den Wunsch verspürt, ihrer Tochter hübsche Dinge zu kaufen, aber nicht die Mittel besessen, das auch zu tun? Jetzt, wo sie für Sarah verantwortlich war, verstand Jessie ein wenig besser, was Mutterliebe bedeutete. Für Sarah würde sie einfach alles tun.

Das Glöckchen über der Tür klingelte wieder, und Jessie wandte sich dem Geräusch zu, um zu sehen, wer das Geschäft betreten würde. Zwei Männer schlenderten herein. Sie waren schmutzig und schauten verstohlen um sich. Jessie überkam ein ungutes Gefühl.

»Schau mal, wen wir da haben, Lonnie«, rief einer der beiden. Sein lüsternes Grinsen gab den Blick auf seine schlechten Zähne frei.

Der andere Kerl, der gerade einige Fallen begutachtete, drehte sich um. Das schüttere schwarze Haar klebte ihm ölig an der Kopfhaut. »Recht hast du, Joe – wenn das nicht unsere gute Mrs Strong ist.«

Woher um alles in der Welt kennen mich die beiden? Jessie war zutiefst erschrocken, reagierte jedoch nicht auf die Worte des Mannes und tat, als habe sie nichts gehört. Sie konnte sich einfach nicht erklären, woher die zwei ihren Namen kannten. Rasch stellte sie ihre Tasse ab, huschte in einen Gang und blätterte in einer landwirtschaftlichen Zeitschrift. Dabei tat sie so, als verlange die Lektüre ihre volle Aufmerksamkeit, und schlenderte langsam auf die Schaufeln zu.

Weil sie den Männern den Rücken zugewandt hatte, bekam sie nicht mit, wie Lonnie sich ihr näherte, bis er ihr einen Klaps aufs Hinterteil gab. »He, Mädchen, wir reden mit dir.«

Jessie fuhr herum. Abwehrend hielt sie einen Arm vor sich, doch der Fremde packte ihn grob, sodass sie ein heißer Schmerz durchfuhr. Sie sträubte sich, versuchte sich verzweifelt aus dem Griff ihres Angreifers zu befreien.

»Völlig verrückt, die Kleine«, kommentierte der lachend, und Speichel sprühte in ihr Gesicht. »Denkt wahrscheinlich, ich bin nicht gut genug für sie.« Er riss Jessie an sich, zog sie förmlich mit den Blicken aus. Sein Atem stank so widerlich, dass sie würgen musste.

»Nun komm schon. Gib mir einen Kuss.«

Bei diesen Worten kam Mrs Hollyhock aus dem Hinterzimmer herbeigeeilt, um Jessie zu helfen. »Sie grässlicher Kerl, raus mit Ihnen!« Mit dem Staubwedel aus ihrer Schürzentasche fuchtelte sie dem Mann vor dem Gesicht herum, als drohe sie ihm mit einer gefährlichen Klinge aus Stahl.

»Das hier ist ein Geschäft für anständige Leute, nicht für Herumtreiber wie Sie«, schimpfte sie wütend. Doch Jessie konnte die Angst in ihren Augen sehen.

Der Mann, der Lonnie hieß, holte aus. Sein Schlag traf Mrs Hollyhock an der Schulter und riss ihr den Staubwedel aus der Hand. Ihr entfuhr ein schriller Schrei, als sie rückwärts gegen ein Fass stieß und dann auf dem Boden in sich zusammensank. Die kleine runde Brille fiel ihr von der Nase, schlitterte über den alten Holzfußboden und landete in einem Spalt in der Wand.

Kapitel 14

Der Anblick von Mrs Hollyhock, wie sie bewegungslos auf dem Boden lag, erfüllte Jessie mit Entsetzen. Sie ballte die Fäuste und schlug ihren Angreifer ins Gesicht, setzte dabei alles an Kraft ein, was sie besaß. Blut spritzte aus seiner Nase. Als er seinen Griff lockerte, gelang es Jessie, ihr Handgelenk zu befreien. Schnell lief sie zu ihrer Freundin.

Verblüfft zog Lonnie sich zurück, doch seine Verwirrung währte nicht lange. Sofort stürzte er sich wieder mit wutverzerrtem Gesicht auf sie. Eine Hand hielt er an seine Wange gedrückt, und überall war Blut.

»Los, Virgil, schnell!«, rief Mrs Hollyhock ihren Cousin zu Hilfe, der im Lagerraum sein musste. »Lauf und hol Garth. Wir haben Ärger hier im Laden.« Im nächsten Moment schlug hörbar die Hintertür zu, gefolgt von sich eilig entfernenden Schritten.

»Lass uns abhauen, Bruder«, meinte Joe, der das Geschehen amüsiert verfolgt hatte. »Auf eine Prügelei mit diesem Bär von einem Schmied hab ich keine Lust.«

Zwar hielt Lonnie inne, aber den Laden verließ er erst, als der andere Mann ihn hinauszerrte. »Das wirst du noch bereuen, Kleine!«, schrie er ihr zornig zu.

Nachdem die Tür mit einem lauten Knall hinter den beiden zugeschlagen war, half Jessie Mrs Hollyhock auf einen Stuhl. Sie hob die Brille der alten Frau vom Boden auf und setzte sie ihr behutsam wieder auf die Nase.

»Diese stinkenden alten Taugenichtse haben dir aber einen gehörigen Schrecken eingejagt«, stellte Mrs Hollyhock mit zitternder Stimme fest. »Wenn ich nur könnte, würde ich den beiden bei lebendigem Leib das Fell über die Ohren ziehen, so grob, wie die mit dir umgesprungen sind.« Als die alte Dame aufzustehen versuchte, gelang ihr das kaum, denn sie zitterte am ganzen Körper.

»Um Himmels willen, bleiben Sie sitzen«, schalt Jessie sie freundlich und drückte sie sanft in den Sitz zurück. »Wie fühlen Sie sich? Haben Sie Schmerzen?«

Plötzlich musste sich auch Jessie einen Stuhl heranziehen, weil sie fühlte, dass ihre Beine ebenfalls nachzugeben drohten. Sie schlang beide Arme um die schmächtige alte Frau und zog sie fest an sich. »Sind Sie sicher, dass es Ihnen gut geht?«, flüsterte sie ihrer Freundin ins Ohr. Mrs Hollyhock nickte, machte jedoch keine Anstalten, sich der Umarmung zu entziehen.

Jessie holte tief Luft und versuchte, durch reine Willenskraft ihren Herzschlag zu verlangsamen. Beim Gedanken daran, wie dicht sie die schreckliche Fratze des Mannes vor sich gehabt hatte, überlief sie ein Schauer. Angewidert wischte sie sich die Wange ab, schloss die Augen und versuchte, das furchtbare Bild abzuschütteln. Sein widerwärtiger Atem schien noch immer in der Luft zu hängen, sie einzuhüllen.

Die Tür wurde so heftig aufgerissen, dass ein Bild von der Wand fiel und mit lautem Krachen auf dem Boden aufschlug. Glassplitter flogen durch das Zimmer. Garth stürmte herein, mit offenem Hemd, in der Hand noch ein Hufeisen. Er ging vor Jessie in die Knie und packte die Armlehnen ihres Stuhls. Virgil eilte an Mrs Hollyhocks Seite.

»Haben diese Halunken Ihnen wehgetan, Jessie?« Garths Gesicht war dunkel vor Wut, und seine Stimme bebte drohend. »Dann gnade ihnen Gott – ich werde sie jagen wie die Tiere, die sie sind. Sie verdienen es nicht anders.«

»Nein, nein, Garth. Mir geht es gut. Nur ein kleiner Schreck«, antwortete Jessie. »Aber Mrs Hollyhock haben sie übel mitgespielt. Sie haben sie zu Boden gestoßen. Würden Sie sie nach oben in ihr Zimmer bringen?«

»Schon gut, Liebes. Es geht mir schon wieder besser. Ich musste mich nur einen Moment hinsetzen, um wieder zu Atem zu kommen«, versicherte ihr Mrs Hollyhock, deren Stimme immer noch zitterte. Es schien, als sei sie innerhalb jener kurzen Sekunden um mindestens zwanzig Jahre gealtert.

Garth ließ die Arme sinken, stand auf und sah sich im Laden um. »Sind die Kerle weg?«

Jessie nickte.

»Virgil, hilf mir, Mrs Hollyhock nach oben zu bringen. Von dir will ich kein Wort hören, Violet«, erklärte Garth, als Mrs Hollyhock zu einem Protest ansetzte. »Dann packen wir Jessies Sachen zusammen, und ich fahre sie nach Hause.«

Langsam wurde Chase wach und tastete vorsichtig nach seiner Kopfwunde. Irgendwann während der Nacht war der Verband verrutscht. Das machte nichts – er brauchte ihn ohnehin nicht mehr.

Lange hatte er keinen Schlaf gefunden, hatte dagelegen und über Jessie und Sarah nachgedacht, über das Chaos, das er verursacht hatte. In den frühen Morgenstunden war er endlich eingeschlafen, und jetzt bereitete es ihm Schwierigkeiten, wieder richtig zu sich zu kommen.

Als er sich das zerknitterte Hemd, in dem er inzwischen so viele Nächte geschlafen hatte, in die Hose steckte, fiel ihm auf, dass ihm nicht mehr schwindlig war. Nach einer Tasse starken Kaffees würde er Jessie gegenübertreten und sich für den Vorfall in der vergangenen Nacht entschuldigen. Ihr Nathans Geld geben und sich für die Weiterreise fertig machen. Was die Adoption betraf, war alles geregelt, und beim Gedanken daran, dass Gabe jetzt in der Hütte wohnte, fiel es Chase viel leichter, Jessie und Sarah hier zurückzulassen. Sein Bauchgefühl sagte ihm, dass die Indianer keine wirkliche Bedrohung darstellten. Schließlich lebte sie schon eine ganze Weile hier draußen, und die Rothäute hatten sich daran gewöhnt, sie zu sehen. Wahrscheinlich passten sie sogar auf Jessie auf. Damit blieb nur eine Frage: Wer hatte auf ihn geschossen, und warum?

Während er sich Kaffee eingoss, fragte er sich, wo die anderen waren. Hätte er nicht noch zehn Minuten zuvor Stimmen gehört, wäre seine Besorgnis größer gewesen.

Da kam Gabe herein, auf seinen Schultern ritt Sarah. Sie hatte beide Hände fest in sein Haar gekrallt, doch den Jungen schien das nicht zu stören.

»Wo wart ihr denn?«, erkundigte sich Chase von seinem Stuhl aus.

»Sarah musste mal, und da dachte ich, ich nehme sie huckepack. Das war einfacher, als ihr die Stiefel anzuziehen.«

»Und Jessie?«, hakte er nach, darum bemüht, die Frage beiläufig erscheinen zu lassen.

»Aber da liegt doch …«

Chase schreckte auf, als sähe er sich unvermittelt einer Klapperschlange gegenüber. Zu seinem Unbehagen erkannte er, dass er Jessie nicht aus den Augen hätte lassen sollen, auch wenn ihr das sicher nicht gepasst hätte. Innerlich schalt er sich für seine Unachtsamkeit.

Er schnappte sich das Stück Papier, das auf dem Tisch lag. Völlig unmöglich, diesen ganzen Linien und Punkten, die in alle Richtungen liefen, irgendeinen Sinn zu entnehmen. Als er versuchte, sich auf die einzelnen Buchstaben zu konzentrieren, begann der Zettel in seiner Hand zu zittern.

Schließlich warf er ihn in Gabes Richtung und fuhr sich hektisch mit den Fingern durchs Haar. »Und?« Er schrie das Wort fast.

Der Junge starrte ihn nur an.

»Was steht da?«

Gabe schaute wieder auf das Stück Papier.

»Jessie ist in der Stadt, um Vorräte zu kaufen. Wir sollen uns keine Sorgen machen. Bis zum Abendessen ist sie wieder hier.«

»Sonst noch was?«

Gabe räusperte sich. »Ich soll mich um Sie kümmern, und um Sarah.«

»Warum hast du mich nicht sofort geweckt, als du die Nachricht gefunden hast?«

Der Junge zuckte zusammen, trat einen Schritt zurück.

»Ich dachte, Sie wissen Bescheid. Sie hätten das Ganze mit Jessie besprochen.«

Chase ermahnte sich, seinen Unmut nicht so deutlich zu zeigen. Er, nicht Gabe, war daran schuld, dass Jessie das Haus verlassen hatte. In freundlicherem Ton wollte er wissen: »Was meinst du, wie lange sie schon weg ist?«

Gabe zuckte mit den Schultern. »Sie muss etwa bei Sonnenaufgang losgegangen sein, denn ich bin nicht lange danach aufgewacht, und da war sie schon weg.«

Chase lief zur Tür und riss sie auf. Von der Sonne keine Spur – dunkle Wolken bedeckten den Himmel.

Wie konnte ich nur so verschlafen?

Er rannte in die Scheune und sattelte in Windeseile sein Pferd, um sich gleich auf den Weg zu machen. Cody, der sich einige Tage lang hatte ausruhen können, buckelte und legte die Ohren an.

»Hör auf damit.« Chase gab dem Tier kurz die Sporen, damit der Wallach sich sammelte. Der bäumte sich erneut auf und versuchte diesmal tatsächlich, seinen Reiter abzuwerfen. Das gelang ihm jedoch nicht. Chase reagierte wie ein erfahrener Cowboy, ließ Cody Zeit, sich zu beruhigen, und suchte währenddessen mit den Augen die Gegend ab.

Die schmalen Abdrücke von Jessies Stiefeln im feuchten Schmutz der Straße waren nicht zu übersehen. Er folgte ihnen und trieb das Pferd zu einer raschen Gangart an.

Als sie etwa eine Meile zurückgelegt hatten, verließ Chase die Straße und ritt einen Hügel hinauf, um einen besseren Überblick zu erhalten. Nicht weit entfernt erklang das Geräusch eines Pferdegeschirrs, aus der Richtung, in der die Straße verlief. Er wandte sich um und lenkte sein Pferd in eine Baumgruppe, bevor er durch das Laub zurückspähte. Eine Kutsche mit zwei Leuten darin näherte sich. Nun, offenbar hatte er sich umsonst gesorgt. Da saß Jessie, neben einem Fremden. Aufmerksam sah sie ihren Begleiter an, während er etwas zu ihr sagte.

Dann lachte sie.

Chase, der zu weit entfernt war, als dass er irgendetwas hätte verstehen können, fluchte unterdrückt.

Kapitel 15

Chase wusste, dass es ihn mit Erleichterung hätte erfüllen sollen, sie so zu sehen – einfach zu wissen, dass sie nicht irgendwo tot im Graben lag oder entführt worden war. Aber so empfand er nicht. Der Anblick machte ihn wütender, als er sich eingestehen wollte.

Als die Kutsche sich näherte, legte der Mann einen Arm auf die Rückenlehne von Jessies Sitz. Er zeigte ihr etwas am Wegesrand und lehnte sich dabei zu ihr hinüber.

»Na, Cody, ist das nicht geradezu hinreißend gemütlich?« Eifersucht überfiel ihn, hielt ihn fest umklammert. Er wartete, bis der Wagen vorbeigefahren war, und galoppierte zu einer anderen Stelle, an der er sich verstecken konnte. Als die Kutsche erneut auf ihn zukam, strengte er sich an, zu verstehen, was gesprochen wurde.

»Jessie, ich meine es ernst. Das Ganze beweist doch nur ...«

Schon waren die beiden wieder außer Hörweite. Der Cowboy runzelte die Stirn, wendete sein Pferd und jagte es den Weg entlang.

Als sich die Kutsche ein drittes Mal näherte, wandte Jessie endlich den Kopf in seine Richtung. Zum ersten Mal seit dem Zwischenfall letzte Nacht sah Chase ihr Gesicht. Ein warmes Gefühl durchströmte ihn.

Sie schaute die Böschung hoch. Vor Angst, sie könnte ihn dabei ertappen, wie er sie auf so peinliche Weise zu belauschen versuchte, hielt er den Atem an und verharrte völlig regungslos. Glücklicherweise fuhr genau in diesem Moment eine Windbö in ihren Unterrock, sodass er ihr bis zu den Knien hochgeweht wurde. Hastig zog sie das Kleidungsstück wieder nach unten und setzte sich fester darauf.

Auf seinem Beobachtungsposten war es ihm nicht entgangen, dass der Fremde neben ihr mit Interesse die Rundung ihrer Waden und ihre zarten Knöchel betrachtet hatte. Er kämpfte gegen das dringende Bedürfnis an, sich mit seinem Pferd in Richtung der Kutsche zu stürzen und diesem Casanova einen Faustschlag ins Gesicht zu verpassen. Stattdessen stürmte er voraus, zum nächsten Versteck.

»Ist er denn zu Hause?«

Der Mann schlug einen vertraulichen Ton an, daran bestand kein Zweifel. Was nahm er sich da überhaupt heraus? Chase schlug sich mit der Faust auf den Oberschenkel.

Neben der Scheune auf Nathans Land hielt das Gefährt, und Jessies Begleiter nahm die Zügel in die linke Hand. Die Rechte hob er, um der jungen Frau eine Haarsträhne aus dem Gesicht zu streichen.

Chase verfolgte die Szene mit grimmiger Faszination. Hatte er zwei Verliebte vor sich? Jessie war immer wieder für lange Zeit allein gewesen. Die Möglichkeit bestand also durchaus.

Abrupt stand Jessie auf und machte sich daran, vom Wagen zu steigen. Der Mann griff nach ihrem Arm und zog sie auf den Sitz zurück. Er ließ die Zügel schnalzen, sodass sich das Gefährt wieder in Bewegung setzte.

Als der Wagen sich schließlich der Hütte näherte, nahm Chase den langen Weg um den Hügel herum, zur anderen Seite des Gebäudes. Er verbarg Cody im Gebüsch am Bach und schlich zu der Seite der Hütte, von der aus er den Eingang beobachten konnte. Jetzt war so gut wie jedes Wort problemlos zu verstehen.

»Bitte verzeihen Sie! Ich wollte Sie nicht verärgern, Jessie. Es ist nur ... Ich musste Ihnen endlich sagen, was ich für Sie empfinde.« Der Tonfall des Mannes war flehentlich, aus seiner Miene sprach Reue.

Jessie maß ihn mit festem Blick, und Chase hätte viel darum gegeben, ihre Gedanken lesen zu können.

»Ich möchte Ihnen dafür danken, dass Sie uns heute zu Hilfe gekommen sind, Garth«, sagte sie. »Ich darf gar nicht daran denken, was hätte passieren können, wenn Sie uns nicht beigestanden hätten.«

Zu Hilfe gekommen?

»Nichts zu danken. Sie wissen, dass ich es als Ehrensache betrachte, für Sie da zu sein, wo ich nur kann. Jederzeit.« Die Stimme des Mannes klang aufrichtig.

Chase lehnte seinen schmerzenden Kopf gegen die rauen Blöcke des an der Wand gestapelten Feuerholzes und schloss erschöpft die Augen. Der andere interessierte sich für Jessie, das war mehr als deutlich. Allerdings wusste er nicht, was sie für ihren Verehrer empfand. Chase atmete tief ein und langsam wieder aus. Glaubte zu spüren, wie er sich mit jeder Stunde tiefer in ein klebriges Netz verstrickte. Er ballte die Fäuste. Irgendwie, gegen seinen Willen und genau wie er es befürchtet hatte, war es dieser zarten Frau gelungen, ihm unter die Haut zu gehen.

»Jessie, bist du das?«, rief Gabe durch die Tür.

»Ja. Du kannst aufmachen.«

Die Tür öffnete sich weit, und Gabe trat ins Freie, Sarah auf dem Arm. Als sie den großen Fremden sah, der dicht neben Jessie stand, klammerte sich das kleine Mädchen erschrocken an dem Jungen fest.

»Keine Angst, Sarah«, beruhigte Jessie sie. »Das ist Mr Shepard. Der Schmied in der Stadt, und ein Freund von mir. Er war so nett und hat mich mit den Vorräten nach Hause gefahren.« Sie wollte die Kinder nicht mit dem erschrecken, was ihr im Laden zugestoßen war.

»Wer sind denn diese beiden jungen Herrschaften?«, erkundigte sich Garth.

»Meine neue Familie. Gabe Garrison und Sarah«, antwortete Jessie und nahm das Mädchen auf den Arm. Obwohl sich ihr Magen schmerzhaft zusammenzog, lächelte sie. Jeden Moment konnte Chase aus der Hütte kommen. Wie sollte sie nur erklären, wer er war? Besonders, falls er noch in seinen langen Unterhosen herumlief. Wenn es sich herumsprach, dass ein Mann bei ihr wohnte, während Nathan unterwegs war, hätte das … unangenehme Folgen. Sehr unangenehme Folgen. Die Leute hier in der Gegend tolerierten ein solches Benehmen nicht.

»Hier, nimm, Süße.« Garth hielt Sarah ein Bonbon hin, doch sie starrte ihn nur an und klammerte sich fester an Jessie. »Die ist aber niedlich. Woher kommt sie denn?«

Mit einem Mal kehrte Jessies Gereiztheit zurück. Sie wusste, dass der Schmied es nur gut meinte, aber er verlangte ihr wirklich ein äußerstes Maß an Geduld ab. Es ging ihn einfach nichts an. Sie war es leid, dass er sich ständig in alles einmischte.

»Ich habe heute noch viel zu tun, Garth. Ganz herzlichen Dank noch mal für das Heimbringen. Und dafür, wie Sie sich um alles gekümmert haben. Das ist weit mehr, als man erwarten könnte, und ich bin Ihnen sehr zu Dank verpflichtet.«

»Und der Junge ist ihr Bruder?«, fragte Garth weiter, als habe er nicht ein einziges Wort von dem gehört, was sie gerade gesagt hatte. Er schaute Gabe dabei zu, wie er die Säcke vom Wagen hob. Wie er so dastand, breitbeinig, die riesigen Hände in den Taschen seiner Hose, wirkte Garth selbst wie ein halbes Kind.

»Jetzt jedenfalls«, gab Jessie zur Antwort und wünschte sich immer sehnlicher, er würde sich endlich auf den Heimweg machen. Sicher hörte Chase ihn und würde aus der Hütte kommen. Lange konnte es nicht mehr dauern. Das wäre ein Stich ins Wespennest, den sie nun wirklich nicht auch noch gebrauchen konnte.

»Ist Nathan zuhause?«

»Äh, nein, *Nathan ist nicht hier.*« Sie sprach absichtlich lauter als sonst, damit Chase verstand, dass er drinnen bleiben sollte. Glücklicherweise betrachtete Gabe mit Interesse die Pferde und war abgelenkt.

Garth warf ihr einen prüfenden Blick zu. »Auf der Jagd?«

Sie lächelte nur.

»Alles abgeladen.« Gabe streichelte eines der Tiere am Hals. »Möchten Sie, dass ich den beiden Wasser gebe?«

»Nein danke«, gab der Schmied zur Antwort. »Aber jetzt los, Kinder, ich will mal kurz mit eurer neuen Mama unter vier Augen reden.«

Gabes Körpersprache war anzumerken, dass ihm das nicht gefiel. Trotzdem nahm er Jessie das Mädchen ab. »Ich bin gleich hier drinnen«, rief er über die Schulter zurück und betrat die Hütte.

»Dem Jungen liegt etwas daran, Sie zu beschützen, das ist mal sicher«, sagte Garth mit einem Lächeln. »Ich freue mich, dass Ihnen jemand Zuverlässiges zur Seite steht. Wenn es irgendwelche Probleme gibt, schicken Sie ihn einfach schnell zu mir, und ich bin wie der Blitz hier draußen bei Ihnen.«

Dann trat er näher an sie heran und erkundigte sich mit gesenkter Stimme: »Ist Mr Strong wirklich auf die Jagd gegangen oder behaupten Sie das nur, um mich loszuwerden? Jetzt, wo der Winter kommt, wird er ja wohl nicht wieder irgendwo weit weg arbeiten, oder? Denn wenn das der Fall ist, werde ich darauf bestehen, dass Sie alle drei in die Stadt ziehen, wo Sie sicher sind, wo die Leute ein Auge auf Sie haben können. Selbst mit dem Jungen hier bei sich locken Sie doch geradezu Menschen an, die Ihnen Böses wollen. Sie sitzen wie auf dem Präsentierteller.«

Er nahm ihre Hand und hielt sie zwischen seinen beiden Pranken. »Es würde mich nicht einmal wundern, wenn diese zwei Herumtreiber hier auftauchen und Ihnen Schwierigkeiten machen würden.«

Jessie entzog ihm ihre Finger. »Bitte machen Sie sich keine Sorgen. Wir kommen schon zurecht.« Mit diesen Worten betrat sie energisch die Hütte und hoffte, ihr Verhalten werde ihn dazu veranlassen, sich auf den Heimweg zu machen.

»Eine störrischere Frau ist mir noch nie begegnet – und eine zähere auch nicht«, verkündete Garth und schüttelte voller Bedenken den Kopf. Er kletterte auf den Bock seiner Kutsche, packte die Zügel. »Sie sind eine außergewöhnliche Frau, Jessie Strong. Ohne Zweifel. Einfach einmalig.«

Kapitel 16

Ungeduldig wartete Jessie, während Garths Kutsche sich rumpelnd entfernte. Auf keinen Fall würde sie riskieren, dass er noch einmal umkehrte und plötzlich wieder vor der Tür stand. Sie musste sich davon überzeugen, dass er ein für alle Mal weg war. Endlich verschwand der Wagen um eine Wegbiegung, und sie ging erleichtert ins Haus.

Jessie verstaute die Vorräte und machte sich daran, das Abendessen vorzubereiten. Dabei drehten sich ihre Gedanken ständig im Kreis. Mit zitternden Händen stellte sie den Kessel auf den Ofen, um Wasser zu erhitzen. Die frischen Eier hatte sie schon in Kalkmilch eingelegt, damit sie sich länger hielten.

Es war ihr nicht leichtgefallen, bei ihrer Frage nach Chase Gleichgültigkeit vorzutäuschen. Gabe hatte ihr zugeflüstert, dass Chase sehr ärgerlich gewesen war, als er von ihrem Ausflug in die Stadt erfahren hatte, und dass er sie suchen gegangen war.

Ihre erste Reaktion bestand darin, sich um Chase' Gesundheit zu sorgen – war er überhaupt schon wieder kräftig genug für einen so langen Ritt? Seine Wunden würden noch Zeit brauchen, um vollständig zu heilen. Doch bald wandten sich ihre Gedanken der Auseinandersetzung zu, die ihr bevorstand. War er wütend, weil sie in die Stadt aufgebrochen war, ohne es ihm vorher zu sagen? Oder war er vielmehr entsetzt über ihr liederliches Verhalten letzte Nacht?

Gabe schien verwirrt, dass sie so in sich gekehrt war. »Kann ich den Tisch decken?«

»Ja, bitte.« Geschäftig eilte Jessie in der Hütte hin und her, weiterhin tief in Gedanken. Ihre Bewegungen erfolgten automatisch. Im Topf karamellisierten die Apfelstücke, während sie umrührte. Mrs Hollyhock hatte ihr das Rezept für diesen Apfelkuchen gegeben, als Jessie zum ersten Mal in die Stadt gekommen war. Sie hatte lange geübt, um alles genau richtig hinzubekommen. Hatte Nathan mit ihren Backkünsten beeindrucken wollen. Und nach ein paar missglückten Versuchen am Anfang hatte er schließlich verkündet, einen besseren Apfelkuchen habe er nie gegessen.

Ein warmes Gefühl durchströmte sie bei der Erinnerung an Nathans Gesicht, das aufgeleuchtet hatte, als sie ihm ihren ersten gelungenen Kuchen vorsetzte. »Es gibt nichts Besseres für einen Mann als einen frisch gebackenen Apfelkuchen«, hatte er erklärt, den ersten Bissen genommen und daran geschnuppert. »Vielleicht bin ich ja gestorben und im Himmel gelandet?«

Armer Nathan. Erst wenige Tage tot, und sie hatte sich noch immer nicht die Zeit genommen, wirklich um ihn zu trauern. Hoffentlich würde er den Grund dafür verstehen. Sie hatte ganz einfach keine Sekunde Zeit gehabt, um zu sich zu finden.

Jessie zog sich in ihr Schlafzimmer zurück, suchte die tröstliche Einsamkeit. Sie spritzte sich etwas kaltes Wasser ins Gesicht und fuhr sich mit der Bürste durchs Haar, ließ es sich offen über den Rücken fallen. Im Augenblick verfügte sie weder über den Willen noch über die Energie, sich zu frisieren.

Es machte sie ganz krank, auf Chase' Rückkehr zu warten. Sie wünschte, er möge sich beeilen, damit sie die Auseinandersetzung bald hinter sich hätte. Wie auch immer er reagieren würde, es wäre leichter durchzustehen als diese Folter, dieses Harren auf das Ungewisse.

Unglaublich, wie ich mich verhalte, schalt sie sich, während sie eine saubere Schürze anzog und im Rücken zuband. *Ich mache mich ganz verrückt, dabei ist er noch nicht einmal mein rechtmäßiger*

Ehemann. Er kann so wütend sein, wie er will, das ist ganz allein seine Sache. Sein Pech.

Ein leises Klopfen an der Tür ließ Jessie aufschrecken. Es war Gabe. »Jessie, er ist zurück. Er macht sein Pferd für die Nacht fertig.«

Als Chase die Hütte betrat, empfing ihn ein süßer Duft, so köstlich, dass ihm das Wasser im Mund zusammenlief. Ein warmes Zimtaroma hüllte ihn ein, sodass er es fast schmecken konnte.

Jessie, die am Herd stand und in einem Topf rührte, warf einen Blick in seine Richtung. Ihr Gesicht glühte in der Hitze, die glänzenden Locken ergossen sich über ihren Rücken. Chase rief sich ins Gedächtnis, dass er böse auf sie war, und schaute weg.

Gabe lächelte ihm nervös zu, während die kleine Sarah herbeirannte und sein Bein umklammerte.

»Wie geht es dir?«, erkundigte sich Jessie.

Chase zögerte. Ihn quälte noch immer die Erinnerung daran, wie sie bei dem anderen Mann in der Kutsche gesessen hatte. Er beschloss, Jessie noch eine Weile im eigenen Saft schmoren zu lassen. Dann nahm er Sarah wider besseres Wissen hoch und schwang das kleine Mädchen durch die Luft.

»Und du, kleine Maus? Hattest du einen schönen Tag?« Er nahm eine von Sarahs langen braunen Locken zwischen die Finger und kitzelte sie damit an der Nase. Kichernd wand sie sich in seinen Armen.

»Riecht lecker, was, Chase?« Gabe ging zum Wasserbecken, um sich Gesicht und Hände zu waschen. Mit nassen Fingern strich er sich das Haar zurück und nahm Platz.

»Das Essen ist fertig«, verkündete Jessie und stellte einen Teller mit Brötchen auf den Tisch. »Setzt euch, sonst wird es kalt.«

Als sie alle um den Tisch versammelt waren, sprach Jessie ein Gebet. »Herr, wir danken dir demütig für diese Mahlzeit.«

Chase sah sich um. Das Ritual erfüllte ihn mit Unbehagen. Die Kinder saßen still da, die Köpfe gesenkt, die Augen geschlossen. Er sah auf seine eigenen Hände in seinem Schoß hinab. Unruhig rutschte er auf dem Stuhl herum.

»Wir danken dir dafür, dass wir eine Familie sind, und für die Hilfe, die du uns in deiner Gnade zuteilwerden lässt.«

Verstohlen schaute er zu ihr hinüber und stellte fest, dass auch sie ihn unter halb gesenkten Lidern hervor ansah.

»Wir danken dir auch dafür«, fuhr sie fort und schloss die Augen, »dass wir ein Dach über dem Kopf haben. Lass uns immer dankbar sein, für alles, was wir erhalten. Amen.«

»Amen«, antworteten die Kinder im Chor.

Erleichtert hob Chase den Blick.

»Reicht mir eure Teller, damit ich euch auftun kann«, bat Jessie leise.

Chase aß, ohne ein Wort zu sagen. Gabe dagegen schaufelte alles, so schnell er konnte, in sich hinein, und Sarah schob mit der Gabel das Essen auf dem Teller herum, steckte sich jedoch kaum einen Bissen in den Mund.

Es war eine der leckersten Mahlzeiten, an die Chase sich erinnern konnte. Nachdem er sich dreimal nachgenommen hatte, zusammen mit vier heißen lockeren Brötchen, schob er schließlich seinen Stuhl zurück.

»Ich hoffe, du hast noch Platz für den Nachtisch gelassen.« Jessies Tonfall war vorsichtig ausdruckslos.

»Eine kurze Pause werde ich einlegen müssen. Selbst wenn ich wollte, ich könnte keinen Bissen mehr runterkriegen.«

Er trank seinen letzten Schluck Kaffee aus Jessies winziger Porzellantasse und stellte das Gefäß vorsichtig zurück auf die Untertasse. Ein bisschen albern kam er sich dabei schon vor. »So gut habe ich bisher nur selten gegessen, Jessie«, erklärte er und rieb sich den Bauch. »Danke.«

Sie errötete auf entzückende Weise, und ihre Augen wurden dunkel vor Freude. Er verstand durchaus, dass sich ein Mann sehr schnell daran gewöhnen konnte, so umsorgt zu werden. Und ein kleines, freundliches Wort des Dankes wirkte Wunder.

Die Stunden der Dämmerung verstrichen. Gabe half Jessie beim Aufräumen, während Chase am Feuer saß und seine Waffen polierte. Nachdem sie den Nachtisch gegessen hatten und auch das letzte Geschirr weggeräumt war, las Jessie der kleinen Sarah aus einem abgegriffenen Büchlein vor, das sie aus ihrem Zimmer geholt hatte. In der Geschichte ging es um eine Prinzessin und einen Frosch.

Ab und zu entwich Chase ein leises Lachen, und Jessie lächelte ihm jedes Mal zu. In ihren Augen war dabei eine Empfindung zu lesen, die er nicht deuten konnte, die ihn jedoch trotzdem mit Wärme erfüllte. Später, als Gabe endlich sein Lager neben der Feuerstelle aufgesucht und Jessie das kleine Mädchen ins Bett gebracht hatte, gab es für sie nichts anderes mehr zu tun, als ebenfalls schlafen zu gehen.

Jessie zog sich in ihr Schlafzimmer zurück. Stumm stand Chase am Fenster und schaute hinaus.

Sie würden miteinander reden müssen, daran bestand kein Zweifel.

Am besten, wir bringen es schnell hinter uns, dachte er. Er ging zum Schlafzimmer und klopfte leise an. Die Tür öffnete sich, und Jessie stand vor ihm.

»Darf ich reinkommen?«, fragte er leise.

Die junge Frau trat einen Schritt zurück und machte eine einladende Geste.

Während er hineinging, rief er sich wieder in Erinnerung, dass er wegen ihres Benehmens von heute Morgen immer noch wütend auf sie war. Ihr Verhalten war unvorsichtig und unklug gewesen. Das würde er sie nicht so schnell vergessen lassen. Gleichzeitig hatten das leckere Abendessen und der Apfelkuchen ihn milde gestimmt, und wenn er nicht aufpasste, würde er kein Wort mehr über seinen Zorn verlieren.

»Es tut mir leid, wenn ich Sie verärgert habe«, sagte sie und sah ihm in die Augen. Der aufrichtige Klang ihrer Stimme zerstreute seine Wut noch rascher.

Er setzte sich auf den Bettrand. Als sie stehen blieb, warf er einen betonten Blick auf den Platz neben sich und hob die Augenbrauen. Nach einem Moment des Zögerns ließ sie sich an seiner Seite nieder.

Chase räusperte sich. »Als ich heute Morgen aufgewacht bin und Sie nicht da waren, hat mich das sehr erschreckt. Ich wusste nicht, ob Sie vielleicht weggelaufen waren, ob Sie überhaupt jemals wieder zurückkommen würden. Ich hatte ja keine Ahnung, was Sie vorhatten – ob Sie irgendwohin unterwegs waren oder vielleicht von Indianern entführt worden waren.«

Ihr Anblick schien ihm in diesem Augenblick schöner als alles, was ihm je zuvor unter die Augen gekommen war. Ihr Haar sah einfach bezaubernd aus, wie es ihr im schwachen Kerzenschein über die Schultern fiel. Daran würde er sich sein ganzes Leben lang erinnern, würde dieses Bild in kalten, einsamen Nächten heraufbeschwören. Nathan war wirklich zu beneiden gewesen.

»Nicht zuletzt auch, weil Sie gesagt hatten, ich sei für alles verantwortlich. Und dann sind Sie weggelaufen, ohne dass ich von irgendetwas wusste. Ich hatte vor, morgen für Sie in die Stadt zu fahren und alle Vorräte zu besorgen, die Sie für den Winter brauchen.«

Jessie hob eine Hand und untersuchte behutsam seine Verletzung. Fast unmerklich hob sie das Kinn, während sie ihn ansah. »Sie waren verwundet und brauchten Zeit, um wieder zu Kräften zu kommen«, entgegnete sie uneinsichtig. »Außerdem habe ich das schon oft gemacht. Viele, viele Male.«

Chase musste unwillkürlich darüber lächeln, dass sie versuchte, den wahren Grund für ihren Ausflug nach Valley Springs zu verbergen. Er wollte, dass sie es aussprach. Dass nichts mehr zwischen ihnen stand.

»Ich weiß, warum Sie in die Stadt mussten, Jessie. Das hatte nichts mit meinem Streifschuss zu tun oder damit, dass Sie Lebensmittel besorgen mussten. Ich werde aufrichtig zu Ihnen sein, damit Sie wissen, woran Sie sind. Das letzte Nacht war ein Fehler. Ich hätte Sie niemals küssen dürfen. Das wird nicht wieder vorkommen.«

Jessie wirkte überrascht. Als habe sie damit gerechnet, er werde ihr Vorwürfe machen.

»Es war nicht allein Ihre Schuld«, antwortete sie kaum hörbar. »Ich …«

»Doch, das war es. Sie haben geschlafen. Geträumt. Ich habe mir Freiheiten herausgenommen, die außerhalb unserer Abmachung lagen. Dafür möchte ich mich entschuldigen.«

»Warum sind Sie so nett zu mir?«

»Sie können mir glauben, Jessie – ich bin kein netter Mann. Ich möchte nur nicht, dass Sie sich wegen etwas grämen, das Sie nicht hätten verhindern können. Und jetzt erzählen Sie mir bitte, was heute in der Stadt passiert ist und Sie so erschreckt hat.«

Jessie warf ihm einen prüfenden Blick zu. Chase begriff, dass sie herauszufinden versuchte, woher er von dem Vorfall im Kaufmannsladen wusste.

»Ich habe auf meine Bestellung gewartet, als zwei Männer in den Laden kamen. Der eine hat mich belästigt, das ist alles.«

»Heraus damit«, verlangte er. »Da ist noch mehr vorgefallen, das spüre ich genau.« Chase fühlte Wut in sich aufsteigen.

»Einer der Kerle – ich glaube, er hieß Lonnie – hat mich am Arm festgehalten und versucht, mich zu küssen.« Jessie hielt inne, holte tief Luft. »Mrs Hollyhock wollte mir zu Hilfe kommen und wurde zu Boden gestoßen. Ich habe den Mann ins Gesicht geschlagen.«

»Kannten Sie ihn? Haben Sie ihn irgendwann früher schon mal in der Stadt gesehen?«

Jessie stand auf und ging zum Fenster. »Nein. Die beiden sind weggelaufen, als sie gehört haben, dass der Schmied auf dem Weg zum Laden war, um uns zu helfen.«

»Und wie sind Sie nach Hause gekommen?«

Einen winzigen Moment lang fühlte Chase sich schuldig, weil er ihr eine Frage stellte, deren Antwort er schon kannte. Doch er musste herausfinden, was sie ihm über ihren Begleiter erzählen würde.

»Mr Shepard, der Schmied, hat mich in seiner Kutsche hergebracht.«

Bei dem Gedanken daran, wie man mit ihr umgesprungen war, fühlte Chase heißen Zorn in sich brodeln. Um sie nicht zu beunruhigen, ließ er sich jedoch nichts anmerken.

Er erhob sich ebenfalls. »Genau wegen solcher Vorfälle habe ich mir Sorgen gemacht, dass Sie allein losgezogen sind. Was wäre wohl passiert, wenn Sie diesen Kerlen irgendwo außerhalb der Stadt begegnet wären? Dann wäre kein Schmied oder irgendjemand sonst in der Nähe gewesen, um sie aufzuhalten.« Er schüttelte den Kopf. »Morgen gehe ich in die Stadt und kaufe Ihnen ein Pferd. Dann brauchen Sie wenigstens nicht mehr zu Fuß zu gehen. Können Sie reiten?«

Sie wandte sich um. Auf ihrem Gesicht lag ein überraschter Ausdruck. »Das geht nicht. Ein Pferd kostet Geld, viel Geld. Das kann ich mir nicht leisten.« Sie stemmte die Hände in die Hüften, wie um zu unterstreichen, dass ihre Meinung feststand.

Jetzt wäre die Gelegenheit günstig gewesen, ihr von Nathans Geld zu erzählen, das noch immer in seiner Satteltasche steckte. Geradezu ideal. Doch in Wahrheit war ihm bewusst, dass er in derselben Minute, in der sie davon erfuhr, alles zunichtemachen würde, was bisher zwischen ihnen entstanden war. Ganz ohne Zweifel würde sie ihn für einen gemeinen Kerl halten. Er hatte bereits beschlossen, ihr Vorräte und ein Pferd zu kaufen und dafür mit seinem eigenen Geld zu bezahlen, sodass sie das von Nathan verwenden konnte, um durch den Winter zu kommen.

Er wollte ihr und Sarah etwas Gutes tun, bevor er sich wieder auf den Weg machte, und das schien ihm das Richtige. Sein Entschluss stand fest, und er entschied sich, das Geheimnis um das Geld noch ein wenig länger für sich zu behalten. Sie damit zu überraschen, wenn er sich von ihr und den Kindern verabschiedete.

»Sie haben schon viel zu viel für uns getan. Ihre Pflichten als Freund sind lange erfüllt.« Sie stampfte auf. »Das meine ich genau so, wie ich es sage. Sie können sich guten Gewissens wieder auf den Weg machen!«

Der Nachdruck, mit dem sie das vortrug, brachte ihn zum Lachen. »So bald wollen Sie mich also schon wieder rauswerfen? Ich glaube nicht, dass ich schon wieder in der Lage bin, weiterzuziehen. Ein wenig wird es noch dauern. Haben Sie denn Ihren Teil unserer Abmachung erfüllt?«

»Meinen Teil?« Aus ihrer Stimme klang ein Anflug von Unsicherheit.

»Sehr interessant, dass Ihnen das gerade jetzt entfallen ist.« Gefesselt betrachtete er ihre Augenbrauen, den Ausdruck tiefer Besorgnis, den sie verrieten. »Es hieß, wenn ich Ihnen zuliebe so tue, als wäre ich Nathan, würde ich ein paar der Vergünstigungen erhalten, die einem Ehemann zustehen – natürlich nicht alle, aber doch einige. Erinnern Sie sich? Bisher habe ich nur ein Loch im Kopf, ein paar geprellte Rippen und eine ganze Menge Unannehmlichkeiten abbekommen.«

Warum er plötzlich ein so dringendes Bedürfnis verspürte, Jessie zu quälen, hätte Chase selbst nicht sagen können. Vielleicht war es die Erinnerung an den Anblick, wie sie und der Schmied eng beieinander in der Kutsche gesessen hatten.

»Und jetzt setzen Sie sich wieder her und erzählen mir, was für ein Pferd Sie gern hätten.« Er lächelte herausfordernd und nahm ihre Hand.

»Nein!« Sie versuchte sich loszumachen, aber das ließ er nicht zu.

»Gute, treu sorgende Ehefrauen sollten niemals Nein zu ihren Männern sagen.« Ohne jede Vorwarnung zog Chase sie nach vorn, und Jessie fiel aufs Bett. Mit einer Hand hielt er ihre Arme fest, mit der anderen kitzelte er sie an Taille und Bauch.

Verblüfft schnappte sie nach Luft und versuchte sich loszuwinden. »Ich nehme umgehend jeden positiven Gedanken zurück, den ich je über Sie im Kopf hatte«, brachte sie unter Lachen hervor. Ihre Stimme klang hoch und fröhlich. »Sie ... Sie sind ein Hornochse!« Jessie japste. Während sie miteinander rangen, stieß die junge Frau ihm einen Ellbogen in die Seite. Er keuchte auf und musste ebenfalls lachen.

»Au! Sie sind viel stärker, als Sie aussehen.«

»Und Sie haben es nicht besser verdient. Gerade eben haben Sie mir noch versprochen, dass nie wieder passieren wird, was letzte Nacht geschehen ist ... und jetzt sind Sie über mich hergefallen.«

»Hergefallen?« Chase konnte nicht aufhören zu lachen. Er wusste nicht, wann er sich das letzte Mal so gut gefühlt hatte. Mit den Fingern fuhr er ihr über die Arme, tanzten über ihre Rippen.

Jessie quietschte. Sie wand sich unter ihm, versuchte seinen Fingern zu entkommen.

»Aufhören, bitte, bitte, aufhören.«

Er kam ihrem Wunsch nach.

Als Jessie verstummte, schaute Chase ihr in das gerötete Gesicht. Mit geschlossenen Augen lag sie vor ihm ausgestreckt, und ihre dichten Wimpern ruhten zart auf ihrer Haut. *Küss sie.*

Die einsame Kerze auf dem Nachttisch flackerte. Stille umgab die beiden, und die Welt schien auf dieses kleine Zimmer zusammenzuschrumpfen. *Küss sie.*

Was tat er da nur? Dachte an solche Dinge – dabei hatte er ihr nur wenige Augenblicke zuvor gesagt, er hätte gestern einen Fehler gemacht. Was zum Henker war nur mit ihm los? Aber ihre Lippen sahen so unglaublich weich aus.

Eine einzige Nacht zusammen, was machte das schon?

Zum Teufel!

Er konnte nicht mehr klar denken. Er musste weg hier, sofort. Dass er ihre Verletzlichkeit so ausnutzte, war durch nichts zu rechtfertigen. Frauen nahmen diese Dinge ernst, und wie er Jessie kannte, würde sie sich wahrscheinlich in Selbstvorwürfen und Reue verzehren und sich niemals verzeihen können. Ihn sollte nichts anderes interessieren als die Frage, was das Beste für sie war. Aber aufzuhören, während sie zu allem bereit schien, fiel ihm unglaublich schwer.

Einen Moment später hob Jessie die Lider. In ihren Augen glomm Verlangen. Sie zog ihn zu sich hinunter und liebkoste seinen Hals. Schlang ihre Beine um seine, während sie sich an ihn schmiegte. Chase atmete ihren süßen Vanilleduft tief ein, vermochte sich kaum noch daran zu erinnern, warum er nicht nachgeben wollte.

»Spiel nicht mit mir, Jessie.«

»Keine Angst«, murmelte sie. »Ich will nicht aufhören.« Sie drückte sich eng an ihn.

Diese geflüsterte Ankündigung drang durch den Nebel in seinem Kopf.

»Bist du sicher? Du weißt, ich kann nicht bleiben, ich muss weiter.«

Mit zärtlichen Blicken liebkoste sie sein Gesicht. »Du könntest, wenn du nur wolltest.« Sie atmete schwer. Dann richtete sie die Augen auf seine Lippen.

Mühsam riss er sich von ihrem Anblick los und starrte die Wand an.

»Ich bin nicht dafür gemacht, mich irgendwo dauerhaft niederzulassen, und das ist dir auch völlig klar. Selbst wenn ich es versuchen würde, würde es nur damit enden, dass ich dich verletze oder dir das Herz breche.« Wütend schaute er auf sie hinab. *Oder dir und vielleicht auch der kleinen Sarah passiert sogar noch etwas viel Schlimmeres.* »Zur Sesshaftigkeit tauge ich einfach nicht.«

Er spürte, wie sie zitterte, und wusste, welche Überwindung es sie gekostet haben musste, ihn zu Zärtlichkeiten zu ermutigen. Chase fühlte sich elend. Besser, sie fand einen anderen. Jemand, der verlässlich war. Wie den Schmied, der auf sie aufpassen konnte. Ihr das geben, was sie brauchte.

Chase machte sich los.

»Ich verstehe das«, antwortete sie leise.

Aus ihrer Miene sprach jedoch eine tiefe Verletztheit.

»Chase«, setzte Jessie an. »Manche Ereignisse haben einen so starken Einfluss auf unser Leben, dass wir nur an das Schlechte denken können – jedenfalls ist das bei mir so. Aber in Wahrheit musste es so kommen. Ich weiß, das klingt komisch. Was auch immer geschehen ist, es gibt auch Gutes im Leben. Suche danach. Wer weiß, du könntest eine Überraschung erleben.«

Für einen langen Moment sah er sie mit schmalen Augen an, dann rollte er sich vom Bett und strich sich das Hemd glatt. »Morgen ziehe ich weiter. Ich reite in die Stadt und sage Bescheid, dass Nathan tot ist. Dann werde ich Vorräte und eine Rinderhälfte besorgen, damit kommt ihr bis zum Frühjahr über die Runden. Außerdem werde ich versuchen, ein geeignetes Pferd für dich zu finden, aber wenn mir das nicht gelingt, lasse ich dir meines da.«

Kapitel 17

Als die Sonne aufging, war Chase bereits wach. Leise erhob er sich aus dem Schaukelstuhl, auf dem er die Nacht verbracht hatte. Jessie hatte sich unruhig umhergewälzt, bis sie sich endlich zu einem kleinen Ball zusammengerollt hatte und in einen tiefen Schlaf gesunken war.

Ein leises Murmeln von ihren Lippen hatte ihn geweckt, und er hatte ihr die Laken über die Schultern gezogen, sie gut zugedeckt. Das war das Mindeste, was er für sie tun konnte. Nun schien sie wieder fest zu schlafen. Auf Zehenspitzen schlich er sich nach draußen, damit sie nicht aufwachte.

In der Hütte war es still, die Kinder lagen noch unter ihren Decken. Chase zündete ein Feuer an und setzte Wasser für den Kaffee auf.

Sein Entschluss war gefasst. Dabei würde er bleiben. Das Gabe zu erzählen, würde allerdings schwierig werden. Ihm zu erklären, dass alles, was sich während der letzten Tage ereignet hatte, Theater gewesen war. Wie auch immer Chase es anpackte, der Junge würde ihn für einen eiskalten Mistkerl halten.

»Morgen«, erklang es leise von Gabes Lager aus. Das Haar hing dem Jungen wirr ins Gesicht, und er gähnte. »Ich hab gar nicht gehört, wie Sie aufgestanden sind. Wo ist Jessie?«

»Sie schläft noch.«

Chase wartete, während Gabe aufstand und sich zum Schutz vor der Kälte die Decke um die Schultern wickelte. Als der Junge nach einem kurzen Ausflug nach draußen wieder die Hütte betrat, bedeutete ihm Chase mit einer Handbewegung, er solle sich an den Tisch setzen. Er sprach leise, um Sarah nicht aufzuwecken. »Es gibt ein paar Dinge, die ich dir erklären muss, und das möchte ich erledigen, bevor die Kleine ausgeschlafen hat.« Er reichte dem Jungen eine Tasse heißen Kaffee und nahm sich ebenfalls einen Stuhl.

Eine unheilvolle Stille erfüllte den Raum. Mit weit aufgerissenen Augen starrte der Junge ihn an, und Chase begriff, dass er dachte, er habe etwas falsch gemacht.

»Keine Sorge, Gabe, es ist nichts passiert. Na ja, passiert ist schon etwas, aber das hat nichts mit dir zu tun. Du hast deine Sache in den letzten Tagen richtig gut gemacht.«

Als er sah, wie der andere den vor Nervosität angehaltenen Atem entweichen ließ, musste er ein Lächeln unterdrücken. Beide tranken einen Schluck aus ihren Tassen, und über den Rand der Gefäße hinweg begegneten sich ihre Blicke. Chase ergriff als Erster wieder das Wort.

»Ich weiß nicht genau, wie ich es dir sagen soll, also sag ich's einfach, wie es ist. Ich glaube, du bist groß genug, um es zu verstehen.«

Jetzt hatte er Gabes volle Aufmerksamkeit.

»Ich bin nicht Nathan Strong. Ich habe nur so getan als ob. Um Jessie zu helfen, damit sie Sarah adoptieren kann.« Chase lehnte sich auf seinem Stuhl zurück.

Dem Jungen schoss die Röte ins Gesicht, und seine Augen verengten sich zu Schlitzen.

»Ich habe mit Nathan zusammengearbeitet. Er ist ums Leben gekommen. Ich habe Jessie die Nachricht überbracht. Das war einen Tag, bevor ihr hier angekommen seid.«

Gabe sprang auf. Sein Stuhl geriet ins Wanken, fiel beinahe um. Mit geballten Fäusten beugte er sich zu Chase vor. »Sie wollen behaupten, Sie und Jessie«, er nickte in Richtung des Schlafzimmers, »sind *nicht verheiratet?*«

»Genau das, ja.«

Blitzschnell warf sich der Junge über den Tisch. Kaffeetassen flogen durch die Luft und landeten klirrend auf dem Boden. Mit beiden Händen umklammerte der Junge Chase' Kehle, und Chase hatte Mühe, nicht zu Boden zu gehen.

»Gabe, hör auf! Ich kann dir das erklären«, röchelte er, während er versuchte, die Finger des Jüngeren von seiner Kehle zu lösen. Gabe Garrison war ganz schön kräftig. Chase hoffte, er würde sich aus seinem Griff befreien können, ohne Gewalt anwenden zu müssen. Doch das schien in dieser Situation nicht mehr möglich.

Genauso unvermittelt, wie er sich auf ihn geworfen hatte, ließ Gabe beide Arme sinken, wandte sich ab und lief zur Tür.

»Halt, warte!« Chase hechtete ihm nach, packte ihn am Arm.

»Lassen Sie mich los!«, schrie Gabe mit erstickter Stimme.

»Hör mir doch erst mal zu.« Chase hielt ihn fest, sodass er sich nicht bewegen konnte. »Es ist nicht so, wie du denkst.«

Verachtung leuchtete im Gesicht des Jungen auf. Er schluckte. »Ach ja? Was denke ich denn wohl?« Die Frage war gemein, verletzend. »Ach, ich weiß. Der Kerl, der da drin die letzten paar Nächte mit Jessie verbracht hat, das waren nicht Sie. Stimmt's?«

Wo Gabe recht hatte, hatte er recht. Aus der Perspektive der beiden Kinder musste er wie ein Lump erscheinen, und er würde nicht ohne Schwierigkeiten alles überzeugend erklären können.

In dem Augenblick, als Jessie mit erschrockener Miene in der Schlafzimmertür auftauchte, machte der Junge sich los.

»Was habt ihr denn?«, wollte sie wissen, während sie den Blick über die Kaffeetassen auf dem Fußboden schweifen ließ und Gabes wütenden Blick registrierte.

Chase erschrak. Sie war kreideweiß im Gesicht, und Augen und Mund wirkten verkniffen. Sie hielt sich am Türrahmen fest, als fürchte sie, sonst umzufallen.

Der Junge machte sich die Ablenkung zunutze, riss seinen Mantel vom Haken und rannte aus dem Haus.

»Ich alter Dummkopf«, murmelte Chase, als Gabe mit Türenknallen verschwunden war. Jetzt hatte er alles noch schlimmer gemacht. Er wandte sich Jessie zu. »Du siehst gar nicht gut aus. Bist du krank?«

»Mir geht's gut. Ich muss nur kurz nach draußen.«

Sie machte nicht den Eindruck, als entspreche das der Wahrheit. Letzte Nacht hatte sie gar nicht krank gewirkt, aber im Schlaf war sie unruhig gewesen. Jetzt schien sie geradezu nervös. Chase blickte ihr nach, als sie nach draußen verschwand.

Fünf Minuten vergingen ... zehn ... eine Viertelstunde.

Wo zum Teufel steckte sie? Am liebsten hätte er nach ihr gesucht, wollte jedoch ihre Privatsphäre nicht verletzen. Frauen waren in dieser Beziehung so empfindlich.

Sarah, der es irgendwie gelungen war, trotz der ganzen Aufregung weiterzuschlafen, wachte mit einem Hunger auf, der dem eines Bärenjungen nach dem Winterschlaf in nichts nachstand. Chase fühlte sich auf merkwürdige Weise hilflos angesichts ihrer Bedürfnisse. Er bot ihr ein zähes Stück Dörrfleisch aus seiner Tasche an, aber das wollte sie nicht haben. An Sarahs Gesicht konnte er erkennen, dass sie gleich in Tränen ausbrechen würde.

»Hunger«, jammerte sie.

»Ich weiß, ich weiß. Jessie ist gleich wieder da. Dann macht sie dir was, in Ordnung?« Als die Kleine zu weinen begann, stapfte Chase in Richtung Tür. Privatsphäre oder nicht, er würde nicht länger warten.

Genau in diesem Augenblick betrat Jessie die Hütte und schaute von Chase zu Sarahs verzogenem Gesicht und wieder zurück. »Was ist los?«

Weil ihn seine Hilflosigkeit so aus der Fassung brachte, fiel seine Antwort unwirscher aus als beabsichtigt. »Sarah hat Hunger, und ich habe nichts gefunden, was sie hätte essen wollen.« Er marschierte zu dem Kind hinüber, hob es hoch und wandte sich ärgerlich zu Jessie um, als erwarte er eine Erwiderung von ihr.

Jessie war völlig verblüfft. Was hätte sie ihm denn sagen sollen? Dass sie so heftige Kopfschmerzen hatte, dass sie meinte, ihr werde gleich der Schädel platzen? Dass ihr von Krämpfen geplagter

Bauch sich anfühlte, als sei sie in einen Faustkampf geraten? Nur mit äußerster Mühe gelang es ihr, den Cowboy nicht anzuschreien.

Sie holte tief Luft und zwang sich zu einem Lächeln. »Es tut mir leid«, erwiderte sie in neutralem Tonfall. »Ich brauchte einfach ein bisschen Morgenluft, um mir den Kopf durchpusten zu lassen. Wie wäre es mit Brötchen und Soße?« Sarah hörte auf zu weinen und wand sich aus der Umarmung des Cowboys. Mit ausgestreckten Armen rannte sie auf Jessie zu. Die war zu erschöpft, um das Mädchen hochzuheben, also kniete sie sich hin und drückte ihm einen Kuss auf die tränennasse Wange.

»Eins ... zwei ... drei.« Jessie hatte Sarah auf einen Stuhl neben sich gesetzt und dem Kind erlaubt, drei Tassen Mehl abzumessen und in eine Tonschüssel zu füllen. Sie zeigte der Kleinen, wie man in der Mitte eine kleine Mulde formen musste, in die man anschließend vorsichtig ein wenig Wasser rinnen ließ. Jessie machte sich daran, die Mischung zu einem Teig zu vermengen, zunächst langsam und dann mit immer mehr Elan.

Heute würde Chase weiterziehen.

Sie faltete die Masse und verpasste dem Klumpen einen Schlag mit der Faust. Ihr sollte es recht sein. Chase brauchten sie nun wirklich nicht. Sie selbst am allerwenigsten. Genau betrachtet war sie froh, ihn endlich loszuwerden. Die ganze Situation hier war viel zu kompliziert geworden.

»Das Frühstück ist fast fertig«, rief sie über die Schulter zu Chase hinüber, während sie die Soße zubereitete. »Ruf bitte Gabe aus der Scheune herein.«

»Da ist er nicht. Keine Ahnung, wo er steckt. Ich habe ihm heute Morgen die Wahrheit gesagt.«

Als nach und nach die Bedeutung seiner Worte zu ihr durchdrang, wandte Jessie sich ihm zu, und der Holzlöffel fiel klappernd zu Boden. »Wie bitte?«

»Ich habe gesagt, er ist nicht ...«

»Wie konntest du nur?«, rief sie wutentbrannt. »Wie konntest du das nur tun, ohne es vorher mit mir zu besprechen? Ich hätte ihm gern selbst alles erklärt. Der arme Junge, ich kann mir kaum vorstellen, wie schrecklich er sich jetzt fühlen muss.«

Chase gab keine Antwort. Starrte sie nur mit eisigem Blick an.

»Und? Wie hat er es aufgenommen? Dass du nicht Nathan bist – und all das andere?«

»Gefallen hat es ihm nicht gerade.«

Zu seinem Glück hatte sie den Holzlöffel nicht mehr in der Hand – es fehlte nicht viel, und sie hätte ihm eins über den Schädel gezogen. »Was genau hat er denn gesagt?« Jessie war es leid, ihm alles aus der Nase ziehen zu müssen. Das hier war wichtig. Auf Katz-und-Maus-Spiele konnte sie gut verzichten.

»Gesagt hat er gar nicht viel. Stattdessen hat er mich gleich angesprungen und wollte mich erwürgen, als ihm klar wurde, dass wir nicht verheiratet sind.« Vorsichtig berührte Chase mit den Fingern die Blutergüsse an seinem Hals, die Gabes Umklammerung hinterlassen hatte. »Er wollte wohl deine Ehre verteidigen.«

Jessie eilte zur Tür.

»Wo willst du denn jetzt hin?«

»Gabe suchen«, warf Jessie über die Schulter zurück. »Ich muss ihm erklären …«

»Gib ihm ein bisschen Zeit, dann kommt er ganz von allein drauf. Er ist ein kluger Junge.« Chase hob Sarah hoch und setzte sie an den Tisch. »Nicht runterfallen, Kleines«, wies er sie an, während er den Stuhl zurechtrückte. »Außerdem hat Sarah ganz schön Hunger. Wenn sie nicht bald was zwischen die Zähne bekommt, gibt es hier noch einen Aufstand.«

Nach dem Frühstück räumte Jessie die Küche auf und setzte auf dem Hof einen Kessel Wasser für die wöchentliche Wäsche auf. Sie konnte an nichts anderes denken als an ihren Unterleib, der sich unablässig schmerzhaft verkrampfte. Wenn sie sich doch nur aufs Bett legen und sterben könnte. Chase war fest entschlossen, wegzugehen – nun, dann sollte er sich damit beeilen.

Da trat er auch schon ins Freie und lehnte sich an den Pfosten des Vordachs. Hinter ihm erschien Sarah, die sich auf die Stufen setzte. *Was macht er noch hier? Hat er noch nie jemanden die Wäsche machen sehen?* Mit ihrem hölzernen Paddel tauchte Jessie einige Handtücher in das kochend heiße Wasser. Ohne Vorwarnung kippte sie zur Seite und kam dabei dem Kessel gefährlich nahe.

Mit drei raschen Sprüngen war Chase bei ihr und fing sie auf. Schlaff wie eine Lumpenpuppe sank sie gegen ihn. Sog seinen vertrauten Geruch ein, hätte ihm so gern so viel gesagt.

»Jessie, was ist los? Ich sehe doch, dass es dir nicht gut geht. Was fehlt dir?« Auf Chase' Gesicht zeigte sich tiefe Besorgnis.

»Ich habe ziemlich starke Bauchschmerzen. Die vergehen wieder«, antwortete sie, machte aber keine Anstalten, sich aus seiner Umarmung zu lösen.

»Du legst dich jetzt ein paar Minuten hin.« Er hielt Jessie ein Stück von sich weg, sodass er ihr ins Gesicht schauen konnte. »Keine Widerrede.«

Er hob sie auf die Arme, trug sie in die Hütte und legte sie aufs Bett.

»Du bist schlichtweg völlig erschöpft, weil du mich gepflegt hast. Ich passe jetzt auf Sarah auf, bis es dir besser geht.«

»Chase?« Sie schloss die Augen und kuschelte sich in die weiche Matratze.

»Ja?«

»Du gehst nicht, ohne dich zu verabschieden, oder?«

Sie spürte, wie er ihr eine Haarsträhne aus dem Gesicht strich und hinters Ohr steckte. »Nein, das werde ich nicht tun. Aber jetzt ruh dich aus.«

Kapitel 18

Die große Wäsche erwies sich als weitaus schwierigere Angelegenheit, als Chase vermutet hatte. Natürlich wusch auch er ab und zu seine Sachen, aber in dem Fall waren das insgesamt nicht mehr als ein oder zwei Hemden, ein Paar lange Unterhosen und einige Socken. Diese Arbeit für eine dreiköpfige Familie zu erledigen, war eine andere Geschichte.

Die Hemdsärmel bis zum Ellbogen hochgerollt, warf er ein weiteres Paar Socken in den Bottich mit dem Spülwasser. Als er Jessies Kleider und die zwei kleinen von Sarah fertig geschrubbt hatte, stand ihm der Schweiß auf der Stirn, und unter seinen Armen hatten sich große Flecken gebildet.

Gabes Sachen kamen als letzte dran. Er warf sie in den Kessel und wirbelte sie ordentlich herum.

Sarah hatte ihren Spaß an der ganzen Aktion. Chase ließ sie kleinere Holzscheite vom Stapel holen, damit sie das Feuer in Gang halten konnten. Er hatte sie angewiesen, hinter einer Linie zu bleiben, die er in etwa fünf Metern Entfernung in die Erde gezeichnet hatte. Gerade kämpfte sie mit einem Stock, der fast so lang war wie sie selbst.

Während Gabes Kleidungsstücke im Seifenwasser vor sich hin köchelten, wrang Chase Jessies und Sarahs Sachen aus und breitete sie zum Trocknen über ein paar Büsche. Wenn sie eine Wäscheleine hätten, wäre das Ganze einfacher. Eine Wäscheleine ...

Mit einigen langen Schritten war er bei der Scheune, wo er sein Lasso vom Sattel wickelte. Er spannte das starke Seil zwischen zwei stämmigen Bäumen und warf die nassen Wäschestücke darüber. Dann nahm er aus dem Bottich mit dem Spülwasser ein abgetragenes Unterkleid, das Jessie gehörte. Sie musste es zum Einweichen dortgelassen haben, bevor er die Wäsche übernommen hatte. Er tauchte das Kleidungsstück noch ein paarmal in den Bottich und wrang es dann vorsichtig aus, wobei er darauf achtete, den fadenscheinigen Stoff nicht zu zerreißen.

Sarah zupfte ihn am Hosenbein.

»Daddy, mehr Holz«, erklärte das kleine Mädchen und deutete stolz auf ein großes Stück, das es mit viel Mühe hergezerrt hatte. In ihren Augen war deutlich zu lesen, welche Zufriedenheit sie über ihre Leistung empfand. Chase brachte es nicht übers Herz, Sarah zurechtzuweisen, weil sie sich dem Feuer zu sehr genähert hatte. »Danke … Schatz. Du bist mir wirklich eine große Hilfe. Jetzt geh bitte wieder hinter die Linie.«

Sarah strahlte vor Freude und rannte zum Holzstapel zurück, um ein weiteres Stück in Angriff zu nehmen. So jung, wie sie war, würde sie sich vielleicht später nicht mehr daran erinnern, dass er einmal kurz eine Rolle in ihrem Leben gespielt hatte, und ihn vergessen, wenn er erst einmal weg war. Aus irgendeinem Grund sorgte dieser Gedanke allerdings nicht dafür, dass er sich besser fühlte.

Mit Gabes Sachen war er fertig, doch zu seiner Überraschung fand er auf dem Grund des Bottichs seine eigenen schmutzigen Hosen und sein zweites Hemd. Offensichtlich hatte Jessie die Absicht gehabt, auch seine Sachen zu waschen.

Allmählich begannen ihm Rücken und Arme wehzutun. Waschen war anstrengender, als er geahnt hatte, dachte er, während er das letzte Paar Socken ausspülte. Dann nahm er Sarah mit, als er den Spülbottich hinter die Hütte trug und das Schmutzwasser in Jessies kleinen Garten schüttete. Jetzt, kurz vor dem Winter, waren fast alle Pflanzen verwelkt, doch ein paar Erbsenbüsche schienen zäh durchzuhalten.

Über den gefrorenen Boden näherten sich Schritte. Er drehte sich gerade noch rechtzeitig um, um einen Blick auf Jessie zu erhaschen, die zum Plumpsklo eilte. Was auch immer mit ihr los war, die ganze Wahrheit hatte sie ihm nicht erzählt. Einige Augenblicke später beobachtete er, wie sie das Häuschen verließ und auf den Bach zumarschierte.

Chase löschte das Feuer, hob Sarah hoch und folgte der jungen Frau. Als sie sich dem Ufer näherten, sahen sie Jessie am Wasser kauern. Es schien, als spüle sie etwas aus.

Wenn sie noch ein Kleidungsstück zu waschen hatte, warum hatte sie es dann nicht mit den anderen in den Kessel getan? Wieso diese Heimlichkeiten am Bach? Sie wandte sich um, schien etwas auszuwringen und legte dann einige Stoffstreifen über die Felsen, damit sie trocknen konnten.

Aber natürlich! Er fühlte sich wie ein riesiger Dummkopf. Warum war er nicht längst darauf gekommen? Die Vorgänge im Körper einer Frau hatten für ihn nichts Peinliches an sich. In Jessies Augen wäre das vermutlich anders. Er wünschte, sie würde sich nicht damit abmühen, alles vor ihm zu verbergen – es ging doch um etwas ganz Natürliches, und niemand brauchte sich dafür zu schämen. Ob sie wohl traurig war? Unglücklich, weil sie kein Kind von Nathan bekommen würde? Babys schienen für Frauen so wichtig zu sein.

Rasch ging Chase zurück zur Veranda. »Lass uns schnell das Seifenwasser wegschütten, bevor deine Mama zurückkommt. Sie wird sich sicher freuen, wenn sie sieht, dass wir die ganze Wäsche erledigt haben.« Chase lächelte, und das kleine Mädchen klatschte aufgeregt in die Hände.

Jessie kam um die Hausecke und blieb wie angewurzelt stehen. Es musste fürwahr ein seltsamer Anblick sein, der sich ihr bot: Wäschestücke in allen Formen und Größen hingen im eisigen Wind auf der neuen Wäscheleine. Plötzlich war Chase unglaublich froh darüber, dass er sich entschlossen hatte, ihr zu helfen.

»Ach du meine Güte. Das ... das hättest du nicht zu tun brauchen«, stammelte Jessie. »Ich wollte mich gerade selbst an die Arbeit machen.«

»Irgendwie mussten Sarah und ich uns schließlich die Zeit vertreiben.« Chase bückte sich und hob das Kind hoch.

Jessie wischte sich die Augen.

»He, das ist doch kein Grund zum Weinen«, neckte er sie. »Das nächste Mal lasse ich alles für dich liegen.« Es war nur ein Versuch, die Stimmung aufzulockern. Sie wussten beide, dass es kein nächstes Mal geben würde.

Besorgt schaute Jessie in Richtung Wald. »Chase, ich mache mir Sorgen um Gabe. Er ist jetzt schon einige Stunden fort. Was, wenn er weggelaufen ist? Ich wünschte, ich hätte ihm alles selbst erklären können.«

Wenn er ehrlich war, machte Chase sich ebenfalls Sorgen. Inzwischen hätte Gabe wirklich zurück sein sollen. Diese Berge glichen einer Wildnis. Ein unbewaffneter Junge stellte für viele Feinde eine leichte Beute dar.

»Vielleicht hat er seinen Kopf benutzt und ist in die Stadt gegangen«, sagte Chase und versuchte unbekümmert zu klingen. »Wahrscheinlich amüsiert er sich gerade in diesem Moment ganz köstlich.« Aber das glaubte er selbst nicht. In seiner Gemütsverfassung heute Morgen war der Junge eher kopflos davongestürmt. »Ich sattle Cody und sehe mich ein bisschen um.«

Jessie nickte. Sie wirkte erschöpft und müde.

Als Sarah hörte, dass Chase wegwollte, klammerte sie sich mit ihren überraschend starken Ärmchen an seinen Hals und verbarg das Gesicht in seinem vom Wind zerzausten Haar.

»Wie'sehn, Daddy.« Sie hob den Kopf, sah ihm geradewegs in die Augen. Chase spürte, wie es ihm die Kehle zuschnürte.

Er küsste das Kind auf die Stirn und setzte es vorsichtig ab. »Auf Wiedersehen, Sarah. Pass gut auf deine Mama auf, hast du gehört?«

Gabe lief immer tiefer in den Wald hinein, ohne groß darauf zu achten, wie viele Meilen er zurücklegte. Wie hatten sie ihn nur so anlügen können? Er war ein solcher Dummkopf. Hatte Mr Strong bewundert – Chase, dachte er verbittert – und genauso wie er sein wollen, wenn er einmal erwachsen war. Und die ganze Zeit hatte der Mann mit Jessie rumgemacht. Er konnte es immer noch kaum glauben!

Ich hätte ihm die Nase blutig schlagen sollen, als ich die Gelegenheit hatte. Richtig blutig!

»Ich weiß, was du mir so oft erklärt hast, Pa. Es ist nicht immer die beste Idee, Konflikte mit Fäusten zu regeln. Aber es ist auch einfach nicht richtig, Jessie wie eine gemeine ... eine gewöhnliche ... Na ja, du weißt, was ich meine.« Gabe sprach gen Himmel, als wende er sich direkt an seinen Vater.

Dann entdeckte er Chase und Cody, die den Abhang heraufkamen, den er selbst gerade erklommen hatte. Er hielt an und wartete, während sie näher kamen.

»Alles in Ordnung bei dir?« Die Stimme des Cowboys klang streng. »Jessie macht sich riesige Sorgen um dich.«

Gabe nickte nur. Ihm war nicht danach zu sprechen.

Der streckte einen Arm aus. »Steig auf.« Nach einigen Momenten des Zögerns ergriff Gabe die Hand und schwang sich hinter ihm auf den Rücken des Pferdes. Durch den Wald ritten sie hügelabwärts.

Als sie sich der Hütte näherten, brachte Chase Cody zum Stehen, und Gabe sprang ab.

»Hör zu, Gabe, ich weiß, du bist enttäuscht darüber, wie sich die Dinge entwickelt haben.« Er sah ihn lange an, die Lippen zu einem Strich zusammengepresst. »Sicher hast du schon längst gelernt, dass es im Leben nicht immer gerecht zugeht. Sobald du denkst, du hättest einen unschlagbaren Trumpf auf der Hand, wirft der Teufel ein Ass ins Spiel. So sieht es aus.«

Gabe vermutete, dass Chase auf eine Antwort wartete. Vielleicht, dass er das alles begriff. Auf keinen Fall. Chase hatte nicht nur Jessies Ruf ruiniert, er wollte sie auch noch verlassen – das zerstören, was Gabe für eine perfekte Familie gehalten hatte. Eine Familie, zu der er hatte gehören wollen.

»Als ich vierzehn war, hatte ich schon vier Jahre meines Lebens allein verbracht«, fuhr Chase fort. »Nur ein wenig älter als du war ich damals. Was ich sagen will: Du musst jetzt der Mann im Haus sein. Verantwortung übernehmen. Jessie braucht deine Hilfe. Ohne dich wird sie es nicht schaffen.« Er räusperte sich. »Das bedeutet, du kannst nicht einfach alles hinwerfen und weglaufen, wenn dir etwas nicht passt. Nimm das Leben wie ein Mann, das Gute und das Schlechte, und tu das, was für dich und für deine Familie das Beste ist.«

Gabe starrte zu Boden. Bevor er die Wahrheit erfahren hatte, war er überzeugt gewesen, Chase täte das Beste für die Familie.

»Ich mache mich jetzt auf den Weg in die Stadt«, erklärte Chase. »Mal sehen, ob ich ein Pferd für dich und für Jessie finde. Außerdem werde ich einige Vorräte besorgen, damit ihr über den Winter kommt. Es tut mir leid, dass nicht alles so gelaufen ist, wie du es dir erhofft hast.«

Er wendete sein Pferd und galoppierte in die andere Richtung davon. Selbst nach alldem, was heute passiert war, all der Enttäuschung und Wut, die er Chase gegenüber empfand, Gabe konnte ihn nicht hassen, so sehr sich das auch wünschte.

Er hatte ihn ins Herz geschlossen.

Es hatte keinen Sinn, das zu leugnen.

Kapitel 19

Chase ritt die schlammige Hauptstraße von Valley Springs entlang, einer kleinen Stadt, die aussah wie viele andere, durch die er in den letzten Jahren gekommen war. Weil es keinen Sheriff vor Ort gab, beschloss er, der nächstbeste Ort, um die Nachricht von Nathans Tod abzuliefern, sei der Kaufmannsladen.

Zuerst wollte er jedoch im Saloon vorbeischauen. Sich ein Glas gönnen. Auf diese Weise würde er etwas über die Atmosphäre in diesem verschlafenen kleinen Nest herausfinden und könnte gleichzeitig etwas gegen seinen Durst unternehmen.

Während er Cody an der verwaisten Pferdestange festband, trat ein Mann aus einem Speisehaus auf der gegenüberliegenden Straßenseite. Einen Moment lang stand er da und starrte Chase an. Der nickte ihm zu, bevor er in das dunkle Innere des Saloons trat.

Er brauchte ein paar Sekunden, bis sich seine Augen an das Dämmerlicht gewöhnt hatten, und sein Geruchssinn wurde mit unangenehmen Wahrnehmungen geradezu bombardiert. Es hatte eine Zeit in seinem Leben gegeben, in der es ihm gefallen hatte, an solchen Orten herumzuhängen, zu spielen und einfach mit anderen zu reden. Aber das gehörte schon lange der Vergangenheit an.

Was auch immer die Leute an solchen Saloons reizte, er vermochte kaum zu glauben, dass er dem jemals etwas hatte abgewinnen können. Ganz besonders, nachdem er die letzte Zeit mit Jessie verbracht hatte, in deren Häuschen es sauber war, angenehm roch und gemütlich wirkte. Es musste einfach mehr im Leben geben als das hier. Nun drehte ihm der Gestank ungewaschener Leiber und schalen Rauchs den Magen um.

»Was darf's sein, Mister?«, erkundigte sich der Mann hinter der Bar.

»Ein Whiskey.« Chase legte zwei Münzen auf den abgewetzten Tresen, schaute in den Spiegel dahinter, um darin den Raum zu betrachten. An einem Ecktisch saß ein Mann, der gerade Karten mischte. Im Spiegel fing er Chase' Blick auf und hob in einer wortlosen Einladung die Hand mit den Karten.

Ohne sich umzuwenden, schüttelte Chase den Kopf. »Nein danke.« Er hob sein Glas und prostete dem anderen zu.

»Sind Sie neu in der Stadt?«, fragte der Barkeeper, während er ein Glas polierte. »Werden Sie länger bleiben?«

Er war ein kleiner, stämmiger Mann mit einer glänzenden Glatze. Sein breiter, dichter schwarzer Schnurrbart glich das fehlende Haupthaar wieder aus.

Chase zuckte die Achseln. Er erzählte nie etwas über sich selbst – diese Überlebensstrategie hatte er sich schon vor langer Zeit angeeignet. »Vielleicht.«

Von draußen hörte man Lärm, und ein Jugendlicher kam durch die Schwingtüren herein. Sein schmutziges langes Haar hätte eine Wäsche gut gebrauchen können.

»Tut mir leid, dass ich zu spät komme, Chef. Ma wollte mich nicht früher aus dem Haus lassen.« Neugierig musterte er Chase, während er auf die Antwort des Barkeepers wartete.

»Schon klar, jetzt schnapp dir endlich deine Schürze. Irgendeine Ausrede fällt dir doch immer ein. Feg erst mal durch und bring dann den Abfall raus.«

»Alles klar.« Der Junge eilte ins Hinterzimmer und tauchte mit einer Schürze in der einen und einem Besen in der anderen Hand wieder auf.

»Kann man hier irgendwo ein Bad nehmen und eine Rasur bekommen?«, erkundigte sich Chase, während er dem Jungen beim Saubermachen zusah. Bei seinem Anblick fühlte er sich an sich selbst in diesem Alter erinnert. Genau solche Arbeiten hatte er für einen Mann namens Klapperschlange erledigt. Den größten Mistkerl diesseits des Mississippi. Bei dem wusste man nie, ob er einem einen Drink servieren oder einen erschießen würde.

»Kann man. Hinter dem Speisehaus gegenüber. Isaac Mahoney und seine Schwester Megan vermieten für 50 Cent eine Wanne. Wenn Sie einen Haarschnitt und eine Rasur brauchen, übernimmt Megan das für zwei zusätzliche Dollar. Wollen Sie jetzt gleich?«, fragte er.

»Je eher, desto besser.«

Der Barkeeper wandte sich an den Jungen. »Jake, lauf mal eben rüber und sag Ike Bescheid, er soll Badewasser aufsetzen. Und Megan ihr Rasiermesser schärfen. Mit einer stumpfen Klinge ist schließlich niemandem gedient, haha.«

Chase wusste nicht, was an dieser Bemerkung lustig sein sollte, lachte jedoch trotzdem mit. »Und ein Telegrafenamt?«

»Na klar. Seit letztem Jahr«, erklärte der Mann stolz. »Bei der Posthalterei am Nordende der Stadt.«

Chase nahm einen Schluck Whiskey. »Aber eine Schmiede gibt's hier in der Gegend wohl nicht?«

»Sagen Sie bloß, die haben Sie nicht gesehen? Eigentlich bemerkt man sie sofort, wenn man die Hauptstraße entlangreitet. Schräg gegenüber vom Kaufmannsladen.«

»Aber sicher – jetzt, wo Sie es sagen, fällt es mir wieder ein. Versteht denn der Schmied was von Pferden?«

»Einer der besten in ganz Wyoming. Garth Shepard heißt er. Hat einen sehr guten Ruf.«

Das kann ich mir vorstellen, dachte Chase, während er den Rest seines Whiskeys herunterkippte.

»Noch einen?«

»Nein danke.«

Der Junge kam zurück in den Saloon geschlendert und summte vor sich hin. »In einer Viertelstunde ist das Wasser heiß.« Er hatte Kuchenkrümel an den Lippen.

»Danke.« Chase griff in die Hosentasche und warf ihm eine Münze zu.

Geschickt fing Jake das Geld auf.

»Danke, Mister. Lassen Sie's mich wissen, wenn ich noch was für Sie tun kann.«

»He, du arbeitest für mich. Hast du das etwa vergessen?« Der Barkeeper drohte dem Jungen mit dem Finger.

»Klar doch, Chef, weiß ich.« Noch immer vor sich hin summend, nahm Jake den Besen wieder zur Hand.

»Sie kennen nicht zufällig einen Mann namens Lonnie?«, fragte Chase.

»Also, kennen wäre übertrieben, aber er ist schon ab und zu mal hier. Sagt, er wär Goldsucher und hätte einen Claim irgendwo flussaufwärts. Aber ich schätze, das ist nur leeres Gerede. Hab ihn schon eine ganze Weile nicht mehr gesehen. Ich hab allerdings gehört, dass er gestern in einen Zwischenfall im Laden verwickelt war.« Der Barkeeper hielt inne und wischte sich die Glatze mit demselben Tuch, mit dem er auch die Gläser polierte.

Chase schaute hinunter auf sein eigenes Glas und runzelte die Stirn.

»Jake! Hast du diesen Lonnie in letzter Zeit irgendwo gesehen? Den Goldgräber?«, rief der Glatzkopf.

»Nee. Bestimmt schon seit einer Woche nicht mehr.«

»Wenn er wieder hier auftauchen sollte, und ich bin noch in der Stadt, wäre ich Ihnen sehr verbunden, wenn Sie mir Bescheid geben würden«, meinte Chase.

»Wie heißen Sie denn, Mister?«, erkundigte sich der Barmann. »Ich muss schließlich wissen, für wen ich das mache.«

»Chase Logan. Nicht vergessen, ja?«

»Aber woher denn.«

»Mr Logan«, rief der Junge vom anderen Ende des Raums herüber. »Mein Name ist Jake. Denken Sie dran, wenden Sie sich an mich, wenn Sie was brauchen.« Mit dem Abfallkübel in der Hand ging der Junge durch die Hintertür nach draußen.

»Cleverer kleiner Bursche«, murmelte Chase. Jake würde schon zurechtkommen im Leben – vorausgesetzt, er ließ sich nicht auf irgendwelche krummen Geschäfte ein.

Nachdem er sich von Kopf bis Fuß abgeschrubbt hatte, ließ Chase sich zurücksinken und genoss noch eine Weile das herrlich heiße Wasser. Es war schon eine ganze Weile her, dass er ein Bad genommen hatte, darum beschloss er, so lange in der Wanne zu bleiben, wie das Wasser warm war.

Der Zuber war groß, aber das war Chase ja auch. Das Wasser reichte gerade bis unter seine Schultern, und seine Knie schauten zwischen den Seifenblasen hervor wie zwei Berggipfel. Trotzdem umschloss die Wärme seinen Rumpf wie die Umarmung einer zärtlichen Braut, und seine geprellten Rippen taten schon viel weniger weh. Er lehnte den Kopf gegen den Wannenrand und machte die Augen zu.

Plötzlich erschienen ungebeten Bilder von Jessie in einem Schaumbad vor seinem geistigen Auge. Das Haar hatte sie oben auf dem Kopf zusammengesteckt, was ganz bezaubernd aussah – als warte sie nur darauf, dass er eine Haarnadel herauszog, um ihre prächtige Mähne zu lösen. Langsam rannen ihr kleine Wassertropfen den Hals hinab und verschwanden im Schaum.

Kapitel 20

»Oh, verdammt.«

»Haben Sie was gesagt, Mr Logan? Brauchen Sie was?« Durch die geschlossene Tür drang Megan Mahoneys Stimme mit ihrem singenden irischen Akzent zu ihm.

Steht sie etwa mit dem Ohr an der Tür da und lauscht? »Nein, alles gut.« Die Frau hatte praktisch darauf bestanden, ihm persönlich aus den Kleidern und in die Wanne zu helfen. Nur mit Mühe war es ihm gelungen, sie aus dem Raum zu scheuchen und die Tür hinter ihr zu verriegeln.

»Meine Rasierklinge ist messerscharf, ich bin jederzeit für Sie da. Aber lassen Sie sich von mir nicht hetzen. Es wäre schade um das herrliche heiße Bad.«

»Meg!« Die Stimme ihres Bruders klang scharf. »Lass Mr Logan in Ruhe. Wie soll er sich denn entspannen, wenn du ihn die ganze Zeit vollquatschst? Mach, dass du von der Tür wegkommst, bis er fertig ist.«

»Ich will doch nur nett sein, Isaac«, erklärte Megan verstimmt.

Chase griff nach dem großen Handtuch auf dem Metallständer. Er stand auf, rieb sich rasch trocken und zog sich wieder an.

Wie versprochen erwartete ihn Megan auf der anderen Seite der Tür. Offenbar war sie nicht gegangen, sondern hatte nur nichts mehr gesagt. Ihr Rasierzeug hatte sie schon bereit.

»Setzen Sie sich und machen Sie sich's bequem, Mr Logan. Keine Sorge, ich hab das schon oft gemacht, sehr oft«, verkündete sie mit einem Lächeln, während er sich auf dem Frisierstuhl niederließ. Vorsichtig legte sie ihm ein heißes Tuch auf die Bartstoppeln und begann, den Rasierschaum aufzuschlagen.

Chase versuchte sich zu entspannen, doch Megan erschien ihm ein wenig arg flatterhaft. Bei dem Gedanken, dass sie ein Messer so dicht an seinen Hals halten würde, verspürte er eine gewisse Nervosität.

Sie begann ihn zu rasieren. Die ersten paar Striche waren eine Nervenprobe. Doch die leisen Geräusche aus dem anderen Zimmer, wo Megans Bruder seine Gäste bediente, lenkten ihn ab. Bald entspannte sich Chase und genoss die Rasur sogar.

Es war kurz vor zwölf Uhr mittags, und Essensgeruch wehte durch die offene Tür herein. Schmerzhaft spürte er, wie leer sein Bauch war. Sein Magen knurrte.

»Oh«, sagte Megan und kicherte. Sie setzte sich auf und wischte die Klinge an einem Handtuch ab. »Da hat wohl jemand Hunger. Sie müssen unbedingt Isaacs Hammelpastete probieren. Die ist so himmlisch wie heiße Schokolade am Weihnachtsmorgen.«

Chase wurde bewusst, dass er noch vor einer Woche die Aufmerksamkeit genossen hätte, die ihm gerade zuteilwurde. Das Flirten und das hübsche Gesicht. Megan gehörte zu der Sorte Frau, die jeder Mann äußerst attraktiv fand. Doch jetzt konnte er an nichts anderes denken als daran, seine Besorgungen hier zu erledigen und so schnell wie möglich zur Hütte zurückzukehren. Nachzusehen, ob alles in Ordnung war … mit Jessie.

»Meg!«, rief ihr Bruder aus dem Nebenzimmer. »Bist du bald fertig mit Mr Logan? Hier ist ganz schön viel los heute. Ich brauche dich.«

»Gleich, nur noch einen Moment.« Sie tupfte Chase den restlichen Schaum aus dem Gesicht und zeigte ihm das Ergebnis in einem Handspiegel.

Als Chase das Gebäude verließ, wäre er fast mit dem Schmied zusammengestoßen, der es zur gleichen Zeit betreten wollte. Für zwei so große Männer reichte die Türöffnung nicht.

»Sind Sie zufällig Mr Shepard, der Schmied?«, fragte Chase und trat einen Schritt zurück, damit der andere Platz hatte.

»Genau der. Haben Sie Arbeit für mich?« Garth lächelte freundlich. Er ließ den Blick durch den Raum schweifen, bis er Megan fand. Zwinkerte der Frau zu.

»Ich möchte ein Pferd kaufen. Und zwar ein sanftmütiges.«

»Da hätte ich ein paar. Gerade als Lohn für eine Reparatur an einem Planwagen bekommen. Lassen Sie uns zu mir gehen und schauen Sie sich die Tiere an.«

»Das mache ich – sobald Sie mit Ihrem Mittagessen fertig sind.«

In der Zwischenzeit ging er zum Telegrafenamt und verschickte zwei Telegramme: eins an die Rocking Crown Ranch, um die Leute dort wissen zu lassen, dass er sich ein wenig verspäten würde, und ein weiteres an die First National Bank in Logan Meadows.

Er hatte sich angewöhnt, alle paar Monate einen Großteil seines Verdienstes auf sein Konto zu überweisen. Bei sich trug er nur, was er unbedingt brauchte, um die Zeit bis zum nächsten Job zu überstehen, und ein wenig Geld für unvorhergesehene Zwischenfälle. Seine Ersparnisse waren ihm sehr wichtig, denn sie sollten seine Zukunft sichern. Diesmal jedoch behielt er das meiste für sich, weil er vorhatte, Vorräte für Jessie einzukaufen. Auf diese Weise würde sie Nathans Geld sparen können.

Vor vielen Jahren, als Chase gerade achtzehn geworden war, hatte er über die Stränge geschlagen, und nach einer besonders wilden Nacht war er wegen Ruhestörung im Gefängnis gelandet. Frank Lloyd, der Bankier der Stadt, war gekommen und hatte die Kaution für ihn hinterlegt, um ihn rauszuholen. Chase hatte nicht begriffen, warum. Um die Schuld zu begleichen, hatte er für Frank einige kleine Jobs erledigt. Während dieser Zeit hatte der Bankier dafür gesorgt, dass in Chase ein Interesse an Finanzen erwachte.

Wie sich herausgestellt hatte, war Frank Lloyd das Beste, was Chase hätte passieren können. Von ihm hatte er gelernt, wie Sparen, Investieren und andere finanzielle Strategien funktionierten. Chase war ein eifriger Schüler gewesen, mit einer raschen Auffassungsgabe, was Zahlen betraf. Noch heute trafen sie sich alle paar

Jahre, und Frank kümmerte sich um Chase' Geld und investierte hin und wieder kleinere Summen für ihn.

Nachdem die Geldangelegenheiten erledigt waren, betrat Chase den Kaufmannsladen. Ein robuster Kanonenofen sorgte für behagliche Wärme, und bei den köstlichen Gerüchen von Gewürzen und Zucker lief ihm das Wasser im Mund zusammen.

Er hörte Röcke rascheln und schaute in den ersten Gang, wo eine kleine Frau mit einem braunen Staubwedel die Regale bearbeitete.

»Womit kann ich Ihnen behilflich sein?« Geschäftig kam sie zu ihm und staubte unterwegs links und rechts weiter ab.

»Ich brauche einige Vorräte, Ma'am.«

»Dann sind Sie hier genau richtig, junger Mann.« Sie musterte ihn gründlich. »Haben Sie eine Liste dabei?«

»Ehrlich gesagt: Nein. Ich möchte, dass ein paar Wintervorräte zu Nathan Strongs Haus geliefert werden. Genug, um bis zum Frühjahr über die Runden zu kommen, ohne zu hungern.« Sobald er Nathan Strong erwähnte, veränderte sich etwas in der Haltung der Frau. »Packen Sie auf jeden Fall Kaffee, Tee, Zucker und Mehl dazu. Konserven auch, und ein paar süße Sachen. Ein paar Ballen Stoff wären gut, und drei Decken, wenn Sie die haben.«

»Du meine Güte, so eine große Bestellung.« Dass er so viele und so verschiedene Dinge verlangte, schien die drahtige kleine Frau zu überraschen. »Gehören Sie zur Familie Strong? Sind Sie vielleicht ein Bruder von Nathan?« Ihre blauen Augen leuchteten vor Neugierde.

»Nein.« Zu seiner Erleichterung sah Chase, dass sich außer ihnen beiden niemand im Laden befand. »Ich bin ein Bekannter von Mr Strong, ich habe mit ihm zusammengearbeitet. Er ist ums Leben gekommen, und ich habe seiner Witwe die Nachricht überbracht.«

Mit einem Mal schien jegliche Farbe aus dem Gesicht der Frau zu weichen. »Um Gottes willen! Die arme Jessie!« Vor Aufregung plusterte die Frau sich förmlich auf, und Chase fühlte sich unweigerlich an eine Henne erinnert.

»Das arme Kind. Du lieber Himmel. Haben Sie es ihr schon gesagt?« Die alte Frau begann sich mit dem Staubwedel Luft zuzufächeln, und kleine Daunenfetzen lösten sich und schwebten durch die Gegend.

»Ja. Ich komme gerade von dort.« Chase entdeckte eine Rolle Seil an der Wand und zeigte darauf. »Das nehme ich auch noch.«

»Sehr gern, sehr gern.« Sie eilte durch den Laden und häufte die Einkäufe auf dem Tresen auf. »Ich werde Virgil begleiten, wenn er die Bestellung zu Jessie bringt. Ich muss doch sehen, wie sie die Nachricht aufnimmt.«

»Wie Sie wollen, aber vorher gibt es noch einige andere Dinge, die ich erledigen muss. In etwa einer Stunde bin ich zurück, dann können wir zusammen hinfahren.«

Die Werkstatt des Schmieds war klein, und nach allen Seiten schlossen sich Pferdekoppeln an. Über dem niedrigen Stall schien sich ein kleiner Wohnraum zu befinden. Chase fiel auf, wie sauber und gepflegt alles wirkte. Das Gebäude war vor Kurzem weiß gestrichen worden. In einer Stadt, in der alles andere jämmerlich verfallen war, fiel das deutlich ins Auge.

Das Hämmern von Metall auf Metall drang an sein Ohr. Als er die Schmiede betrat, fand er Mr Shepard vor, der über den Huf eines riesigen schwarzen Pferdes gebeugt stand.

»Da bin ich.«

»Hallo, Mr Logan«, begrüßte ihn Garth und richtete sich auf. Er nahm ein Tuch aus der Tasche und wischte sich Gesicht und Hals ab. »Megan drüben im Lokal hat mir verraten, wie Sie heißen.«

Chase, der sich alle Mühe gab, den Mann nicht zu mögen, straffte die Schultern. Gestern noch hatte er ihn dabei beobachtet, wie er Jessies Nähe viel zu sehr genoss. Aber es war nicht abzustreiten, dass er eine fröhliche und großzügige Art hatte. Chase hielt ihm die Hand hin, und Garth drückte sie mit festem Griff. Dabei musterten sie einander gründlich.

»Ich würde mir gern die Pferde ansehen, die Sie vorhin erwähnt haben«, erklärte Chase nach kurzem Schweigen. »Ich brauche ein gut zugerittenes Tier, sanft und verlässlich.«

»Sie stehen hinterm Haus. Kommen Sie mit, ich zeige Ihnen den Weg.«

Chase stellte sich an den Korral und begutachtete das Angebot – drei Pferde und ein Maultier standen bis zu den Knöcheln im aufgeweichten Boden. Garth nahm ein Seil, ging zu den Tieren, ohne auf den Schlamm zu achten, durch den er waten musste, und brachte das erste Pferd zu Chase, damit der es inspizieren konnte.

Als Chase sich Mann und Pferd näherte, legte der graue Hengst die Ohren zurück. »Nein. Den nicht. Was ist mit den anderen beiden? Sind die sanftmütiger?«

»Ist anzunehmen«, antwortete Garth. »Jedenfalls habe ich sie noch nie beißen, treten oder sonst etwas Gefährliches tun sehen.«

Sie halfterten die Pferde und holten sie. Die kleine kastanienbraune Stute stand geduldig da und genoss offensichtlich die Aufmerksamkeit. Der Schecke dagegen hielt den Kopf gesenkt und ignorierte die beiden Männer völlig. Nachdem er beide herumgeführt und ihre Hufe kontrolliert hatte, ritt Chase mit jedem Tier eine Runde um das Gebäude.

»Ausgezeichnet. Wie viel wollen Sie dafür haben?«

»Jeweils achtzehn Dollar. Geschirr und so weiter eingeschlossen.«

Chase band die beiden Tiere vor dem Kaufmannsladen an und betrat das Geschäft. Die Inhaberin, die ihn immer mehr an eine Henne erinnerte, räumte gerade mit einer jungen Frau ein paar Stoffballen auf. Beide schauten auf, als er zu ihnen kam.

»Schau nur, Beth, da ist er ja – der Mann, von dem ich dir erzählt habe«, rief die alte Frau und beeilte sich, Chase zu begrüßen.

Der wand sich innerlich. Das Letzte, was er heute gebrauchen konnte, war ein Schwätzchen in der Haushaltswarenabteilung mit zwei ihm unbekannten Frauen. Mrs Happyhill, oder wie auch immer sie hieß, griff nach seinem Arm und zog ihn hinüber zu der jungen Dame.

»Beth, das ist Mr ... äh ...«

»Logan«, half ihr Chase.

»Sehr erfreut, Ihre Bekanntschaft zu machen, Mr Logan«, erwiderte Beth, und ihre Wangen verfärbten sich augenblicklich tiefrot.

»Er hat mit Mr Strong zusammengearbeitet und schickt jetzt diese ganzen Vorräte zu den Strongs raus«, erläuterte die Ladenbesitzerin. Mrs Hollyhock hieß sie, erinnerte sich Chase jetzt. Die alte Dame sah ihn an. »Sieht er nicht genauso aus wie mein Tommy? Wirklich, die Ähnlichkeit ist verblüffend.«

Sie hielt inne, holte ein Taschentuch hervor und wischte sich die Augen. »Es tut mir leid, Mr Logan, ich benehme mich unmöglich. Es ist nur schon so lange her, dass er davongeritten ist, mein bildhübscher Junge. Ich warte immer noch auf ihn, und ich hoffe ...«

»Ist ja gut, ist ja gut.« Die junge Frau klang ein wenig ungeduldig. »Nicht weinen, Violet.«

»Was mich betrifft, könnten wir los«, unterbrach Chase die beiden. »Ist meine Bestellung lieferfertig?« Je früher er diesen Laden verließ, desto besser. Frauen machten ihn einfach nervös, besonders, wenn sie weinten.

»Ja, es ist alles schon aufgeladen, Mr Logan. Ich nehme mir nur eben meinen Umhang, und dann sind Virgil und ich auch aufbruchbereit.« An die andere Frau gewandt fragte sie: »Beth, würde es dir was ausmachen, den Laden allein abzuschließen? Ich will Mr Logan begleiten und sehen, wie es Jessie geht. Ich bin mir sicher, dass ihr die schlechte Nachricht sehr zusetzt. Das arme Kind.«

Kapitel 21

Sobald die Kutsche anhielt, kletterte Mrs Hollyhock ohne jede Hilfe flink vom Wagen und hastete zur Haustür. Im nächsten Moment drückte sie Jessie fest an sich und wiegte sie in ihren Armen. Gabe und Sarah beobachteten die Szene von der Feuerstelle aus und mussten sich fragen, wer die Fremde war. Schließlich betrat auch Virgil zögerlich den Raum, hielt den Hut verkrampft in den Fingern.

Mrs Hollyhock trat einen Schritt zurück, um Jessies Gesicht gründlich zu betrachten. Erschrocken schnappte sie nach Luft.

»Mädchen, du bist ja kreidebleich. Leg dich schnell hin, sonst fällst du uns noch um. Ich würde meine Unaussprechlichen drauf verwetten, dass du den ganzen Tag noch nichts gegessen hast.«

Verstohlen schaute Jessie zur Tür hinaus, suchte nach Chase. Sie hatte ihn noch nicht gesehen, und bei dem Gedanken, er sei vielleicht nicht mit den beiden zurückgekommen, stieg Panik in ihr auf. Doch dann entdeckte sie ihn, wie er Codys Zügel am hinteren Teil des Wagens festband, neben zwei Pferden, die sie noch nie gesehen hatte. Eine Woge der Erleichterung durchflutete sie. Er hatte sich rasiert und ein Bad genommen, wodurch er noch besser aussah als sonst. Sie fing seinen Blick auf und sah ihm forschend in die Augen, und plötzlich wünschte sie sich, er möge sie mit seinen starken Armen festhalten. Als könne er ihre Gedanken lesen, trat Chase einen Schritt auf sie zu, doch bevor sie es ihm gleichtun konnte, stürzte sich Sarah auf ihn.

»Daddy da, Daddy da«, jubelte sie, rannte die Stufen hinunter und sprang ihm in die Arme. Chase hob sie hoch in die Luft. Als er sie mit Schwung absetzte, hörte Jessie, wie er dem Kind etwas ins Ohr flüsterte. »Pssst … Deiner Mama geht's nicht gut.«

Seine sanfte Stimme löste ein Kribbeln in ihrem gesamten Körper aus. Vorsichtig schaute sie zu Mrs Hollyhock hinüber, versuchte zu erkennen, ob ihre Freundin gehört hatte, wie Chase von Sarah angesprochen worden war. Zu ihrer Erleichterung war Mrs Hollyhocks Aufmerksamkeit jedoch auf ganz andere Dinge gerichtet – ihr ging es nur um Jessie, und fürsorglich begleitete sie sie ins Schlafzimmer.

Als die beiden dort allein waren, bestand Mrs Hollyhock darauf, dass Jessie die Schuhe auszog und sich hinlegte. Sie bettete ihre Füße auf ein Kissen und umsorgte sie, schüttelte Decken auf und öffnete das Fenster.

»Oh, du armes Mädchen. Es muss entsetzlich für dich gewesen sein, als du erfahren hast, dass dein Mann gestorben ist. Wenn du willst, bleibe ich hier draußen bei dir, bis du das Schlimmste überstanden hast.«

»Sehr freundlich von Ihnen, Mrs Hollyhock. Aber das ist wirklich nicht nötig.« Jessie versuchte sich aufzusetzen. Sanft drückte die andere sie zurück in die Kissen.

»Du siehst aus, als könntest du jeden Moment ohnmächtig werden. Bleib liegen. In solchen Situationen weiß man selbst nicht, was das Beste für einen ist.«

Mit einem Seufzer gab Jessie nach und schloss die Augen. Plötzlich erfasste sie ein heftiger Krampf, und ihr entfuhr ein leiser Schmerzenslaut.

»Was ist los?« Ängstlich suchte Mrs Hollyhock ihr Gesicht ab, als fürchte sie, Jessie leide unter einer schrecklichen Krankheit.

»Nichts Schlimmes, wirklich. Es tut nur ein bisschen weh.«

Mrs Hollyhock begann Jessie sofort zu untersuchen. Sie lehnte sich vor, betrachtete prüfend die Augen ihrer Patientin, äußerte murmelnd Vermutungen.

»Gelb sind deine Augen nicht, deiner Leber geht es also gut«, verkündete sie erleichtert. »Jetzt dreh mal den Kopf zur Seite, damit ich mir deine Ohren anschauen kann.«

Jessie zog die Augenbrauen hoch. »Mir geht's gut, Mrs Hollyhock. Es ist einfach die monatliche Heimsuchung. Aus irgendeinem Grund geht es mir dann immer ziemlich schlecht.«

»Warum hast du das nicht gleich gesagt, mein Kind? Ich hab einen Beutel mit Kräutern dabei, damit geht es dir ganz schnell besser. Warte, ich bin sofort wieder da.« Augenzwinkernd verließ sie mit wehenden Röcken den Raum.

Als sie wieder ins Wohnzimmer kam und sah, wie Gabe und Virgil die Vorräte abluden, nickte Mrs Hollyhock beifällig. »Wer ist denn dieser stramme junge Mann, der Ihnen da hilft?«, fragte sie, während sie den Blick zwischen Gabe und Chase hin und her wandern ließ. »Ihr Sohn, Mr Logan?«

Ehe er etwas erwidern konnte, hatte sie ihre Aufmerksamkeit schon Sarah zugewandt. »Und ich dumme Alte hab gedacht, es gäbe keine Waldelfen. Dabei sitzt eine genau vor meinen Augen, so wahr ich hier stehe.«

Sarah sah von ihrem Platz am Tisch auf, wo sie ein paar Rosinen naschte, die Chase in der Stadt gekauft hatte. Sie schlug sich die Hand vor den Mund und kicherte, als Mrs Hollyhock sie am Bauch kitzelte.

Chase blieb nichts anderes übrig, als die Kinder vorzustellen. »Das sind Gabe Garrison und Sarah. Sie werden hier bei Jessie wohnen – bei Mrs Strong, meine ich.«

Überrascht starrte Mrs Hollyhock ihn an.

»Mrs Strong … hat die beiden … adoptiert.« Seine Erklärung kam stockend, während er sich bemühte, normal zu klingen.

Einen Moment lang sagte Mrs Hollyhock gar nichts und sah die drei nur an. Dann erschien ein strahlendes, geheimnisvolles Lächeln auf ihrem Gesicht, und sie wandte sich an Gabe. »Könntest du bitte Wasser aufsetzen? Ich will einen Kräutertee für deine neue Mama machen, dann geht es ihr bald viel besser. Danach holst du bitte den Topf, der noch im Wagen steht. Das ist euer Abendessen.«

Nachdem sie Jessie den Tee verabreicht hatte, kam Mrs Hollyhock auf Zehenspitzen aus dem Schlafzimmer und schloss leise die Tür hinter sich. Sie stellte den mitgebrachten Topf auf den Herd und rief dann alle zusammen.

»Jessie wird es in ein oder zwei Tagen viel besser gehen. Du musst aufpassen, dass sie nicht zu schwer arbeitet und sich nicht zu viel zumutet, wenn sie sich um die Kleine kümmert«, erklärte sie an Gabe gewandt. »Wenn man in so jungen Jahren seinen Mann verliert, ist das ein großer Schock. Daran wird sie sich erst gewöhnen müssen.« Virgil, der sich einen Stuhl am Feuer gesucht hatte, schnarchte laut auf.

»Sie schläft jetzt und wacht wahrscheinlich vor morgen früh nicht auf«, fuhr Mrs Hollyhock fort. »Nehmt euch zu essen, was ihr braucht. Und Gabe, denk dran, Sarah was zu geben, bevor sie hungrig wird und anfängt, Lärm zu machen. Ich will, dass Jessie sich um rein gar nichts sorgen muss.«

Dann wandte sie sich Chase zu. »Wie sieht es mit Ihren Plänen aus, Mr Logan?«, wollte sie in aller Unschuld wissen. »Haben Sie eine Familie, die auf Sie wartet?«

Es fiel Chase schwer, sich zusammenzureißen. In dieser Hütte befand sich die einzige Familie, die er je gekannt hatte. Es fühlte sich gut an, ein Teil von ihr zu sein, und sei es für noch so kurze Zeit. Er dachte an Jessie in ihrem warmen, gemütlichen Bett, und sein Herz schlug schneller.

»Keine Angehörigen. Nur ich und mein Pferd.« Er starrte auf den Boden. Wollte nicht sehen, wie Gabe auf seine Worte reagierte.

»Also reiten Sie heute Abend noch weiter? Hierbleiben können Sie natürlich nicht.«

Vorsichtig spähte Chase zu Sarah hinüber und hoffte inständig, das Kind würde ihn nicht ausgerechnet in diesem Moment »Daddy« nennen. »Jetzt, wo alles geklärt ist ...«

»Ich frage nur«, unterbrach ihn Mrs Hollyhock, »weil ich über dem Laden ein Zimmer habe, das ich Ihnen geben könnte. Für ein oder zwei Tage ist das überhaupt kein Problem. Oder auch für länger, falls Sie noch bleiben wollen.« Sie strich sich den Rock glatt und fuhr fort: »Mein Sohn Tommy hat da gewohnt. Hab ich Ihnen schon erzählt, wie ähnlich Sie ihm sehen? Wenn ich nicht so genau hingucke, könnte ich fast glauben, das sei er selbst, der da steht. Ein bildhübscher Junge, mein Tommy.«

Chase riskierte einen vorsichtigen Blick in Gabes Richtung. Der hoffnungsvolle Ausdruck in den Augen des Jungen war unübersehbar. Und wenn er ehrlich war, fühlte er sich selbst noch nicht bereit, alles hinter sich zu lassen. Nur noch ein paar Tage ... Damit er sicher sein konnte, dass es Jessie besser ging.

»Das ist ein sehr großzügiges Angebot, Mrs Hollyhock. Ich bin Ihnen sehr zu Dank verpflichtet. Ein paar Tage kann ich noch bleiben.«

Gabe straffte die Schultern und sah Chase geradeheraus in die Augen. Es wirkte wie eine Herausforderung, ohne dass auch nur ein Wort gefallen wäre.

Was ist? Nervosität durchzuckte Chase.

»Gute Idee, Mr Logan«, sagte Gabe in sachlichem Tonfall. »Sicher tut Ihnen von dem Streifschuss ja auch noch der Kopf weh.«

»Sie sind verletzt, Mr Logan?« Eilig kam Mrs Hollyhock an seine Seite. »Soll ich mal nachsehen, ob alles gut verheilt? Da darf auf keinen Fall Wundbrand entstehen.«

»Nein, vielen Dank, Ma'am.« Chase ging auf sicheren Abstand. »Alles halb so wild.«

»Mrs Strong hat ihn wirklich gut wieder hinbekommen«, fuhr der Junge in unschuldigem Tonfall fort. »Eine Weile lang wussten wir nicht mal, ob er überhaupt durchkommt. Er war hilfloser als eine Schlange im Schnee.«

»Also, da soll mich doch ...« Verdutzt sah die alte Frau von einem zum anderen. »Ich hatte Sie so verstanden, dass Sie erst heute hier angekommen sind.«

Bedächtig trommelte Mrs Hollyhock mit den Fingern auf die Tischplatte, während sie sich im Zimmer umsah. »Was hatten Sie gesagt, seit wann sind Sie hier?«

In dieser Gegend war es kein harmloses Vergehen, den guten Ruf eines Mädchens zu zerstören. Genau genommen war es das nirgendwo. Ehrbare Frauen, und das galt auch für Witwen, wurden von den anderen Einwohnern der Stadt behütet und beschützt. Chase wusste, ein weiteres Wort des Jungen würde genügen, damit Mrs Hollyhock zurück in die Stadt eilte, um einen Prediger herzuschleppen. Und nach Gabes Gesichtsausdruck zu schließen, war der sich dessen ebenfalls bewusst.

Es wurde still im Raum. Irgendwann in den letzten Minuten war Virgil aufgewacht. Gemeinsam mit Mrs Hollyhock wartete er darauf, dass Chase etwas erwiderte.

»Ich hatte gar nichts gesagt.«

In diesem Moment erinnerte sich Chase an Jessies Angebot, und es erschien ihm wie ein schöner Traum.

»Du könntest bleiben, wenn du nur wolltest.« Diese Worte und das Versprechen, das in ihnen lag, umfingen ihn wie warmer Honig, verstärkten seine unbändige Sehnsucht nach ihr, nach dieser aufrichtigen, herzensguten jungen Frau. Sollte er es riskieren und seine Vergangenheit hinter sich lassen? Versuchen, seine Zukunft auf etwas Soliderem aufzubauen als auf seinem Pferd und dem nächsten Viehtrieb?

»Schätze, das stimmt«, kommentierte Mrs Hollyhock und warf Virgil einen vielsagenden Blick zu. »Na los, bringen Sie Licht ins Dunkel.«

Nicht so schnell, dachte er. Wenn er jetzt die ganze Wahrheit erzählte, würde er Jessie jedes Mitspracherecht nehmen – in einer Angelegenheit, die ihr gesamtes Leben völlig auf den Kopf stellen würde. Gleichzeitig hatte er nicht die geringste Lust, weiter zu lügen. Er entschied sich, so wenig preiszugeben, wie es irgend ging, und den Rest dem Zufall zu überlassen – das schien ihm die aufrichtigste Weise, dieses Problem zu lösen.

»Ich bin bereits vor ein paar Tagen hier angekommen.« Nervös fuhr Chase sich mit den Fingern durchs Haar. »Zwei Tage später wurde ich von jemandem angeschossen, und Mrs Strong hat mir das Leben gerettet. Sobald ich dazu in der Lage war, habe ich mich auf den Weg in die Stadt gemacht, und den Rest der Geschichte kennen Sie.«

Es passte ihm gar nicht, sich auf diese Weise erklären zu müssen – ganz besonders, weil Gabe anwesend war, der wusste, dass er einige entscheidende Dinge unerwähnt ließ.

»Ä-hem.« Wie angewurzelt stand Mrs Hollyhock da. Eine tiefe Röte überzog ihr Gesicht, und es sah aus, als würden ihr die Augen jeden Moment aus dem Kopf treten.

»Um Himmels willen«, stammelte sie schließlich unter andauerndem Kopfschütteln. »Was genau hatten Sie eigentlich vor, Mr Logan?«

Sie wurde immer hysterischer, das konnte er deutlich sehen. Ihre Stimme erinnerte an das schrille Kreischen eines Vogels, der gerade gerupft wurde.

Virgil starrte sie an, als sei ihr gerade ein zweiter Kopf gewachsen.

»Sie haben sich also gedacht, Sie bedienen sich ordentlich am Kuchen und reiten dann weiter? Lassen Jessie allein zurück, womöglich noch mit einem weiteren kleinen Esser? Dabei ist sie eine verheiratete Frau! Sie sollten sich schämen, sich auf diese widerwärtige Weise an sie ranzumachen! Sich so bei ihr einzuschmeicheln!«

»Hören Sie mal!«, fiel Chase ihr ins Wort. »So war es ganz und gar nicht. Und verheiratet ist sie nicht, jedenfalls nicht mehr.« Mrs Hollyhock verstand das alles völlig falsch. Aber in ihrem gerechten Zorn war sie nicht zu bremsen.

»Wie soll sie jemals wieder einen guten Mann finden, wenn die Leute hören, dass sie mit jemandem wie Ihnen hier draußen zusammengelebt hat?« Nach diesen Worten stieß sie einen tiefen Seufzer aus und sank auf einen der Stühle am Tisch.

»Dieser Garth … Das ist ein guter Mann, einen besseren hab ich noch nicht gesehen. Er hat sich schon immer für das Mädchen interessiert, hab ich recht, Virgil?«

Virgil wirkte überrascht, dass sie sich überhaupt noch an seine Anwesenheit erinnerte.

»Schätze schon«, murmelte er.

»Aber jetzt ...« Sie verstummte und sank tiefer in den Stuhl. In diesem Moment wirkte sie wie eine Feder, dem Wind hilflos ausgeliefert. Jegliche Energie schien aus ihrem Körper gewichen zu sein.

»Es wird nicht lange dauern, dann weiß die ganze Stadt Bescheid. Ich hab noch nie erlebt, dass junge Leute ein Geheimnis für sich behalten konnten. Und Virgil und ich«, hier schüttelte sie langsam den Kopf, »wir wissen, was passiert, wenn der Ruf eines Mädchens erst mal ruiniert ist. Die landen in den Zimmern überm Saloon, müssen sich auf jeden Mann einlassen, der dafür bezahlt ... Einen nach dem anderen.« Bei den letzten Worten hatte sie die Stimme gesenkt und sich Chase zugewandt, damit die Kinder sie nicht hörten. »Eine entsetzliche Schande ist das.«

Vor Chase' innerem Auge blitzten Erinnerungen daran auf, wie er selbst in den Armen solcher Frauen Zerstreuung gesucht hatte. Nein, er konnte sich einfach nicht vorstellen, dass Jessie sich für so etwas hergeben würde. Ein unterdrücktes Schluchzen der alten Frau riss ihn in die Gegenwart zurück.

»Ich ertrage den Gedanken einfach nicht. Jessie, einem Betrunkenen völlig ausgeliefert, ganz hilflos ...«

Sie führte den Satz nicht zu Ende. Stattdessen richtete sie ruckartig ihre gesamte Aufmerksamkeit auf Chase und durchbohrte ihn mit einem eiskalten Blick aus ihren blauen Augen.

Kapitel 22

»Um Gottes willen, das bedeutet ja, dass Sie hier waren, als Garth das Mädchen gestern aus der Stadt nach Hause gebracht hat. Oder etwa nicht? Oh, der Herr steh uns bei!« Es sah aus, als werde Mrs Hollyhock jeden Augenblick in Ohnmacht fallen. »Bestimmt hat Garth gemerkt, dass irgendwas faul war.«

Wie ihre Stimme zitterte, wie sie ihn anfunkelte … Wenn ihm nicht bald ein rettender Einfall kam – und zwar sehr bald –, würde er als Nächstes mit einem Gewehrlauf im Rücken mit Jessie die Ringe tauschen.

Chase bemerkte den verängstigten Ausdruck auf Sarahs Gesicht, verwarf seinen Entschluss, ihr seine Zuneigung nicht allzu offen zu zeigen, und hob sie hoch. »Keine Angst, Schätzchen, alles in Ordnung«, murmelte er beruhigend und streichelte ihr übers Haar. Sarah steckte sich die Finger in den Mund und barg ihren Kopf an seiner Schulter. Dabei ließ sie die herrische alte Frau nicht aus den Augen.

Während der ganzen Auseinandersetzung war Gabe verdächtig ruhig geblieben. Chase schätzte, der Junge fühlte sich im Augenblick ziemlich verlegen, nachdem es dank seinen hilfreichen Kommentaren über Jessies Krankenpflegequalitäten überhaupt erst so weit gekommen war. Vielleicht wartete er aber auch nur auf den richtigen Moment, um Chase den letzten, entscheidenden Schlag zu versetzen. Wenn er zum Beispiel erwähnte, wie er die Nacht in

Jessies Schlafzimmer verbracht und vorgegeben hatte, Nathan zu sein ...

»Virgil, du machst dich besser auf den Heimweg, bevor es dunkel wird«, entschied Mrs Hollyhock. »Ich bleibe hier. Schließlich muss jemand aufpassen, dass sich der Fuchs nicht wieder ins Hühnerhaus schleicht, wenn er sich unbeobachtet fühlt.« Dabei bedachte sie Chase mit einem weiteren frostigen Blick.

»Und Sie, Mr Logan, satteln wohl am besten Ihr Pferd und reiten weiter.« Als sie das gesagt hatte, schien sie den Atem anzuhalten.

Das war seine Chance. Wenn er Cody zum Äußersten antrieb, konnten sie heute Abend noch dreißig Meilen zurücklegen. Niemand würde sie finden, wenn er sich dazu entschied, auf Nimmerwiedersehen zu verschwinden.

Hau einfach ab, warnte ihn eine innere Stimme. Aber er hatte Jessie zugesagt, nicht ohne Abschied wegzugehen.

Dieses eine Versprechen würde er um keinen Preis brechen.

»Ich gehe nicht von hier weg, bevor ich mit Jessie gesprochen habe.« Chase hatte sich in seinem Leben schon viel imposanteren Gegnern gegenübergesehen. Er würde nicht zulassen, dass eine winzige Frau, hutzelig wie ein Apfel aus dem letzten Jahr, ihn aus der Hütte warf wie einen Taugenichts.

»Wenn Sie drauf bestehen, muss es wohl so sein. Heute Abend wecken wir sie aber nicht noch mal auf. Nehmen Sie Ihre Sachen und gehen Sie in die Scheune. Da können Sie schlafen, bei den anderen Tieren. Da gehören Sie hin.«

Mrs Hollyhock streckte beide Arme aus, um Chase das kleine Mädchen abzunehmen. Der zögerte einen Moment und übergab Sarah dann widerstrebend der alten Frau. Sofort fehlte sie ihm, vermisste er die Zärtlichkeit, die das kleine Mädchen in seinem Herzen weckte. Seine Arme fühlten sich leer an.

Als er die Hütte verließ, riskierte Chase einen Seitenblick auf Gabe, der mit den Schultern zuckte und ihn verdattert ansah. Doch so sehr er sich auch bemühte, es gelang dem Jungen nicht, das Lächeln zu verbergen, das um seine Mundwinkel zuckte.

Sobald sich die Tür hinter Chase geschlossen hatte, veränderte sich Mrs Hollyhocks Auftreten völlig. Gabe konnte keine Spur von Wut mehr an ihr entdecken, und mit einem fröhlichen Summen verrichtete sie die anstehenden Arbeiten, als wäre sie von der Königin von England persönlich zum Tee geladen worden. Sie schickte ihren Cousin nach Hause, aber nicht ohne ihn zuvor angewiesen zu haben, am nächsten Morgen nach Clancy zu reiten und den Prediger zu holen.

»Bring ihn her, so schnell du kannst, und trödel ja nicht rum. Es muss so schnell gehen wie nur irgend möglich.«

Nachdem Virgil sich auf den Weg gemacht hatte, stellte Mrs Hollyhock drei Schalen auf den Tisch und füllte sie mit dem Eintopf, der inzwischen aufgewärmt war. Für einige Minuten herrschte völlige Stille im Raum, und jeder konzentrierte sich auf das Essen.

Gabe schaute auf seinen Teller. Viel brachte er nicht hinunter, denn er fühlte sich schuldig wegen der Auseinandersetzung, die er ausgelöst hatte. »Was ist mit Mr Logan?«, fragte er schließlich. »Soll ich ihm was von dem Eintopf in die Scheune bringen?«

»Nein, das erledige ich schon selbst«, gab Mrs Hollyhock zur Antwort. »Du sorgst dafür, dass unser kleines Mädchen hier ins Bett kommt«, entschied sie mit einem Blick auf Sarah. »Ich bin sofort zurück.«

Die alte Frau nahm eine große blaue Rührschüssel, die sie bis zum Rand mit Eintopf füllte. Zusammen mit vier dicken Brotscheiben stellte sie das Gefäß auf ein altes Tablett, das sie hinter einem Schrank gefunden hatte, und machte sich auf den Weg zur Scheune.

»Das ist das komischste alte Weib, das mir je begegnet ist, Sarah«, erklärte Gabe, während er der Kleinen in ihr Nachthemd half. »Erst will sie ihn hängen sehen, und im nächsten Augenblick verwöhnt sie ihn, als sei er der Bürgermeister persönlich.«

Chase war gerade dabei, den Kinnriemen von Codys Trense zu flicken, indem er das abgewetzte Leder mit einem Stück Tierhaut umwickelte. Er hoffte, die Reparatur würde alles zusammenhalten, bis er sich neues Zaumzeug zulegen konnte. Seine Hände so zu beschäftigen, half ihm dabei, die Dinge in seinem Kopf zu ordnen. Nicht unruhig zu werden. Noch ein Knoten, dann war es geschafft. Über Frustration und Besorgnis war er längst hinaus. Jetzt erfüllte ihn Wut.

Mrs Hollyhocks Schritte vor dem Scheunentor erkannte er sofort. Mit ihren raschelnden Röcken klang sie immer noch wie eine Henne, aber mittlerweile erschien ihm das deutlich weniger liebenswert als noch vor ein paar Stunden.

»Mr Logan, sind Sie da drin?«, rief sie. »Mr Logan?«

Er stand auf und öffnete das Tor. »Hereinspaziert.«

»Danke. Ich hab Ihnen was vom Abendessen gebracht – obwohl ich mir nicht sicher war, ob Sie nicht schon beschämt das Weite gesucht haben. Essen Sie was, Sie müssen hungrig sein.«

Das hatte gesessen. Sie war davon ausgegangen, er wolle sich heimlich davonschleichen. Tja, dann standen ihr noch einige Überraschungen bevor.

»In der Tat, ich bin noch hier.« Er hängte das Zaumzeug über den Sattelknauf und wandte sich der alten Frau zu, während sich in seinem Inneren eine immer größere Wut breitmachte. »Und ob Sie's glauben oder nicht, ich werde auch morgen früh noch hier sein.« Der würzige Duft des Eintopfs drohte ihn abzulenken, doch er hätte ohnehin nichts hinunterbekommen. Dafür saß ein zu großer Knoten in seinem Magen. Essen war das Letzte, wonach ihm im Moment der Sinn stand.

Seine Besucherin stellte das stoffbespannte Tablett auf einen verstaubten Melkschemel, der vergessen in einer Ecke stand, und wischte sich die Hände an ihrer Schürze ab.

Nur mit Mühe hielt er sich davon ab, die alte Henne einzuschüchtern, seine Körpergröße einzusetzen, um wenigstens ein bisschen von diesem »Ich kenne Typen wie Sie«-Blick aus ihren Augen zu vertreiben. Obwohl die Versuchung groß war, war es nicht seine Art, einer Frau Angst zu machen – noch dazu so einem winzigen und alten Exemplar.

»Ist das alles? Sie wollten mir Essen bringen, sonst nichts?«

Sie ließ sich Zeit mit ihrer Antwort. »Wie gesagt, ich wollte sehen, ob Sie noch hier sind. Und wie Ihre Absichten aussehen. Ich hoffe, Sie verstehen, dass es mir dabei nur um Jessie geht. Sie hat doch keinen, der sich um sie kümmert. Und jetzt sind da auch noch die Kinder, für die sie sorgen muss. Ich hoffe, Sie werden sich wie ein ehrenhafter Mann verhalten und das Mädchen heiraten.« Sie verschränkte die Hände auf dem Rücken und starrte zu ihm empor. »Jessies Schicksal liegt in Ihren Händen, Mr Logan«, beendete sie ihren Vortrag dramatisch.

Chase zählte innerlich bis fünf, dann holte er tief Luft. »Ich habe die *Absicht*, hier in der Scheune zu schlafen, und zwar bis morgen früh. Dann werde ich mit Jessie sprechen. Und ich habe Ihnen bereits gesagt, dass ich vorher nicht von hier weggehe«, erklärte er ruhig, obwohl es ihm nur mit Mühe gelang, ruhig zu bleiben. »Ich habe etwas, das ihr gehört.«

Mrs Hollyhock wich keinen Zentimeter zurück und sah ihm weiter fest in die Augen. »Ach, tatsächlich? Nun ...« Sie schnaubte unmutig. »Also gut. Das Richtige wäre allerdings, sie zu heiraten. Jessie braucht Sie.«

Sie wandte sich um und wollte das Scheunentor öffnen, hielt jedoch inne, als ihre Hand schon auf dem schmiedeeisernen Riegel lag. »Denken Sie gründlich darüber nach. Und dann versuchen Sie zu schlafen. Morgen wird ganz sicher ein anstrengender Tag für Sie.«

Mit einem Quietschen öffnete sie das Tor und war in der Dunkelheit verschwunden, ehe er noch etwas erwidern konnte.

»Anstrengender Tag, darauf wette ich«, sagte Chase zu sich selbst. Er hatte das ungute Gefühl, der morgige Tag werde weit mehr als nur anstrengend werden. Wenn er nicht aufpasste, wäre es auch sein Hochzeitstag. Verdammt noch mal, er würde sich zu nichts zwingen lassen, was er nicht selbst wollte. Schon vor Tagen hätte er Jessie die Geldbörse geben und sich wieder auf den Weg machen sollen. Jetzt war er viel zu tief in alles verstrickt. Er würde die Sache morgen früh erledigen und sofort danach aufbrechen. Dann konnte sie den Schmied heiraten, und alles käme in Ordnung.

Er öffnete die linke Satteltasche, in der er wichtige Dokumente, Geld und andere wertvolle Dinge aufbewahrte, und fasste mit einer Hand hinein. Suchte einige Augenblicke lang herum, bevor ihn ein Schreck durchfuhr. Wo war der Geldbeutel? Und das Medaillon?

Er stülpte die Tasche um, schüttete den gesamten Inhalt auf den Boden und starrte auf die Gegenstände, die nun dort herumlagen. Der Beutel war weg. Nirgends zu sehen. Als man auf ihn geschossen hatte, war er auch beraubt worden.

Das Geld hatte für Jessie die Zukunft bedeutet. Wenn es ganz schlimm kam, würde sie Arbeit finden müssen, irgendwo in dieser winzig kleinen Stadt. Wo sollte sie Sarah unterbringen, während sie Geld verdiente? Vorausgesetzt, es stellte sie überhaupt jemand ein, nachdem sich herumsprechen würde, dass sie hier draußen mit ihm in Sünde gelebt hatte. Jessie steckte in schrecklichen Schwierigkeiten, und er allein war daran schuld!

Natürlich würde er alles zurückzahlen, aber es würde eine Weile dauern, eine so große Summe von seinem Konto abzuheben und telegrafisch hierher übermitteln zu lassen. Außerdem würde sie alles Gute vergessen, was sie je über ihn gedacht hatte, wenn sie herausfand, dass er nicht aus Rücksicht und Mitgefühl gehandelt hatte. Dass er nur zurückgekommen war, um ihr zu geben, was ihr gehörte. Und nicht einmal das erledigt hatte.

Kapitel 23

Durch die Vorhänge schien die Sonne in Jessies Schlafzimmer, warf ihr weiches, gelbes Licht herein und versprach einen Tag ohne Wolken und bitterkalten Wind. Lächelnd reckte und streckte sich Jessie, rollte sich auf die Seite und schob sich die Hände unter die Wange.

Dank Mrs Hollyhocks speziellem Tee fühlte sie sich heute Morgen viel besser. So gut hatte sie seit Jahren nicht mehr geschlafen. Vielleicht war sie deshalb so glücklich und aufgeregt. Rastlos drehte sie sich auf den Rücken. Sie konnte ein Gefühl der freudigen Erwartung einfach nicht abschütteln, als hinge ein Geheimnis in der Luft, ein Versprechen auf Hoffnung und Glück.

Es klopfte leise an der Tür, und Mrs Hollyhocks heiseres Flüstern war zu vernehmen.

»Liebes, bist du wach?«

Jessie setzte sich im Bett auf und zog sich die warme Decke bis ans Kinn, damit ja nichts von der wohligen Wärme verloren ging. »Ja. Kommen Sie herein.«

»Ah, ich sehe schon – heute Morgen geht's dir viel besser. Du siehst so zufrieden aus wie eine Katze, die gerade den Sahnetopf ausgeleckt hat.«

»Ach ja?« Jessie musste lachen. »Genauso fühle ich mich auch. Und das habe ich ganz allein Ihnen zu verdanken.«

»Nicht der Rede wert, mein Kind. Der Tee ist ganz leicht zuzubereiten, und bevor ich mich wieder aufmache, bringe ich es dir bei. Früher hatte ich auch jeden Monat solche Probleme, aber das ist so lange her, dass ich mich kaum dran erinnern kann. Weißt du, das Älterwerden hat auch seine Vorteile«, erklärte sie augenzwinkernd. »Nur scheint mir außer diesem einen kein anderer einzufallen. Aber jetzt auf, nach draußen mit dir, und dann schnell wieder hier rein. Wir haben einiges zu besprechen.«

Jessie sparte sich jeden Einspruch. Es fühlte sich gut an, dass jemand anders die Verantwortung übernahm. Sie fragte sich, wie Chase mit dieser resoluten Frau auskam. Doch es hatte ohnehin keinen Sinn, sich deswegen Gedanken zu machen. Wahrscheinlich freute er sich genauso über ihre Gesellschaft wie Jessie.

Auf dem Rückweg zum Haus hielt Jessie einen Moment inne. Glücklich hob sie das Gesicht der Sonne entgegen und spürte, wie die Wärme ihre Haut liebkoste, sie durchströmte. Ja, es stimmte, bis in die Knochen konnte sie es spüren. Heute war ein ganz besonderer Tag. Mit einem Lächeln und einem Lied auf den Lippen beeilte sie sich, den Rest des Weges zurückzulegen.

Vor der Scheune blieb sie stehen. War Chase da drinnen? Seit gestern hatte sie ihn nicht mehr gesehen. Und plötzlich wurde ihr klar, dass sie ihn vermisste. Es erstaunte sie, wie verbunden sie sich ihm fühlte, vor allem, wenn man bedachte, wie kurz sie ihn erst kannte. Sie schüttelte den Kopf. Wagte sie es, in die Scheune zu gehen und ihm einen guten Morgen zu wünschen?

Nein, lieber nicht. Mrs Hollyhock hatte gesagt, sie wolle über etwas Wichtiges mit ihr sprechen. Sie wandte sich wieder zum Haus und eilte nach drinnen.

Wieder im Schlafzimmer angelangt, überlegte Jessie, welche geheimnisvolle Angelegenheit ihre Freundin wohl auf dem Herzen hatte. Die alte Frau hatte Sarah und Gabe Frühstück gemacht und sie dann nach draußen geschickt, um Feuerholz zu sammeln. Dabei hatte sie den Jungen angewiesen, sich Zeit zu lassen. Was auch immer sie loswerden wollte – es schien wichtig zu sein.

Mrs Hollyhock reichte Jessie eine Tasse Tee und ließ sich auf dem Stuhl am Schlafzimmerfenster nieder. Ihr Anblick erinnerte Jessie daran, wie sie Chase gepflegt hatte, und bei der Erinnerung daran geriet sie ein wenig außer Atem. Nachdem sie nicht mehr hatte befürchten müssen, er könnte sterben, waren diese Tage die glücklichsten ihres Lebens gewesen.

»Was gibt es denn so Geheimnisvolles zu besprechen?«, erkundigte sie sich mit einem Lächeln.

»Jessie«, begann Mrs Hollyhock. Ihre Stimme hatte einen äußerst bestimmten Ton, klang nach: »Keine Widerrede, hier entscheide ich«, und Jessie wurde klar, dass es um etwas wirklich Ernstes gehen musste. »Ich weiß, dass Mr Logan hier eine ganze Weile gewohnt hat und dass du ihn gepflegt hast, nachdem er angeschossen wurde.«

Jessie richtete sich auf. Langsam nickte sie. »Ja, das stimmt.« Worauf Mrs Hollyhock wohl hinauswollte? Sie kannte sie erst kurze Zeit, aber die alte Dame hatte es verstanden, Jessies Zuneigung zu gewinnen. Sie war wie die Großmutter, die sie nie gekannt hatte.

»Du weißt, es geht mir nur um dein Wohlergehen, aber wenn die Leute davon erfahren, dass er hier bei dir gewohnt hat, während Nathan fort war – ohne jemand anderen, der auf dich aufpassen konnte –, ist dein Ruf ein für alle Mal ruiniert.« Mrs Hollyhock hielt inne und trank einen Schluck Tee. Sie stellte die Tasse vorsichtig wieder ab und wartete auf eine Reaktion.

Sprachlos saß Jessie auf der Bettkante.

»Virgil ist schon unterwegs. Er holt den Prediger aus Clancy«, fuhr die andere fort. »Ihr werdet heiraten, du und Mr Logan.«

»Heiraten!« Jessie sprang auf. Nicht einmal in ihren wildesten Vorstellungen war sie darauf vorbereitet gewesen, dass Mrs Hollyhock etwas so Ungeheuerliches vorschlagen würde. »Das können Sie doch nicht ernst meinen! Soll das ein Scherz sein?«

Die alte Frau erhob sich, und ein Hauch von Mottenkugeln und Pfefferminz verteilte sich im Raum. Sie kam zu Jessie herüber und versuchte sie zu beschwichtigen. »Beruhige dich, Kind, sonst bekommst du wieder Krämpfe. Wenn du dich erst mal an den Gedanken gewöhnt hast, wirst du schon sehen, dass es so am besten ist.«

Jessies ärgste Befürchtungen bewahrheiteten sich. Irgendwie hatte Mrs Hollyhock alles herausgefunden und würde nicht lockerlassen, bis Jessie ihn zur Ehe gezwungen hatte.

Das konnte sie ihm nicht antun. Und das würde sie auch nicht. Nicht nach allem, was gewesen war. Er war zurückgekommen, um ihr zu helfen – aus reiner Herzensgüte. Hatte viel Zeit hier verbracht, damit ihr und den Kindern nichts zustieß. War fast getötet worden, nur ihretwegen.

Nur zu leicht hätte er sich der Verpflichtungen entledigen können, die die Frau seines Freundes für ihn darstellte, das wäre sein gutes Recht gewesen. Aber er hatte es nicht getan. Und so sollte sie ihm dafür danken? Ihm eine Ehefrau samt Familie aufhalsen, die er nicht wollte? Das kam überhaupt nicht infrage!

Außerdem hatte sie ihn schon gebeten, zu bleiben, und er hatte sehr deutlich gesagt, was er von dieser Idee hielt. Nein, er wollte sie nicht.

Andererseits ... Wenn Chase hierbliebe, als mein Beistand und Geliebter ...

»Das mache ich nicht!«, rief sie unter Tränen aus, und ihre Stimme brach. »Sie können mich nicht zwingen. Ich bin eine erwachsene Frau, und wenn ich ihn nicht heiraten will, heirate ich ihn auch nicht.« Jessie wurde immer lauter, schrie beinahe.

Andererseits ... Chase als mein Ehemann, als Vater meiner Kinder ...

»Alles war ganz harmlos, es ist nichts passiert.« Bei diesen Worten errötete Jessie. Sie war nicht imstande, Mrs Hollyhock in die Augen zu sehen, und wandte sich ab.

»Selbst wenn ich das glauben würde, was nicht der Fall ist, würden die Leute in der Stadt nur darüber lachen. Du würdest als liederliches Weib gelten, als leicht zu haben, und eh du dichs versiehst, wären sämtliche Taugenichtse aus der Gegend hier und würden dir keine ruhige Minute mehr lassen. Willst du so leben? Mit allergrößter Wahrscheinlichkeit würde sehr bald der Friedensrichter hier auftauchen und dir die Kinder wegnehmen.«

»Ich ziehe weiter, irgendwohin, wo mich niemand kennt. Fange noch mal ganz von vorn an!«, bettelte Jessie.

»Denk doch nach, Liebes. Kannst du das, ein Vagabundenleben führen, wenn Kinder von dir abhängig sind? Hast du dafür genug Geld? Ohne Dach über dem Kopf, ohne Mann, der sich um dich kümmert? Das Leben ist hart und die Welt unbarmherzig. Du und der Junge, ihr könntet das vielleicht aushalten. Aber die Kleine hätte keine Chance.«

Jessie spürte ihre Hoffnung schwinden. Die alte Frau hatte recht mit dem, was sie über Sarah sagte – wie hatte sie nur das kleine Mädchen und Gabe vergessen können? Nun, es musste einen Weg geben. Mrs Hollyhock konnte sie doch nicht zwingen, Chase zu heiraten, wenn sie glaubte, dass er Jessie egal war.

»Ich mag ihn nicht einmal. Er will immer alles bestimmen, und«, hier musste sie an Molly denken, »wahrscheinlich hat er ohnehin schon irgendwo eine Ehefrau, die darauf wartet, dass er nach Hause kommt. Mrs Hollyhock, *bitte*«, schluchzte Jessie. »Bitte zwingen Sie mich nicht. Ich mache alles, was Sie wollen. Alles. Aber heiraten kann ich ihn nicht.«

Eindringlich musterte Mrs Hollyhock sie, während Jessie sie anflehte. Ihr Gesicht blieb unnachgiebig, doch in ihren Augen lag ein wissendes Funkeln.

»Nun, Liebes«, bei diesen Worten legte Mrs Hollyhock ihr in einer liebevollen Geste einen Arm um die Schulter, »dass du ihn nicht magst, kann ich dir nicht so ganz glauben. Ich sehe doch, wie deine Augen jedes Mal aufleuchten, wenn ich seinen Namen sage. Aber es liegt ganz bei dir. Heirate Mr Logan und behalte die Kinder. Oder fang noch mal von vorn an, allein. Die Leute in der Stadt werden nicht zulassen, dass du die Kleine bei dir behältst. Ist dir nicht klar, dass die Entscheidung, die du jetzt triffst, ihr gesamtes Leben bestimmt? Der Junge ist alt genug, um allein zurechtzukommen, er kann selbst darüber bestimmen, was mit ihm geschieht.«

Alle Farbe wich aus Jessies Gesicht, als die Worte der alten Frau zu ihr durchdrangen. Was für ein Dilemma! Die eine Entscheidung würde bedeuten, dass sie Chase verriet, die andere, dass sie Sarah verlor. Es fühlte sich an, als würde ihr das Herz entzweigerissen.

Plötzlich erschien ihr das Zimmer zu klein, ihr fehlte die Luft zum Atmen. Sie glaubte zu ersticken. Aufgewühlt sprang sie vom Bett, riss die Tür auf – und prallte geradewegs gegen Chase' harte Brust. Mit einem verzweifelten Aufschluchzen barg sie ihr Gesicht in seiner schützenden Umarmung, sog die Nähe zu ihm förmlich auf. Schlang ihm die Arme um die Taille, hielt ihn ganz fest. Wenn sie nur für immer in dieser Stellung verharren könnte, niemals den Entschluss treffen müsste, der ihrer beider Leben zerstören würde.

Behutsam befreite Chase sich aus Jessies Umklammerung, löste ihre Arme von seiner Mitte. Dabei versuchte er zu ignorieren, wie gut es sich anfühlte, sie so an sich geschmiegt zu spüren. Die nächsten Minuten würden möglicherweise nicht nur über sein Leben, sondern auch über das von Jessie und den Kindern entscheiden. Er würde auf seinen Verstand hören müssen, nicht auf sein Herz.

Chase machte ein paar Schritte um Jessie herum und schaute in Mrs Hollyhocks faltiges Gesicht hinab. Fast hätte er schwören können, der alten Frau bereite die ganze Szene großen Spaß. Aber wie hätte das sein können? Wenn sie Jessie so gern hatte, wie sie behauptete, würde sie ihre Freundin doch nicht dazu zwingen, einen Mann zu heiraten, den sie nicht einmal mochte … Oder etwa doch?

»Ich möchte mit Jessie sprechen. Allein.« Chase richtete sich zu seiner vollen Größe auf und schämte sich gleichzeitig für das Bedürfnis, diesen kattungekleideten Zwerg mit den stählernen Nerven einzuschüchtern. »Gehen Sie zu den Kindern nach draußen. Sonst lauschen Sie womöglich noch an der Tür.«

Wie ein Hahn, der sich zum Kampf bereit machte, richtete sie sich ebenfalls auf. Allerdings reichte sie ihm gerade einmal bis zur Brust. Beinahe hätte er gelacht, musste jedoch eingestehen, dass sie sich als würdige Gegnerin herausgestellt hatte.

»Geht in Ordnung, Mr Logan, aber keine faulen Tricks. Denken Sie dran, ich bin gleich da draußen. Wenn ich irgendwelche

Geräusche höre und annehmen muss, dass Sie Jessie etwas antun, bin ich sofort wieder drinnen – und zwar mit dem Gewehr in der Hand.«

Sie klang, als gehe sie allen Ernstes davon aus, ihn überwältigen zu können. Unglaublich, diese Frau.

Mit unsicheren Schritten folgte Jessie ihm ins Schlafzimmer. Er schloss die Tür.

Zwischen ihnen breitete sich Schweigen aus.

Jessie ging hinüber zum Bett und zog die Decke gerade. Sie zupfte so lange an dem Stoff herum, bis Chase sich räusperte.

»Ich suche schon seit Stunden nach einem Ausweg. Die ganze Nacht habe ich wach gelegen«, erklärte er seufzend.

»Es tut mir leid, ich hatte keine Ahnung … Ich kann kaum glauben, dass das hier gerade passiert. Es war so großmütig von dir, zurückzukommen und mir zu helfen. Noch dazu ganz umsonst, ohne jede Gegenleistung. Und das ist nun der Dank.«

Mit einem einzigen Blick brachte er sie zum Schweigen. »Dein Gespräch mit Mrs Hollyhock war nicht zu überhören. Ich weiß, dass du genauso wenig in diese Ehe gezwungen werden willst wie ich. Aber ich möchte auch nicht, dass du Sarah verlierst. Und, was noch wichtiger ist, ich möchte nicht, dass Sarah dich verliert. Ich habe die Kleine lieb gewonnen, und der Gedanke, dass sie ihre Mutter verliert, nachdem ihr beide gerade wieder zusammengefunden habt … Das würde mich bis in alle Ewigkeit verfolgen, das könnte ich nicht ertragen.«

»Chase, ich kann nicht zulassen, dass du dich dafür hergibst«, erwiderte Jessie kläglich. »Ich werde allein eine Lösung finden, irgendwie.«

»Lass mich ausreden.« Wieder wurde Chase überdeutlich klar, wie jung Jessie noch war und was für schwere Zeiten sie bereits völlig allein durchgestanden hatte. »Ich glaube, es gibt einen Weg, der für uns beide akzeptabel wäre.« Er hielt kurz inne, um seinen Plan noch ein letztes Mal zu durchdenken. »Wir tun, was die alte Ziege sagt.«

»Chase!«

»Sie *ist* eine alte Ziege, und das weißt du ganz genau. Wir beide heiraten heute. Und wenn damit dann deine Ehre wiederhergestellt ist«, hier machte er eine Pause, und um seine Mundwinkel zuckte der Anflug eines spöttischen Lächelns »und sich in der Stadt alle beruhigt haben, suche ich mir Arbeit ein Stück weg von hier. Was Nathan zugestoßen ist, kann auch mich treffen. Ich könnte … zum Beispiel von einer Herde zu Tode getrampelt werden. Oder erschossen, beim Pokern mit …« Mit einer Geste wischte er dieses Bild fort. »Was auch immer. Da fällt mir schon etwas ein. Diese Lösung ist wirklich die beste, und noch dazu die einzige, die ich im Moment parat habe.«

»Wie schrecklich.« Wieder wurde Jessie kreidebleich.

»Aber das würde doch nicht wirklich passieren! Das ist bloß das, was die Leute denken werden, weil ich dir ein Telegramm mit einer entsprechenden Nachricht schicken werde.«

Er wartete auf ihre Zustimmung. Als keine Erwiderung kam, fügte er hinzu: »Vor nicht einmal zehn Minuten hast du Mrs Hollyhock erklärt, du würdest alles tun, um Sarah behalten zu können. War das etwa eine Lüge, Jessie?«

»Nein. Nur was deinen Plan betrifft, bin ich mir unsicher. Das alles klingt so verzwickt.«

Chase wusste, dass die junge Frau ihn nicht besonders gut leiden konnte – schließlich hatte er gehört, was sie zu ihrer Freundin gesagt hatte. Aber blieb ihr denn überhaupt etwas anderes übrig?

Es gibt keine andere Möglichkeit. Weil ich ihr Geld verloren habe …

»Wenn es dir lieber ist, mache ich mich heute noch auf den Weg, und dann kommen sie Sarah holen. Möglicherweise schicken sie sie zurück nach New Mexico. Vielleicht gibt es aber auch eine Familie in der Stadt, die sie haben will. Ein zusätzliches Paar Hände wird immer gebraucht, vor allem zur Erntezeit.«

Jessie zuckte zusammen.

»Und Gabe?«, fragte Chase. »So sehr, wie er an Sarah hängt, wird er sicher dorthin gehen, wo auch sie hingeht.«

»Wir werden also nur auf dem Papier Mann und Frau«, sagte Jessie leise zu sich selbst. »Und dann trennen sich unsere Wege? Was, wenn du eines Tages eine Frau kennenlernst und sie wirklich heiraten willst? Was dann?«

»Das habe ich dir schon einmal erklärt. Zur Sesshaftigkeit tauge ich einfach nicht. Ich bin froh, wenn ich kommen und gehen kann, wie es mir gefällt. Aber dich könnte ich dasselbe fragen.«

»Nun, ich weiß es nicht sicher, aber im Moment glaube ich nicht, dass ich mich jemals wieder an einen Mann binden möchte. Die sind sowieso kaum da, und wenn man sie mal braucht, sind sie immer woanders. Solange ich mit Backen und Nähen meine Familie versorgen kann, bin ich zufrieden. Aber trotzdem …«

Innerlich flehte Chase um Geduld und versuchte nachzuvollziehen, warum sie immer noch zögerte. »Jessie?«

Sie wandte sich ihm zu und sah ihn fest an. »Ein Eheversprechen ist etwas Heiliges.«

»Also gut. Wenn du die Sache so siehst, dann weiß ich nicht, was ich noch sagen oder tun soll. Was wird dann mit Sarah?«

Jessie nahm langsam eine seiner Hände, hielt sie zwischen ihren fest. »Ich sage ja nicht, dass ich dich heute nicht heirate. Was ich meine, ist: Die Worte, die ich spreche, werde ich ehren. Ich werde mein Bestes geben, dich als meinen Ehemann zu lieben, bis dass der Tod uns scheidet. Aber da kann ich natürlich nur für mich sprechen.«

Chase spürte, wie ihm die Röte ins Gesicht stieg. *Okay. Eins nach dem anderen. Sie wird schon wieder zur Besinnung kommen. Erst mal die Hochzeit, und später sehen wir weiter.*

»Dann ist ja alles geklärt. Mach du dich also für deine Hochzeit fertig, und ich überbringe Mrs Hollyhock die Neuigkeit.«

Kapitel 24

Chase hielt inne, als er Mrs Hollyhock und Gabe draußen im Hof entdeckte. Sarah, in mehrere Lagen Kleidung eingepackt, tollte herum und versuchte Ahornblätter zu fangen, die der Wind über den hart gefrorenen Boden wirbelte. Er lauschte dem Lachen des Kindes, das wild umherrannte.

Sarah war wirklich ein reizendes kleines Mädchen, so weich und zart. Die kastanienbraunen Locken hingen ihr offen über den Rücken und schienen zu tanzen, während sie spielte. Eine plötzliche Windbö trieb die Blätter vor ihren Füßen zusammen und ließ ihre Mähne flattern. Sie würde einmal eine richtige Schönheit werden.

Sein Instinkt sagte Chase, dass er die richtige Entscheidung getroffen hatte mit seinem Beschluss, Jessie zu heiraten und der kleinen Waisen ein sicheres Zuhause zu verschaffen, für wie lange auch immer. Und wenn er ganz ehrlich mit sich war, musste er sich eingestehen, dass er eine gewisse Aufregung empfand. Den Gedanken, man könnte sie ins Waisenhaus zurückschicken, konnte er einfach nicht ertragen. Oder, schlimmer noch, wenn sie wie er auf der Straße aufwachsen müsste.

Als Sarah ihn entdeckte, leuchteten ihre Augen vor Freude auf, und sie rannte so schnell zu ihm, wie ihre kleinen Füße sie trugen.

»Daddy!«

»Morgen, Sarah«, erwiderte er und hob sie hoch. Tief atmete er ihren süßen Duft ein – sie roch nach kleinem Mädchen und nach Sonnenschein. »Wie geht es dir?«

»Piel mit Gabe«, antwortete sie kichernd und versteckte das Gesicht an seiner Schulter.

Mrs Hollyhock kam näher. Mit wissendem Blick bemerkte sie: »Jetzt sind Sie schon Daddy? Herr im Himmel, Sie legen wirklich ein ganz schönes Tempo vor, Mr Logan.« Sie tippte sich mit einem krummen Finger an die faltige Wange.

Da er gleich Jessie heiraten würde, beschloss Chase, sich mit der neugierigen Alten auszusöhnen. Die Dinge waren schon kompliziert genug, auch ohne dass er sich ständig von ihr provozieren ließ. Außerdem wollte er sie wissen lassen, dass er die Entscheidung getroffen hatte, weil es die richtige war – nicht weil er dazu gezwungen worden war.

»Jessie und ich haben beschlossen, dass es wohl das Beste für alle Beteiligten ist, wenn wir heute heiraten. Sie sollten es als Erste erfahren.«

Sarah, die keine Ahnung von dem hatte, was da gerade vor sich ging, spielte weiter mit seinem Haar.

In Gabes Fall sah die Sache anders aus. Der Blick des Jungen ging überallhin, nur nicht zu Chase. Es musste ihn einigen Mut gekostet haben, sich gegen den Älteren zu stellen, um Jessie zu schützen. Trotzdem hatte er es getan. Hatte sich mehr wie ein Mann verhalten als Chase selbst, und das nötigte diesem umso größeren Respekt ab.

»Sieht so aus, als gäbe es hier heute eine Hochzeit«, sagte Chase und sah Gabe direkt an. »Warum machst du dich nicht ein bisschen fein und hilfst Sarah dabei, dasselbe zu tun? Mrs Hollyhock, ich könnte mir denken, dass Jessie sich jetzt über Ihren Beistand freuen würde.«

»Und was haben Sie vor, Mr Logan? Wir wollen schließlich nicht, dass der Bräutigam im letzten Moment noch kalte Füße bekommt und sich aus dem Staub macht.«

»Nein, Ma'am, das wollen wir nicht.« Chase zwinkerte der alten Frau zu. »Ich schnappe mir nur rasch meine Seife und gehe zum Bach, um die Bartstoppeln loszuwerden. Will meiner Braut doch nicht das Gesicht zerkratzen.«

Sprachlos sah Mrs Hollyhock ihm nach, wie er zur Scheune eilte und darin verschwand. »Wer weiß, ob er mir nicht doch was vormacht. Junge, pass du auf ihn auf und hol mich, sobald er sich auch nur im Geringsten verdächtig verhält.«

Virgil erschien mit Reverend Hawthorn im Schlepptau, und alle versammelten sich in der kleinen Hütte. Seine Braut hatte Chase seit ihrem Gespräch am Morgen nicht mehr zu Gesicht bekommen. Sarah und Mrs Hollyhock hatten sich mit ihr ins Schlafzimmer zurückgezogen und waren nun mit all den Frauendingen beschäftigt, die bei einer Hochzeit so anstanden. Im Wohnzimmer waren von ihnen nur ein Murmeln und andere leise Geräusche zu vernehmen, und all das machte Chase ganz nervös.

Seine Hochzeit! Nie hatte er glaubt, er würde diesen Tag noch erleben. War nie davon ausgegangen, eine Frau könnte ihn zum Bräutigam haben wollen. Aber das hier war natürlich eine andere Angelegenheit – Jessie hatte schließlich keine Wahl. Für Sarah würde sie alles tun. Sogar ihn zum Mann nehmen.

Zum wohl fünfzigsten Mal wischte er sich die Hände an der Hose ab.

»Verzeihen Sie«, wandte sich der Geistliche an Chase. »Wenn es geht, würde ich diese Angelegenheit gern so schnell wie möglich erledigen und nach Clancy zurückkehren. Da gehen in letzter Zeit schlimme Dinge vor sich. Einfach schrecklich. Vor Kurzem wurde ein junges Mädchen geschändet und ermordet, möge sie in Frieden ruhen. In unserer kleinen Stadt gibt es normalerweise keine Gewalt, jedenfalls nicht viel.«

Chase trat an die Schlafzimmertür und klopfte. »Jessie, es wird Zeit. Der Prediger wartet schon.«

»Wir kommen gleich«, erklang die knappe Antwort von Mrs Hollyhock. »Es gehört sich nicht, seine Braut zur Eile anzutreiben, Mr Logan. Machen Sie sich nicht gleich ins Hemd.«

Reverend Hawthorn räusperte sich und verdrehte die Augen. Er wechselte einen verständnisinnigen Blick mit Chase.

Virgil stand stumm in der Ecke. Er schob die Hand in die Brusttasche seines sauberen weißen Hemds und zog eine Uhr hervor.

»Wie spät ist es?«, wollte Chase wissen, der unruhig im Zimmer auf und ab ging.

»Viertel vor drei.«

»Frauen«, murrte Chase leise. »Nur ein paar Gelübde, ein paarmal ›Ja, ich will‹, mehr gehört doch nicht dazu. Dieser ganze Aufwand ist völlig unnötig.« So langsam verlor er wirklich die Geduld. Je schneller sie die Sache über die Bühne brachten, desto besser.

Endlich öffnete sich die Schlafzimmertür. Zuerst kam Sarah heraus, marschierte feierlich voran. Offenbar wusste sie, dass gleich etwas ganz Besonderes geschehen würde, denn sie konnte nicht aufhören zu lächeln. Sie trug ein rosa Kleidchen und eine abenteuerliche Hochsteckfrisur, aus der ihr etliche Strähnen ums Gesicht fielen. Sie strahlte, und ihre Augen leuchteten.

Als er den ersten Blick auf Jessie erhaschte, verliebte sich Chase gleich noch einmal in sie. Obwohl sie den Blick gesenkt hielt, umgab sie ein fast überirdischer Glanz. Ihr grünes Wollkleid erkannte er, doch sie hatte sich auch ihr Umschlagtuch umgelegt, das ihre Schultern umspielte und vor der Brust locker zusammengeknotet war.

Mrs Hollyhock musste ihrer Freundin beim Frisieren geholfen haben, denn so hatte er Jessies Haar noch nie gesehen. Die vorderen Partien waren hochgebunden, und zur Verzierung steckten Kiefernnadeln und ein paar hauchzarte Blätter darin. Die restliche Pracht fiel ihr über den Rücken wie flüssiges Gold und glänzte im Sonnenlicht, als sie nervös ihren Platz an seiner Seite einnahm.

Chase wünschte, sie würde ihn anschauen. Er sehnte sich danach, ihr Gesicht zu sehen, ihr in die Augen blicken zu können. War sie genauso außer sich wie er? Erkennen konnte er das zumindest an ihrem äußerlichen Benehmen nicht.

Reverend Hawthorn hob seine kleine schwarze Bibel. Als Chase sah, dass Gabe an der Tür wartete, bat er ihn: »Willst du mein Trauzeuge sein, Gabe? Jessie hat ja Sarah. Nur wenn du willst, natürlich.«

Der Junge wirkte überrascht und erfreut zugleich. »Klar, Chase.« Seine Stimme klang ungewöhnlich tief und heiser. Er trat nach vorn und stellte sich neben ihn.

»Sind alle bereit?«, erkundigte sich der Geistliche und blickte alle Anwesenden der Reihe nach an.

»Bereiter geht's nicht«, flötete Mrs Hollyhock aus dem Hintergrund. »Los jetzt!«

Reverend Hawthorn räusperte sich und begann mit seiner Ansprache. »Liebe Freunde, wir sind heute hier vor Gott versammelt, um für Chase Logan und Jessica Marie Strong das Sakrament der Ehe zu vollziehen. Heute werden die beiden vereint, vor Gott und vor den Menschen.«

Marie.

Chase umschloss Jessies eiskalte Hände mit den seinen.

»Willst du, Chase, diese Frau, Jessica, zu deiner dir angetrauten Ehefrau nehmen? Versprichst du, zu ihr zu stehen in Gesundheit und Krankheit, in guten wie in schlechten Tagen? Wirst du sie lieben, achten und ehren, bis dass der Tod euch scheidet?«

Endlich sah ihn Jessie an, und in ihren Augen konnte er lesen, was sie empfand. Was er dort erkannte, drohte ihm das Herz in der Brust zu sprengen. Heute war sie schöner als je zuvor – der Priester räusperte sich.

»Ja.«

»Willst du, Jessica, diesen Mann, Chase, zu deinem dir angetrauten Mann nehmen? Versprichst du, zu ihm zu stehen in Gesundheit und Krankheit, in guten wie in schlechten Tagen, wirst du ihn lieben, achten und ehren, bis dass der Tod euch scheidet?«

Es war faszinierend, wie ihre Mundwinkel sich ein winziges bisschen hoben, ehe sie ihr »Ja« flüsterte.

»Was Gott zusammengefügt hat, das soll der Mensch nicht trennen. Vor Gott und dem Staat Wyoming erkläre ich euch nun zu Mann und Frau. Sie dürfen die Braut jetzt küssen, Mr Logan.«

Chase zog sie an sich und streifte ihre Lippen mit einem kurzen Kuss.

»Herzlichen Glückwunsch«, sagte der Prediger und schlug ihm anerkennend auf die Schulter. »Der Herr möge Sie segnen, mit vielen gemeinsamen Jahren und einem Haus voller Kinder.«

Im selben Moment zog Mrs Hollyhock Jessie in eine heftige Umarmung, drückte sie fest an sich. »Keine Sorge, mein Mädchen. Das hier war das Beste, was dir passieren konnte. Er ist ein guter Mann – du wirst schon sehen, und bald wirst du mir dankbar sein. Ich mochte ihn sofort, als er den Laden betreten hat. Es hat nur eine Weile gedauert, bis ich auch euch beide von meiner Sichtweise überzeugen konnte.«

Damit wandte sich die alte Frau an Chase, stellte sich auf die Zehenspitzen und kniff ihn in die Wange. In ihrem Lächeln lag etwas Entschuldigendes.

»Ach, was soll's.« Chase hob die kleine alte Frau hoch. Die verpasste ihm einen Schmatz mitten auf den Mund, und beide mussten lachen.

»Danke, Mr Logan. Ich wusste sofort, dass Sie ein gutes Herz haben, weil Sie meinem Tommy so sehr ähneln. Jessie wird gut darauf achtgeben, das weiß ich.«

Gerührt wandte sich die Frau ab und wischte sich mit einem Taschentuch die Augen.

»Nun«, meldete sich der Prediger zu Wort. »Dann ist hier ja alles erledigt. Ich muss mich auf den Weg zurück nach Clancy machen.«

»Herzlichen Dank, Reverend«, sagte Chase und zog Jessie wieder an sich. Er riskierte einen kurzen Blick auf sie und sah, wie sich ihre Augen weiteten. »Wir wissen es sehr zu schätzen, dass Sie für uns den weiten Weg auf sich genommen haben. Darf ich Ihnen denn etwas geben für Ihre Mühe?«

»Wenn Ihnen das angemessen erscheint«, erwiderte der Mann und drückte sich die Bibel an die Brust. »Wir leben in schweren Zeiten, da gibt es immer die eine oder andere Witwe, die der Unterstützung der Kirche bedarf.«

Chase griff in seine Tasche und reichte dem anderen einige Silbermünzen. Reverend Hawthorn schien überwältigt von dieser Großzügigkeit. »Oh, der Herr segne Sie. Ich bin sicher, er lächelt heute auf Sie herab.«

Der Geistliche zog sich den Mantel über, dann wandte er sich noch einmal um. »Fast hätte ich die Papiere vergessen. Ohne die wäre Ihre Ehe nicht rechtsgültig.«

Aus seiner schwarzen Ledertasche brachte er einen Federkiel und ein Tintenfass zum Vorschein, tunkte die Spitze in die Flüssigkeit und reichte das Schreibgerät Chase.

Der malte vorsichtig ein X auf die oberste Linie. Dann wandte er sich Jessie zu und sah die Überraschung in ihren Augen. *Jetzt weiß sie es. Ihr neuer Ehemann kann nicht einmal seinen eigenen Namen schreiben.*

Jessie nahm ihm die Feder ab, tauchte sie ins Fass und unterschrieb ohne Zögern. Im Anschluss gab sie dem Reverend alles zurück, sodass er Datum und Ort eintragen konnte.

Nachdem Mrs Hollyhock und Gabe als Trauzeugen das Dokument unterzeichnet hatten, legte der Geistliche es vorsichtig zum Trocknen hin.

»Kinder, packt eure Sachen und bringt sie zum Wagen. Wir brechen bald auf«, ordnete Mrs Hollyhock an, die schon wieder geschäftig in der Hütte umherlief. »Eine wunderschöne Hochzeit, einfach wunderschön.« Sie sah aus, als wollte sie gleich wieder in Tränen ausbrechen.

»Wohin bringen Sie Sarah und Gabe?«, waren Jessies erste Worte als Mrs Logan. Panik klang aus ihrer Stimme.

»Wir nehmen die beiden mit in die Stadt, was denn sonst? Ein frisch vermähltes Paar braucht ein paar Tage für sich allein, damit sie einander richtig kennenlernen können. Stimmt's, Virgil?«

Virgil zuckte nur mit den Achseln und nickte kurz.

»Nicht nötig.« Chase versuchte, Jessie zu Hilfe zu kommen. »Wir sind es gewohnt, die beiden hier zu haben.«

»Unsinn! Jetzt fangen Sie keinen Streit mit mir an. Bei mir ist genug Platz. Außerdem hat dieser junge Mann hier in der Stadt

auch mal Gelegenheit, andere Burschen in seinem Alter kennenzulernen.«

Chase begriff, dass die alte Frau nicht nachgeben würde, und
beließ es dabei. »Jessie, ich werde Cody satteln und den Wagen
noch bis an den Steilhang begleiten. Dann kann ich die Kutsche
im Auge behalten, bis sie am Stadtrand ankommt. In einer halben
Stunde bin ich wieder da. Falls du draußen noch was zu erledigen
hast, tu es jetzt, bevor ich weg bin.« Mit seinem Tonfall machte er
deutlich, dass er keinen Widerspruch dulden würde. Er zog Handschuhe und Mantel an und ging nach draußen.

Kapitel 25

Der Wagen rumpelte davon, und in Jessies Bauch machte sich ein ungutes Gefühl breit. Sie war hin- und hergerissen zwischen ihrer Sorge um die Kinder und Unbehagen bei der Vorstellung, mit Chase allein zu sein.

Sarah war noch so klein. Erst vor wenigen Tagen hatten sie einander wiedergefunden. Sie gewöhnte sich doch gerade erst ein. Würde sie Angst haben ohne Jessie? Auf ihrem Platz zwischen Mrs Hollyhock und Gabe in der Kutsche hatte sie quietschvergnügt ausgesehen. Aber was, wenn sie heute Nacht wieder einen Albtraum hatte und niemand sie weinen hörte?

Du machst dir schon wieder viel zu viele Sorgen, schalt sie sich. *Gabe hat immer gut auf sie aufgepasst. Er wird nicht zulassen, dass sie weint. Als sie neulich schlecht geträumt hat, ist er auch sofort aufgewacht. Die beiden kommen schon zurecht.*

Jessie versuchte, sich irgendwie zu beschäftigen. Wenn Chase nach Hause kam, würde er hungrig sein. Weder er noch sie hatten bisher Gelegenheit gehabt, etwas zu essen. Also sollte sie ihm wenigstens eine Mahlzeit zubereiten. Außerdem war das die beste Methode, sich abzulenken, die sie kannte.

Schnell zog sie das gute Kleid aus und das Alltagskleid an, legte sich darüber eine Schürze um. Brötchen mit Soße und einem Stück Wild sollten diesen ereignisreichen Tag beschließen.

»Ich bin wieder da, Jessie. Mach auf.«

Fast hätte sie die Pfanne mit dem Gebäck fallen lassen, die sie gerade aus dem Ofen genommen hatte. Rasch stellte sie das Gefäß ab und wischte sich die Hände an der Schürze trocken. Sie hatte ein komisches Gefühl im Magen, fast glaubte sie, sie müsse sich übergeben. Hätte sie ihr gutes Kleid anlassen sollen? Das, was sie jetzt trug, war so alt, und sie hatte es fast jeden Tag seit Chase' Ankunft getragen. Ob ihm das auffallen würde? Wenigstens hatte die hübsche Frisur gehalten, auf der Mrs Hollyhock bestanden hatte. Damit Chase nicht länger in der Kälte warten musste, lief sie schnell zur Tür.

Chase kam herein. »Danke«. Er schlug ein paarmal die Hände aneinander und blickte sich um. Er wirkte ebenfalls besorgt.

Sie war nervös, aufgeregt und ein wenig ängstlich. Ein Gefühl des Unbehagens lief durch ihren Körper, genau wie beim ersten Mal, als sie ihn hereingelassen hatte. Unglaublich, dass seitdem erst wenige Tage vergangen waren.

Rasch legte er den Mantel ab, hängte ihn bei der Tür auf und stülpte auch den Hut über den Haken. »Das riecht aber gut!« Er schaute über ihren Kopf hinweg in Richtung Herd.

»Setz dich, dann bringe ich dir Kaffee. Essen ist fast fertig.«

Jessie eilte zum Herd und goss ihm aus dem alten Kessel etwas ein. Die ganze Szene wirkte befremdlich auf sie, aber gleichzeitig ähnelte alles dem ersten Abend, den Chase hier verbracht hatte. Sie konnte einfach nicht fassen, wie viel seitdem geschehen war.

Die Stille machte sie nervös, deshalb suchte Jessie nach einem Gesprächsthema. Aber ihr wollte einfach nichts einfallen. Schließlich platzte sie heraus: »Du warst gar nicht lange weg.«

Peinlich berührt, wie dünn ihre Stimme klang, wandte sich Jessie wieder der köchelnden Soße zu. Sie verwendete all ihre Energie darauf, mit dem Holzlöffel die Klumpen darin zu zerschlagen, sodass kleine Explosionen weißen Staubs entstanden.

Chase trat zu ihr und nahm vorsichtig die Kaffeetassen, die sie vollgeschenkt und dann vergessen hatte. Ohne ein Wort ging er zurück zum Tisch und setzte sich.

Frustriert schloss sie die Augen. *Ich bin so eine alberne Trine. Er muss ja denken, dass er eine dumme Gans vor sich hat, so, wie ich mich aufführe.* Wenn er ihr so nah war, meinte sie förmlich dahinzuschmelzen.

»Ich habe Cody galoppieren lassen. Es ist so lange her, dass er sich mal ordentlich austoben konnte – ich glaube, das hat ihm Spaß gemacht. Mir auf jeden Fall.« Der Cowboy trank einen Schluck heißen Kaffee und lehnte sich auf dem Stuhl zurück. »Nichts sorgt so sicher für einen klaren Kopf wie frische Luft.«

Was sollte das nun wieder heißen? Dass er nicht klar gedacht hatte, als er sie geheiratet hatte? Oder dachte er darüber nach, wie er so dumm hatte sein können, sich von Mrs Hollyhock dazu zwingen zu lassen? Eine Frau zu ehelichen, die eben Pech gehabt hatte? Seine Bemerkung konnte alles bedeuten. Keine der Möglichkeiten gefiel Jessie.

Die Pfanne mit der Soße verschwamm vor ihren Augen, und sie straffte die Schultern. »Gleicht gibt es Essen.« Sie wünschte sich irgendwo anders hin – selbst eine Rückkehr ins Waisenhaus hätte sie jetzt in Kauf genommen, nur hier unter seinem durchdringenden Blick wollte sie nicht mehr sein.

Mit einem sauberen Geschirrtuch nahm Jessie die heißen, weichen Brötchen vom Blech und legte sie in einen geflochtenen Korb, den sie auf den Tisch stellte. Drei ließ sie auf Chase' Teller fallen. Dann wandte sie sich rasch um, um die Pfanne mit der Soße zu holen.

»Immer langsam, Jessie. Das ist doch kein Wettrennen hier.«

Jessie spürte förmlich, wie er ihre Rückseite von oben bis unten musterte. Was dachte er gerade? Was erwartete er?

»Ich weiß. Aber du musst doch riesigen Hunger haben. Ich will dir einfach etwas zu essen geben und dann alles sauber machen. Es war ein langer Tag.«

»Der längste meines Lebens, würde ich sagen. Und er ist noch lange nicht vorbei.«

Das reichte! Sie konnte ihren Unmut nicht länger verbergen, sonst würde sie platzen. »Nun, Chase Logan, wenn du ein wenig klüger, ein bisschen cleverer gewesen wärst, könntest du jetzt schon Meilen von hier entfernt sein. Vor Tagen hättest du aufbrechen können«, warf sie über die Schulter, während sie mit der Zubereitung seines Abendessens beschäftigt war.

Hinter sich hörte sie, wie Chase sich verschluckte und seine Kaffeetasse heftig auf den Tisch niedersetzte. Sie zuckte zusammen.

»Was soll das heißen? Spuck's aus, wenn du etwas zu sagen hast!«

Mit wehenden Haaren wirbelte Jessie herum, den Löffel noch in der Hand. »Was ich zu sagen habe«, äffte sie ihn nach, »ist Folgendes: Nur ein kleines bisschen gesunder Menschenverstand hätte ausgereicht, und du wärst nicht in dieser absurden Situation gelandet.« Chase wischte sich den Mund mit dem Ärmel ab. »Ich hätte dich ganz einfach für klüger gehalten.« Sie wusste, es wäre besser, ihre Zunge zu hüten, aber es war, als spräche ein kleines Teufelchen aus ihr, das einfach nicht den Mund halten wollte. »Da muss ich mich wohl geirrt haben.«

Langsam erhob sich Chase und ließ sie dabei keine Sekunde aus den Augen. Jessie nahm wahr, dass ein Muskel an seinem Kiefer ohne Unterlass arbeitete. Zu spät wurde ihr klar, dass sie ihn bisher nie wirklich wütend erlebt hatte. Sie wusste, dass sie sich auf dünnem Eis bewegte, aber zum Teufel noch mal, er hatte es herausgefordert. Es tat ihr gut, einen Teil ihrer aufgestauten Frustration loszuwerden. Nachdem sie diesem Bedürfnis erst einmal nachgegeben hatte, war es verdammt schwer, sich wieder zu fangen.

»Es gibt Männer, die müssen einfach den Helden spielen. Für die ist jede Frau eine Jungfer in Nöten.« Mit einer Hand hob sie die Schürze, mit der anderen schwang sie den alten Holzlöffel und beschloss ihre Ansprache so mit einem vielsagenden Knicks.

In Chase' Augen glühte unterdrückter Zorn. »Ich war jedenfalls nicht mit einem Mann verheiratet, der einfach davongezogen ist und mich hat sitzen lassen. Warum hat denn Nathan am anderen Ende von Wyoming gearbeitet? Konnte er deine scharfe Zunge nicht ausstehen, deine frechen kleinen Sticheleien? Wenn er zu Hause geblieben wäre, wo er hingehörte, wäre er vielleicht noch am Leben.«

Er hatte sie an einer empfindlichen Stelle getroffen, und Jessies Wut fiel in sich zusammen. Hastig wandte sie sich wieder dem Herd zu und wickelte das Geschirrtuch um den Henkel der schmiedeeisernen Bratpfanne. Als sie das Gefäß jedoch hochheben wollte, war es noch immer zu heiß. Ihr entfuhr ein Schmerzenslaut, und die Pfanne fiel zu Boden, dass der Inhalt durch die gesamte Küche spritzte.

Chase war sofort bei ihr, packte ihre verletzte Hand und steckte sie in die Spülwanne neben der Arbeitsfläche. Er zog Jessie fest an sich. »Schhh ... Nicht weinen«, murmelte er und hielt ihre Hand weiter unter Wasser. »In ein paar Minuten lässt der Schmerz nach.«

Da verlor sie die Beherrschung. All die Verletzlichkeit, die Angst und die Unsicherheit der vergangenen Woche brachen über sie herein. Heftiges Schluchzen schüttelte ihren Körper.

»Jessie.« Der Cowboy klang alarmiert. »Zeig mir noch mal deine Hand.«

»Es ist nicht schlimm«, wehrte sie ab und barg das Gesicht an seiner breiten Brust. Wie gut sich das anfühlte, wie sicher. *Einfach richtig.* »Es tut mir einfach nur so leid, dass ich dich in diese Sache hineingezogen habe. Ich habe dein Leben ruiniert, und ich fühle mich fürchterlich deswegen.«

»*Darum* weinst du?« Chase lachte leise, während er sie in seinen Armen wiegte. Sanft massierte er ihr den Rücken, und was er dort mit seinen Fingern anstellte, grenzte an Magie.

Jessie nickte und schielte dann hinunter auf die Soßenlache am Fußboden. Sie konnte sich nicht überwinden, ihn anzusehen.

»Mach dir darüber keine Gedanken. Wir finden schon eine Lösung. Ich bin ziemlich erleichtert, dass dir nur unsere Ehe Unbehagen bereitet und nicht deine verbrannte Hand. Und jetzt geh mal ein Stück beiseite, dann versuche ich, vom Abendessen zu retten, was noch zu retten ist.«

Kapitel 26

Knarrend und quietschend rollte der Wagen gemächlich durch die Stadt. Sarah, in eine warme Decke gewickelt, saß eng an Gabe geschmiegt. Das gleichmäßige Schaukeln hatte das kleine Mädchen müde gemacht. In Gabes schützender Umarmung schlief es tief und fest.

»Brr«, machte Virgil. Der Wagen blieb vor einem Laden stehen. Sarah regte sich.

»So, Kinder, wir sind da. Runter vom Wagen mit euch, dann zeige ich euch, wo ihr schlafen werdet«, verkündete Mrs Hollyhock.

Gabe hob Sarah hoch und stieg vorsichtig vom Wagen hinunter. Aus dem Schatten einer Stalltür beobachtete sie ein Junge, der etwa so alt war wie er.

»Das ist Jake. Einer der Jungs von hier, von denen ich dir erzählt hab. Ungefähr in deinem Alter, würde ich sagen. Kannst ruhig mal hinlaufen und Hallo sagen. Ich pass schon auf die Kleine auf.«

»Nein, ich bleibe lieber hier bei Sarah.« Gabe legte dem schlafenden Kind eine Hand an den Kopf. »Ich will nicht, dass sie aufwacht und Angst kriegt.«

Mrs Hollyhock schüttelte den Kopf. »Wie du willst. Mir geht's nur darum, dass du ein paar Freunde findest, solange du hier bist. Ich will dir nicht vorschreiben, was du zu tun hast.«

Gabe, dem Sarah wie ein Sack Kartoffeln in den Armen hing, folgte der alten Frau ins Geschäft. Drinnen sah er sich nach einer

Stelle um, wo er das kleine Mädchen ablegen könnte.

»Da vorn die Treppe rauf. Gleich links ist ein Zimmer mit einem Kinderbett. Da kannst du sie hinbringen.« Als Gabe zögerte, verlangte die Frau unwirsch: »Schluss mit dem Getue. Niemand wird ihr etwas tun.«

Der Raum war klein und enthielt nur wenig Möbel. Überall verteilt lagen Decken in wunderschönen Farben, selbst an den Wänden hingen sie, was dem Zimmer eine fröhliche Atmosphäre verlieh. Gabe legte das kleine Mädchen hin und breitete eine Decke über sie. »Ich bin gleich da unten«, murmelte er. Sarah drehte sich auf die Seite und kuschelte sich unter die flauschige Zudecke.

Gabe zögerte, ehe er die Treppe wieder hinunterstieg. Er war hin- und hergerissen zwischen Neugierde und Pflichtbewusstsein. Einerseits wollte er alles sehen, was es im Laden zu kaufen gab, andererseits – wie lange würde Sarah wohl schlafen? Schließlich entschied er sich, für einen Moment nach unten zu schleichen, sich umzuschauen und dann wieder nach oben zu kommen. Er machte sich auf den Weg.

Nach ein paar Schritten hörte er Stimmen und blieb stehen.

»Wie wird Jessie denn mit den Neuigkeiten fertig, Violet?«, hörte er eine Frau fragen.

»Langsam etwas besser, das arme Kind. Irgendwie wendet sich doch immer alles zum Guten.«

Gabe konnte die Frauen nicht sehen, weil er immer noch reglos auf der Treppe stand, aber hören konnte er sie ganz ausgezeichnet.

»Wie ist das denn genau mit diesem Mann, diesem Mr Logan? Bleibt er in der Stadt oder er hat er sich gestern wieder aufgemacht, nachdem er die Vorräte bei Jessie abgeladen hat?« An der Art, wie die Unbekannte den Namen aussprach, konnte Gabe ein gewisses Interesse ablesen. Er fragte sich, was das wohl zu bedeuten hatte.

»Ich will ja nicht über meine kleine Jessie klatschen, aber bald wird es sowieso jeder wissen«, erklärte Mrs Hollyhock im Flüsterton. »Jessie ist jetzt Mrs Logan.«

Gabe hörte, wie die andere nach Luft schnappte. Er zog sich ein

Stück weiter ins Treppenhaus zurück.

»Was? Das ist so ungerecht! Sie hatte doch schon einen Mann, und jetzt geht sie hin und heiratet Mr Logan, ohne dass irgendjemand anders auch nur die geringste Chance gehabt hätte, ihn kennenzulernen. Und das, wo sie erst ein paar Tage verwitwet ist – ungeheuerlich.« Mit jedem Wort wurde ihre Stimme durchdringender.

»Nicht so laut. Ich will nicht, dass du den Kindern einen Schrecken einjagst.«

Gabe fühlte, wie ihm das Blut zu Kopf stieg. Was bildete sich diese Fremde denn ein, so über Jessie zu reden! Wer auch immer sie war, Jessie war hundertmal mehr wert als sie.

»Beth, still jetzt. Du bist einfach immer noch traurig wegen Tommy. Aber er kommt sicher bald zurück. Das weiß ich einfach. Dann könnt ihr beiden heiraten, wie du es geplant hast.«

»Unsinn!« Aus der Stimme der Frau klang tiefe Verachtung. »Dafür ist er schon viel zu lange verschwunden. *Ich* glaube, er ist tot. Oder, schlimmer noch, aus dieser Stadt geflohen, und zwar vor *dir*. Sicher hat er längst geheiratet und lebt mit einer anderen zusammen.« Sie stampfte durchs Zimmer wie ein wütender Elch. »Und jetzt geht Jessie hin und schnappt …« Sie schluchzte auf. Gabe dachte schon, jetzt würde sie den Mund halten, aber da täuschte er sich. »Das ist so typisch für sie, immer spielt sie den Unschuldsengel«, fuhr Beth fort. »Wahrscheinlich hat sie ihn dazu gebracht, sie zu bemitleiden, und ehe er sich's versah, hat sie ihn in die Falle gelockt.«

»Was ist nur in dich gefahren, dass du mir so was an den Kopf wirfst, Beth. Wie gemein von dir. Nur dass du's weißt, das hat wirklich wehgetan.« Mrs Hollyhocks Stimme klang gedämpft. Gabe empfand Mitleid für sie. »Ich will, dass du nach Hause gehst und dich ausruhst. Du bist übermüdet. Aber Jessie hat dir nie was getan. Du solltest nicht so über sie herziehen.«

Für einen Moment herrschte angespannte Stille. Dann war das Rascheln von Röcken zu hören, begleitet von dem Stakkato von Stiefelabsätzen auf dem Holzfußboden. Sein erster Eindruck weckte in ihm nicht gerade den Wunsch, der Frau persönlich zu begegnen.

»Bis morgen früh, meine Liebe. Schlaf gut.«

Eine Antwort blieb aus. Mit einem Knall fiel die Tür hinter Beth ins Schloss, und das Glöckchen am Türrahmen läutete protestierend. Zögerlich kam Gabe die letzten Stufen hinunter.

»Schätze, du hast das Ganze mitangehört?«

»Ja.«

»Beth ist eigentlich ein sehr liebes Mädchen. Es ist nur, dass sie sich schreckliche Sorgen um Tommy macht, weil er schon so lange nicht nach Hause gekommen ist. Tommy ist mein …« Mrs Hollyhock brach ab, straffte die Schultern, ging hinter die Theke und begann aufzuräumen.

»Sie hat behauptet, Jessie hätte Chase in eine Falle gelockt. So was Gemeines. So war es gar nicht.«

»Du und ich, wir wissen das«, erklärte Mrs Hollyhock. »Aber das heißt nicht, dass wir andere davon abbringen können, so was zu denken.«

»Ich könnte wenigstens dafür sorgen, dass sie ihre Gedanken für sich behält«, grollte Gabe und richtete sich auf. »Mein Vater hat mir beigebracht, mich nicht herumschubsen zu lassen, und auch nicht wegzusehen, wenn jemand anders herumgeschubst wird. Und genau das tut diese Beth: Sie schubst Leute herum.«

»Lass das mal bleiben, junger Mann. Ich habe schon genug andere Sorgen, auch ohne dass du den rasenden Rächer spielst.«

Kapitel 27

Wieder erklang die kleine Glocke, und in Gabe regte sich die Hoffnung, Beth würde zurückkommen. Dann könnte er ihr die Standpauke halten, die sie verdiente. Aber sie war es nicht. Stattdessen betrat der Junge den Laden, der ihre Ankunft verfolgt hatte – Jake hatte Mrs Hollyhock ihn genannt.

»Wie geht's, Granny?«, begrüßte er sie lächelnd. »Gibt's irgendwas zu tun für mich?«

»Heute nicht, Jake. Es ist schon spät, und deine Mutter wartet bestimmt schon auf dich. Komm morgen früh wieder, dann kannst du das Hinterzimmer aufräumen. Da drin sieht es aus, als wäre ein Zyklon darüber hinweggefegt.«

Gabe wollte den anderen nicht anstarren, doch das zerzauste Haar des Jungen und seine ganze heruntergekommene Erscheinung erweckten den Eindruck, als wäre auch er durch einen Wirbelsturm gegangen. Stattdessen befingerte Gabe eine Glaslampe, um etwas zu tun zu haben und Mrs Hollyhock und ihren Besucher nicht direkt anschauen zu müssen. Das Ding rutschte ihm aus den Fingern und fiel auf das Regal, zerbrach es beinahe.

»Alles noch ganz«, sagte er leicht verlegen.

Doch die alte Frau schien überhaupt nicht zu bemerken, dass er beinahe etwas Teures kaputt gemacht hätte.

»Gabe, das hier ist Jake. Jake, Gabe. Er ist neu in der Stadt. Vielleicht kannst du ihn morgen ein bisschen herumführen?«

»Klar geht das – vorausgesetzt, ich hab Zeit. Der Chef mag es nicht, wenn ich mich zu viel rumtreibe.«

»Bevor du dich auf den Heimweg machst, muss ich dich noch für deine Arbeit von letzter Woche bezahlen.« Sie ging zu einem alten Jutesack und nahm vier braune Kartoffeln heraus, die sie vor sich auf die Theke legte. Dann griff sie nach einer Kaffeedose und holte eine Tasse voll Bohnen heraus. »Und weil du so fleißig warst, bekommst du noch ein wenig Zucker dazu.«

»Danke.« Jake wurde rot.

Vermutlich schämte er sich wegen des Lobes. Prüfend schaute Jake zu Gabe herüber und musterte ihn gründlich.

»Spielen wir schnell eine Runde Dame?«, schlug Jake vor und deutete mit dem Kinn zur Seite.

Gabe blickte in die entsprechende Richtung und entdeckte ein umgestülptes Fass, um das einige dreibeinige Hocker standen. Darauf befand sich ein altes Damebrett mit schwarzen und roten Steinen.

»Und deine Mutter, Jake?«, wollte Mrs Hollyhock wissen. »Sie wartet doch sicher schon auf dich. Handle dir bloß keinen Ärger ein, der kommt schon von alleine.«

»Ach, das ist egal. Sie hat genug mit den Cowboys von der Northbend Ranch zu tun. Sie wird nicht mal merken, dass ich nicht da bin«, erklärte er unbesorgt. »Also los, Gabe, spielen wir.«

Gabe mochte ihn. Seine heruntergekommene Erscheinung und seine schmutzigen Kleider umwehte der Hauch von Abenteuer.

»Welche Farbe nimmst du?«, fragte Jake.

»Schwarz.«

»Also, wenn du unbedingt noch bleiben willst«, meinte Mrs Hollyhock, »dann trinkt ihr beide doch bestimmt eine Tasse Kakao, oder? Gerade gestern hab ich Milch bekommen. Tommy hat mir ständig wegen einer Tasse mit meinem Spezialrezept in den Ohren gelegen.«

»Ja, gerne«, antworteten die Jungs im Chor.

Mrs Hollyhock machte sich eifrig daran, die heiße Schokolade zu kochen – eine Prise hiervon, ein anderes Gewürz dort. Sie wirkte völlig vertieft in ihre Arbeit, doch es entging Gabe nicht, dass sie ihn und Jake genau beobachtete.

Jake eroberte einen von Gabes Steinen. »Woher kommst du eigentlich?«

»Aus Virginia. Meine Familie hatte dort eine Farm und ein schönes Stück Land. Aber als wir beschlossen haben, in den Westen zu ziehen, haben wir alles verkauft.«

»Seid ihr in einem Planwagen gekommen?«

Gabe nickte.

Jake schüttelte den Kopf und stieß einen anerkennenden Pfiff aus. »Das wollte ich auch immer schon mal machen, so im Planwagen reisen. Muss tierisch spannend sein. Wo ist der denn jetzt? Wenn ich das fragen darf.«

»Den habe ich nicht mehr. Ich musste ihn verbrennen, als meine Eltern und meine Schwester gestorben sind. Die Leute haben gesagt, er sei mit der Cholera infiziert. Ich durfte ihn nicht behalten.« Gabe wandte den Blick ab und sah aus dem Fenster.

Unbehaglich rutschte Jake auf seinem Stuhl herum. »Das ist hart.«

»Wer von euch zwei Banditen gewinnt denn das Spiel?«, erkundigte sich Mrs Hollyhock, als sie vorsichtig zwei dampfende Tassen vor den beiden abstellte.

»Na ja, Granny, diesmal hat er mich geschlagen«, erklärte Jake und nickte Gabe zu. »Aber ich hab gerade überlegt, um was wir wetten könnten, um das Spiel ein bisschen spannender zu gestalten. Dann kann er sein wahres Gesicht zeigen.«

»Ich dulde nicht, dass du deinen hart verdienten Lohn als Wetteinsatz verschleuderst, Jake«, schalt ihn die alte Frau. »Du weißt doch, wie wütend deine Mutter werden kann. Sie erwartet sicher, dass du heute Abend was zu Essen nach Hause bringst.«

»Nein, keine Sorge, das mache ich nicht.«

»Das unnütze Ding«, murmelte Mrs Hollyhock im Weggehen leise. »Alles, was er verdient, nimmt sie für sich. Einfach erbärmlich.«

»Ist sie wirklich deine Großmutter?«, fragte Gabe den anderen hinter vorgehaltener Hand. Er konnte sich nicht vorstellen, dass Jake so mit ihr reden würde, wenn sie tatsächlich verwandt wären.

»Mrs Hollyhock?«, erwiderte Jake lachend. »Nein. Freunde sind wir, weiter nichts. Ich kenne sie schon mein ganzes Leben. Es fühlt sich einfach nur so an, als wär sie meine Oma. Ich hätte aber nichts dagegen, wenn sie's wär. Sie hat sich schon oft um mich gekümmert, wenn meine Mutter mich rausgeworfen hat.«

Gabe nahm seine Tasse in die Hand und blies auf den heißen Schokoladentrank, um ihn abzukühlen. Zum ersten Mal in seinem Leben würde er Kakao kosten. Der aromatische Duft kitzelte ihn in der Nase und ließ ihm das Wasser im Mund zusammenlaufen.

»Achtung – verbrenn dich nicht«, warnte ihn die alte Frau.

Schon der erste Schluck war himmlisch. Er behielt ihn im Mund, genoss den unverwechselbaren, intensiven, süßen Geschmack. »Ist das lecker. So was hab ich noch nie probiert.«

Er hoffte, dass Mrs Hollyhock auch an Sarah gedacht hatte. Sicher würde ihr der Kakao genauso gut schmecken.

»Erwischt.« Jake übersprang drei von Gabes schwarzen Steinen. »Jetzt bist du erledigt. Na ja, nächstes Mal gewinnst du wieder.«

Mit diesen Worten stand Jake auf. Er stürzte den Rest seines Getränks hinunter und wischte sich den Mund mit dem Ärmel ab.

»Fantastisch wie immer, Granny. Vielen Dank.«

»Du lieber Himmel, Jake. Wie oft hab ich dir schon gesagt, du sollst dir ein paar Manieren zulegen. Du ungehobelter Bursche! Dabei bist du doch jetzt schon fünfzehn.«

»Fast sechzehn sogar«, korrigierte er sie.

»Eines Tages wirst du einer jungen Dame den Hof machen wollen, und dann erlauben ihre Eltern nicht, dass du dich ihr näherst, weil du dich aufführst, als wärst du im Schweinestall. Dann wirst du an mich denken und dir wünschen, du hättest auf mich gehört.«

»Da hast du wahrscheinlich recht. Aber für den Moment bin ich zufrieden damit, wie ich bin. Außerdem will ich bestimmt nicht für immer hierbleiben. Sobald ich genug Geld gespart hab, breche ich auf«, verkündete Jake stolz. Er schaute zu Gabe herüber, um zu sehen, wie er reagierte.

»Nicht so vorlaut, junger Mann. Ich hab schon für dich gesorgt, da warst du noch ein winzig kleines Baby.« Ihr Gesicht nahm einen traurigen, verlorenen Ausdruck an, wie jedes Mal, wenn sie Jake ansah.

»Willst du das ganz alleine machen?«, fragte Gabe, stellte seine Tasse auf den Tisch und wischte sich den Mund ab, wie er es bei Jake gesehen hatte.

»Schätze schon. Oder ich schaue, ob ich noch jemanden finde, der mit mir nach Westen geht. Bestimmt gibt's noch jede Menge Gold in Kaliforniens Flüssen und Hügeln. Genug, um so reich zu werden, dass man für den Rest seines Lebens nicht mehr zu arbeiten braucht.« Verträumt lehnte er sich gegen die Theke und schaute in die Ferne.

»Jake«, weckte ihn Mrs Hollyhock aus seinen Zukunftsvisionen. »Mach dich jetzt besser auf den Heimweg. Es wird spät. Beeil dich, wir sehen uns morgen früh.«

Jake nahm seinen Sack mit Lebensmitteln in die Hand und winkte Gabe zum Abschied zu. »Vielleicht haben wir Glück und der Chef gibt mir morgen ein bisschen frei, dann komm ich vorbei.«

»Alles klar.«

Im nächsten Augenblick war Jake zu Tür hinaus und lief im schwindenden Abendlicht die Straße hinunter.

»Der macht's richtig«, seufzte Gabe kopfschüttelnd. »Nimmt sein Schicksal in die eigenen Hände.«

»Da hast du sicher recht. Aber du musst wissen, dass ihn hier auch nichts hält. Was auch immer er in Kalifornien oder sonst wo findet – alles ist besser als das, was er hier zu erwarten hat«, erklärte Mrs Hollyhock und verzog das faltige Gesicht nachdenklich. »Aber du …«, begann sie und strahlte, als sie ihm ihren dünnen Arm um die Schulter legte.

Gabe versteifte sich fast unmerklich.

»Bei dir ist das was ganz anderes. Du hast Jessie und Sarah und jetzt auch Mr Logan, die dich alle lieben und dich brauchen. Ich wünschte nur, Jake könnte eine Familie finden, wie du sie hast.

Die ihn bei sich aufnimmt und ihm beibringt, was einen zu einem guten Mann macht.«

Gabe machte sich los und ging zur Treppe. Es war schon eine ganze Weile her, dass er Sarah im Schlafzimmer allein gelassen hatte. Er wollte nach oben gehen und nachsehen, ob sie nicht vielleicht inzwischen aufgewacht war.

Leise schlich er über den Flur und warf einen Blick in den dunklen kleinen Raum, in dem er das Mädchen gelassen hatte. Erschrocken entdeckte er, dass sie stumm auf dem Bettrand saß, keinen Laut von sich gab.

»Aber Schatz, du bist ja wach. Warum hast du nicht nach mir gerufen?«, fragte er mit sanfter Stimme.

Sobald Sarah ihn sah, streckte sie beide Arme nach ihm aus und klammerte sich an ihn.

»Ich war gar nicht weit weg, nur unten im Laden. Ich dachte, du schläfst. Du brauchst keine Angst mehr zu haben.« Beruhigend streichelte er ihr den Rücken, wiegte sie in seinen Armen.

»Mama«, flüsterte Sarah.

»Morgen sehen wir sie schon wieder, und bis dahin machen wir uns hier mit Mrs Hollyhock eine richtig schöne Zeit. Du weißt schon, die nette Frau, die uns hierhergebracht hat.«

Das kleine Mädchen nickte, sagte jedoch nichts.

»Sie hat etwas ganz Leckeres zu trinken für uns gemacht, und das wartet unten auf dich. Willst du mal probieren?« Gabe hoffte, dass er da nicht zu viel versprach, denn er wollte Sarah keine Enttäuschung bereiten. Wieder nickte diese nur.

»Gut, dann gehen wir jetzt zusammen runter, und du bekommst deine heiße Schokolade.«

Kapitel 28

Ihre Hochzeitsnacht verbrachte Jessie allein in ihrem Bett. Nach dem Abendessen hatte sie sich geschäftig gegeben, hatte aufgeräumt und Brot gebacken. Währenddessen hatte Chase schweigend am Feuer gesessen und Zügel und Zaumzeug mit Öl eingerieben, und der Geruch von Leder erfüllte den Raum.

Offenbar hatte Chase die Stille zwischen ihnen überhaupt nichts ausgemacht. Manchmal war eine Stunde und mehr vergangen, ohne dass ein Wort gesprochen worden wäre.

Doch Jessie, die inzwischen an den fröhlichen Lärm von Sarah und Gabe gewöhnt war, hatte die Stille als zu lang und belastend empfunden. Die Ruhe hatte sie nervös gemacht, und manchmal hatte sie Chase' Kaffeetasse nachgefüllt, noch bevor er sie ganz geleert hatte, nur um ihn ein Dankeschön murmeln hören zu können.

Der Abend war ohne weitere Vorkommnisse zu Ende gegangen. Jessie, müde von den Ereignissen des Tages, war ins Bett gekrochen und hatte schon sehr bald tief und fest geschlafen.

Noch vor Sonnenaufgang war sie wieder auf den Beinen. Rasch spritzte sie sich kaltes Wasser ins Gesicht und fuhr sich mit einem Kamm durch die zerzausten Haare. Wenig später warf sie sich den geflochtenen Zopf über die Schulter, zog sich an und spähte dann zur Tür hinaus.

Chase war nirgends zu entdecken, aber neben dem Feuer lag noch immer seine Decke, ganz knittrig und zerwühlt. Erleichterung erfüllte sie. Nach ihrem Streit vom vergangenen Abend hatte sie sich Sorgen gemacht, er werde womöglich verschwinden. Und daraus hätte sie ihm keinen Vorwurf machen können. Bei der Erinnerung, wie sie seine Hilfsbereitschaft herabgewürdigt hatte, fühlte sie sich sehr unbehaglich. Sie musste nicht ganz bei Sinnen gewesen sein!

Jessie stellte die Kaffeekanne auf den heißen Herd, auf dem bereits ein Topf Wasser aufheizte, und freute sich darüber, dass der Cowboy schon Feuer gemacht hatte. In der kleinen Hütte herrschte eine angenehme Wärme, und im Stillen dankte sie Gott dafür, dass er ihr einen Mann geschickt hatte, der sich so sorgsam um alles kümmerte wie Chase.

Im Laufschritt eilte Jessie zum Abort und dann zum Bach. Sie wollte schnell wieder in die Hütte, um ein leckeres Frühstück für Chase vorzubereiten, das auf ihn wartete, wenn er zurückkehrte – von wohin auch immer er gegangen war.

Als Jessie wieder bei der Hütte ankam, prickelte ihre Haut von der Kälte und durch die Anstrengung. Sie wackelte mit Zehen und Fingern, um wieder Gefühl in die Gliedmaßen zu bekommen. Heute Morgen würde sie sich jedenfalls nicht in die Wangen kneifen müssen – die waren auch so gerötet.

Sie riss die Tür auf, stockte und blieb dann wie angewurzelt stehen. Vor dem Herd sah sie Chase nur mit seiner Hose bekleidet. Auf seiner nackten Brust glänzten Wasser und Seife. Über dem Gürtel zeichneten sich seine perfekt definierten Bauchmuskeln ab. Während er sich wusch, standen die Sehnen an seinem Hals hervor.

Er hielt mitten in der Bewegung inne. »Ich dachte, es würde ein bisschen länger dauern, bis du wieder hier bist. Bis dahin wollte ich längst fertig sein.« Dann tauchte er den Lappen wieder in die Schüssel und wrang ihn aus. »Ich muss zugeben, dass es sehr angenehm ist, an so einem kalten Morgen warmes Wasser zum Waschen zu haben.« Schnell spülte er die Seife weg und griff nach einem Handtuch. »Es ist noch jede Menge für dich da.«

»Danke.« Jessie wandte sich um. Der Anblick seiner kräftigen Bauchmuskeln hatte sich ihr eingebrannt. Er erinnerte die junge Frau an etwas. Fast wie ein …

»Ein Waschbrett ... Als ob ich darauf waschen könnte«, murmelte sie.

»Was hast du gesagt?«

»Nur, dass dein Frühstück gleich fertig ist.«

Sie beeilte sich, alles vorzubereiten, und klapperte mit Töpfen und Pfannen.

»Lass dir Zeit, Jessie. Denk daran, was gestern passiert ist. Außerdem tut mir der Lärm in den Ohren weh.« Er nahm ihr die schwere gusseiserne Pfanne aus der Hand und stellte sie auf den Herd. »Schon viel besser.«

Chase zog sich das Hemd an. »Ich glaube, heute sollten wir ein paar Pläne machen. Bisher hatten wir Glück mit dem Wetter, aber bestimmt schneit es bald. Ich will hier alles für den Winter bereit machen. Die Scheune flicken. Und den Zaun da hinten, der fällt bald auseinander.« Er zog sich einen Stuhl heran und setzte sich.

»Das ist eine sehr gute Idee.«

Wenige Minuten später stellte Jessie einen Teller mit Bratkartoffeln, Soße und Wildbraten vor ihn auf den Tisch. Sie goss ihnen beiden Kaffee ein und setzte sich neben ihn. Doch zum Essen war sie viel zu nervös.

Er nahm einen großen Bissen und kaute. »Welche Reparaturen hättest du noch gern erledigt?«, fragte er, nachdem er geschluckt hatte. Einen Moment lang schloss er die Augen. »Das schmeckt wirklich lecker, Jessie.«

»Dankeschön. Bedien dich, da ist noch mehr.«

Er nickte. »Heute fange ich mit den Zaun an. Ich denke, das Scheunendach kann warten, bis Gabe wieder hier ist und mir helfen kann.«

»Du brauchst das nicht alles zu machen.«

Er wischte sich den Mund ab und sah sie an. In seinen Augen lag ein kaum wahrnehmbares Funkeln. »Ich weiß. Aber hier ist noch nicht alles für den Winter vorbereitet. Und wenn Gabe mir hilft, müsste es ganz schnell gehen.« Er nahm einen Schluck Kaffee und schaute sie wieder an. Und lächelte.

Jessie konnte nicht anders, sie musste sein Lächeln erwidern. Es war erstaunlich, aber mit diesem jungenhaften Grinsen wirkte er um Jahre jünger. Ein warmer Schimmer lag auf seinem frisch rasierten Gesicht, und sie sehnte sich danach, die Hand auszustrecken, ihn zu berühren. Wie leicht könnte sie einfach vergessen, dass er vorhatte, eines Tages weiterzureiten.

Ein wenig atemlos wandte Jessie den Blick ab. »Das klingt, als hättest du gut über alles nachgedacht.«

Chase schob den leeren Teller von sich. »Nun ja, so ungefähr die ganze Nacht.«

»Gut. Dann überlege ich mir, was noch alles erledigt werden sollte. Kann ich im Moment noch etwas für dich tun?«

»Nein, ich kriege wirklich nichts mehr runter.« Er stand auf und streckte sich. »Ich sehe jetzt mal nach den neuen Pferden und überprüfe, ob ich Sättel und Zaumzeug flicken muss.« An der Tür zog er seinen Mantel an. »Außerdem müssen die beiden bewegt und eingewöhnt werden. Ich bleibe ganz in der Nähe. Wenn du was brauchst, ruf einfach nach mir. Später können wir dann zusammen in die Stadt reiten und die Kinder holen.«

»Chase …«, begann Jessie, und er blieb stehen, gerade als er im Begriff war, die Tür zu öffnen.

Erwartungsvoll sah er sie an.

»Ich habe auch nachgedacht.«

Er zog die Brauen über den ausdrucksvollen Augen hoch. Sie machte sich bereit für eine scherzhafte Bemerkung, aber es kam keine.

»Ja?«, fragte er nach.

Nervös biss sie sich auf die Unterlippe. Letzte Nacht war ihr das Ganze wie ein guter Einfall erschienen, aber jetzt, da der Moment gekommen war, hatte sie Zweifel.

»Was wolltest du sagen?«

»Nun«, begann sie zögernd. »Du tust all diese Dinge für mich und die Kinder und …« Sie hielt inne.

Chase nahm die Hand von der Tür und wartete geduldig. »Mach es dir doch nicht so schwer, Jessie.«

»Gut, dann sage ich es einfach geradeheraus, so, wie du das immer hältst. Ich würde dir gerne auch einen Gefallen tun, im Gegenzug für deine Freundlichkeit. Ich möchte dir Lesen und Schreiben beibringen, wenn dir das recht ist.«

Ein Schatten huschte über sein Gesicht. Sie fürchtete, er werde einfach hinausstürmen, und die wunderschöne Freundschaft, die gerade zwischen ihnen entstand, wäre zerstört. Hätte sie nur ihren Mund gehalten!

Es verging eine gefühlte Ewigkeit, ehe er antwortete. »Ehrlich gesagt würde mir das sehr gut gefallen. Wenigstens meinen Namen möchte ich schreiben können.« Er lachte leise, und ihre Besorgnis war vergessen, als sie den zärtlichen Ausdruck in seinen Augen wahrnahm.

Am liebsten wäre sie zu ihm gelaufen und hätte sich ihm in die Arme geworfen. Stattdessen sagte sie aufgeregt: »Chase, das ist gar nicht schwer! Mit ein wenig Übung kannst du bald *alles* lesen.«

Nervös scharrte er mit der Stiefelspitze über den Boden, auf seinem Gesicht lag ein unsicherer Ausdruck. »Am besten, wir gehen die Sache langsam an.«

»Aber es stimmt. Und außerdem«, fügte sie atemlos hinzu, »bin ich eine wirklich gute Lehrerin. Den Kindern im Waisenhaus habe ich auch alles beigebracht. Du wirst schon sehen, es wird dir Spaß machen.«

Jessie setzte sich an den Tisch, um eine Liste zu erstellen. Sie war von einem solchen Glücksgefühl erfüllt, dass sie sich kaum konzentrieren konnte. Zuerst würde sie die Dinge aufschreiben, die Chase bereits erwähnt hatte. Das Scheunendach. Den Zaun. Und der Schornstein des Häuschens schien verstopft. Vielleicht würde er auch den in Ordnung bringen können. Dann noch das Dach, durch das es tropfte, und die wackligen Wände. Es gab so viel zu tun. Sie hatte überhaupt nicht bemerkt, wie heruntergekommen die Hütte inzwischen war. Meine Güte, wenn er ernsthaft vorhatte, alles Nötige zu reparieren, wäre er auf Jahre beschäftigt. Bei diesem Gedanken musste sie kichern. Sie würde sich sicher nicht beschweren.

Jessie verließ die Hütte und ging zum Holzstoß. Sie musste den Korb drinnen mit ein paar Scheiten auffüllen, damit sie über den Tag kamen. Den Rest konnte Gabe bei seiner Rückkehr erledigen. Chase war nirgends zu sehen.

Der durchdringende Schrei eines Blauhähers zerriss die Stille. Sie schaute um sich. Noch vor nicht allzu langer Zeit war es immer so gewesen wie in diesem Moment. Kein Chase, keine Kinder. Nur sie und die Elemente, tagein, tagaus.

Jessie warf einen Blick über die Schulter. Plötzlich verspürte sie ein nicht näher bestimmbares Unbehagen, und sie bekam Angst. Die feinen Härchen in ihrem Nacken stellten sich auf, weil sie das Gefühl hatte, als werde sie beobachtet. Als die Sonne hinter einer Wolke verschwand, durchlief Jessie ein Schauer. »Schluss damit! Stell dich nicht so an«, schalt sie sich und sammelte schnell ein paar Scheite zusammen.

In dem Augenblick, als sie hinter dem Holzstoß hervortrat, schoss eine Hand hervor und packte sie am Arm. Mit einem schrillen Schrei ließ Jessie das Holz fallen, während sie herumgerissen wurde.

»Ich hab's dir doch gesagt, Süße – wir beide sehen uns wieder.« Lonnie drückte sie mit dem Rücken gegen einen Baum, presste ihr alle Luft aus den Lungen. Mit dem Kopf prallte sie gegen den Stamm, sodass ihr Sterne vor den Augen tanzten. Das Atemholen tat weh, als sie versuchte, sich aus seinem Griff zu befreien. Bei ihren vergeblichen Bemühungen lachte er nur. Als er sie bei der Kehle packte, erschien ein Lächeln auf seinem Gesicht, und seine Augen glänzten siegesgewiss.

»Mich hat noch nie eine Frau ungestraft geschlagen«, behauptete er mit einem schmierigen Grinsen. »Hat ganz schön gedauert, bis dieser Cowboy endlich losgezogen ist.«

Jessie öffnete den Mund, um zu schreien, doch Lonnie presste ihr brutal eine Hand auf die Lippen. Ein Schluchzen stieg in ihr empor, schmerzhaft und heiß. *Luft! Ich kriege keine Luft!* Sie drehte den Kopf zur Seite. Unter dem Vordach lag Sarahs Puppe.

Jessie sammelte all ihre Kräfte, versuchte Lonnie wegzustoßen, kämpfte mit allem, was ihr zur Verfügung stand. Es gelang ihr, eine Hand zu befreien, und sie fuhr ihm mit den Fingernägeln durchs Gesicht, so fest sie nur konnte. Vier tiefrote Linien öffneten sich auf seiner Haut, von der Stirn bis zum Kinn.

»Aaahhh!« Sein Schmerzensschrei hallte in ihrem Kopf wider. Wenn sie ihm jetzt nicht entkommen konnte, würde er sie sicher umbringen. Er tastete nach seinem Gesicht, warf einen Blick auf die Hand. Beim Anblick des Blutes auf seinen Fingern verzerrte sich seine Miene zu einer Maske blinder Wut.

Verzweifelt trat Jessie mit aller Macht mit dem Stiefelabsatz nach seinem Fuß. Mühelos wich er dem Angriff aus, und sie fielen auf den kalten, harten Boden. Er griff ihr in den Ausschnitt und riss das Kleid vorn entzwei.

Kapitel 29

Der Stoff von Jessies Kleid gab nach. Die eisige Luft tat ihr auf der Haut weh, und die Steinchen auf dem Boden bohrten sich schmerzhaft in ihren Rücken. Sie wehrte sich weiter nach Kräften, wollte Lonnie um keinen Preis merken lassen, welche Ängste sie ausstand.

Plötzlich erklang eine Flut von Flüchen. Chase' wütender Blick war alles, was sie wahrnahm, als er Lonnie packte und ihn gegen eine Kiefer schleuderte, dass die Nadeln nur so auf die beiden Männer herabregneten. Mit fliegenden Fäusten schlug Chase auf Lonnies Gesicht und Oberkörper ein. Jessies Angreifer rammte dem Cowboy das Knie in den Magen, sodass dem kurzzeitig die Luft ausging und Lonnie sich losreißen konnte. Doch sofort war Chase wieder über ihm, und sie wälzten sich ineinander verkeilt über die Erde, bis sie zwei Meter weiter zum Stillstand kamen. Lonnies Hand landete auf dem Griff von Jessies Beil. Schnell packte er zu, doch Chase hielt seine Hand fest und entwand ihm das Werkzeug. Im nächsten Moment drückte er Lonnie die scharfe Klinge an die Kehle.

Entsetzt rang Jessie nach Luft. »Chase! Nein!«

Mit einem animalischen Knurren drehte er das Beil herum und versetzte Lonnie mit dem stumpfen Ende einen Schlag auf den Kopf, sodass dieser das Bewusstsein verlor.

Vergebens mühte Jessie sich, ihr zerrissenes Kleid zusammen-zuziehen, und sie konnte nicht aufhören zu zittern.

»Jess, du bist ja verletzt«, stieß Chase hervor, als er an ihre Seite eilte. »Mein Gott, deine Schulter!«

»Nein, alles in Ordnung.«

»Aber ...«

»Das sind alte Narben. Mir geht's gut, wirklich.«

Die Gewalt, die sie gerade erlebt hatte, schien in jede Faser ihres Körpers zu dringen. Lippen und Hals brannten von Lonnies Misshandlungen. Alles tat ihr weh. Ihre Augen füllten sich mit Tränen, liefen über.

Chase hob sie hoch und nahm sie fest in seine Arme. »Schhh, alles wieder gut«, flüsterte er ihr ins Ohr. Zärtlich zog er sie an sich, trug sie wie ein kleines Kind in die Hütte und legte sie behutsam aufs Bett.

Jedes Detail an Jessie brannte sich Chase ins Gedächtnis. Das Kleid zerrissen. Die Lippen blutig. Morgen würde sie von oben bis unten mit blauen Flecken übersät sein. In ihrem Haar klebten Blätter und Schmutz. Aber sie war am Leben. Nur das zählte. Er war unendlich erleichtert.

Stumm deckte er sie zu und setzte sich auf die Bettkante. Er konnte sich kaum vorstellen, welche Verwundung ihre Schulter so entsetzlich hatte entstellen können. Bei diesem Gedanken erbebte er innerlich.

»Bin gleich wieder da«, sagte er leise. »Ich muss draußen erst noch aufräumen.« Er strich ihr eine Haarsträhne aus dem Gesicht. »Kommst du einen Moment allein zurecht?«

Jessie lächelte, ahnte nicht, dass er so das Blut in ihrem Mund sehen konnte. Sie nickte. »Danke.«

Er war zu keiner Antwort fähig. Zu heftig waren die Gefühle, die in seinem Inneren tobten.

Als Chase in die Hütte zurückkehrte, hatte Jessie das ruinierte Kleid bereits ausgezogen und sich in eine warme Decke gehüllt. Einen Moment sah er zu, wie sie sich mit einem feuchten Lappen das Blut von Gesicht und Hals wischte, dann machte er ihr einen Tee. »War das der Mann aus dem Laden?«, wollte er wissen.

»Ja.«

»Lonnie.« Chase lief vor dem Feuer auf und ab wie ein Tier im Käfig. Lebhaft erinnerte er sich an jedes Detail ihres Berichts. »Hast du ihn vor jenem Tag schon jemals irgendwo gesehen?«

»Nein.« Jessie fasste sich an den Hals und betastete vorsichtig die dunklen Blutergüsse, die Lonnie dort hinterlassen hatte.

»Du hast erzählt, dass die Kerle zu zweit waren. Wer war der andere Mann?«, fragte Chase, der beim Anblick der Verletzungen, die Lonnie ihr zugefügt hatte, seine Wut nur mühsam im Zaum hielt.

»Sein Bruder, glaube ich. Er hat ihn mit Joe angesprochen.«

»Nathan hat nicht geraucht, oder?«

Verwundert über die seltsame Frage sah Jessie ihn an.

Chase hielt einen Zigarettenstummel hoch. »Den habe ich hinter der Scheune gefunden. Muss eine ganze Weile dort gelegen haben. Könnte der noch von Nathan stammen?«

Ihre Augen weiteten sich, und sie schüttelte den Kopf.

»Das hatte ich auch nicht angenommen. Sieht eher so aus, als wären Lonnie und Joe nicht zum ersten Mal hier gewesen, Jessie. Wer weiß, wie lange die schon da draußen herumgeschlichen sind.«

Jessie zog sich einen Stuhl heran und setzte sich langsam. Mit zittrigen Händen umfasste sie ihre Teetasse.

»Das ändert alles.« Jessie begriff es vielleicht noch nicht, aber sie befand sich in größerer Gefahr als jemals zuvor.

»Was meinst du damit?«

Frustriert fuhr sich Chase mit den Fingern durchs Haar. »Verstehst du denn nicht? Wenn wir Lonnie in die Stadt bringen, kommt er vor Gericht und wird wahrscheinlich gehängt. Du hast doch gesehen, was für ein Kerl er ist. Und sein Bruder steht ihm vermutlich in nichts nach. Er wird sich rächen wollen.«

Entsetzt schaute Jessie ihn an. »Sie werden ihn aufhängen, weil er mich verletzt hat?« Sie versuchte aufzustehen, doch Chase drückte sie behutsam zurück auf den Stuhl.

»Nein, nicht für das, was er dir angetan hat – obwohl mir das ganz recht wäre. Du weißt doch, der Reverend hat erzählt, dass drüben in Clancy vor kurzer Zeit ein Mädchen vergewaltigt und ermordet worden ist. Ich würde einen ganzen Monatsverdienst darauf verwetten, dass das diese beiden Brüder waren. Solche Banditen sind und bleiben böse.« Beim Gedanken, dass Lonnie seine gerechte Strafe erhalten würde, legte sich seine Wut etwas. »Man wird ihn vor Gericht stellen, ihn für schuldig befinden und aufhängen. Oder er kommt zumindest nach Laramie ins Gefängnis.«

Jessie trank einen Schluck Tee.

»Ich kann euch hier nicht allein lassen. Gabe würde sein Bestes geben, aber ich bin mir nicht sicher, ob er euch beide gegen solche Bastarde wie Lonnie und Joe verteidigen könnte.«

Jessie wollte protestieren, doch er hob die Hand, um sie zum Schweigen zu bringen. »Ich weiß, du willst hier nicht weg, aber du musst an Sarah denken. Was ihr widerfahren würde, wenn sie einem solchen Halunken in die Hände fällt … Vor allem einem, der auf Rache aus ist.«

»Aber wo sollen wir denn hin?« Aus ihrer Stimme klang Angst.

»Nach Logan Meadows, denke ich.«

»Logan Meadows?«, fragte Jessie überrascht. »Wie in ›Chase Logan‹?«

»Ja. Da komme ich her, aber der Ort heißt nicht nach mir. Es ist umgekehrt, ich habe mich danach benannt.«

»Oh.«

»Ich war noch sehr jung. Jeder kannte mich nur als Chase. Für die Arbeit als Cowboy habe ich mir ›Logan‹ als Nachnamen ausgesucht. Erstens war ich es leid, dass alle anderen Männer, mit denen ich geritten bin, einen hatten und ich nicht, und zweitens wollte ich den Namen der Stadt nicht vergessen, in der meine Ersparnisse auf der Bank liegen. Ich habe dir ja schon erzählt, dass ich da ein wenig Land besitze, dort aber nie gewohnt habe.« Schuldbewusst schob er den Gedanken von sich, dass die Ranch Molly gehörte. Ihm und Molly. »In Logan Meadows ist es genauso gut wie anderswo auch, und wir können in zwei Wochen dort sein.«

Jessie verspürte Aufregung und Nervosität zugleich. Der Gedanke an ein neues Zuhause war herrlich. Aber was würde dann aus Chase werden? Das alles gehörte schließlich ihm. Würde er einfach weiterreiten, sobald sie sich dort eingerichtet hatten?

»Aber es ist doch deine Ranch. Wir können sie dir nicht einfach wegnehmen, und am Ende stehst du mit leeren Händen da.«

»Wie gesagt, das Land gehört mir seit Jahren. Dort niederlassen konnte ich mich nie. Wenn du die Ranch erst mal gesehen hast, willst du vielleicht gar nicht bleiben. Ziemlich klein alles, und heruntergekommen. Im Vergleich dazu ist das hier ein Palast.«

Ob klein und heruntergekommen oder nicht, in Jessies Ohren klang es wundervoll. Es half nichts, sie fühlte Hoffnung in sich aufkeimen.

»Also gut«, erklärte sie und setzte sich auf. Bei der Vorstellung, irgendwo neu anzufangen … mit Chase … schlug ihr Herz einen Purzelbaum. »Wie geht es jetzt weiter?«

»Wenn wir heute in die Stadt reiten, um Sarah und Gabe zu holen, sollten wir uns nach den Dingen umsehen, die wir brauchen. Einen robusten Wagen, am besten einen Planwagen. Kleidung und warme Mäntel für die Kinder und für dich. Zwei zusätzliche Pferde haben wir schon. Die können den Wagen ziehen, Gabe wird die Zügel übernehmen, und ich reite auf Cody nebenher und passe auf.«

Ein Zuhause. Der Gedanke an ein neues Leben, woanders, fühlte sich an wie eine laue Frühlingsbrise, die Jessie am ganzen Körper liebkoste. Selig seufzend stellte sie sich vor, wie sie von einer frisch gestrichenen Veranda aus ihre Familie zum Sonntagsessen hereinrufen würde. Von einem Eckbalken würde eine Schaukel hängen, und rund um den Hof gäbe es einen schönen weißen Lattenzaun. Sie hätte Kartoffeln und Soße für alle, und ganz viel frischen Mais aus ihrem Garten auf dem Tisch. Und zum Schluss ein frisch gebackener Apfelkuchen im Küchenfenster, der nur darauf wartete, von ihnen verspeist zu werden.

»Jessie?« Chase' Stimme riss sie aus ihrem Tagtraum.

»Ja?«

»Jedes Mal, wenn ich deine geschwollene Lippe und die Blutergüsse an deinem Hals sehe oder auch nur daran denke, dass dieser Kerl dich angefasst, dich verletzt hat …« Er hielt inne, fuhr sich mit der Hand übers Gesicht.

Jessie stellte die Tasse auf den Tisch, streckte die Hand aus und strich ihm behutsam über die Wange. »In letzter Zeit ist viel geschehen, und vieles davon kann ich nicht einschätzen, aber einer Sache bin ich mir sicher«, erklärte sie ernst. »Wärst du heute nicht hier gewesen, wäre mir etwas Schreckliches zugestoßen. Vielleicht wäre ich sogar tot. Ich danke dir von ganzem Herzen.«

Er nahm Jessies Hand und drückte einen Kuss auf die Innenfläche. Dann legte er sie behutsam zurück auf den Tisch. »O Jess, als ich dich da so gesehen habe, dachte ich auch, du wärst tot. Ich hatte solche Angst um dich.« Er räusperte sich. »Zum ersten Mal in meinem Leben habe ich das Gefühl, etwas Gutes zu tun. Dir und der kleinen Sarah und sogar Gabe zu helfen, jetzt, wo ihr Hilfe braucht. Vielleicht kann ich damit all die Gelegenheiten wiedergutmachen …«, er holte tief Luft, »… bei denen ich andere im Stich gelassen habe.« Mit einem Finger fuhr er behutsam über ihre geschwollene Lippe und die dunklen Male, die ihre zarte Haut entstellten. »Das alles tut mir so leid.«

»Du bist derjenige, der mich gerettet hat, weißt du noch?«

»Ich wollte nur, ich wäre schneller da gewesen. Bevor er Gelegenheit hatte, dich zu verletzen.«

»So leicht gehe ich nicht kaputt. Bald bin ich wieder so gut wie neu. Ich hoffe nur, dass Sarah keine Angst bekommt, wenn sie mich heute sieht.«

»Ja. Daran habe ich auch schon gedacht«, erwiderte Chase. »Gabe werden wir die Wahrheit sagen müssen. Es hat keinen Sinn, ihn anzulügen, aber die Kleine braucht nichts Näheres zu wissen.« Er warf einen Blick zu der Truhe hinüber, in der Jessie ihre Sachen aufbewahrte. »Hast du vielleicht eine hochgeschlossene Bluse, mit Spitze oder so etwas?«

Jessie überlegte einen Augenblick. »Ja, eine. Mit der könnte es klappen.«

»Geht es dir denn überhaupt schon wieder so gut, dass du dich umziehen kannst?«

»Ja. Und je schneller, desto besser. Sarah und Gabe fehlen mir.«

Chase musste lachen. »Du hast die beiden doch nur einen Tag nicht gesehen. Du bist wirklich eine alte Glucke.«

»Chase Logan!« Jessie tat beleidigt. »Alt? Das verbitte ich mir.«

»Ach ja?«, gab er zurück und trommelte die Fingerspitzen aneinander. »Bisher konnte ich das Alter meiner Frau noch nicht in Erfahrung bringen.«

Jessie betrachtete ihn gründlich, als wolle sie herausfinden, ob er es ernst meinte. »An meinem nächsten Geburtstag werde ich neunzehn.«

Chase stieß einen überraschten Pfiff aus. »Für *so* alt hätte ich dich nicht gehalten. Das wird mich lehren, in Zukunft ein paar Fragen zu stellen, bevor ich wichtige Entscheidungen treffe.«

Ihrer Miene konnte er entnehmen, dass es Zeit wurde, den Rückzug anzutreten.

»Dann gehe ich jetzt und sattle die Pferde. Pack du ein paar Sachen zusammen und mach dich zurecht. Ich bin sicher, Sarah will dich genauso dringend sehen wie du sie.« Er stand auf. »Ach ja, falls es dich interessiert: Ich bin uralt – stolze sechsundzwanzig.«

Kapitel 30

Es kostete Chase viel Willenskraft, Jessie nicht anzustarren, wie sie da auf der kleinen braunen Stute saß, die sie »Cricket« getauft hatten. Sogar in ihrer merkwürdigen Kleidung und mit der Verletzung im Gesicht sah sie noch schön aus. Der blaue Mantel mit dem Fischgratmuster war ihr so viel zu groß, dass er sicher war, es müsse sich um ein Erbstück von Nathan handeln. Lonnie, gefesselt, geknebelt und über den Rücken des Schecken geworfen, hatte das Bewusstsein noch nicht wiedererlangt. Chase würde nicht zulassen, dass seine Frau ihren ersten Ausritt nicht genießen konnte, nur weil sie diesen Abschaum dem Sheriff übergeben mussten.

Meine Frau.

Der Gedanke sprengte seine Vorstellungskraft.

Meine mir rechtmäßig angetraute Gattin.

Da, schon wieder dieser gefährliche Gedanke. Er sollte besser aufpassen, dass er sich nicht daran gewöhnte.

Die Rüschen ihres Unterrocks bewegten sich im Wind, und ständig griff sie danach, um ihre wohlgestalten Beine wieder zu verhüllen. Chase war dankbar, dass sie nicht wie manch andere Frauen Hosen besaß. Er genoss den seltenen Anblick.

»Wie reitet sie sich?«, wollte er wissen und schaute zu Jessie hinüber.

»Sehr gut. Ich bin noch nicht besonders oft geritten, aber ich glaube, sie ist sehr gutmütig. Ich frage mich, ob sie weiß, wie nervös ich bin.«

»Ja, ganz bestimmt«, erwiderte Chase in sachlichem Ton. »Pferde spüren solche Dinge. Aber sie ist sanft und wird gut auf dich aufpassen, wenn du sie nett behandelst.«

»Das will ich versuchen«, erklärte Jessie aufrichtig. »Aber ich kenne mich mit Pferden kaum aus. Du wirst auf mich achten müssen und mir sagen, wenn ich etwas mache, das ihr wehtut.«

»Keine Sorge, Jessie«, sagte er und versuchte, das Lächeln zu unterdrücken, das er in den Mundwinkeln spürte. »Ich lasse dich keine Sekunde aus den Augen.«

Einige Minuten lang herrschte Schweigen, doch Jessie schien das nicht zu stören. Dann entschied sich Chase, ihr die Frage zu stellen, die ihm im Kopf herumspukte, seit sie ihm zum ersten Mal die Tür geöffnet hatte.

»Wie seid ihr eigentlich zusammengekommen, du und Nathan?« Als Jessie ihn überrascht ansah, fügte er rasch hinzu: »Ich meine, ihr beiden wart schon ein seltsames Paar, allein wegen des Altersunterschieds.« Er wollte den ungezwungenen Umgang nicht ruinieren, zu dem sie gefunden hatten, und schüttelte den Kopf. »Entschuldige, es geht mich ja eigentlich auch gar nichts an.«

»Nein, das ist schon in Ordnung. Ich denke, du hast dir ein Recht auf gewisse Fragen erworben. Immerhin hast du mir den Gefallen getan, mich zu heiraten.«

Geduldig wartete Chase ab. Er wollte Jessie nicht unter Druck setzen, auch wenn er ziemlich neugierig war.

»Mit sechzehn bin ich mit einer Gruppe Waisenkinder nach Wyoming gekommen. Das war das Alter, in dem man das Waisenhaus verlassen musste, wenn einen keine Familie adoptiert hatte. Mr Hobbs hat dann in Heimen in anderen Städten nach einem Platz für solche Kinder gesucht. Wenn daraus nichts wurde, musste man sich eine Anstellung in einem der Orte suchen, durch die wir gereist sind.«

Nervös klopfte Jessie ihrer Stute den Hals.

»Eine vierköpfige Familie auf einer kleinen Farm hat mich bei sich aufgenommen. Einige Meilen außerhalb eines Städtchens.

Erst sah es auch so aus, als würde alles gut werden. Ich habe Mrs Parks beim Kochen und Putzen geholfen und auf die zwei Kleinen aufgepasst. Als die Zeit zum Säen kam, bin ich Mr Parks auf dem Feld zur Hand gegangen.«

Chase lächelte ermutigend. Er wusste, wie schwer es ihr fallen musste, ihm ihre Geschichte zu erzählen.

»Dann war Mrs Parks wieder guter Hoffnung.« Jessie wurde tiefrot im Gesicht, und sie richtete den Blick starr nach vorn. »Die beiden anderen Mädchen waren noch so klein, und ich konnte mir einfach nicht vorstellen, wie sie das auf dem Feld schaffen sollte, in der Erntezeit, wo sie doch ein Kind bekommen würde.«

»Weiter«, forderte Chase sie harscher als beabsichtigt auf. Ihm gefiel die Wendung nicht, die diese Geschichte zu nehmen schien.

»An dem Abend, als Mrs Parks ihrem Ehemann erzählte, dass sie ein weiteres Kind erwartete, habe ich die beiden im Schlafzimmer streiten hören. Ich bin zu den Mädchen hinübergegangen und habe sie im Arm gehalten, denn sie konnten den Streit genauso hören. Wir hatten alle Angst. Ich habe mitbekommen, wie er sie geschlagen hat und wie sie weinte. Da bin ich zur Tür und habe angeklopft, aber es war abgeschlossen. Er hat mich angebrüllt, ich solle mich um meinen eigenen Kram kümmern. Am nächsten Tag hat sich Mrs Parks nicht wohlgefühlt und ist im Bett geblieben. Sie hat hohes Fieber bekommen. Ich habe alles versucht, was ich nur konnte, um ihr zu helfen. Aber das Fieber stieg einfach immer weiter, als würde sie von innen heraus verbrennen.«

Jessie sprach inzwischen im Flüsterton, und Chase musste sein Pferd näher zu ihr hinlenken, um sie noch verstehen zu können.

»Mr Parks hat mir nicht erlaubt, den Arzt zu holen, obwohl ich ihn angefleht habe. Er wusste, dass ich erzählen würde, was vorgefallen war.«

Auf Jessies Gesicht erschien ein Ausdruck tiefer Traurigkeit und großen Schuldbewusstseins. Sie sah auf und ließ den Blick über die Baumwipfel schweifen, als suche sie nach den richtigen Worten. Ein leichter Wind war aufgekommen und spielte mit einzelnen feinen Haarsträhnen.

»Sie hat das Kind verloren, und am nächsten Tag ist sie selbst gestorben. Die beiden Mädchen waren untröstlich, und ich hatte Angst, Mr Parks würde wütend werden und ihnen auch etwas antun.«

Chase vermochte einfach nicht zu begreifen, wie ein Mann sich dazu hinreißen lassen konnte, eine Frau oder ein Kind zu schlagen. Wie auch immer man die Sache betrachtete, es war einfach nicht richtig. Ein Mann, der Gefallen daran fand, Schwächere zu schlagen, war ein elender Feigling. Wie oft hatte er sich bremsen müssen, um nicht Männern gegenüber handgreiflich zu werden, die damit prahlten. Immer war ihm das nicht gelungen.

»Nach dem Begräbnis hat sich alles ein bisschen beruhigt. Mr Parks hat einfach weitergemacht, als wäre nichts geschehen. Als hätte er sie nicht umgebracht. Aber ich hatte immerzu Angst, er würde Hannah und Heather etwas tun. Die beiden haben sich so sehr bemüht, den Haushalt zu erledigen, sodass ich auf dem Feld mithelfen konnte, aber sie waren einfach zu klein und konnten nicht viel ausrichten. Dann hat er mich plötzlich … anders angeschaut.«

Ein Schauer überlief die junge Frau, und Chase wusste, dass das nichts mit der Kälte zu tun hatte.

»Ich fand das widerlich, also bin ich ihm so weit wie möglich aus dem Weg gegangen.«

Nur noch kurze Zeit, dann würden sie die Stadt erreichen. Chase brachte sein Pferd zum Stehen, und fragend sah Jessie ihn an.

»Lass dir Zeit mit deiner Geschichte. Wir haben es nicht eilig.« Er nahm sein Halstuch ab und lenkte Cody noch etwas näher an Cricket heran. Behutsam legte er den Stoff um Jessies Hals. »Außerdem glaube ich, ich werde zu nicht viel in der Lage sein, bis ich wirklich alles gehört habe.«

Sie nickte und fuhr fort: »Sehr bald hat er damit angefangen, mich anzurempeln oder anzufassen, ohne jeden Grund. Ich war noch jung, trotzdem wusste ich, was er wollte. Eines Abends, als er ziemlich viel getrunken hatte, habe ich die Kinder genommen und bin mit ihnen in die Stadt marschiert. Es gab da eine Dame, die freundlich zu mir gewesen war, also bin ich zu ihrem Haus gegangen und habe ihr erzählt, was Mrs Parks zugestoßen war und warum ich nicht länger auf der Farm bleiben konnte. Sie hat es dem Sheriff gesagt und mir versprochen, dafür zu sorgen, dass die Mädchen nicht zu ihrem Vater zurückmussten. Ich wollte die beiden nicht zurücklassen, aber in derselben Stadt wie Mr Parks konnte ich auch nicht bleiben.«

Die Tiere verharrten Seite an Seite, beide den gleichen Hinterhuf aufgestützt, als stünden sie schon jahrelang im selben Stall. Chase griff nach Jessies Hand und hielt sie fest. Sie machte keine Anstalten, sich ihm zu entziehen.

»Oh, Jessie, es tut mir so leid, dass du das hast durchmachen müssen. Diesem Mr Parks würde ich gern mal begegnen. Wie es ihm wohl gefallen würde, selbst mal ordentlich verprügelt zu werden?«

»So darfst du nicht reden, Chase. Böses lässt sich nicht mit Bösem vergelten.«

»Vielleicht nicht, aber ich würde mich danach sicher besser fühlen.« Unwillkürlich spannte er die Kiefermuskeln an, doch er zwang sich zur Ruhe. »Erzähl weiter«, forderte er Jessie sanft auf.

»Mrs Blackstone, die nette Dame, hat mir ein wenig Geld gegeben, nur so viel, dass ich es in die nächste Stadt schaffen konnte. Außerdem hatte ich von ihr den Namen einer Freundin bekommen, der eine Wäscherei gehörte. Sie sagte, die würde mir eine Stelle geben. Aber als ich dort ankam, war die Frau inzwischen gestorben. Geld hatte ich so gut wie keines mehr. Gerade genug für eine kleine Mahlzeit.«

Wieder hielt Jessie inne. Chase spürte, dass es etwas gab, was sie ihm lieber verschwiegen hätte.

»Mach dir keine Sorgen, Jessie. Es gibt nichts, was du mir erzählen könntest, wodurch ich schlechter von dir denken würde. Ich habe mein gesamtes Leben auf der Straße verbracht. Wenn du nur ein Viertel von dem wüsstest, was ich getan habe, um zu überleben, wärst du entsetzt.« Er hoffte, sie würde begreifen, was er ihr zu sagen versuchte. Worte hatten ihm nie gelegen, und er hatte sich auch nie bemüht, daran etwas zu ändern. Aber das hier war wichtig.

Sie holte tief Atem, und Chase wappnete sich. Er glaubte zu wissen, was Jessie ihm nicht sagen wollte. Obwohl er erklärt hatte, es würde ihm nichts ausmachen, gefiel ihm der Gedanke nicht, dass sie aus der Not heraus ihren Körper hatte verkaufen müssen.

»Ein paar Tage sind vergangen, und ich habe geschlafen, wo immer ich einen Platz finden konnte. Überall habe ich nach Arbeit gefragt, aber ohne Erfolg. Schließlich stand ich vor dem letzten Gebäude an der Hauptstraße. Es war ein Saloon, so einer, wo Männer hingehen, um Frauen zu treffen.«

Chase nickte, als sie so unschuldig ein Freudenhaus beschrieb.

»Ich wollte nicht hineingehen. Lange habe ich draußen gestanden und nur die Tür angestarrt. Schließlich kam eine Frau heraus und hat mich gefragt, ob ich Lust hätte, ihr Gesellschaft zu leisten. Etwas zu essen.«

Noch immer hielt Chase ihre Hand. Sanft strich er mit dem Daumen über ihre zarten Finger.

»Das habe ich dann auch getan. Mir war kalt, und ich war so hungrig. Tagelang hatte niemand mich auch nur angelächelt. Die Frau war freundlich, und obwohl sie eine … du weißt schon … war, schien sie mir helfen zu wollen. Nach einer warmen Mahlzeit und einem Bad hat sie mir ein paar saubere Sachen geliehen und meine in einen Eimer mit heißem Wasser gesteckt. Sie hieß Rosalind, aber der Mann, für den sie gearbeitet hat, nannte sie Sweet Rose – das hat sie gehasst. Er war dick und fett und roch nach Schweiß. Zu mir hat er gesagt, er hätte ein Zimmer für mich, wenn ich für ihn arbeiten wollte. Sein letztes Mädchen war ihm weggelaufen und hatte eine Wäscherei aufgemacht, war dann aber krank geworden und gestorben. Er meinte, das geschähe ihr nur recht, weil sie nicht hätte gehen dürfen.«

Jessie schaute zu Chase hoch. »Bist du sicher, dass ich zu Ende erzählen soll?«

Sein Magen krampfte sich zusammen, und er fühlte sich scheußlich. Er wusste, was nun kommen würde, aber es fiel ihm schwer, es zu glauben. Jessie wirkte so unschuldig, nicht die Sorte Mädchen, die Männer unterhalten würde. »Erzähl weiter.«

»Er hat gesagt, ich könne die Hälfte von dem Geld behalten, das ich verdiene. Damals klang das wie ein Vermögen für mich. Ich dachte, ich hätte keine andere Wahl.«

Mit einer bitterem Grimasse und einem Kopfschütteln fuhr Jessie in sarkastischem Ton fort: »Dann hat er mir eröffnet, ich könne gleich anfangen. Es sei ja Samstag, und es wäre sicher bald viel los.«

Chase schlug mit der Hand auf den Sattelknauf, sodass Cody einen erschrockenen Satz machte. Er schaute in die Ferne, mied ihren Blick. Bis hierher hatte er geglaubt, die Geschichte verkraften zu können, hatte zuhören wollen, damit sie alles loswerden konnte. Jetzt war er sich da allerdings nicht mehr so sicher.

»Genug davon. Den Rest willst du bestimmt nicht hören.«

»Doch. Erzähl zu Ende«, brachte er heraus.

»An jenem Abend habe ich Nathan kennengelernt. Er war mein erster Kunde. Er hatte eine Menge getrunken und hat mich ausgesucht, weil ich neu in dem Saloon war.«

Entschuldigend sah sie ihn an. »Ich war sehr nervös, aber Rosalind hat gesagt, ich solle mir keine Sorgen machen, Mr Strong sei ein netter Kerl. Er würde sanft sein, weil ich jung sei und so. Und er sei nicht der Typ, der mir wehtun würde. Wir sind nach oben gegangen, aber als er angefangen hat, sich auszuziehen«, hier errötete sie, »konnte er plötzlich nicht weitermachen. Er sagte, ich sähe zu sehr wie seine kleine Schwester aus. Die war von einem bösen Kerl ins Unglück gestürzt worden. Er wollte nicht, dass mir dasselbe passiert.«

Die Erinnerung zauberte ein schwaches Lächeln auf ihre Lippen. »Als ich ihm erklärte, mir bliebe nichts anderes übrig, sagte er, er würde mich am nächsten Tag mit in die Nachbarstadt nehmen, wo per Briefkontakt ein Treffen zwischen einer Gruppe lediger Frauen und heiratswilligen Männern arrangiert worden war. Er hatte gehört, dass da viel mehr Männer als Frauen hinwollten. Wenn ich einen Ehemann fände, müsste ich wenigstens nicht im Saloon arbeiten.«

Jessie wirkte ausgelaugt. Völlig erschöpft. Wahrscheinlich war dies das erste Mal, dass sie das alles jemandem erzählt hatte. Leise fuhr sie fort. »Natürlich habe ich dieses Angebot nur allzu gern angenommen. Wenigstens würde ich keine Prostituierte werden, auch wenn mich der Gedanke geängstigt hat, jemanden zu heiraten, den ich gar nicht kenne. Nathan hat für die ganze Nacht bezahlt, und am nächsten Tag bin ich mit ihm in die Nachbarstadt gefahren. Dort waren sieben andere Frauen, die Ehemänner finden wollen. Einige noch sehr jung, und zwei verwitwet. Eine Frau kam zu uns und fragte, ob jemand von uns irgendetwas Außergewöhnliches preiszugeben hätte, bevor jemand zustimmte, uns zu heiraten.«

Jessie konnte Chase nicht anschauen. Sie schwieg für mehrere Augenblicke. »Ich habe schlimme Verbrennungen auf dem Rücken. Du hast nur einen kleinen Teil davon gesehen. Das ist im Waisenhaus passiert. Es tut mir leid. Ich hätte es dir früher sagen sollen – vor unserer Hochzeit.«

»Das macht mir nichts aus, Jessie.« Chase war schockiert, dass etwas so Oberflächliches ihr solche Sorgen bereitete. »Sicher sieht es nicht so schlimm aus, wie du denkst.«

Sie schaute ihm fest in die Augen. »Doch, leider schon. Wie auch immer, als die Männer es gesehen hatten, wollte mich niemand mehr zur Frau. Ich blieb ganz allein auf der Bühne zurück. In jenem Moment hat Nathan gehandelt. Er hat behauptet, er sei selbst auf der Suche nach einer Frau, aber ich glaube, er hatte einfach nur Mitleid mit mir. Er war ein bisschen alt, nicht der Mann, den ich mir als Ehemann gewünscht hatte, aber er war gepflegt und freundlich, und er hatte ein gütiges Gesicht.«

Jessie lächelte. Mit einem gewissen Stolz erklärte sie: »Also war ich nur einen Tag lang im horizontalen Gewerbe tätig. Noch am gleichen Abend hat ein Friedensrichter uns getraut.«

Chase verspürte eine solche Erleichterung, dass er glaubte, er sei gestorben und in den Himmel gekommen. Sie hatte nicht mit verschwitzten, betrunkenen Männern das Bett teilen müssen. Er war glücklich, euphorisch, außer sich vor Freude. Und er verspürte große Dankbarkeit gegenüber Nathan, weil dieser Jessie das Leben gerettet hatte.

Chase schlang die Arme um seine Frau und zog sie dicht zu sich heran. Um nicht das Gleichgewicht zu verlieren, griff sie mit beiden Händen nach seiner Jacke. Dabei berührten ihre Lippen fast die seinen.

»Ich hoffe, es macht dir nichts aus, aber ich würde meine Frau jetzt gern küssen. Das bedeutet nichts weiter, als dass ich froh bin, dass deine Geschichte so gut endet. Und dankbar, dass mein guter Freund Nathan dir in der Stunde der Not beigestanden hat. Irgendwelche Einwände, Mrs Logan?«

Sie schüttelte den Kopf.

»Übrigens«, flüsterte er ganz nah an ihrem Mund, »hättest du mich nicht ganz so lange auf glühenden Kohlen sitzen lassen müssen.«

Er zog sie noch näher zu sich heran und atmete ihren süßen Duft ein, den Duft, der seit der ersten Nacht in ihrer Hütte seine Träume erfüllt hatte. Ihr Haar kitzelte ihn im Gesicht, und sein Lächeln erlosch. Ganz sanft streifte er ihre Lippen.

Jessie zuckte zusammen, als er dabei die aufgeplatzte Stelle berührte, und er lehnte sich gerade weit genug zurück, dass er ihr in die Augen sehen konnte.

»Ich wollte, ich wäre früher da gewesen. Bevor er Gelegenheit hatte, dich zu verletzen.« Mit den Fingern fuhr er ihr sanft von der Schläfe bis zum Kinn. »Oh, Liebling«, sagte er, als er das Gesicht dicht an ihres brachte und seine Wange an ihre schmiegte.

Noch nie hatte er sich von jemandem so stark angezogen gefühlt. Nicht einmal von Molly, die er mit jeder Faser seines Wesens geliebt hatte. Im Vergleich mit Jessie schien selbst ihr Bild zu verblassen.

Diese Frau war einfach ... anders. Sie berührte sein Herz auf eine Weise, die er nie für möglich gehalten hätte. Brachte ihn dazu, sich nach so viel mehr im Leben zu sehnen. Nicht nur nach körperlicher Nähe – wobei er zugab, dass er immer öfter auf diese Weise an sie dachte. Vor allem aber ging es um die Güte, die sie ausstrahlte. Darum, das zu tun, was richtig war. Opfer zu bringen. Da war etwas tief in ihren Augen, das er nicht beschreiben konnte.

Unschuldig wandte sie ihm die andere Wange zu, und zärtlich legte er seine darauf.

»Oh, Chase«, hauchte sie, und er spürte ihren warmen Atem im Gesicht. »Das fühlt sich so wunderbar an.«

In diesem Moment schob Cricket ihr Maul ganz nah an das von Cody und gab ein ohrenbetäubendes Wiehern von sich. Sie legte die Ohren an und sprengte davon, sodass ihre Reiterin beinahe von ihrem Rücken fiel. Hastig klammerte Jessie sich am Sattelknauf fest, fand das Gleichgewicht wieder und griff nach den Zügeln.

»Chase!«

»Alles okay. Zieh einfach an den Zügeln. Ganz ruhig.«

Jessie hob eine Hand und bedeutete ihm, dass alles in Ordnung war, doch sie sagte kein Wort.

»Hast du deine Zunge verschluckt?«, neckte er sie.

Unruhig rutschte sie im Sattel herum.

»Kommt mir beinahe so vor«, bemerkte Chase und trieb sein Pferd an. »Sehen wir zu, dass wir in die Stadt kommen.«

Kapitel 31

Sobald sie den Laden betraten, begutachtete Mrs Hollyhock misstrauisch Jessies Verletzungen, um sich dann Chase zuzuwenden – sichtlich bereit, sich auf ihn zu stürzen.

»Es ist nicht so, wie Sie denken«, erklärte der und hob abwehrend die Hände.

»Dann erklären Sie, wie es ist«, fauchte die alte Matrone, und ihre Augen blitzten vor Zorn. »Und zwar zügig.«

»Chase war das nicht«, meldete sich Jessie zu Wort. »Sondern dieser Kerl, der vor ein paar Tagen hier im Laden Ärger gemacht hat.«

Mrs Hollyhock schnappte nach Luft und bedeckte erschrocken mit einer Hand den Mund. »Dieser hitzköpfige Taugenichts? Ich hatte gehofft, er hätte längst die Stadt verlassen. Wo ist er jetzt?«

»Draußen, und zwar gefesselt. Gibt es hier in der Stadt ein Gefängnis?«, erkundigte sich Chase.

Offenbar hatte sie Jessies Stimme gehört, denn Sarah kam ins Zimmer gerannt und warf sich ihrer Adoptivmutter in die Arme. Sie schien viel zu interessiert daran, mit den Knöpfen an Jessies Bluse zu spielen, als dass sie dem Gespräch zugehört hätte.

»Kein Gefängnis, aber wir benutzen Martha Bindles Eishaus.« Mrs Hollyhock untersuchte ausführlich Jessies Gesicht, während sie sprach. »Da wird er eingesperrt, bis ihn jemand nach Clancy bringen kann. Es ist drüben hinter dem Mietstall. Aber jetzt koche ich dir erst mal eine schöne Tasse Hagebuttentee, damit sich die Wunde an deiner Lippe nicht entzündet, Kind.«

Die alte Frau eilte zum Herd. Von dort rief sie herüber, dass Gabe zusammen mit Jake losgezogen sei. Gegen zwölf Uhr hatten sie sich auf den Weg gemacht und mussten jeden Moment zurückkommen. Jessie, die Jake kannte, war froh darüber, dass er und Gabe sich angefreundet hatten.

»Ihr kommt zurecht?«, wandte sich Chase an Jessie. Ihm schien nicht ganz wohl dabei zu sein, sie allein zu lassen.

»Natürlich. Du liebe Güte, Chase, so viel Aufhebens hat noch nie jemand um mich gemacht. Beeil dich lieber. Gabe wird bald zurück sein und sich wundern, wo du steckst.«

Zögernd ging Chase in Richtung Tür. »Ich bin sofort wieder da.«

Schon als er den ersten Fuß nach draußen setzte, vermisste Jessie ihn.

Fühlten sich denn alle Verliebten so? Nein, unmöglich. Es gab keinen Mann, der so wunderbar war wie Chase. Er sah so gut aus, dass ihr die Luft wegblieb, sobald er auch nur in ihre Richtung schaute. Tatsächlich war sie nach ihrem Beinahe-Kuss auf dem Weg in die Stadt so überwältigt von seiner Gegenwart gewesen, dass sie kein Wort mehr herausgebracht hatte. Es war, als sei all die Liebe aus ihrem Herzen emporgestiegen und schnürte ihr die Kehle zu.

»Und …?«, fragte Mrs Hollyhock, als sie Jessie eine Tasse Tee reichte. Der Duft war wunderbar fruchtig und vermischte sich mit den anderen köstlichen Gerüchen im Laden.

»Was denn?«, erwiderte Jessie, obwohl sie genau wusste, worauf ihre Freundin anspielte.

»Wie ist es letzte Nacht gegangen zwischen dir und deinem Ehemann?« Ihre kleinen Augen glitzerten erwartungsvoll.

»Alles wunderbar«, erklärte Jessie, die nicht wusste, was sie sonst hätte sagen sollen.

»Was soll das heißen, alles wunderbar? Habt ihr die Ehe vollzogen?«

»Mrs Hollyhock!«, rief Jessie empört aus. »Darüber möchte ich wirklich nicht sprechen.« Sie setzte Sarah ab und zeigte der Kleinen eine Schachtel mit Knöpfen, die auf einem der unteren Regalbretter stand, damit die Kinder im Laden eine Beschäftigung hatten.

»Unsinn, Mädchen. Wie sonst sollt ihr jungen Dinger von der Weisheit von uns Älteren profitieren, wenn wir nicht miteinander über solche Dinge reden? Glaub mir, das machen alle so.«

»Ich war schon einmal verheiratet und weiß alles, was es zu wissen gibt«, log Jessie.

»Das ist aber nicht ganz dasselbe. Nathan war ein alter Mann, Mr Logan ist jung und gesund und, wenn ich das sagen darf, im besten Mannesalter. Wenn du es richtig anstellst, wird er dich sicher sehr glücklich machen.« Mrs Hollyhock strahlte geradezu vor Freude. »Nun werd doch nicht gleich rot, sonst muss ich noch annehmen, dass du unberührt bist.«

»Ich werde überhaupt nicht rot. Das liegt an dem heißen Tee, den Sie mir da gegeben haben. Und ich weigere mich, diese Unterhaltung weiterzuführen«, stieß Jessie mit dünner Stimme hervor. Schon die Vorstellung, zusammen mit Chase im Bett zu liegen, reichte beinahe aus, um sie aus der Fassung zu bringen.

»Sorge dafür, dass du immer für ihn bereit bist. Du musst dich unbedingt vor dem Schlafengehen immer ein wenig frisch machen, wenigstens eine kleine Katzenwäsche. Mr Logan macht einen so gesunden Eindruck, da bin ich sicher, er wird jeden Abend seinen ehelichen Pflichten nachkommen wollen. Zumindest am Anfang.«

Jeden Abend! Du lieber Himmel. Taten das wirklich alle Ehepaare? »Mrs Hollyhock, bitte, das ist nicht nötig.«

»O doch. So verschämt, wie du hier gerade herumdruckst, ist mir schon klar, dass ihr nicht voller Wonne übereinander hergefallen seid – und das soll sich ändern, wenn die Sonne heute Abend untergeht.«

»Sie wissen doch, ich habe gerade die monatliche Heimsuchung«, beeilte Jessie sich ihre Freundin zu erinnern. »Chase war ganz Gentleman, als er es bemerkt hat. Und wenn alles vorbei ist, bin ich sicher, dass wir schon selbst herausfinden können, was es herauszufinden gibt.«

Ungläubig schaute Mrs Hollyhock der Salbe aus Zinnkraut auf, die sie gerade zubereitete. »Das ist doch aber kein Grund dafür, dass gar nichts passiert. Zumindest bei einem Mann wie deinem kann ich mir nicht vorstellen, dass ihm das so einen Dämpfer versetzt.«

»Er hat Rücksicht auf meine Gefühle genommen. Das kann ich ihm wohl kaum zum Vorwurf machen.«

»Nein, Jessie, das wohl nicht. Aber wenn es irgendwas gibt, das du mich mal fragen willst, immer raus damit.«

Mrs Hollyhock reichte ihr die zähe Paste, die sie hergestellt hatte. »Fast hätte ich es vergessen. Ich hab noch was für dich. Ich hätte es ja vorgestern schon mitgebracht, aber da wusste ich schließlich noch nicht, dass deine Heirat ansteht.«

Sie zog eine kleine Schachtel unter der Theke hervor und überreichte sie Jessie mit einem Lächeln. »Ein Hochzeitsgeschenk.«

»Mrs Hollyhock, das kann ich nicht annehmen«, wehrte Jessie ab und versuchte ihr die Schachtel zurückzugeben. In ihr wallten die Gefühle auf, und fast wären ihr die Tränen gekommen.

»Natürlich kannst du. Und du wirst. Los jetzt, mach es auf.«

Jessie wickelte das Geschenk so vorsichtig aus, als sei es aus gesponnenem Gold. Nicht einen Knick oder Riss machte sie in das zweckmäßige braune Papier.

Als sie den Deckel öffnete, hielt sie den Atem an. »Wie schön.« Sie konnte nichts erkennen außer blassgoldener Spitze, herrlich glänzend wie Sonnenstrahlen, die an einem klaren Himmel über eine Bergkette fielen.

»Nimm es raus. Lass uns schauen, ob es passt.«

Ob es passt? Es sieht aus wie ein Schal. Vorsichtig hob Jessie das zarte Gewebe hoch, sorgsam darauf bedacht, es nicht kaputtzumachen. Es war winzig. Aber was war es eigentlich genau? Sie konnte es nicht sagen.

Als sie Jessies verwirrte Miene sah, musste Mrs Hollyhock lachen. »Es ist eine dieser Unaussprechlichen, die sie im Saloon tragen. Ich dachte, deinem Mr Logan würde so was gefallen. Danach sieht er mir jedenfalls aus.«

Jessie schaute völlig entsetzt drein, und als sie endlich die Sprache wiedererlangt hatte, fragte sie: »Mrs Hollyhock, wo haben Sie nur so ein Kleidungsstück aufgetrieben?«

»Hin und wieder bestelle ich diese Dinger bei einer Näherin drüben in Clancy. Die Mädchen im Saloon schwören darauf. Sie haben einen beachtlichen Verbrauch.« Mrs Hollyhock bekam das Grinsen nicht aus dem Gesicht. »Nichts vermag einem Mann mehr das Gefühl von Männlichkeit zu vermitteln, als wenn seine Frau ein wenig Spitze trägt.«

Misstrauisch betrachtete Jessie das glänzende Etwas. Sie würde sich nie trauen, so etwas anzuziehen.

»Wie ich sehe, hast du schon ein paar Ideen für mein Geschenk«, bemerkte Mrs Hollyhock mit einem wissenden Lächeln. »Ich hoffe, ihr könnt ihm beide etwas abgewinnen.«

Von draußen erklangen laute Stimmen und Schritte auf den hölzernen Planken, und vorsichtig legte Jessie das Geschenk zurück in die Schachtel, schloss den Deckel und verbarg sie in ihrem Mantel.

Im selben Augenblick platzten Gabe und Jake in den Laden, lachend und in eine Unterhaltung vertieft.

»Jessie!«

»Hallo, Gabe. Wie geht es dir?«

»Gut, danke. Jake hat mir ein bisschen was von der Stadt gezeigt. Ihr kennt euch, oder?«

»Stimmt genau. Und wie geht es dir, Jake?« Jessie bemühte sich, den Jungen möglichst wenig von ihrem Gesicht zu zeigen, indem sie die malträtierte Seite von den beiden abwandte.

Jake lief feuerrot an, und unbehaglich trat er von einem Bein aufs andere. »Gut, Mrs Strong. Ich meine, Mrs Logan. Es tut mir sehr leid, dass Mr Strong gestorben ist – und herzlichen Glückwunsch zu Ihrer Hochzeit.«

Ironischerweise machte seine Verlegenheit alle anderen etwas weniger nervös, und schließlich brachen sie in lautes Gelächter aus.

Jake kratzte sich einen Moment lang am Kopf, dann grinste auch er.

»Danke sehr, Jake. Das ist sehr freundlich von dir.« Jessie nippte an ihrem lauwarmen Tee und schaute aus dem Fenster. Da fiel ihr etwas Blaues ins Auge.

Chase kam den Bürgersteig entlang, mit großen, ausgreifenden Schritten, dass seine Sporen nur so klirrten. An seinem Arm hing Beth Fairington, die sich bemühte, mit ihm Schritt zu halten.

Chase wirkte nicht gerade gut gelaunt.

Ohne Luft zu holen, redete die Frau auf ihren Begleiter ein. Doch was sie sagte, schien ihn nicht besonders zu interessieren.

»Ach du liebe Zeit.« Jessie versuchte ein Lächeln zu unterdrücken. Beth stellte ihre Geduld bei jeder Begegnung auf eine harte Probe. Sie war ein gemeiner Mensch, und der Himmel allein wusste, wie Mrs Hollyhock den ganzen Tag lang ihr Jammern und Klagen ertrug.

Vor der Ladentür blieben die beiden stehen und sprachen über etwas. Jessie hätte eine Menge darum gegeben, die Unterhaltung hören zu können. Es sah aus, als versuche Chase, die Frau loszuwerden, aber das wollte sich Beth nicht gefallen lassen.

Stattdessen reckte sie sich und strich Chase den Kragen zurecht.

Der funkelte sie wütend an.

Dann öffnete sich die Tür, und Beth betrat das Geschäft. Gleich hinter ihr kam Chase herein.

»Violet, schau doch nur, wer mir am Mietstall begegnet ist. Mr Logan«, flötete sie.

In der kalten Luft hatten sich auf ihren bleichen Wangen große rote Flecken ausgebreitet.

»Er hat mich durch die ganze Stadt begleitet.«

Chase sah aus, als bereite ihm die Erinnerung daran körperliche Schmerzen, doch er schwieg.

Suchend sah er sich im Raum um. Hielt er womöglich nach ihr Ausschau? Ein warmes, wohliges Gefühl breitete sich in Jessie aus.

Gerade als er sich ihr zuwandte, sprang Sarah auf und zupfte scheu an seinem Hosenbein. Jessie wusste, dass das kleine Mädchen seinen ganzen Mut hatte zusammennehmen müssen, um in Anwesenheit der fremden Frau auf Chase zuzugehen.

»Da bist du ja, mein Sonnenschein.« Der gequälte Ausdruck auf seinem Gesicht verwandelte sich in Freude. Er beugte sich zu dem kleinen Mädchen hinunter und kitzelte es unter dem Kinn. Schüchtern lächelte sie zurück und wand sich verlegen.

Beth schien nicht gerade erfreut darüber, die Aufmerksamkeit des Mannes mit jemandem teilen zu müssen, auch wenn es sich dabei nur um ein Kind handelte.

Für Jessie war der freudige Glanz in Chase' Augen Beweis genug, dass er das kleine Mädchen ebenso liebte, wie sie es tat.

Seit Beth den Laden betreten hatte, waren die beiden Jungen verdächtig still.

Jetzt trat die Frau näher an Chase heran und sagte in künstlichem Flüsterton, sodass Jessie und alle anderen im Raum es hören konnten: »Mr Logan, Sie sollten besser darauf achten, mit wem sich Ihre Familie abgibt.« Sie wies auf Jake. »Sonst schnappen sie noch schlechte Angewohnheiten auf und holen sich wer weiß was sonst noch.« Geziert bedeckte sie Nase und Mund mit ihrem Taschentuch.

Jessie schloss die Augen, atmete tief durch und zählte innerlich bis zehn.

Sie kannte Jake seit ihrem ersten Tag in Valley Springs. Immer höflich, hilfsbereit und fleißig war der Junge. Jetzt blutete ihr seinetwegen das Herz. Am liebsten wäre sie vorgesprungen und hätte Beth die Augen dafür ausgekratzt, dass sie so niederträchtig und verleumderisch über ihn redete. Aber das ging nicht, das wusste Jessie.

Sie stellte ihre Tasse auf dem Fass in der Sitzecke ab und trat auf die kleine Gruppe zu.

»Hallo, Jessie.« Beth wirkte nicht eben erfreut darüber, sie zu sehen. »Ich wusste gar nicht, dass du auch in der Stadt bist.«

»Guten Tag, Beth. Wie ich sehe, hast du meinen Mann und meine neue Familie schon kennengelernt.« Es wäre so einfach gewesen, der anderen jetzt wehzutun. Ihr unter die Nase zu reiben, dass sie eine alte Jungfer war und das aller Voraussicht nach auch für immer bleiben würde. Stattdessen umarmte Jessie die Rivalin voller Herzlichkeit. »Schön, dich zu sehen.«

Die freundliche Behandlung verschlug Beth fast die Sprache. »Nun ja, in der Tat«, antwortete sie zögernd, während sie gründlich das Gesicht ihres Gegenübers musterte. Dann den Hals.

Und der Unmut in ihrer Miene wich genüsslicher Schadenfreude.

Kapitel 32

»Um Gottes willen, Jessie. Was ist denn nur mit deinem Gesicht passiert?« Beth streckte die Hand aus, als wolle sie Jessies Wange berühren. »Mr Logan ist wohl ziemlich temperamentvoll, was?«, säuselte sie hinter ihrem Taschentuch.

Auch die Jungen traten näher heran, um zu sehen, wovon Beth sprach. Bestürzung und Entsetzen malten sich auf ihre Gesichter.

»Beth!«, rief Mrs Hollyhock empört.

Chase machte einen Schritt auf die Frauen zu und schlang einen Arm um Jessie, um sie an sich zu ziehen. »Nein, Miss Fairington, meine frischgebackene Ehefrau sagt mir in jeder Hinsicht zu. Sie dagegen ....«

»Also wirklich ...« Einen Moment lang verschlug es ihr die Sprache. »Ich muss doch sehr bitten!« Vor Entsetzen blieb ihr der Mund offen stehen.

»Sie können bitten, bis Sie schwarz werden, es wird nicht helfen.« Nicht die geringste Regung klang aus Chase' kühlem Ton.

»Am besten den Mund wieder zumachen, sonst kommen noch Fliegen rein«, riet Jake. Gabe versetzte ihm einen Rippenstoß, und beide Jungen mussten lachen.

Mrs Hollyhock schaute zwischen Jake und Beth hin und her, als könne sie sich nicht entscheiden, wessen Partei sie ergreifen sollte. »Jake, etwas mehr Respekt. Entschuldige dich auf der Stelle.«

Er scharrte mit der Stiefelspitze über den Boden. »Verzeihung.«

Beth gab sich geschlagen und wandte sich ab. Über die Schulter sprach sie mit Mrs Hollyhock, ohne die anderen Anwesenden eines Blickes zu würdigen.

»Ich komme heute nicht zur Arbeit, Violet. Kopfschmerzen. Schick mir Virgil mit etwas Tee und Brot vorbei.«

»Ist gut, meine Liebe. Ruh dich ein wenig aus«, gab Mrs Hollyhock zur Antwort.

Sobald sich die Tür mit einem Knall hinter Beth schloss, kam Gabe zu Jessie gestürzt, um sich ihr Gesicht anzusehen. »Was ist passiert, Jessie?«

»Heute Morgen hat ein Mann Jessie bei der Hütte angegriffen«, erklärte Chase im Flüsterton. Jessie ging davon aus, dass er aus Rücksicht auf Sarah so leise sprach. »Es war Lonnie.«

»Lonnie«, rief Jake. »Das ist doch der Kerl, nach dem Sie neulich im Saloon gesucht haben.«

»Und jetzt? Er ist doch nicht etwa entkommen, oder?«, wollte Gabe wissen.

»Wenn der noch auf freiem Fuß ist ...«, bemerkte Jake.

»Nein, Jungs, Chase hat sich der Sache angenommen, Gott sei Dank. Lonnie ist im alten Eishaus eingesperrt und kann niemandem mehr etwas tun«, erklärte Jessie und zwang sich zu einem Lächeln. »Und er sieht deutlich schlimmer aus als ich.«

»Gut so!«, erklärten Jake und Gabe im Chor.

Chase wandte sich ihr zu. »Hast du es Mrs Hollyhock schon gesagt?«

Bei der Aussicht auf Neuigkeiten horchte die alte Frau sofort auf.

»Nein. Ich wollte auf dich warten.«

»Was gibt's? Raus damit.«

»Wir verlassen die Stadt, Mrs Hollyhock. Chase besitzt ein Stück Land westlich von hier. Man braucht etwa zwei Wochen dorthin.«

Mrs Hollyhock hatte es die Sprache verschlagen. Jessie begriff, dass ihre Freundin damit nicht gerechnet hatte. »Land? Was denn für Land?«, brachte die alte Frau schließlich heraus.

»Das Haus ist nicht groß und schon ziemlich alt, aber die Lage ist gut. Hier irgendwo läuft immer noch Lonnies Bruder herum. Ich will nicht, dass er Jessie oder den Kindern aus Rache etwas antut.«

»Warum hast du denn davon noch gar nichts gesagt?«, wollte Mrs Hollyhock misstrauisch wissen. Sie kam zu Jessie herüber und nahm sie beim Arm, als könne sie damit ihren Aufbruch verhindern.

»Sie haben nicht danach gefragt.«

Jessie fürchtete, Mrs Hollyhock werde in ihr altes Muster verfallen und einen Streit mit Chase vom Zaun brechen.

»Tja, ich halte das aber für gar keine gute Idee. Ich dachte, ihr würdet hierbleiben.« An ihrer Miene war abzulesen, wie ihr eben erst dämmerte, dass der Cowboy als Jessies Ehemann jedes Recht hatte, sie mitzunehmen, wohin es ihm gefiel.

»Es ist schon in Ordnung, Mrs Hollyhock«, versuchte Jessie, die besorgte Ladenbesitzerin zu beruhigen. »Es wird bestimmt alles gut gehen. Und ich schreibe Ihnen jeden Monat einen Brief.«

»Das ist doch nicht dasselbe. Du brauchst jemanden, der sich um dich kümmert, um dich und die Kinder.«

Jessie musste schlucken. Das hier gestaltete sich schwieriger, als sie es sich vorgestellt hatte. »Wir haben doch jetzt Chase – und Gabe«, fügte sie rasch hinzu. »Vielleicht können Sie uns ja auch einmal besuchen. Zum Beispiel nächsten Frühling, das wäre doch der perfekte Zeitpunkt für eine Reise.«

»Wann wollt ihr denn los?«

Chase sah tatsächlich ein wenig betroffen aus, als er begriff, dass es der armen Frau das Herz brach. »Sobald ich alles beisammen habe, was wir brauchen. In zwei Tagen, vielleicht drei.«

»Hmpf«, entgegnete Mrs Hollyhock. »Damit hab ich nun wirklich nicht gerechnet. Aber gut«, erklärte sie und streckte die Hand aus. »Sicher haben Sie eine Liste mit den Dingen mitgebracht, die Sie brauchen werden. Da fange ich am besten gleich an.«

Die nächsten drei Tage vergingen wie im Flug. Alle waren damit beschäftigt, die Dinge aufzutreiben, die sie für die Reise und für das neue Haus benötigten. Chase hatte Glück und fand einen Planwagen – nicht in der Größenordnung, wie sie bei den langen Trecks zu sehen waren, aber genau richtig für ein Gespann aus zwei Pferden. Er freute sich über seinen Erfolg. Der Wagen war in gutem Zustand und groß genug, dass vier Personen darin übernachten konnten. Auch wenn er selbst das nicht vorhatte. Solange kein Schnee lag, würde er unter dem Wagen schlafen. Und dann war der Tag des Aufbruchs gekommen.

»Bist du nicht traurig, diesen Ort zu verlassen?«, wollte Chase von Jessie wissen, als sie zum letzten Mal vom Hof rollten. Sarah war hinten im Wagen und spielte auf einer der Decken, während Gabe auf Cody neben ihnen herritt. Chase hatte als Erster den Wagen lenken wollen, um sicherzugehen, dass sie mit den Pferden keine bösen Überraschungen erlebten.

»Doch. Aber zugleich auch nicht«, erklärte Jessie ernst. »Ich bin aufgeregt, weil wir woanders hingehen. Weil ein neues Kapitel meines Lebens beginnt. An dieser Hütte hänge ich nicht, aber ...« Sie wandte sich um, um noch einen letzten Blick darauf zu erhaschen, bevor sie hinter dem Hügelkamm verschwinden würde. »Es tut mir leid, dass Nathan sterben musste. Er hat sein Bestes für mich getan, und wie du schon gesagt hast – wäre ich ihm eine bessere Ehefrau gewesen, wäre er heute vielleicht noch am Leben.«

Chase wandte den Blick von der Straße und schaute Jessie an. Ihm war nicht bewusst gewesen, dass seine im Zorn gesprochenen Worte sie so tief getroffen hatten. »Es tut mir leid, dass ich das gesagt habe. Ich bin sicher, Nathan wäre hiergeblieben, wenn er das gewollt hätte. Manchmal haben Männer Gründe für das, was sie tun, die niemand außer ihnen versteht.«

»So wird es wohl sein. Ich hoffe, du hast recht.« Sie zuckte die Achseln. »Ich wüsste gern, wer sich als Nächstes hier niederlassen wird? Mr Blackmon, der Vermieter, ist letztes Jahr gestorben, und wir sind einfach geblieben, auch wenn wir nicht wussten, wem wir das Geld hätten geben sollen. Vielleicht zieht ja eine Familie ein, dann müssen sie anbauen. Andererseits war es so eng nun auch wieder nicht.«

»O doch.« Chase zog die Bremse an, als sie einen kleinen Hügel hinabrollten. Sie quietschte so laut, dass er das Gesicht verzog. »Erinnere mich heute Abend daran, das Ding zu ölen.« Diese Reise würde er nicht überstehen, wenn er jeden Tag dieses grässliche Geräusch hören müsste. Es machte ihn ganz nervös. Jessie trug ihren neuen Mantel und die Handschuhe mit dem Fellbesatz. Er hatte viel Zeit darauf verwendet, sicherzustellen, dass alle von ihnen warme Kleidung und ein neues Paar Stiefel besaßen. Jessies altes Paar war restlos durchgelaufen gewesen, sodass er sie genötigt hatte, es wegzuwerfen. Wie sie da so neben ihm saß, sah sie bildhübsch aus.

»Mrs Hollyhock hat unser Abschied ziemlich zugesetzt«, bemerkte sie jetzt. »Es war schlimm für mich, sie so aufgewühlt zu sehen, und das in ihrem Alter. Ich hoffe, sie kommt zurecht, wenn wir weg sind.« Jessie wickelte sich fester in die Decke, die über ihre Beine gebreitet lag. Es wehte ein kalter Wind, und bei jedem Wort, das sie sprach, trat eine kleine Atemwolke aus ihrem Mund.

»Hast du es auch warm genug?«, erkundigte er sich.

»Mhm. In meinem neuen Mantel und den Handschuhen spüre ich die Kälte kaum.« Jessie betrachtete die Köpfe der Pferde, die vor ihnen auf und ab wippten. »Diese Tiere müssen ein Vermögen gekostet haben.«

»Wozu hat man denn Geld, wenn man nicht ab und zu etwas davon ausgeben kann, wenn einem danach ist?« Übermannt von seinen Schuldgefühlen über den Verlust von Jessies Geld wandte er den Blick ab. Sobald er konnte, würde er es ihr wiedergeben, und zwar mit Zinsen. Doch das Medaillon war unersetzlich. Chase holte tief Luft. »Es ist schön, endlich wieder unterwegs zu sein. Fühlt sich richtig gut an.«

»Es war so großzügig von dir, uns all diese neuen Dinge zu kaufen. Ich weiß gar nicht, was ich sagen soll.«

Nach ein paar Momenten der Stille schaute er zu ihr hinüber und stellte fest, dass sie ihn aufmerksam musterte.

»Ist dir kalt, Chase?«

Er schnalzte mit den Zügeln, um die Pferde anzutreiben. »Natürlich nicht.«

Jessie rückte dichter an ihn heran und zog die Decke etwas herüber, sodass ein Stück davon auch über seinen Beinen lag. »Aber was werden die Leute denken, wenn wir in die Stadt kommen?«

»Sie werden denken, dass wir Mann und Frau sind«, antwortete er. »Ganz einfach.« *Dabei kann von »einfach« nun wirklich nicht die Rede sein.*

Dieses ganze Theaterspiel hatte längst ein Eigenleben entwickelt. Mrs Hollyhock hatte alles versucht, um Jessie in der Stadt zu halten, und sie beide mit Argusaugen beobachtet. Sie hatten sich benehmen müssen wie frisch Vermählte, die bis über beide Ohren ineinander verliebt waren, damit die alte Frau keinen Verdacht schöpfte. Jessie schien das nur wenig Mühe zu bereiten. Aufmerksam kümmerte sie sich um seine Bedürfnisse, brachte ihm alles, was er nur brauchte. Und es machte den Eindruck, als genieße sie es aufrichtig, ihm nahe zu sein.

Sie bogen auf die Hauptstraße von Valley Springs ein. Als sie sich der Schmiede näherten, trat Garth aus seiner Werkstatt heraus und kam ihnen entgegen.

»Brr!« Chase zog an den langen Zügeln. Garth sah alles andere als erfreut aus.

»Logan. Jessie.« Grüßend tippte der Schmied an seinen Hut. Es entging Chase keineswegs, dass der andere es vermieden hatte, sie als »Mrs Logan« anzusprechen.

»Shepard.«

»Ich weiß nicht, wie Sie das angestellt haben, Logan, aber Jessie zu heiraten, bevor überhaupt jemand wusste, dass Nathan gestorben ist, war hinterhältig. Da muss man sich schon fragen, ob Sie vielleicht etwas mit seinen Tod zu tun hatten.«

»Geschehen ist geschehen. Und jetzt treten Sie bitte zur Seite. Wäre doch schlimm, wenn Ihr Fuß unter die Räder kommt.« Eine offene Auseinandersetzung wäre Chase nur recht gewesen. Beim Gedanken daran, wie Garth sich Jessie neulich aufgedrängt hatte, empfand er immer noch starken Unwillen, egal ob der andere es gut gemeint hatte oder nicht.

Der Mann griff ins Geschirr der braunen Stute. »Sie sollten wissen, dass ich Nachforschungen anstellen werde, was mit Nathan passiert ist. Wenn es auch nur den geringsten Verdacht gibt, werde ich Ihnen folgen.«

Chase schnalzte mit den Zügeln, dass der Wagen sich mit einem Satz wieder in Bewegung setzte. Der Schmied musste zur Seite springen, um nicht umgefahren zu werden. »Übrigens, Shepard«, rief Chase laut über die Schulter, »die Pferde machen sich wirklich ganz ausgezeichnet.«

»Chase!«, schalt ihn Jessie.

»Wirst du ihn vermissen?«, entgegnete er in ärgerlichem Ton. »Vielleicht wäre er ja ein besserer Kandidat für dich und deine Brut gewesen.«

»Warum sagst du so etwas?«, fragte Jessie. Aus ihrer Stimme klang Erstaunen.

»Wir wissen beide, dass er ein Auge auf dich geworfen hat.« Natürlich wusste sie das. Frauen merkten es, wenn ein Mann etwas für sie übrig hatte. Sie taten nur gerne so, als wüssten sie es nicht.

Plötzlich lachte Jessie, und das Geräusch erinnerte ihn an Glockenklang.

»Chase Logan, das glaube ich ja nicht«, sagte sie amüsiert.

Er schielte zu ihr hinüber, um herauszufinden, was sie so erheiterte.

»Du bist eifersüchtig.«

»Eifersüchtig!«, wiederholte Chase unwirsch. »Wohl kaum.«

»Eine andere Erklärung gibt es nicht für das, was du gerade gesagt hast«, erklärte Jessie in übertrieben unschuldigem Ton. »Ich sehe doch ganz genau, dass ihr einander nicht ausstehen könnt, du und Garth. Und sonst ergibt das einfach keinen Sinn.«

»Er behauptet, ich hätte meinen Freund ermordet, und da soll ich nicht empört sein?« Vor dem Laden von Mrs Hollyhock brachte Chase den Wagen zum Stehen. Dann wickelte er die Zügel um den Griff der Bremse und wandte sich seiner Frau zu. »Dieser Mann steigt dir nach, und das weißt du ganz genau. Also hör auf, so zu tun, als hättest du keine Ahnung.«

»Ganz wie du meinst«, entgegnete Jessie freundlich, während sie sich schon nach Sarah umwandte. »Willst du hier den ganzen Tag lang vor dich hin schmollen, oder hilfst du uns vom Wagen?«

Kapitel 33

Im Laden gingen Mrs Hollyhock und Jessie noch einmal gemeinsam die Heilkräuter durch, die die Frau für sie zusammengepackt hatte. Die Pflanzen, fein säuberlich sortiert und in braunes Papier eingewickelt, waren in einer hübschen handgeschnitzten Kiste verwahrt.

»So, das hier ist Thymian. Wenn du nachts nicht zur Ruhe kommst, tust du einfach ein bisschen davon in ein Stoffsäckchen, zusammen mit etwas Katzenminze und Kamille, und legst es unters Kissen. Du wirst schlafen wie ein Stein.« Lächelnd hielt Mrs Hollyhock das entsprechende Kraut in die Höhe.

Jessie blickte zweifelnd drein. »Hoffentlich kann ich mir das alles auch merken, Mrs Hollyhock. Es klingt so kompliziert. Was, wenn ich einen Fehler mache? Kann ich damit jemandem schaden?«

Chase, der an den Tresen gelehnt dastand, räusperte sich. Langsam verlor er die Geduld. Er hatte vorgehabt, sich nur rasch zu verabschieden und dann loszufahren. Jetzt waren sie schon fast eine Stunde hier.

Mrs Hollyhock ging nicht auf Jessies Bedenken ein, sondern fuhr fort: »Das hier ist Lavendelöl. Perfekt für unruhige oder schlecht gelaunte Babys – oder Erwachsene, das soll auch vorkommen«. Sie warf einen vielsagenden Blick zu Chase. »Bei Kindern nur einen Tropfen, nicht mehr.«

»Nur einen Tropfen«, wiederholte Jessie, als die Frau die braune Phiole zurück zu dem farbenfrohen Sortiment von Kräutern und Fläschchen legte.

»Im Frühling sind die meisten Kinder ein bisschen blass. Dann kannst du ihnen Löwenzahntee kochen. Der ist bis obenhin voll mit lauter guten Sachen. Wirkt kräftigend.« Sie hielt ein Exemplar für Jessie hoch. »Frischer Löwenzahn ist natürlich am besten, aber getrockneter geht auch. Sei nur vorsichtig, denn zu viel davon verursacht Krämpfe und Schlagfluss.«

»Genug jetzt!«, blaffte Chase gereizt. »Du weißt alles, was es zu wissen gibt, Jessie. Jetzt verabschiedet euch schon, damit wir loskönnen.« Er stapfte zum Fenster hinüber und schaute hinaus. Garth beobachtete immer noch von der Schmiede aus ihren Wagen.

Mrs Hollyhock tat, als habe sie ihn nicht gehört. »Dann ist da noch Johanniskraut gegen Traurigkeit, Ingwer gegen Übelkeit und«, sie zog Jessie in ihre Arme, »Helmkraut für deine monatliche Heimsuchung.« Beim letzten Wort versagte ihr fast die Stimme.

»Aber, aber, Mrs Hollyhock. Bitte weinen Sie nicht. Sonst fange ich auch noch an, und …« Jessie wurde immer leiser und schluckte schließlich stumm.

»Ach, mein Mädchen, ich hoffe nur, ich habe das Richtige getan, als ich dich mit Mr Logan verkuppelt habe. Nicht im Traum hätte ich daran gedacht, dass er dich einfach so von hier fortbringt.« Die Sorge und Angst, die sich in das blasse, faltige Gesicht der alten Frau eingegraben hatten, setzten Chase zu. »Wie soll ich denn auf dich aufpassen, wenn du so weit weg bist?«

»So weit ist es doch gar nicht.« Jessie wischte sich mit dem Handrücken eine Träne von der Wange. »Chase hat gesagt, Sie können uns schreiben, und wir bekommen den Brief auch ganz bestimmt. Stimmt doch, Chase, oder?«

»Ganz genau.« Er betrachtete die beiden Frauen. Jessie sah klein und zart aus, mit ihren langsam verblassenden Blutergüssen wirkte sie fast so verletzlich wie die alte Frau. Ihre Miene war umwölkt von zurückgehaltenen Tränen. Es war wohl am besten, sie machten sich bald auf den Weg.

Das Beladen des Wagens schien ewig zu dauern, doch endlich fuhren sie los. Jessie und Sarah winkten ihren Freunden zum Abschied zu. Mrs Hollyhock stand auf dem Bürgersteig, ihr Lächeln wirkte aufgesetzt. Von weiter unten schaute auch Garth dem Wagen unglücklich nach, und Beth spähte aus dem Fenster im oberen Stockwerk gegenüber.

»Wartet!«, rief die alte Frau plötzlich, rannte in den Laden und war Sekunden später wieder zurück. Sie kam zum Wagen gelaufen und sah zu Jessie hoch. »Hier. Die wollte ich dir noch geben.«

»Aber ich kann doch nicht Ihre Bibel mitnehmen!«

»Doch, mein Mädchen, das kannst du. Ich will, dass du sie bekommst. Also nimm sie schon!« Entschlossen drückte sie Jessie das Buch in die Hand und trat zurück auf den Bürgersteig. »Pass gut auf dich auf.«

»Nur noch einmal kurz anhalten, dann machen wir uns endgültig auf den Weg«, erklärte Chase, um Jessie ein wenig abzulenken. Inzwischen saß auch Sarah vorn zwischen ihnen.

Jessie sah sehr traurig aus. Fragend schaute sie ihren Mann an. »Wo müssen wir denn noch halten?«

»Beim Telegrafenamt. Ich will einem Freund in Logan Meadows eine Nachricht schicken. Dann kann er das Haus für unsere Ankunft vorbereiten.«

Nur zu deutlich spürte Chase, wie niedergeschlagen Jessie war, doch er konnte nichts dagegen tun.

»He, Gabe, warte.« Es ertönte Hufgeklapper, und kurz darauf tauchte Jake neben dem Gespann auf, auf dem Rücken eines großen grauen Pferdes.

»Darf ich mitkommen nach Logan Meadows?« Auf seinem Gesicht lag ein hoffnungsvoller Ausdruck. Sein zerzaustes braunes Haar glänzte frisch gewaschen in der Sonne. Hinten auf dem Sattel hatte er seine Ausrüstung und eine Decke. Ans Bein hatte er sich einen alten 45er Colt geschnallt.

»Weißt du, wie man damit umgeht?«, fragte Chase und wies auf die Waffe.

»Klar. Ich kann schießen, seit ich acht bin.«

»Okay, du bist eingestellt. Ich bezahle dich, sobald wir ankommen.« Zufrieden nickte Chase. Er war froh, dass sie unter dem Schutz einer weiteren Waffe reiten würden.

»Großartig!« Jake jubelte laut. »Granny«, wandte er sich an Mrs Hollyhock, »ich ziehe in den Westen. Bitte richte meiner Mutter Grüße aus.« Er zog die Pistole und schoss ein paarmal damit die Luft, was die beiden Pferde vor dem Planwagen erschreckte und sein eigenes Tier dazu veranlasste, sich aufzubäumen. Chase brauchte einen Augenblick, um sie wieder unter Kontrolle zu bekommen, aber wenigstens waren sie endlich in Bewegung.

»Steck das Ding weg«, verlangte Chase, verärgert, dass Jake so gedankenlos die Waffe benutzt hatte.

Kleinlaut gehorchte der Junge, wendete sein Pferd und lenkte es neben Gabe und Cody.

»Kaum zu glauben, der macht jetzt schon Ärger«, grollte Chase mit zusammengebissenen Zähnen. »Aber die zusätzliche Waffe beruhigt mich trotzdem.«

»Ich bin froh, dass du ihm erlaubst, mit uns zu kommen.« Jessie zog Sarah die Finger aus dem Mund. »Hier in dieser Kleinstadt hat er nie Gelegenheit gehabt, sich zu beweisen. Die Leute hier sind einfach zu engstirnig. Jetzt kann er ganz von vorn anfangen.«

Als sie das Telegrafenamt erreichten, hielt Chase ein letztes Mal an und sprang vom Wagen. »Es dauert nur eine Minute.«

Drinnen trat er an den Tresen und läutete die silberne Glocke. Aus dem Hinterzimmer kam ein älterer Mann nach vorn.

»Schon wieder zurück?«, wollte er wissen. Zwischen den Lippen hatte er einen Zigarrenstumpen, und der aufsteigende Qualm umgab seinen Kopf wie ein Heiligenschein.

»Ich muss noch ein Telegramm schicken. Zwei, um genau zu sein.«

Von einem niedrigen Regal nahm sich der Mann einen alten Federhalter und einen Schreibblock. Er tauchte die Spitze in ein Tintenfass und blickte seinen Kunden dann erwartungsvoll an.

»Komme heim. Stopp. Überprüfe Zustand Haus. Stopp. Lass alles sauber machen und reparieren. Stopp.« Chase hielt einen Moment inne, um dem Schreiber Zeit zu geben, das Gesagte festzu-halten.

»War's das?«, wollte dieser wissen.

»Nein. Kauf Hühner und eine Kuh. Stopp. Ankunft ungefähr Thanksgiving. Stopp.« Chase überlegte, wie er Frank wohl am besten mitteilte, dass Jessie ihn begleiten würde.

Der Schreiber starrte ihn an.

»Bringe Frau und Kinder mit.« Später würde er alles erklären. In einem spontanen Entschluss fügte er hinzu: »Besorge Truthahn zum Mästen. Stopp. Chase.«

»An wen geht das?«

»Frank Lloyd, First National Bank, Logan Meadows.«

Der Mann versah das Papier mit ein paar Zeichen und kratzte sich den kahlen Schädel. »Das macht dann einen Dollar fünfzig.«

Chase zog drei halbe Silberdollar heraus und legte sie auf die Theke.

Der Bedienstete griff nach dem Telegrafen. Rasch begann er ihn zu bedienen, und rhythmisches Tickern erfüllte den Raum.

»Schon erledigt.«

»Besten Dank.« Chase hatte sich schon zum Gehen gewandt, als ihm wieder einfiel, dass man ihn auf der Rocking Crown Ranch erwartete. »Schicken Sie noch ein zweites, an die Rocking Crown Ranch in Miles City, wie neulich. Schreiben Sie, dass ich dieses Jahr nicht komme.« Er warf dem Mann eine weitere Münze zu, bevor er den Raum verließ.

Endlich waren sie wirklich unterwegs. Jessie zog ein altes, abge-griffenes Buch heraus und begann, Sarah vorzulesen. Jede einzelne vergilbte Seite hatte Eselsohren, aber Jessie hielt den Band, als sei er ein wertvoller Schatz. Beim Lesen passte sich ihre Stimme dem Rhythmus der Räder an, und Chase ertappte sich dabei, dass er zuhörte und sogar Spaß an der Geschichte fand.

Als sie zum Umblättern innehielt, nutzte er die Gelegenheit und erkundigte sich: »Welche Geschichte liest du uns da vor?«

»*Betty und ihre Schwestern* von Louisa May Alcott. Mein abso-lutes Lieblingsbuch.«

Chase nickte, und Jessie las weiter. Auf ihren Schoß geschmiegt, knabberte Sarah ein paar Kürbiskerne, die ihr Mrs Hollyhock in einem leuchtend gelben Säckchen mitgegeben hatte.

»Aus dem Stoff kannst du dir was Hübsches machen, wenn du die Kürbiskerne aufgegessen hast«, hatte sie gesagt und Sarah einen Kuss auf die Wange gegeben. Chase dachte an die alte Frau. *Sie hat ein gutes Herz*, überlegte er, *auch wenn sie sich ständig in alles einmischen muss.*

»Wie weit fahren wir denn heute?«, fragte Jessie und legte das Buch weg. Sarah war eingeschlafen, ihr Kopf lag auf Jessies Schoß.

»Ich möchte etwa drei oder vier Stunden schaffen. Mit den Tieren müssen wir es langsam angehen und sie erst nach und nach an längere Tage gewöhnen.«

»Und wie lange werden wir noch mal insgesamt unterwegs sein?«

»Ich hoffe, wir schaffen es in höchstens zwei Wochen. Gegen Ende des Monats sollten wir in Logan Meadows ankommen.«

Jessie fielen die Augen zu. Es musste anstrengend gewesen sein, alles für diese Reise vorzubereiten und dazu noch die Leute zurückzulassen, die sie liebte. Sie sah müde aus. Er selbst war es gewohnt, alles zusammenzupacken und weiterzuziehen, wann immer es ihm gefiel. Jessie hingegen war eine Frau, die an einem Ort blieb, sich dort einrichtete, einen Platz brauchte, den sie ihr Zuhause nennen konnte. Einen anderen Beweis als die alte Hütte, die sie zurückgelassen hatten, brauchte er dafür nicht.

Trotzdem hatte Jessie sich mit keinem Wort beschwert. Hatte mit ihm zusammen die Vorbereitungen getroffen, bis weit in die Nacht hinein, damit sie alles hatten, was sie brauchten, und es auf den Wagen laden konnten.

»Warum legst du Sarah nicht nach hinten? Da schläft sie sicher besser«, schlug er vor.

Jessie sah ihn kurz an und schaute dann hinunter auf das schlafende Kind. Langsam stand sie auf, während sie versuchte, auf dem schwankenden Wagen das Gleichgewicht zu halten. Sie stützte sich an dem Rundbalken ab, der die Plane trug. Als sie über die Sitzlehne nach hinten kletterte, stützte Chase sie mit einer Hand.

»Du wirst dich bald daran gewöhnen.«

»Das hoffe ich. Ich fühle mich ein bisschen seekrank. Schläft Sarah noch?«

»Ja.«

Jessie hob das Kind hoch und legte es auf eine Decke, bevor sie eine weitere über es breitete. Mrs Hollyhock hatte ihnen gleich mehrere der farbenfrohen Exemplare aus ihrem Gästezimmer mitgegeben.

»Leg dich« doch zu ihr, dann wacht sie nicht auf«, rief Chase über die Schulter. »Sie ist völlig erschöpft.« Als kein Widerspruch kam, musste er lächeln.

Langsam zuckelten sie weiter. Morgen würde er den Pferden mehr abverlangen, doch für den Augenblick genügte es ihm, überhaupt unterwegs zu sein.

Wie würde Frank wohl reagieren, wenn er das Telegramm erhielt? Wahrscheinlich machte er Freudensprünge. Schon seit Jahren drängte er Chase, er solle nach Hause kommen, sesshaft werden, eine Frau finden.

»Eine Frau, das ist es, was du brauchst, mein Sohn.« Wie gestern hatte Chase die Stimme seines Freundes noch im Ohr, obwohl seit seinem letzten Besuch in Logan Meadows drei Jahre vergangen waren. Eine ziemlich lange Zeit, wenn es darum ging, zu heiraten und eine Familie zu gründen.

Gabe und Cody schienen gut miteinander zurechtzukommen, was ihn überraschte. Normalerweise war der Wallach ziemlich eigen. »Verräter«, murmelte Chase.

Er hatte die Jungen angewiesen, immer in Sichtweite zu bleiben. »Und die Pistole lässt du stecken – außer es geht um Leben und Tod«, hatte er Jake eingeschärft.

Die beiden hielten ihre Pferde bei der nächsten Wegbiegung an und warteten, dass der Wagen aufholte. Dann ritten sie neben dem Gespann her.

»Wo ist Jessie?«, wollte Gabe wissen.

»Nicht so laut«, schalt Chase. »Sie und die Kleine waren völlig erschöpft. Sie liegen hinten und schlafen.«

Jake wendete sein Pferd und spähte ins Innere des Gefährts. »Wann schlagen wir denn unser Lager für die Nacht auf?«

»Ungefähr in einer Stunde. Ihr beiden seid doch wohl noch nicht müde, oder?«, neckte Chase die Jungen und tippte sich mit dem Daumen an die Hutkrempe. »Als ich in eurem Alter war, bin ich manchmal den ganzen Tag und dann noch die ganze Nacht an einem Stück geritten, wenn es sein musste.«

»Nein, müde sind wir überhaupt nicht«, schnappte Jake sofort nach dem Köder. »Ich hab mich nur gefragt, ob wir da unten am Fluss die Pferde tränken sollen.«

»Nein. Etwas länger können sie schon noch aushalten. Sie müssen lernen, zu trinken, wenn wir ihnen Wasser geben, nicht nur dann, wenn sie Durst haben.« Chase schaute prüfend zu Cody hinüber. Sein Pferd war einiges gewohnt, aber für die neuen Tiere galt das möglicherweise nicht. »Das ist ihre erste Lektion. Wenn wir für den Abend Rast machen, werden sie ordentlich Durst haben.«

Alle vier Tiere hoben gleichzeitig die Köpfe und schauten in Richtung Wegbiegung.

»Da kommt jemand. Haltet euch dicht beim Wagen. Aufgepasst.« Chase holte seine Winchester unter dem Sitz hervor und schlug sich den langen Mantel von den Beinen zurück, sodass er seine Waffen gut erreichen konnte.

Kapitel 34

Langsam kam ein Pferd um die Ecke. Es schien geeigneter, einen Pflug zu ziehen, als einen Reiter zu tragen, so schwerfällig wirkte es. Als es näher kam, konnte Chase erkennen, wie ausgemergelt das Tier war. Sein Fell war schlammverkrustet, und mit dem linken Vorderhuf schien etwas nicht in Ordnung zu sein.

Der Mann auf seinem Rücken bot keinen viel besseren Anblick. Er war von Kopf bis Fuß mit Schmutz bedeckt, von den fettigen Haaren bis hinunter zu den abgetretenen Stiefeln. Über die Schenkel hatte er eine Flinte gelegt, und von seinem Sattel baumelte an einem Seil ein Schnapskrug. Verstohlen und mit verschlagenem Blick schien er jedes Detail in sich aufzusaugen, als suche er nach Wertgegenständen.

In einiger Entfernung hielt er an. »Tag auch.«

Chase neigte den Kopf, erwiderte jedoch nichts. Diesem Mann war nicht zu trauen, das spürte er instinktiv. Und sein Bauchgefühl hatte ihm mehr als einmal das Leben gerettet, warum sollte er also nicht darauf hören?

»Habt ihr zufällig was zu essen übrig?«, wollte der Fremde wissen.

»Nein.«

»Wie weit noch bis zur Stadt?« Der Mann hörte nicht auf, den Wagen mit Blicken abzusuchen. Chase beschlich das Gefühl, der andere kenne die Antwort und spreche nur mit ihm, um Zeit zu gewinnen.

»Ungefähr ein halber Tagesritt.« Er hoffte, Jessie wäre so vernünftig, sich im Inneren versteckt zu halten, falls sie aufgewacht war. Eine Frau war auf jeder Reise in Gefahr. Sie war immer nur so sicher wie ihr Beschützer.

»Ihr Pferd lahmt«, rief Chase dem anderen zu.

»Ja. Und zwar schon eine ganze Weile. Tragen kann er mich trotzdem noch. Aber wenn ich so nachdenke, wird es bald dunkel. Ist es in Ordnung, wenn mich euch für die Nacht anschließe?«

Chase konnte es nicht ausstehen, wenn ein Tier so geschunden wurde. Das bestärkte ihn in seinem Argwohn und steigerte seine Abneigung gegen den Fremden nur noch.

»Wir halten noch nicht. Am besten reiten Sie einfach weiter Richtung Stadt.«

»Freundlichkeit ist nicht gerade euer Ding, was?« Eindringlich musterte der Mann die beiden Jungen.

Ausgerechnet in diesem Augenblick begann Sarah zu weinen, und Chase hörte, wie Jessie ihr zuflüsterte, sie solle weiterschlafen.

Die Augen des Unbekannten weiteten sich interessiert angesichts dessen, was er da hörte. Er versetzte seinem Pferd einen Tritt in die Flanke und grinste Chase an, während er am Wagen vorbeiritt. Seine wenigen verbliebenen Zähne waren grünlich-gelb und voller Tabakflecken.

»Auf geht's«, trieb Chase die Tiere an, und das Gespann setzte sich wieder in Bewegung.

Als die Jungen dicht zu ihm aufschlossen, schaute Chase ernst von einem zum anderen. »Ich traue diesem Kerl nicht. Jake, du bleibst eine Weile hinter uns. Pass gut auf. Gabe, du reitest vorneweg und hältst Augen und Ohren offen.« Er zog Jessies alte Flinte unter dem Sitz hervor und wickelte sie aus. Dann reichte er die Waffe Gabe, der sofort prüfte, ob sie geladen war, und sie erst dann wieder in die schwere Lederhülle gleiten ließ.

Mit Unbehagen blickte Chase sich in der einsetzenden Dämmerung um. Am liebsten hätte er jetzt angehalten, bevor es ganz dunkel wurde, aber das wagte er nicht. Er wollte nicht zu nah bei diesem seltsamen Taugenichts rasten. Die Art Abschaum kannte er.

Bei so jemandem konnte man nie sicher sein, ob er höflich grüßen oder einem eine Kugel in den Rücken jagen würde.

Einige Zeit später brachte er den Wagen schließlich zum Stehen. Weil sie eine ganze Weile geschlafen hatte, war Sarah nicht länger im Zaum zu halten, deswegen kam Jessie mit ihr herausgeklettert und sah sich aufmerksam um.

Chase beugte sich über den Vorderhuf des Schecken und suchte ihn nach eingetretenen Steinen ab. Derweil machten Gabe und Jake sich daran, ihr Sattelzeug zu lösen und den Pferden Fußfesseln anzulegen, damit sie sie grasen lassen konnten.

»Da ist Gabe«, rief Sarah in singendem Tonfall. Sie wirkte frisch und ausgeruht.

»Ganz genau. Komm, wir gehen zu ihm und sagen Hallo.«

Als sie bei den Jungen ankamen, unterbrachen sie ihre Arbeit. Gabe beugte sich hinunter und nahm Sarah hoch. »Da bist du ja, meine Süße. Wie geht's dir? Hat es dir gefallen, so im Wagen zu fahren?« Gabe ließ Sarah gar keine Zeit, die eine Frage zu beantworten, bevor er schon die nächste stellte.

»Wie alt ist sie eigentlich?«, erkundigte sich Jake.

»Das wissen wir nicht genau, aber wir schätzen, ungefähr vier. Manchmal wirkt sie jünger, weil sie so lange im Waisenhaus war«, antwortete Jessie. »Gabe, passt du einen Moment auf sie auf, während ich mit Chase spreche?«

»Klar.«

Mit einem Gefühl, als habe sie Schmetterlinge im Bauch, ging Jessie zu der Stelle, wo Chase im Lampenschein arbeitete. Geduldig wartete sie, dass er fertig wurde.

»Brauchst du etwas?« Chase richtete sich auf, ließ den Huf des Pferdes los und wandte seine Aufmerksamkeit Jessie zu. Er schien spürbar weniger zugänglich als vorhin im Wagen. Als sie nicht sofort antwortete, verlangte er ungeduldig zu wissen: »Es gibt viel zu tun, Jessie. Also, was willst du?«

Sie hätte gern mit ihm über den Mann gesprochen, der ihnen unterwegs begegnet war. Schon vor dem Aufbruch hatte Chase ihr gesagt, sie und Sarah sollten gut überlegen, wem sie sich zeigten. Deswegen war sie im Wagen geblieben, als sie die Männer gehört hatte. Aber irgendetwas an der Stimme des Fremden war ihr unheimlich erschienen. Sie hoffte, dass es nur ihre Einbildung war, aber er hatte geklungen wie Lonnies Bruder. Doch Chase war müde, das konnte sie seinem Tonfall entnehmen. Sie würde ihn nach dem Essen darauf ansprechen.

»Nichts«, erklärte sie, verwundert über seine abweisende Art. »Ich mache Feuer und wärme schon einmal etwas von dem Essen auf, das uns Mrs Hollyhock mitgegeben hat.«

»Gut.«

Jessie ging zum Wagen zurück und sammelte dabei alle brauchbaren Zweige und Äste auf, an denen sie vorbeikam. Sie hörte Chase rufen: »Jake, Gabe, geht Holz sammeln. Bleibt zusammen und hier in der Nähe. Jessie, du wartest mit Sarah beim Wagen.«

Jessie wühlte sich durch den hinteren Teil des Wagens, bis sie den Schmortopf fand. Ihr Glück, dass Squirmy Johnson ausgerechnet jetzt einen hatte loswerden wollen. Ohne wäre es viel schwieriger gewesen zu kochen. Der massive gusseiserne Topf war sehr schwer, und es kostete sie einige Mühe, ihn zu der Stelle zu tragen, wo sie das Feuer errichten wollte. Erschöpft stellte sie das Ding ab. Zusammen mit Sarah sammelte sie einige Steine, um die Feuerstelle einzufassen.

»Das sieht gut aus, nicht wahr, Sarah?«, sagte sie, als sie den letzten Stein in den Kreis einfügten.

Das kleine Mädchen nickte. Am Rande der Lichtung bewegte sich etwas, und Jessie fuhr hoch.

»Tut mir leid, ich wollte euch nicht erschrecken.« Jake trat vor und steckte seinen Colt weg. Hinter ihm folgte Gabe, der das ganze Holz trug.

»Wo soll ich das hinlegen?«, wollte der Junge wissen.

»Hier, genau richtig.«

Mit einem erleichterten Schnaufen ließ Gabe seine Last fallen und klopfte sich die Kleider ab. Jake begann sofort damit, alles für ein Feuer herzurichten. Nachdem er das Holz aufgeschichtet hatte, ging er zum hinteren Ende des Wagens.

»Wo bewahrst du denn die Locofocos auf?«, rief er Jessie zu.

»Die was?«, fragte diese zurück.

»Die Phosphorstreichhölzer. Du hast doch hoffentlich welche mitgenommen? Ich bin nicht besonders gut darin, auf Indianerart ein Feuer in Gang zu kriegen.«

»In der Kiste ganz oben. Sei vorsichtig, wenn du sie runterhebst. Die ist ganz schön schwer.«

Jessie holte das kalte Truthahnfleisch und das eingelegte Gemüse aus der Vorratskiste und wickelte alles aus. Dann richtete sie das Essen auf der heruntergeklappten Rückwand des Wagens an.

Mit ein wenig Mehl, einer Prise Backnatron, etwas Backfett und einer halben Tasse Wasser machte sie schnell ein paar Brötchen. Das konnte Jessie im Schlaf. Wenn man sie im Schmortopf zubereitete, bekam man allerdings eher etwas wie Klöße.

»Essen ist fertig«, rief Jessie, während sie zusah, wie Chase zum ungefähr fünfzigsten Mal ihr Lager umkreiste. Mittlerweile musste er schon einen richtigen Pfad ausgetreten haben.

Gabe sprang als Erster auf. Er griff sich einen blau gesprenkelten Blechteller und bediente sich. »Soll ich was für Sarah zurechtmachen?«

»Ja, bitte, Gabe. Was würde ich nur ohne dich anfangen?« Vorsichtig holte Jessie die heißen Gebäckstücke aus dem Schmortopf und legte sie auf ein Stück Leintuch. »Na los, Jake. Nicht so schüchtern.«

Endlich unterbrach auch Chase seine Lagerumrundung und kam dazu. Müde und hungrig sah er aus. Den Hut hatte er sich so tief in die Stirn gezogen, dass sie seine Augen nicht sehen konnte, und die untere Hälfte seines Gesichts war mit dunklen Bartstoppeln übersät. Jetzt wäre es an der Zeit gewesen, ihm die Sache von dem Mann erzählen. Das sollte sie wirklich tun. Vielleicht wartete sie noch, bis er gegessen hatte. Mit etwas Warmem im Bauch wäre er vielleicht auch besser gelaunt.

Da Jake und Gabe bereits aßen, als Chase sich zu ihnen setzte, sprach Jessie das Tischgebet im Stillen.

»Irgendeine Spur von ihm?«, fragte Gabe um einen Mundvoll Truthahnfleisch herum.

Chase blickte nicht einmal von seinem Teller auf, als er den Kopf schüttelte. »Nein. Aber wenn er zurückkommt, werden wir nichts davon merken. Der Kerl ist gerissen.«

Jessie lief es kalt über den Rücken. Gerissen, genau wie Lonnie. Nicht die leiseste Ahnung hatte sie gehabt, dass er bei der Hütte herumlungerte, bis er sie angegriffen hatte.

Sarah trank einen Schluck Wasser und rückte näher an Jake heran. Schon den ganzen Abend beobachtete sie ihn, und Jessie vermutete, sie hatte Gefallen an ihm gefunden. Der Junge versteifte sich, als die Kleine ihm eine nasse Hand aufs Knie legte.

Fragend schaute Jake seinen Freund an. »Was will sie denn?«

»Weiß ich nicht. Warum fragst du sie nicht einfach?«

Von irgendwoher erklang der Ruf einer Eule, und das Mädchen schob sich noch näher an Jake heran. Der straffte die Schultern, und es gelang ihm, ein »Was möchtest du, Sarah?« herauszubringen. Seine Stimme klang so zittrig, dass Gabe lauthals lachen musste.

»Der große, gefährliche Jake. Abenteurer und Held der Berge«, japste er schenkelklopfend. »Cowboy, Spieler und bald auch noch Goldgräber. Was kannst du eigentlich *nicht*, Jake?« Gabe schüttelte den Kopf, seine Augen funkelten. »Und vor einem kleinen Mädchen hast du Angst. Jetzt hab ich wirklich alles gesehen.«

»Gar nicht wahr«, widersprach Jake ärgerlich. »Wer soll denn vor so einem Zwerg Angst haben?«

»Aufessen, Leute«, beendete Chase die Kabbelei, »und dann ab ins Bett mit euch. Ich will morgen zeitig weiter.«

Jessie fiel auf, dass Chase nicht einmal beim Essen seine Umgebung aus den Augen ließ. Keine Sekunde würde er brauchen, um nach seiner Pistole zu greifen, und er saß mit dem Rücken zum Feuer. Aufmerksam hielt er Wache.

Sie konnte nichts gegen die Gefühle tun, die in ihr aufwallten. Hier saß er nun, in einer Situation, die er sich nicht ausgesucht hatte. Man hatte ihn gezwungen, sie zu heiraten, eine völlig Fremde. Trotzdem besaß er genug Verantwortungsbewusstsein, sie und die Kinder nicht im Stich zu lassen. Stattdessen sorgte er für ihre Sicherheit. Ein warmes Gefühl durchströmte Jessie, und am liebsten hätte sie sich neben ihn ans Feuer gesetzt. Sich auf seinem Schoß zusammengerollt wie das kleine Kätzchen, das sie damals im Waisenhaus eine Zeit lang gehabt hatte.

»Na komm, Sarah, ab ins Bett. Wir müssen dich warm einpacken, damit dich der Frost nicht in die Nasenspitze zwickt.« Jessie hob das Kind hoch.

»Gabe, Jake, nehmt eure Schlafsäcke und legt euch hier neben das Feuer. Wir werden reihum Wache halten.« Chase streckte seine langen Beine aus und schlug sie übereinander. »Zuerst Gabe, dann Jake, dann ich. Setzt euch mit dem Rücken zum Feuer. Und sorgt dafür, dass es nicht ausgeht.«

»Ja, Sir«, erwiderte Jake. Gabe nickte.

Jessie sammelte die Teller zusammen und stellte sie in einen Eimer mit Wasser, um sie am Morgen abzuwaschen. Rasch packte sie das Essen zusammen und füllte die Kaffeekanne, dann kletterte sie hinter Sarah in den Wagen.

Chase steckte noch einmal den Kopf unter die Plane. »Vor dem Aufbruch trinken wir nur einen Schluck Kaffee. Zum Essen halten wir dann irgendwann im Laufe des Vormittags an.« Mit unergründlicher Miene sah er zu, wie sie die Betten zurechtmachte und noch ein paar Decken herauslegte.

»Wirst du es da beim Feuer auch warm genug haben?« Sie suchte nach einem Funken Sanftheit in seinem Gesicht, einer Andeutung der Fürsorge, die er in der Hütte gezeigt hatte. Ihr fehlte der Mann, der so zärtlich seine Wange an ihre geschmiegt hatte. Der ihr geduldig zugehört hatte, voller Mitgefühl, und jetzt die Geschichte kannte, die sie noch keinem anderen Menschen erzählt hatte.

Jetzt sah sie nur jemanden vor sich, den die Elemente gehärtet hatten. Voller brutaler Ehrlichkeit, unnachgiebig wie Stein. Bekam sie jetzt den echten Chase Logan zu Gesicht, den Mann, der sein Leben seinem wachen Geist, seinen Instinkten und seiner Schnelligkeit an der Waffe verdankte?

Ohne auf ihre Frage einzugehen, schaute Chase sie durchdringend an. »Ganz gleich, was passiert, du verlässt nicht den Wagen. Hast du verstanden?« An seinem Kiefer zuckte ein Muskel. »Ich will dir keine Angst einjagen, aber hier gibt es Wölfe und Berglöwen.«

»Ist gut.«

Sarah kroch hinter die Kiste mit Jessies wenigen persönlichen Habseligkeiten. Sie schien zu spüren, dass in Chase eine Veränderung vorgegangen war, und wusste offensichtlich nicht, was sie davon halten sollte.

»In Ordnung. Ich lege mich unter den Wagen. Klopf auf den Boden, wenn du etwas Ungewöhnliches hörst.«

Kapitel 35

Jene erste Nacht verging ohne Zwischenfälle, die fünf folgenden ebenso. Als sie in höhere Regionen kamen, wurde das Wetter deutlich schlechter, dicke, schwarze Sturmwolken hingen tief über den Berggipfeln. Gnadenlos peitschte der eisige Wind ihnen nadelspitze Eiskörnchen entgegen, bis ihnen Gesichter, Augen und Hände brannten.

Mit Rizinusöl versuchte Jessie ihr Möglichstes, dass die zarte Haut an Sarahs Lippen und Händen nicht rissig wurde, doch die harschen Elemente waren stärker als ihre bescheidenen Anstrengungen. Nach einem besonders harten Tag platzte die Unterlippe des kleinen Mädchens so schlimm auf, dass ihm das Blut übers Kinn lief. Als Chase das sah, befahl er der Kleinen ärgerlich, zum Schutz vor der unbarmherzigen Witterung hinten im Wagen zu bleiben.

Jedes Mal, wenn Jessie versuchte ihm zu sagen, dass sie glaubte, die Stimme des Fremden erkannt zu haben, reagierte er kalt und gleichgültig. Er schien eine Mauer zwischen ihnen errichten zu wollen, sie auf Abstand halten. Vielleicht war es ja auch bloße Einbildung, und es war gar nicht Lonnies Bruder gewesen. Vielleicht hatte der Unbekannte einfach nur mit einem ähnlichen Akzent gesprochen. Drinnen im Wagen hatte sie ihn nicht besonders gut hören können, und im Laden bei Mrs Hollyhock hatte Joe nur sehr wenig gesagt. Wäre es wirklich er gewesen, wäre er doch längst zurückgekommen.

Chase machte sich Sorgen, das spürte Jessie. In einen Blizzard zu geraten, besonders mit einem kleinen Kind, wäre äußerst gefährlich. Außerdem könnten sie dann weder weiterreisen noch nach Valley Springs zurückkehren, selbst wenn Chase das für die beste Lösung gehalten hätte. Wieder und wieder schaute sie prüfend zum Himmel und beobachtete, wie Chase den Tieren Tag für Tag mehr und mehr abverlangte.

Und nach wie vor war er völlig distanziert. Insgeheim hatte sie gehofft, sie und die Kinder seien ihm langsam ans Herz gewachsen. Dass er vielleicht bei ihnen bleiben würde, wenn sie sich erst einmal eingelebt hatten. Doch schweren Herzens musste sie sich eingestehen, dass ihre Hoffnungen übertrieben gewesen waren. Nichts an seinem Verhalten oder seinen Worten deutete darauf hin, dass ihr Wunsch in Erfüllung gehen könnte.

Jessie vermisste die Vertrautheit, die in der Hütte zwischen ihnen gewachsen war. Seinen jungenhaften Charme. Sie wusste, dass auch Sarah das herzliche Lächeln fehlte, das sie jetzt schon über eine Woche nicht mehr zu Gesicht bekommen hatten.

»Wahrscheinlich kann er es kaum erwarten, endlich die Verantwortung für uns loszuwerden«, murmelte sie in sich hinein.

Sarah, die schon den ganzen Tag über auffallend unleidlich gewesen war, bekam Bauchschmerzen. Nicht einmal Gabe konnte sie beruhigen, so herzzerreißend weinte sie. Jessie bekam Angst, es könne sich um etwas Ernstes handeln.

Während sie Mrs Hollyhocks Kräuterapotheke durchsah, wünschte sie sich die alte Frau herbei. All diese Pflanzen sahen so gleich aus. Endlich gelang es ihr, anhand des aromatischen Geruchs die Katzenminze zu identifizieren, und sie erhitzte einen Teelöffel davon in einer Tasse Wasser, wie ihre Freundin es ihr erklärt hatte. Bald nachdem Sarah den Aufguss getrunken hatte, schlief sie tief und fest.

»Brr.« Chase brachte Cody an einem Fluss zum Stehen, der doppelt so breit war wie die Hauptstraße in Valley Springs. Die Strömung wirkte nicht besonders wild, aber es gab Stellen, an denen sich Strudel gebildet hatten, und die sahen beunruhigend schwarz und unergründlich aus. Der Wallach senkte den Kopf und trank gierig. Gabe brachte den Wagen neben ihnen zum Stehen, und schließlich erreichte auch Jake das Ufer. Alle vier Tiere stillten am Wasser ihren Durst.

Chase runzelte die Stirn. Über ihnen war der Himmel verhangen, und schwere Schneewolken dräuten. Diesem Sturm konnten sie nicht davonfahren. Heute Nacht würde der Blizzard über sie hereinbrechen – schon jetzt schmeckte die Luft danach. Ihre Glückssträhne war vorbei.

»Wir müssen einen Unterstand finden, irgendetwas, das uns Schutz vor dem Sturm bietet. Wenn wir gleich auf die andere Seite kommen, schaut euch nach einem Überhang um, einer Felswand, am besten wäre eine Höhle.«

Er wendete sein Pferd und wandte sich an Jessie. Schon wieder sah sie ihn mit diesem forschenden Blick aus ihren intensiven blauen Augen an. Wonach sie suchte, wusste er nicht. Er spürte Ärger in sich aufsteigen. Was zum Teufel erwartete sie denn? Er war, wer er war, und nichts darüber hinaus.

»Es wird bald schneien. Im schlimmsten Fall muss Gabe die Pferde am Halfter führen, damit sie den Weg finden. Dann musst du den Wagen lenken. Meinst du, du kriegst das hin?«

Jessie nickte nur. Seit er diese Mauer der Distanz zwischen ihnen errichtet hatte, sprach sie nicht mehr viel mit ihm. Aber er hatte es tun müssen. Neben ihr im Wagen zu hocken, auf diesem Sitz, der kaum breit genug für zwei war, hatte ihm all seine Beherrschung abverlangt. Es war ihm unendlich schwer gefallen, sie nicht an sich zu ziehen, um ihr seine wahren Gefühle zu offenbaren. Immer wieder hatte er sich ins Gedächtnis rufen müssen, dass er nur auf dem Papier mit ihr verheiratet war.

»Gut, gehen wir es an. Jake, du bleibst an diesem Ufer, bis der Wagen auf der anderen Seite ist, nur für alle Fälle. Fahr da vorn durch die flache Stelle im Flussbett«, wies er als Nächstes Gabe an und zeigte auf eine schmale Furt im schnell fließenden Wasser zwischen den Strudeln. Aus dem Augenwinkel sah er Enttäuschung auf Jessies Gesicht. »Ich übernehme die Vorhut. Wenn der Fluss plötzlich irgendwo tiefer wird, will ich die Stellen finden, nicht ihr.«

Sie versteht nicht, warum ich sie so von mir stoße, dachte Chase. *Sie weiß nicht, dass ich es kaum schaffe, die Finger von ihr zu lassen, wenn ich bei ihr bin. Dass ich sie ganz nah bei mir haben will.*

Cody zögerte nur kurz, als Chase ihn vorwärtstrieb, dann stieg er widerwillig in das eisige Wasser. Scharf sog sein Reiter die Luft ein, als ihm die Beine vor Kälte taub wurden. Schwimmend kämpfte der Wallach gegen die Strömung an und kletterte schließlich auf der anderen Seite ans Ufer. Er schüttelte den Kopf und gleich im Anschluss den ganzen Leib, um das kalte Wasser loszuwerden, das ihn und Chase völlig durchnässt hatte.

»Und jetzt ihr, langsam und vorsichtig.« Mit erhobenem Arm winkte er Gabe zu sich. Der Wagen rollte das schmale, abschüssige Ufer hinab. Als die Hufe der Pferde bis zu den Fesseln im sandigen Wasser standen, begannen die Tiere, nervös am Zaumzeug zu zerren.

Plötzlich packte Chase die Angst. Vielleicht hätte er die Überfahrt selbst übernehmen sollen. Es war ohnehin schon schwierig, einen Wagen zu lenken – damit bei Hochwasser einen Fluss zu durchqueren, stellte eine große Herausforderung dar. Würde Gabe es schaffen?

Wenigstens stand er mit Cody bereit, das verlieh ihm ein gewisses Gefühl von Sicherheit. Falls tatsächlich etwas passierte, brauchten sie an jedem Ufer ein Pferd, mit dem sie eingreifen konnten.

»Sprich mit ihnen, Gabe! Beruhige sie mit deiner Stimme«, rief Chase über das Rauschen des Wassers hinweg. »Ganz langsam, immer mit der Ruhe.«

Jessie saß neben dem Jungen. Mit einer Hand klammerte sie sich am Rundbalken fest, mit der anderen griff sie hinter die Lehne und hielt Sarah, die dort kauerte. Aus der Ferne sah Chase, wie sich die Lippen der jungen Frau bewegten. Vermutlich sprach sie mit den Pferden oder mit dem kleinen Mädchen. Doch was sie sagte, konnte er nicht hören.

Der Wagen ächzte laut, als die Strömung an ihm zerrte. »Chase!«, rief Jessie, und in ihrer Stimme schwang Panik mit.

Damit nicht genug: Jetzt sank auch noch eines der Räder ein, sodass der Wagen sich bedrohlich zur Seite neigte. Gabe schnalzte über dem Rücken der Pferde mit den Zügeln, trieb sie an. Folgsam reagierten sie, zogen mit aller Kraft und brachten den Wagen wieder in seine Ausgangslage.

Chase lenkte Cody erneut in den Fluss, an Jessies Seite.

»Du machst das sehr gut.« Aufmunternd lächelte er sie an. Über ihr Gesicht huschte eine Mischung aus Verletztheit und Verwirrung. »Das Schlimmste habt ihr schon fast geschafft. Eh ihr es euch verseht, seid ihr schon auf der anderen Seite.« Er wandte sich dem verängstigten kleinen Mädchen zu. »Ist das nicht ein tolles Abenteuer?«

Sarah lugte über die Lehne zu ihm hinüber und versuchte, ihm ein tapferes Lächeln zu schenken, doch ihr zitternder Körper sprach eine andere Sprache.

Auch Jessie lächelte angespannt. »Er hat recht, Sarah. Das macht doch sogar Spaß.«

»Na los, schaffen wir den Wagen rüber, und dann suchen wir uns einen Platz für die Nacht«, erklärte Chase zuversichtlich. »Mir tun schon alle Knochen weh.«

»Genau das habe ich auch gedacht«, fügte Gabe hinzu. »Wir sind alle nass und durchgefroren.«

Am anderen Ufer angelangt, warteten sie nur noch darauf, dass auch Jake herüberkam, und setzten dann langsam ihren Weg fort. Gabe führte nun die Pferde am Halfter, jedoch nur im Schneckentempo. An seiner Stelle saß Jessie auf dem Kutschbock.

Wie Chase es vorausgesagt hatte, öffnete der Himmel seine Schleusen, und es begann heftig zu schneien. Weder die Tiere noch ihre menschlichen Begleiter vermochten in dem wirbelnden Weiß noch den Weg zu erkennen.

Jessie wickelte sich die steifen Zügel um die behandschuhten Finger, damit sie ihr nicht wegrutschten. Schon nach kurzer Zeit schmerzten ihr die Arme und der Rücken. Dabei hatte es ausgesehen, als ob es Spaß machen würde, einen Wagen zu lenken. Dass man dafür so viel Kraft brauchte, hatte sie nicht geahnt. Sie war völlig erschöpft, konnte sich kaum noch aufrecht halten. Durch das Schneegestöber hindurch versuchte sie, einen Blick auf Gabe zu erhaschen.

»Einfach nicht an die Kälte denken«, sprach sie sich Mut zu. »Bald bekommst du ein neues, gemütliches Zuhause, in dem du dich häuslich niederlassen kannst.« Eigentlich war es keine gute Idee, solche Zukunftspläne zu schmieden, aber sie konnte der Versuchung einfach nicht widerstehen. Der Gedanke an ein warmes Bett mit dicken Decken und ein fröhliches, munteres Feuer im Herd war das Einzige, was sie davon abhielt, zu verzweifeln. Außerdem befanden sich irgendwo da draußen Chase, Gabe und Jake. Wenn die es mit den Elementen aufnehmen konnten, war auch sie dazu in der Lage.

Plötzlich tauchte Chase aus der Wand aus wirbelnden weißen Flocken auf. Das Halstuch hatte er sich um den Mund gewickelt, den Hut tief in die Stirn gezogen. Er lenkte Cody neben den Fahrersitz.

»Alles in Ordnung bei euch?«, rief er über das Tosen des Sturms hinweg.

»Ja.«

»Da vorne sind ein paar Bäume. Nur noch ein kleines Stück. Viel Schutz bieten sie nicht, aber es wird reichen müssen. Fahr mir nach und sorg dafür, dass die Pferde ruhig bleiben.«

Jessie nickte. Für eine gesprochene Antwort reichte ihre Energie nicht mehr aus.

In diesem Augenblick streckte Sarah den Kopf über die Rückenlehne und jagte Jessie einen kurzen Schrecken ein.

»Sarah, Schätzchen. Was ist denn los? Geh wieder rein, der Wind ist nicht gut für dich.«

»Angst«, erklärte die Kleine. Sie streckte die Hand aus, klammerte sich an Jessies Mantel fest. »Böser Mann.«

Kapitel 36

Jessie war entsetzt. Sie hatte geglaubt, Sarah wisse nichts über Lonnie und über das, was er in Valley Springs getan hatte. Verstand das kleine Mädchen doch mehr, als es sich anmerken ließ?

»Du brauchst keine Angst zu haben. Der böse Mann ist weit weg in Clancy. Er kann dir nichts tun.« Doch noch während sie die Worte aussprach, verspürte Jessie Angst. Würde sie sich jemals wieder sicher fühlen?

»Da«, erklärte Sarah und zeigte hinaus ins Schneegestöber. Dann steckte sie sich zwei Finger in den Mund. Eigentlich hatte sie sich das so gut wie abgewöhnt.

»Nein, nein, da ist er nicht. Kriech einfach wieder unter deine warme Decke und kuschle dich ein, ja? Bald schlagen wir für die Nacht unser Lager auf, und dann mache ich uns etwas zu essen, in Ordnung?«

Sie lächelte Sarah an, wollte das Kind beruhigen. Wenn sie sich nur selbst sicherer gefühlt hätte. Dieses Schneetreiben war unheimlich. Alles, was sie hörte, war das Heulen des Windes und ihr eigener Herzschlag. Jessie kauerte sich zusammen und griff die Zügel fester. Sie fühlte sich mutterseelenallein. Alle möglichen Bösewichte konnten sich wenige Meter entfernt von ihr aufhalten, ohne dass sie davon wusste.

»Hier, hierher.« Durch den Sturm drang Chase' Stimme zu ihr. »Versuch, die Pferde zwischen die beiden höchsten Bäume zu lenken.«

Sie zog am rechten Zügel, und die Pferde schwenkten zu der Stelle, die der Cowboy ausgesucht hatte. Als sie das Gespann zum Stehen brachte, spürte sie einen stechenden Schmerz in den Händen. Nicht einmal ihre schweren Lederhandschuhe waren einem Schneesturm in Wyoming auf Dauer gewachsen.

Chase erschien wieder, diesmal zu Fuß, und reckte den Hals, um sie besser sehen zu können. »Bleibt ihr drinnen, dann mache ich die Pferde los. Wickelt euch in ein paar Decken, und sorg dafür, dass Sarah es warm hat. Die Jungs kommen auch gleich.«

Gerade als Jessie über den Sitz nach hinten steigen wollte, hörte sie Chase ihren Namen rufen. Sie wandte sich noch einmal um und schaute ihn fragend an.

»Das hast du gut gemacht mit den Pferden.«

Einen kurzen Moment sah Jessie das Glimmen in seinen Augen, wusste, dass da noch etwas zwischen ihnen war. Dieses zarte Band. Doch genauso schnell war der Funke wieder verschwunden, und Jessie war kälter als je zuvor.

Während sie die Streichhölzer hervorkramte, fragte sie sich, ob es überhaupt sinnvoll war, in einem solchen Sturm die Lampe anzuzünden. Es konnte nur zu leicht passieren, dass im Wagen etwas Feuer fing. Doch die Dunkelheit machte sie nervös. Natürlich war das albern von ihr, aber nachdem Sarah sie so beunruhigt hatte, hatte sie ständig das beängstigende Gefühl, beobachtet zu werden.

»Ich glaube, wir können es riskieren, die hier anzuzünden«, sagte sie zu Sarah. »Aber wir müssen gut darauf aufpassen, damit wir sie nicht umwerfen.« Mit einem lauten Ratschen riss Jessie ein Streichholz an und hielt dann schützend ihre Hand um die Flamme, während sie sie an den Lampendocht führte. Vorsichtig schob sie den gläsernen Windschutz an seinen Platz. »So, schon besser.«

Die Lampe warf einen goldenen Schimmer der Hoffnung über das kalte, trostlose Innere des Wagens. Jessie klopfte einladend auf ihre Oberschenkel, und nur zu gern kletterte Sarah auf ihren Schoß und machte es sich gemütlich. Das Heulen des Nordwinds ließ nicht nach, und unter einer plötzlichen Bö geriet der Planwagen ins Schaukeln. Die kleine Flamme tanzte, und Sarah kuschelte sich enger an Jessie. »Keine Angst, Schätzchen. Chase und die Jungs sind gleich da.«

In diesem Moment hörte sie den Magen des kleinen Mädchens knurren.

»Oh, na, so was. Ich glaube, dein Bäuchlein will mir etwas sagen. Sobald die Männer hier sind, mache ich uns was zu essen.«

Plötzlich schrie das Kind entsetzt, sprang auf und umklammerte Jessies Hals.

»Tut mir leid, Mäuschen, ich wollte dich nicht erschrecken.« Es war Chase, der draußen hinter dem Wagen stand. Jessie erkannte ihn nur an der Stimme. Im dichten Schneetreiben war er völlig unsichtbar. Unmittelbar darauf kletterten von vorn Gabe und Jake in den Wagen, und mit ihnen drangen Schnee und Wind herein und fuhren eisig durch das Wageninnere. Schnell zog Gabe die Plane hinter sich herunter.

Unglücklich sah Jessie auf den Schneematsch auf den hölzernen Planken hinab. Es war ein Ding der Unmöglichkeit, hier irgendetwas trocken zu halten. Tagelang hatte sie es versucht, und sie stand kurz davor, aufzugeben. Aber sie war erleichtert, dass die Männer wieder da waren.

»Was gibts zu essen?«, erkundigte sich Gabe. »Ich habe einen Bärenhunger, und außerdem bin ich völlig durchgefroren.«

Jetzt kam auch Chase hereingeklettert und sah sich um. »Mit uns allen hier drin wird es ganz schön eng. Aber irgendwie geht das schon.«

Jessie sah von einem verfrorenen Gesicht zum anderen. Sie brachte es nicht übers Herz, den Männern zu sagen, dass es kein Fleisch mehr gab und sie sich mit kalten Resten von den letzten Mahlzeiten würden zufriedengeben müssen.

Vorsichtig schälte sich Jake aus den klatschnassen Handschuhen und begutachtete seine Finger – sie waren krebsrot. Er steckte sich die Fingerspitzen in den Mund und blies kräftig darauf. Auch wenn er kein Wort darüber verlor, war Jessie klar, dass sie ihm wehtaten.

Rasch blickte sie zu Chase hinüber. Wirkte er besorgt? War dieser Sturm lebensbedrohlich? Wenn dem so war, ließ er sich zumindest nichts anmerken.

Sein armes, geschundenes Gesicht war von der Kälte rot und wund. Schnee und Eis hatten sich in seinem Schnurrbart festgesetzt und seine kräftigen Augenbrauen mit kaltem Weiß überzogen. Jessie widerstand dem Drang, die Hand auszustrecken und den Schnee wegzuwischen. Stattdessen zog sie eines ihrer Geschirrtücher hervor und reichte es ihm. »Für dein Gesicht.«

»Jungs, rüber in die Ecke mit euch, damit Jessie genug Platz hat, um das Essen auszupacken«, wies er die beiden an, während er Jessies Tuch benutzte. Als er fertig war, gab er es an Jake und Gabe weiter.

Jessie wandte sich ihren Vorräten zu und holte alles hervor, was sich irgendwie zu einer Mahlzeit zusammenstellen ließ. Dem Himmel sei Dank, dass Mrs Hollyhock darauf bestanden hatte, ihrer Freundin ein paar zusätzliche Konserven und andere unverderbliche Lebensmittel mitzugeben. Sogar zwei Dutzend hart gekochte Eier hatte sie dazugesteckt. In dem kalten Wetter war es kein Problem gewesen, die Sachen frisch zu halten.

»Heute haben wir richtig Auswahl«, erklärte Jessie fröhlich. »Von heute Mittag sind sogar noch Brötchen übrig«, fügte sie hinzu, während sie eines davon mit den Fingern prüfte. »Nicht mal hart geworden.« Sie schlug das Tuch auseinander und reichte es in die Runde.

Chase bediente sich und legte auch Sarah ein Brötchen auf den Teller.

»Und schaut mal, was ich für uns aufgehoben habe«, rief Jessie begeistert, um die anderen aufzumuntern. Sie hielt den Korb mit Mrs Hollyhocks hart gekochten Eiern in die Höhe. »Mit ein wenig Salz schmecken die ganz ausgezeichnet.«

Die beiden Jungen stöhnten.

»Ich kann's kaum erwarten, bis wir in die nächste Stadt kommen. Dann bestell ich mir erst mal das größte, blutigste Steak diesseits der Rocky Mountains«, erklärte Jake. »Ich hab gehört, es gibt

Steaks, die sind so riesig, dass drei Männer zusammen kein ganzes schaffen. So eins käme mir jetzt gerade recht, heiß und saftig.«

»Geht uns das nicht allen so?«, warf Gabe ein.

Chase nahm sich zwei Eier und reichte den Korb an Jake weiter. »Im Moment geht das aber nicht, also werden wir uns mit dem zufriedengeben, was wir haben. Lange wird es nicht mehr dauern, bis wir in Logan Meadows ankommen. Esst die Eier. Die machen satt.«

Jessie reichte Chase ein Glas eingelegte Zwiebeln, und mit seinem Messer öffnete er geschickt den Deckel. Dankbar nickte sie ihm zu.

»Sind die süß eingelegt, Jessie?«, wollte Jake wissen. »Die mag ich am liebsten.«

»Jawohl, Sir, das sind sie. Nimm dir so viele, wie du willst.«

Chase gab das Glas an Jake weiter und schaute dem Jungen dabei zu, wie er ordentlich zulangte. Dann hielt er Sarah ein Ei hin, doch das kleine Mädchen schüttelte den Kopf.

»Komm schon, Schatz«, sagte er zu ihr. »Du brauchst was zu essen, damit dir warm wird.«

Wieder schüttelte Sarah den Kopf und barg das Gesicht an Jessies Rücken. In den vor Kälte zitternden Händen hielt sie ihr Brötchen und biss hin und wieder ein winziges Stückchen ab.

Jessie kramte eine Dose Bohnen hervor und gab sie wieder zum Öffnen an Chase weiter. Als sie seinen fragenden Blick bemerkte, erklärte sie: »Sie ist nur etwas unruhig. Der Sturm macht ihr Angst.«

»Du brauchst dich nicht zu fürchten, Sarah«, sagte Gabe mit vollem Mund. »Das ist nur ein Schneesturm, weiter nichts. Wir lassen nicht zu, dass dir irgendetwas passiert.« Tröstend streckte er einen Arm nach ihr aus, doch Sarah klammerte sich nur noch fester an Jessie und begann zu wimmern.

Kapitel 37

Der Wind pfiff und drückte eine weitere Ladung Schnee gegen die Seite des Wagens, brachte ihn zum Schaukeln. Doch Chase hatte schon schlimmere Stürme überstanden als diesen. Solange die Pässe nicht zuschneiten, hatten sie nichts zu befürchten.

Ihm fiel auf, dass Sarahs Blick immer wieder unruhig durch den Wagen huschte, und jedes Mal blieb er hinter ihm hängen, und sie starrte zu der Plane, durch die er hereingekommen war. Dort war alles gut festgezurrt, und er fragte sich, wovor Sarah solche Angst hatte.

»Das ist nur der Wind, Sarah«, versuchte er das Kind zu beruhigen. »Der störrische alte Nordwind, der mal wieder einen Tobsuchtsanfall hat. Der Lärm ist ein bisschen unheimlich, aber wenn du wieder aufwachst, wird es dafür draußen wunderschön aussehen.« Die beiden Jungen wechselten einen Blick und aßen weiter. Sie waren zu alt, um sich von dieser Geschichte einfangen zu lassen, doch Sarahs Gesicht leuchtete in Vorfreude auf.

»Chase hat recht, Schätzchen«, ergänzte Jessie in beruhigendem Tonfall. »Hier, iss einen Apfel, dann kannst du das Gehäuse morgen früh Cody geben.«

»Angst vor Mann.« Sarah schaute zu Chase herüber.

»Wovon redet sie da?«

»Sie glaubt, sie hat draußen im Sturm jemanden gesehen. Seitdem hat sie Angst.«

Chase hatte sich bemüht, auch den Weg hinter ihnen im Auge zu behalten, aber seit der Sturm eingesetzt hatte und immer stärker geworden war, hatte er alle Kraft darauf verwenden müssen, die Gruppe zu einem sicheren Nachtlager zu führen. »Jungs, habt ihr irgendetwas Ungewöhnliches bemerkt?«

»Bei dem ganzen Schnee hätte ich nicht mal meine eigene Nasenspitze gefunden.« Gabe zwinkerte dem kleinen Mädchen zu.

»Bei mir genauso. Viel zu viel Schnee«, fügte Jake hinzu.

»Da draußen ist nichts, Schatz«, tröstete Chase die Kleine. »Aber wenn du dich dann besser fühlst, gehe ich noch mal raus und schaue nach, bevor wir uns schlafen legen.«

Sarah verließ die schützende Ecke hinter Jessie und kam zögernd näher. Chase packten Gewissensbisse, als er sah, wie verunsichert sie war. Es war ihm nicht nur gelungen, zwischen sich und Jessie Distanz zu schaffen, sondern er hatte sich dabei auch Sarah entfremdet. Doch das würde es erträglicher für sie machen, wenn er später weiterzog.

Chase streckte die Arme nach dem kleinen Mädchen aus. »Komm mal her und wärm mich ein bisschen. Ich friere schon seit einer gefühlten Ewigkeit.« Das Mädchen krabbelte auf seinen Schoß, so gut es konnte, den Apfel in der einen, das Brötchen in der anderen Hand, und schmiegte sich in seine Armbeuge. Mühsam verschloss er sein Herz gegen die Zärtlichkeit, die sie in ihm weckte.

Die Jungen nutzten die Gelegenheit und rutschten dichter an die Lampe. Beide hoben die Hände zum Licht, doch viel Wärme gab die kleine Flamme nicht ab.

»Netter Versuch, Jungs«, spottete Chase und hob amüsiert die Augenbrauen. Es fühlte sich richtig gut an, Sarah auf seinem Schoß zu haben. Sie legte den Kopf in den Nacken, um ihn anzuschauen. Dann schob sie langsam eine Hand nach oben und berührte mit ihrem Brötchen seinen Schnurrbart.

»Piekst. Nicht wie Mama.« Verlockend stieg ihm der süße Duft des Apfels in die Nase.

»Da hast du recht, meine Kleine. Eine Pfirsichhaut wie deine Mama habe ich nicht«, antwortete er und schielte dabei zu

Jessie hinüber. Die beiden Jungen sahen einander an und grinsten.

Im Schein der Lampe wurden Jessies Wangen rosig.

Chase schalt sich innerlich. Auf diese Weise würde er keine Distanz zwischen ihnen schaffen können. Aber wenn er ehrlich war, hatte er es satt zu versuchen, das Richtige zu tun. Im Moment war es ihm schlicht gleichgültig.

»Seid ihr auch alle satt geworden?«, wollte Jessie wissen und machte sich daran, das Essen wegzuräumen.

»Du hast noch gar nichts gegessen«, stellte er mit bedeutsamer Miene fest.

»Ich habe keinen Hunger.«

»Unsinn. Falls du dir wegen der Vorräte Sorgen machst, ist das nicht nötig. So weit haben wir es nicht mehr bis Logan Meadows. Greif zu. Iss.« Sein Tonfall gestattete keine Widerrede.

»Meinetwegen.«

Deutlich hörbarer Unmut lag in ihrer Stimme, und selbst Sarah blickte auf.

»Soll ich etwas Bestimmtes zu mir nehmen?«, fragte Jessie trocken. »Eine Zwiebel vielleicht?« Sie stocherte mit zwei Fingern im Glas herum, bis sie eine zu fassen bekam. »Ist die hier genehm?«

»Sieht gut aus, würde ich sagen.«

»Möchtest du auch eine?«

»Nein danke. Ich bin schon satt genug von den Eiern und den Brötchen.« Chase schaute zu Sarah hinunter. »Wüsste nicht, wann ich zuletzt so gut gegessen habe.«

Mit einem Kichern schien sich das kleine Mädchen für Chase' Neckerei zu erwärmen. Die Jungs verzogen nur die Gesichter. Jessie wurde flammend rot.

Schlagartig begriff Chase, dass die junge Frau es als persönliche Herausforderung betrachtete, für das leibliche Wohl der Gruppe zu sorgen. Und sie tat beinahe so, als sei es ihre Schuld, dass sie kein Feuer machen konnten. Vielleicht sollte er sie nicht so aufziehen. »Iss ein Stück Brötchen und ein Ei. Diese Kälte laugt einen mehr aus, als du vielleicht denkst. Du musst bei Kräften bleiben.«

»Um Himmels willen, Chase. Man könnte meinen, ich wäre ein Kleinkind.« Die Verärgerung in ihrer Stimme war klar und vernehmlich. »Ich weiß schon, was ich wann zu essen habe.«

»Mag sein. Vielleicht aber auch nicht. Ich will nur sichergehen, dass du nicht krank wirst, bevor wir in der Stadt ankommen. Denn dann müsste Sarah hier«, er kitzelte das kleine Mädchen am Bauch, dass es quietschend auflachte, »den Wagen lenken.«

Noch während sie aß, packte Jessie die Lebensmittel weg. Nach jedem Bissen Brot oder Ei warf sie ihm einen Blick zu. Hin und wieder hätte er schwören können, dass sie eine Grimasse schnitt. Ihr Groll amüsierte ihn.

Jake holte eine alte, zerkratzte Mundharmonika hervor und spielte ein paar Takte. Das Lied war schnell und fröhlich, und bald bewegten sich Jessies Mundwinkel nach oben, sehr zu Chase' Erleichterung. Gut. Ein wenig Unterhaltung war genau das, was sie brauchten, um die bittere Kälte zu vergessen.

»Kennt jemand den Text?«, fragte Jake in die Runde, bevor er munter weiterblies.

»Aber klar doch.« Gabe begann zu singen und klatschte dabei in die Hände.

In der Stadt, vergang'ne Nacht
Da hörte ich 'nen großen Krach.
Der Wächter dann gerufen hat:
Old Dan Tucker in der Stadt!

Sarah kletterte von Chase' Schoß und fand trotz der Enge genug Platz, sich tanzend im Kreis zu drehen. Die Zöpfe flogen ihr nur so um den Kopf, und ihre Augen funkelten vor Vergnügen. Jessie musste gespürt haben, dass Chase sie anschaute, denn sie sah auf, und ihre Blicke fanden einander. Mit einem zögerlichen Lächeln bat er sie im Stillen um Verzeihung für seine Neckerei. Sie neigte den Kopf ein wenig, und auch in ihren Augen erschien ein Lächeln. Das genügte ihm. War es das, was richtige Ehemänner und Ehefrauen empfanden? Zu wissen, was der andere dachte, ohne dass ein Wort gesprochen wurde?

Gabe begann mit der zweiten Strophe.

Old Dan Tucker in der Stadt!
Und alle Damen werden schwach.
Er tanzt mit ihnen übern Platz
Und ganz zuletzt mit seinem Schatz.

Als die letzten Töne verklangen, warf Sarah sich in Jessies Schoß.
Ihre zarten Wangen waren leuchtend rosa, und sie hatte Mühe, zu
Atem zu kommen.

»Sarah, ich wusste ja gar nicht, wie schön du tanzen kannst«,
erklärte Jessie lachend und strich dem Kind das Haar aus dem Gesicht. Die seidigen Strähnen klebten ihr an der feuchten Stirn.

»Chase, das nächste Lied ist für Sie. Singen Sie mit, falls Sie den
Text kennen.« Als Jake die ersten Töne spielte, sprang Sarah wieder
auf und begann aufs Neue, wild zu tanzen.

Chase konnte ein jungenhaftes Grinsen nicht unterdrücken, als
er das Lied erkannte. Er stimmte mit ein.

Montag fand ich meine Braut,
Trat Dienstag vor'n Altar,
Mittwoch Nacht hab ichs versaut,
Weil ich zu flink beim Küssen war.

Sein klangvoller Tenor erfüllte den gesamten Wagen, was ihn beinahe selbst überraschte – und was Jessie betraf, so konnte diese ihr
Erstaunen nicht verbergen. Es fühlte sich gut an, zu singen und
miteinander zu lachen. Ganz ohne Zweifel, an diese Nacht würden
sie sich noch lange erinnern.

Kapitel 38

Jessie stieg die Röte in die Wangen, doch sie hielt den Blick stur auf Sarah gerichtet, die sich immer weiter im Kreis drehte. Selbst als das Lied zu Ende war, weigerte sie sich, Chase anzuschauen.

Gabe und Jake kicherten, als sie die Jungvermählten so sahen. Ganz offensichtlich bereitete ihnen Jessies Verlegenheit großes Vergnügen. Sie alle waren viel zu lange ernst gewesen. Dieses spontane Fest kam gerade zur rechten Zeit.

Schließlich brach Gabe das Schweigen. »Ich wollte dich nicht in Verlegenheit bringen, Jessie. Nur ein Spaß, weiter nichts.«

»Nein, nein, schon gut, ich fand es schön. Musik habe ich schon immer geliebt«, erwiderte sie, und es klang ehrlich. »Bitte, singt weiter. Sarah hat einen solchen Spaß.«

Chase lächelte. Er war froh, dass es auch ihr gefiel. Doch als draußen ein Pferd wieherte, bedeutete er den anderen mit einer Geste, sofort still zu sein. Sogar die kleine Sarah hielt inne und spitzte die Ohren, ob irgendetwas Ungewöhnliches zu hören war.

»Es tut mir leid, aber ich fürchte, unsere kleine Feier ist zu Ende. Der Morgen kommt schneller, als wir denken«, erklärte Chase. »Ich will, dass wir trotz des tiefen Schnees so weit vorwärtskommen wie möglich.« Mit diesen Worten zog er die Handschuhe an, legte sich das Halstuch um und setzte dann den Hut fest auf. »Ich mache noch mal draußen meine Runde und schaue nach den

Pferden. Seht am besten zu, dass ihr euch hinlegt.« Mit einem bedeutsamen Blick zu den Jungen vergewisserte er sich, dass beide ihre Waffen in Reichweite hatten.

Als er von seinem Rundgang zurückkehrte, waren außer Gabe bereits alle eingeschlafen. Der Junge saß mit dem Rücken gegen die Bretterwand des Wagens gelehnt, die Pistole im Schoß. Die Lampe war fast ganz heruntergedreht, man sah kaum die Hand vor Augen.

»Alles in Ordnung draußen?«, erkundigte Gabe sich im Flüsterton. Er sah aus, als könnte er jeden Moment einschlafen. »Du warst ganz schön lange weg.«

»Es sieht zumindest so aus. Ich wollte nur sichergehen, dass Sarah nicht doch recht hat. Aber es war kaum etwas zu erkennen. Wenn es weiter so schneit, wird das morgen ein verdammt anstrengender Tag.«

»Wie weit müssen wir noch?«

»Schwer zu sagen bei diesem Wetter. Drei Tage, vielleicht länger.« Behutsam tastete Chase sich durch den engen Raum und versuchte dabei so wenig Lärm wie möglich zu machen. Bei seiner Größe war das kein einfaches Unterfangen. Fast hätte er die Tassen und Teller heruntergestoßen, die zum Trocknen auf einem Gestell standen. »Langsam mache ich mir Sorgen wegen der Pferde. Ich weiß nicht, wie lange sie noch durchhalten, wenn sie nichts Vernünftiges zu fressen bekommen.«

»Und wenn wir ein wenig Schnee beiseitefegen und sie dann grasen lassen?«

»Dafür haben wir keine Zeit. Wir müssen so weit kommen wie möglich, solange sie noch die Kraft haben, den Wagen zu ziehen.« Chase warf einen Blick auf die Schlafenden. Er war für sie verantwortlich, zumindest für die Dauer dieser Reise.

Wo sollte er sich hinlegen? Die Ladefläche des Wagens sah aus wie ein Meer von Leibern unter ihren Decken. »Ein wenig Hafer haben wir noch. Damit müssen wir für eine Weile auskommen.«

Mit dem Kinn deutete der Junge auf einen Platz im hinteren Teil des Wagens, zwischen der Wand und Jessies und Sarahs Füßen. »Jessie hat Ihre Decke da drüben hingelegt. Passt du da noch dazwischen?«

»Wird schon gehen. Eng ist es schon hier drin, aber dadurch wird uns wenigstens ein bisschen wärmer. Ich habe schon zu viele Sturmnächte damit verbracht, mich zu fragen, ob ich am Morgen überhaupt noch aufwachen werde oder bis dahin friedlich für immer eingeschlafen bin.«

Chase ließ sich auf dem harten Boden nieder, doch statt sich hinzulegen, lehnte er den Rücken gegen die Seitenwand des Wagens und zog die Decke, die Jessie für ihn bereitgelegt hatte, bis zu den Schultern hoch. Er überzeugte sich davon, dass sein Gewehr in Reichweite lag, aber weit genug weg von Sarah.

»Die Wache übernehme jetzt ich, Gabe. Sieh zu, dass du ein wenig Schlaf bekommst.«

Gähnend streckte der Junge seine langen Beine unter der Decke aus. »In ein paar Stunden müssen Sie aber Jake wecken. Sie brauchen schließlich auch ein bisschen Ruhe.«

»Darauf kannst du dich verlassen.«

Die Nacht schien ewig zu dauern, doch der Wind ließ langsam nach. Reglos wie eine Statue saß Chase da und lauschte in die Stille. Hin und wieder drehte sich einer der Schläfer um oder zog an einer Decke. Sonst war kein Laut zu hören.

Plötzlich hörte man ein Rascheln und gleich darauf ein Aufjammern von Sarah.

»Leise, Schatz, schlaf weiter«, murmelte Jessie gedämpft.

»Kalt«, wimmerte Sarah. Unruhig wand sie sich hin und her, während Jessie sie zu beruhigen versuchte. »Nass.«

Jessie fühlte mit der Hand unter der Decke nach. »Ja, du bist nass, und deine Decke auch. Schhh, nicht weinen, das macht doch nichts.«

In der Dunkelheit hörte er, wie sie ihre Umgebung abtastete und versuchte, irgendein trockenes Kleidungsstück für die Kleine zu finden. Das Geräusch eines Streichholzes, das entzündet wurde, erklang, und sie schaute zu Chase.

»Haben wir dich geweckt?«, erkundigte sie sich besorgt.

Das seidige Haar floss ihr den Rücken hinab wie bei einem Engel, und ihr Blick war sanft vom Schlaf. Auf einen durchgefrorenen Cowboy mit steifen Gliedern wirkte sie unglaublich verlockend.

»Nein. Ich halte sowieso Wache.« Er beugte sich zu der Lampe hinüber und entzündete den Docht, dann drehte er die Flamme herunter, sodass sie gerade genug Licht spendete.

»Sarah hat in ihre Decke gemacht. Ich muss etwas Trockenes zum Anziehen für sie finden.« Sanft streichelte Jessie dem kleinen Mädchen den Rücken. Sarah, die das Gesicht im Kissen der jungen Frau verbarg, schämte sich offensichtlich sehr, dass ihr dieses Missgeschick unterlaufen war.

»Kein Wunder, bei der Kälte«, erwiderte Chase, damit die Kleine sich besser fühlte. Er kniete sich hin, langte über Jake hinweg und hob den Seesack zu sich, der die Kleidung des Mädchens enthielt. Dann reichte er ihn an Jessie weiter.

»Danke.« Sie durchwühlte die Sachen und zog schließlich ein Paar warme lange Unterhosen hervor. So ganz Sarahs Größe hatten sie nicht, aber sie würden sie warm halten. »Die hat uns Mrs Hollyhock mitgegeben, die gute Seele. Na, komm her, Sarah, dann ziehen wir dich mal um.«

Doch die blieb regungslos in Jessies Kissen liegen, mit dem Gesicht nach unten.

Nach einem Seitenblick auf Chase zog Jessie das Mädchen sanft am Arm. »Komm schon, Schatz, sei nicht schüchtern.«

Wie versteinert blieb Sarah liegen.

Chase zuckte die Achseln.

Mit einem Mal erschien ein verstehendes Lächeln auf Jessies Gesicht. »Dreh dich um, Chase. Darum geht es ihr.«

Nur wenige Augenblicke später wärmten ihm unterdrückte Geräusche und ein Flüstern das Herz.

»Na also – schon fertig. Du kannst dich wieder umdrehen.« Sorgsam deckte Jessie die Kleine zu und gab ihr den zweiten Gutenachtkuss an diesem Abend.

Die Minuten strichen dahin, doch Chase wollte die Lampe noch nicht löschen. »Schläft sie?«

»Ich glaube schon.«

»Wenn ihr beide unter der gleichen Decke liegt, wird sich keine von euch erholen. Sie ist schon die ganze Nacht so unruhig. Warum kommst du nicht hier rüber?« Einladend hob Chase seine Decke hoch.

Beim tiefen Vibrieren von Chase' Stimme wurde Jessie ganz warm. Die Lampe warf ihren goldenen Schein auf ihn, beleuchtete seine kantigen Züge, und ihr Herz schlug schneller.

Sie zögerte. In den letzten Tagen hatte er sich so abweisend verhalten. Warum wollte er jetzt, dass sie zu ihm kam?

»Ist schon in Ordnung«, ermutigte er sie. »Wir können einander ein bisschen aufwärmen.«

Jessie fühlte sich von ihm angezogen wie die Biene vom Nektar, konnte einfach nicht widerstehen. Während sie vorsichtig auf ihn zukroch, lehnte er sich vor und blies die Lampe aus. Augenblicklich hüllte sie wieder Dunkelheit ein.

»Hier bin ich«, flüsterte er. »Komm unter die Decke.«

Sie glitt in seine Arme, und er wickelte sie in seinen großen Mantel. Hart und muskulös spürte sie seinen Leib an ihrem. Und warm.

»Mmmh, bist du warm«, murmelte er und zog sie fester an sich. Sein Gesicht war ganz nah an ihrem. So nah, dass seine Wange leicht die ihre berührte, sein Bart sie kitzelte. »Hast du es bequem?«, erkundigte er sich, während er sie noch enger umfasste, bis ihr nichts anderes übrig blieb, als die Arme um seinen Körper zu legen.

»Ja«, brachte sie mit Mühe heraus. In ihr wogten die Emotionen, dass es ihr den Atem raubte. Zaghaft schmiegte sie ihre Wange an die seine, meinte, seinen Herzschlag an ihrer Brust zu spüren. Nur ganz leicht wandte sie den Kopf, und seine Lippen berührten ihre. Von diesem Augenblick an vermochte sie nicht mehr klar zu denken. Die Welt drehte sich um sie herum, alles geriet aus den Fugen. Nur noch seinen Mund gab es, seine zärtlichen Küsse. Chase. Und die Gefühle, die er ihr auslöste.

Chase ließ sich auf den Boden sinken und zog Jessie mit sich, hielt sie zärtlich in seinen Armen. Dicht an dicht lag er bei ihr und konzentrierte sich ganz auf ihre Lippen, strich ihr mit den Daumen um die Augen, über das Gesicht.

»Chase?« Jessies Atem ging schwer.

»Still, sag jetzt nichts.« Er befürchtete, sie werde anfangen, Fragen zu stellen. Fragen, die er nicht würde beantworten können.

Auf der anderen Seite des Wagens bewegte sich etwas.

»Chase, bist du wach?«, erkundigte sich Jake leise.

»Ja«, flüsterte der Cowboy zurück und zog Jessie schützend noch enger an sich, war sich ihrer Gegenwart nur allzu sehr bewusst. Dennoch war er sich sicher, dass Jake sie von seinem Schlafplatz aus nicht sehen konnte.

»Wie spät haben wir es?«

»Schwer zu sagen, so ohne die Sterne. Etwa zwei Uhr, schätze ich.«

»Gut, dann bin ich jetzt dran mit der Nachtwache. Mach dir keine Sorgen. Ich höre ganz ausgezeichnet. Schlaf gut.«

»Danke, Jake«, erwiderte er leise. »Das mache ich. Gute Nacht.« Sanft hauchte er Jessie einen zarten Kuss aufs Ohr und flüsterte dabei: »Gute Nacht, mein Schatz.«

Kapitel 39

In Jessies Herzen keimte Hoffnung auf. Wieder und wieder ermahnte sie sich, nicht zu viel in Chase' verändertes Verhalten hineinzulesen. Doch seit drei Tagen wirkte er wie ein anderer Mensch. Glücklicher. Vielleicht, weil sie seit dem Sturm so gut vorangekommen waren. Zum Glück hatten sie durch das schlechte Wetter nicht zu viel Zeit verloren.

Wieder fühlte sich Jessie von ihrer Sehnsucht nach Chase überwältigt. Zuerst war er zu einer Heirat gezwungen worden, die er nie gewollt hatte. Dann hatte er so viel Zeit und Geld auf sie und die Kinder verwendet, hatte dafür gesorgt, dass sie alles hatten, was sie brauchten, um sich warm zu halten. Wenn sie ihr Ziel erreichten, würde sie tapfer sein und sich daran erinnern müssen, dass er wahrscheinlich seine Freiheit aufgeben würde, um bei ihr zu bleiben, wenn sie ihn darum bat. So groß war sein Ehrgefühl. Sie musste es ihm leicht machen, weiterzuziehen, wenn es das war, was er wollte.

Knirschend rollten die Wagenräder über den ausgetretenen Pfad. Der Schnee, der den Weg bedeckte, war angetaut und dann wieder gefroren, sodass sich eine Oberfläche aus feinen Kristallen gebildet hatte: wunderschön anzusehen, aber tückisch. Die Sonne, die sich mehrere Tage lang nicht gezeigt hatte, stand jetzt strahlend hell am Himmel, sodass die endlose weiße Fläche gleißte.

»Ich kann es kaum glauben, dass wir schon fast da sind«, wandte Jessie sich aufgeregt an Gabe, der schweigend neben ihr saß und den Wagen lenkte. Der Junge reagierte mit einem Nicken, und eine kastanienbraune Haarsträhne fiel ihm in die Stirn. Im Sonnenlicht erinnerte die Farbe Jessie an ein sorgfältig poliertes, teures Möbelstück. Sobald sie sich eingerichtet hatten, würde sie dem Jungen die Haare schneiden. Auch Chase und Jake konnten einen ordentlichen Haarschnitt vertragen.

Heute.

Heute würden sie Logan Meadows erreichen.

Beim Gedanken daran krampfte sich jedes Mal alles in ihr zusammen. Was hatte Chase nur vor? Was dachte er, wenn er sie mit seinen dunklen Augen nachdenklich ansah? Er sprach nie darüber, doch sie spürte, dass es mit Molly zu tun hatte. Trug er sie denn immer noch in seinem Herzen?

Sollte er seine Meinung nicht geändert haben und immer noch weiterziehen wollen, so wollte sie so viele Erinnerungen wie möglich an ihn behalten. *Er ist mein Ehemann*, sagte sie sich. Nach ihm würde sie nie wieder jemanden lieben. Wäre es dann so falsch, bei ihm zu liegen, bevor er wieder aufbrach? Immerhin waren sie doch vor dem Gesetz Mann und Frau.

Wann hatte sie eigentlich begriffen, dass sie ihn liebte? Irgendwie schien es, als hätte sie es schon immer gewusst, ganz tief in ihrem Herzen. Nur die Worte hatten ihr gefehlt – dafür, was Liebe wirklich war.

»Ja, heute müssten wir ankommen«, erwiderte Gabe. Er war tief in Gedanken versunken gewesen und wirkte ein wenig melancholisch.

»Alles in Ordnung mit dir?«

Der Junge saß da, die Ellenbogen auf die Knie gestützt, und achtete nur wenig auf die Pferde. Nach der langen Reise musste man sie allerdings auch kaum noch kontrollieren. »Es ist nichts.«

Jessie folgte seinem besorgten Blick und sah den Cowboy, der in einiger Entfernung vor ihnen herritt. »Geht es um Chase?«, bohrte sie nach, ganz die besorgte Mutter. Obwohl sie nicht viel älter war als Gabe, hatte sie das Gefühl, sie müsse ihn beschützen.

»Ich verstehe ihn einfach nicht. Und dich genauso wenig. Irgendetwas ist nicht in Ordnung, und ihr sagt einfach nicht, was.« Der Junge wandte sich Jessie zu und schaute sie fest an. »Wir wollen doch zu einer Ranch von Chase, oder?«

»Ja, genau.«

»Was ist dann das große Geheimnis? Warum seid ihr beiden nicht tagein, tagaus dabei, Pläne zu schmieden?« Gabe wandte sich wieder dem Weg vor ihnen zu. Langsam schüttelte er den Kopf. »Ich weiß es noch wie gestern: Als ich mit meiner Familie Virginia verlassen habe, haben wir jeden Abend über alles Mögliche geredet. Darüber, was wir tun würden, wenn wir endlich angekommen wären. Was wir zuerst aussäen würden. Wer die Kuh melken müsste.«

Sprachlos saß Jessie neben Gabe. Ihr war nicht bewusst gewesen, dass sie und Chase so beunruhigende Signale aussandten. Das schmerzte sie.

»Klar, ihr geht freundlich miteinander um«, fuhr Gabe fort, »aber das ist auch schon alles. Es ist fast, als wäre das das Einzige, was ihr geplant habt. Nach Logan Meadows fahren.«

Was sollte sie dem Jungen denn sagen? Sie wusste es doch selbst nicht.

»Hör auf, mich wie ein kleines Kind zu behandeln, Jessie. Ich bin alt genug, also erklär mir, was hier vor sich geht.« Der Klang seiner Stimme hatte sich verändert, war nicht länger traurig, sondern ärgerlich.

»Du täuschst dich nicht«, erwiderte sie schließlich. »Zwischen Chase und mir haben sich die Dinge geändert. Er hat vor, uns zu helfen, uns auf der Ranch einzurichten – so weit stimmt das Ganze –, aber dann will er weiterziehen.«

»Für immer?«

»Ja.«

»Aber warum?«, brachte der Junge mühsam heraus. »Er kann doch nicht einfach so weggehen. Ihr zwei seid schließlich verheiratet.« An Gabes Blick konnte sie ablesen, dass es genau das war, was er von Anfang an befürchtet hatte.

Jessie straffte die Schultern. »Schau mich nicht so an, Gabe. Er tut doch für uns, was er nur kann. Wir können nun wirklich nicht erwarten, dass er sein ganzes Leben auf den Kopf stellt, nur weil ein Freund von ihm gestorben ist und eine Frau zurückgelassen hat. Meine Güte. Denk doch mal daran, was er schon alles für uns gemacht hat.«

»Klar.« Die Stimme des Jungen klang heiser, als er antwortete. Danach suchte er ihren Blick nicht mehr.

»Ich werde ihm ewig dankbar sein«, sagte Jessie und legte Gabe eine Hand auf die Schulter. »Und das Gleiche sollte für dich gelten. Er hat viel mehr für uns getan, als jedem anderen auch nur im Traum eingefallen wäre.«

Chase winkte Jake zu sich herüber, und folgsam lenkte der Junge sein Pferd zu ihm. »Gleich hinter der nächsten Biegung kommt Logan Meadows«, erklärte er, freudig erregt und nervös zugleich. »Reite zurück und sag Jessie Bescheid.«

»Mache ich. Was ist denn das da drüben?« Jake wies auf eine alte Blockhütte, die ein Gästehaus gewesen war, als Chase sich zuletzt in der Gegend aufgehalten hatte.

»Das Red Rooster. Das älteste Wahrzeichen der Stadt.« Chase sah zu, wie Jake zurück zum Wagen sprengte. So vieles hatte sich während der letzten paar Tage verändert. Was sollte er jetzt nur tun? Sein Verstand sagte ihm, er solle sich schnell davonmachen, solange er noch konnte. Sein Herz flüsterte ihm zu, das Glück mit beiden Händen festzuhalten, das Nathans Unglück ihm beschert hatte.

Diese Unentschlossenheit bereitete ihm allmählich körperliches Unbehagen. Konnte er Jessie denn geben, was sie brauchte? Für sie sorgen, mit ihr zusammen alt werden? Hier Wurzeln schlagen? Würde er den Rest seines Lebens hier bleiben können?

Er wusste, was er wollte, wonach er sich sehnte. Aber die Angst davor, Jessie und Sarah zu enttäuschen, ließ ihn weiter zweifeln. Er nahm den Hut ab, fuhr sich mit den behandschuhten Fingern durchs Haar. Er beeilte sich besser mit dem Denken, denn viel Zeit blieb ihm nicht mehr.

Chase wartete, bis der Wagen da war. Dann hielten sie alle zusammen Einzug in die Stadt. Erstaunlicherweise sah Logan Meadows noch genauso aus wie bei seinem letzten Besuch vor drei Jahren.

Weiter vorn, fast am Ende der kleinen Gebäudeansammlung zur rechten Seite, stand der Bright Nugget Saloon. Als sie sich dem Gebäude näherten, trat eine junge, in Rot gekleidete Frau aus den Schwingtüren der Bar. Sie entdeckte die Gruppe und winkte. Weil sie ihm vage bekannt vorkam, erwiderte Chase den Gruß. Schließlich wollte er nicht unfreundlich erscheinen.

Jessie war offenbar ganz fasziniert vom El Dorado. Wenn er sich richtig entsann, war es ein gutes Hotel mit einem vorzüglichen Restaurant. The Silky Hen oder so ähnlich? Vielleicht würde er sie demnächst einmal alle zu einem Essen dort einladen. Verdient hätten sie es auf alle Fälle.

»Oh, schau doch, Chase«, rief Jessie aus und deutete hinüber auf die andere Straßenseite. Ein kleines Häuschen, eingerahmt von mehreren größeren Gebäuden, erstrahlte in einem frischen weißen Anstrich. »Eine Bäckerei! Mmmh, riecht das lecker.«

Chase konnte ein Lächeln nicht unterdrücken. Es gefiel ihm, Jessie beim Entdecken der Stadt zu beobachten. Er konnte spüren, wie aufgeregt sie war.

»Stell den Wagen hier vor dem Pfandleiher ab, Gabe. Die Bank ist gleich nebenan.« Er stieg ab und band Cody fest. »Ich bin sofort wieder da.«

Chase betrat das spärlich beleuchtete Gebäude und wartete, bis seine Augen sich an das Dämmerlicht gewöhnt hatten. Nervös schaute er sich um, und als er Frank nirgends entdecken konnte, trat er an den Schalter und läutete die silberne Glocke, die dort stand.

»Kann ich Ihnen irgendwie behilflich sein?«, erkundigte sich ein junger, geckenhaft wirkender Mann. Er legte das Kontenblatt weg, an dem er gearbeitet hatte, und sah Chase erwartungsvoll an.

»Ist Frank Lloyd im Haus?«

»Nein, aber er kommt gleich wieder. Musste nur mal kurz weg.« Der Angestellte räusperte sich. »Kann ich Ihnen vielleicht weiterhelfen?«

»Nein«, erwiderte Chase in knapperem Tonfall als beabsichtigt.

»Wen darf ich denn melden?«

»Chase Logan.«

Kapitel 40

»Ausgezeichnet, ausgezeichnet, Mr Logan. Darf ich Sie bitten, in Mr Lloyds Büro zu warten?« Aufgeregt führte der Kassierer Chase hinein, der sich auf dem ihm angebotenen Sessel vor dem Fenster niederließ. Wenn Frank nicht bald auftauchte, würde er zu den anderen in den Wagen zurückkehren.

Chase trommelte mit den Fingern auf die blank polierte Tischplatte, während er sich umsah und die ordentlich aufgereihten Gegenstände musterte. Er wollte wirklich dringend mit Frank unter vier Augen sprechen, bevor er ihm Jessie und die Kinder vorstellte.

Von draußen näherten sich Schritte über die abgelaufenen Holzplanken. Sein Freund bewegte sich immer vorwärts, als gelte es, etwas Wichtiges zu erledigen. Chase konnte hören, wie der Angestellte ihn darüber informierte, dass ein Besucher auf ihn wartete. Wenige Augenblicke später kam Frank durch die Tür gestürmt.

»Chase, mein Junge! Wie schön, dich zu sehen.« Er zog den anderen in eine kraftvolle Umarmung, schlug ihm dabei begeistert auf die Schulter. »Langsam hatte ich angefangen, mir Sorgen zu machen.« Er zwinkerte Chase zu. »Die Dame da draußen ist sicher deine Angetraute. Schon von Weitem ist sie mir aufgefallen.« Frank trat ein wenig zurück, sodass er das Gesicht des Angekommenen in Ruhe betrachten konnte. Was er da sah, gefiel ihm ganz offensichtlich, denn er lächelte so stolz, wie Chase es noch nie an ihm gesehen hatte.

»Gut siehst du aus, mein Junge. Ganz ohne Frage bekommt dir das Eheleben, das habe ich sofort gemerkt.«

»Ich freue mich auch, dich zu sehen, Frank.«

»Sonst hast du mir nichts zu sagen?«, wollte sein Freund wissen, während er wieder durch das Fenster zum Wagen sah. »Kommst nach all den Jahren angeritten, mit einer Frau und drei Kindern dabei, und außer ›Ich freue mich auch, dich zu sehen, Frank‹ fällt dir nichts ein?«

»Es ist alles nicht ganz so, wie du jetzt denkst. Da gibt es ein paar Dinge, die ich dir erklären muss«, gestand Chase in beiläufigem Tonfall. Es gefiel ihm ganz und gar nicht, dass er der Freude des Mannes einen Dämpfer würde verpassen müssen.

»Das hat doch Zeit.« Mit einer Handbewegung wischte Frank eventuelle Einsprüche beiseite. »Zuerst einmal möchte ich unbedingt deine Frau kennenlernen. Wie heißt sie denn?«

»Jessie.«

»Wunderbar. Dann gehen wir jetzt nach draußen, du stellst mich Jessie und dem Rest der Familie vor, und dann tauschen wir alle Neuigkeiten aus. Es gibt so viel, was ich dir erzählen muss. Ich weiß gar nicht, wo ich anfangen soll.«

Chase konnte kaum mithalten, als der andere förmlich nach draußen rannte. »Das ist Jessie«, sagte er, als er ihr vom Wagen herunterhalf. »Jessie, das hier ist Frank Lloyd, der Freund, von dem ich dir erzählt habe.«

Die junge Frau lächelte. »Freut mich, Sie kennenzulernen, Mr Lloyd.«

»Glauben Sie mir, Mrs. Logan, die Freude ist ganz auf meiner Seite. Nichts macht mich glücklicher als der Gedanke, dass Chase endlich eine süße kleine Frau gefunden hat, die ihn ein bisschen zähmt, den wilden Kerl.« Er räusperte sich. »Ich meine, die sich mit ihm auf eine Ehe einlässt.« Er richtete den Blick auf Sarah, die geduldig oben auf dem Sitz wartete. »Und diese junge Dame ist …?«

»Sarah«, beendete Chase den Satz für ihn. Dann hob er auch das kleine Mädchen herunter. Frank streckte dem Kind die Hand entgegen, doch die Kleine klammerte sich an Chase' Hals fest.

»Sie ist ein bisschen schüchtern.« Die Leere in seiner Brust füllte sich mit dem wunderbaren Gefühl, das sie immer in ihm auslöste. Sein Freund nickte wohlwollend.

»Der Junge auf dem Grauen ist Jake, und der prächtige Bursche hier heißt Gabe.«

»Schön, euch kennenzulernen, Jungs. Wie war denn die Reise?«

»Alles in Ordnung, Sir«, erwiderte Gabe. Jake begnügte sich mit einem Nicken.

»Na, nun habt ihr es jedenfalls geschafft«, erklärte Frank freudestrahlend. »Seit deinem letzten Telegramm habe ich geschuftet wie ein Wilder. Ich hoffe, ich habe alles so hinbekommen, dass es euch gefällt.« Erwartungsvoll sah er Jessie an.

»Sicher haben Sie alles ganz wunderbar hergerichtet.« Jessie schenkte Frank ihr entzückendstes Lächeln. »Chase, können wir mit Sarah zur Bäckerei hinübergehen? Süßigkeiten kennt sie gar nicht richtig, und ich bin sicher, die würden ihr ganz ausgezeichnet schmecken.«

»Die Kleine hat noch nie im Leben einen Schmalzkringel gegessen?«, brach es aus Frank heraus. »Das ist ja geradezu eine Sünde. Kommt mit. Ihr seid alle eingeladen.«

Zu sechst zwängten sie sich in das winzige weiße Gebäude. Drinnen war es ordentlich und sauber, und am Fenster standen zwei kleine Tische. Der Zuckerduft in der Luft kitzelte alle in der Nase, und beim Geruch von heißem Schmalz knurrte Jakes Magen vernehmlich. Alle brachen in Gelächter aus.

»Hast du denn schon mal einen Schmalzkringel probiert, Jake?«, wollte Frank wissen.

»Ja, Sir. Mrs Hollyhock macht zweimal im Jahr welche. Einmal an Weihnachten und dann noch mal an meinem Geburtstag. Ich finde sie sehr, sehr lecker. Man könnte sogar sagen, Schmalzkringel sind mein Lieblingsessen.«

»Das kann ich mir vorstellen. Meins nämlich auch.« Über die Theke hinweg lächelte Frank der jungen Frau zu, die gerade einen neuen Schwung Gebäck im Fett buk. Das Haar hatte sie auf dem Kopf aufgetürmt, und an einer Wange klebte ein bisschen Mehl.

»Lettie, wir haben etwas zu feiern. Wir nehmen drei Dutzend deiner besten Kringel.«

Die junge Frau erwiderte seine Neckereien mit einem Lächeln. »Mr Lloyd, Sie wissen ganz genau, dass ich nur eine Sorte verkaufe. Möchten Sie Zuckerguss?«

Frank wandte sich um und sah nichts als erwartungsvolle Gesichter. »Unbedingt.«

Als Lettie fertig war, verschlang die Gruppe das Gebäck geradezu. Nach den Entbehrungen der Reise, die sie gerade hinter sich hatten, schmeckten die Schmalzkringel doppelt gut.

Frank ließ Jessie nicht aus den Augen. Er würde fuchsteufelswild werden, wenn Chase ihm die ganze Wahrheit erzählte. Schon in seinem Büro hatte er das versucht, aber sein Freund hatte einfach nicht zuhören wollen.

»Mrs Logan«, setzte er jetzt an, während er sich die Hände an einer Serviette abwischte. »Ich habe eine Nichte, die etwa so alt ist wie Sie. Eine ganz wunderbare junge Frau, die ich Ihnen gern einmal vorstelle. Hannah Hoskins ist ihr Name.« Er nickte angetan. »Was habt ihr denn heute noch vor, Chase? Willst du weiter oder bleibt ihr in der Stadt?«

»Ich glaube, wir werden alle heilfroh sein, endlich am Ziel anzukommen. Wir ziehen also weiter, aber zuerst kaufen wir im Laden noch ein paar Vorräte.«

»Nicht nötig, darum habe ich mich schon gekümmert. Wenn ich meine Sache gut gemacht habe, seid ihr für eine ganze Weile versorgt.«

»Ich kann dir gar nicht genug danken, Frank«, erklärte Chase, und er meinte es ehrlich. Er warf einen Blick hinüber zu Jessie, die Sarah gerade Zuckerkrümel aus den Mundwinkeln wischte.

»Mir ist es Dank genug, dass du endlich nach Hause gekommen bist.«

Jessie beobachtete die beiden Männer bei ihrer Unterhaltung. Mr Lloyd schien sehr an Chase zu hängen, sog seinen Anblick geradezu in sich auf. Auch Chase freute sich ganz offensichtlich, wieder daheim zu sein. Doch aus irgendeinem Grund spürte sie eine gewisse Zurückhaltung bei ihm.

Mr Lloyd wandte sich um, und Jessie wurde verlegen, dass er sie dabei erwischte, wie sie ihn anstarrte.

»Wie sieht es aus, sind Sie schon gespannt auf Ihr neues Zuhause?«

Unser neues Zuhause. Das klang so herrlich. So beständig. Sie sah zu Chase hinüber. Lächelnd nickte er ihr zu. Der winzige Hoffnungssame, der in der vergangenen Nacht in ihrem Herzen aufgekeimt war, begann Wurzeln zu schlagen.

»Also los«, rief Chase den Jungen zu. »Kommst du mit uns, Frank?«

»Um nichts in der Welt lasse ich mir euren Einzug entgehen.«

Gemeinsam verließen sie die Bäckerei und gingen den Weg zurück, den sie gekommen waren, doch am oberen Ende der Straße wandten sie sich in die andere Richtung.

»Oh, Gabe, ist das nicht alles wunderschön?«, rief Jessie aus, während sie sich begeistert umsah. Sie zeigte auf einen kleinen Hügel, auf dem sie eine ebenso kleine weiße Kirche entdeckt hatte, mit einem liebevoll gepflegten Friedhof daneben.

»Und wie, Jessie.« Gabe nickte bestätigend. »So ziemlich die beeindruckendste Stadt, die ich je gesehen habe.«

Chase und Frank ritten ein Stück vor dem Wagen her und unterhielten sich über die guten alten Zeiten. »Hattest du irgendwelche Probleme, die Dinge zu besorgen, die im Telegramm standen?« Bei dieser Frage wandte er sich um und warf einen Blick zurück auf den Wagen.

»Das mit der Milchkuh war nicht ganz so einfach, aber schließlich konnte ich einen Tagesritt entfernt eine auftreiben. Humphries hat sie geholt.«

»Ich hoffe, der lange Weg hat ihm nichts ausgemacht.«

Schmunzelnd schüttelte Frank den Kopf. »Keine Sorge, dafür hast du ihn zu gut bezahlt.«

Fragend hob Chase die Augenbrauen. »Habe ich das?«

»Ja. Du willst doch nicht als Geizkragen gelten, oder?«

Chase wurde nachdenklich. Es war immer Frank gewesen, der vom Sparen angefangen hatte, davon, dass man sein Geld nicht leichtfertig verschwenden sollte. »Nein, als Geizkragen möchte ich bestimmt nicht gelten.« Irgendetwas Seltsames ging hier vor, aber Frank wollte einfach nicht mit der Sprache herausrücken.

Als sie an eine Gabelung gelangten, wollte Chase die ausgewaschene Straße nach Westen einschlagen. Das war der Weg, den die Postkutschen nahmen, und außerdem führte er zu dem Haus am Shady Creek.

»Chase, mein Junge«, rief ihm Frank zu, der sich Richtung Osten wandte. »Lass uns hier entlangreiten. Es gibt da etwas, das ich euch zeigen möchte.«

Chase hatte Mühe, seine Ungeduld zu verbergen. »Wir sind alle müde, Frank. Es war eine lange Reise.« Er war nicht in der Stimmung, irgendwelche Sehenswürdigkeiten zu betrachten, und ging stark davon aus, dass es den anderen ähnlich ging. »Morgen.« Störrisch ritt er weiter westwärts.

»Nein, die Angelegenheit kann nicht warten«, erwiderte Frank von der anderen Seite der Gabelung. Der Wagen hielt an, die Insassen warteten auf eine Entscheidung. »Nun komm schon, es wird nur ein paar Minuten dauern, und dann, das verspreche ich dir, bringen wir deine Familie sicher in ihr gemütliches Zuhause.«

»Wie lange denn?« Chase wollte sicher sein, dass es wirklich nicht mehr weit war. Frank verlor manchmal jedes Maß, wenn ihn etwas begeisterte. Doch jetzt verzog er nur das Gesicht und warf Chase dann einen hoffnungsvollen Blick zu. »Eine Viertelstunde vielleicht?«

»Hin und zurück ist das dann schon eine halbe, Frank. Weißt du, wie viele Tage wir unterwegs waren?«

Sein Freund tippte sich mit dem Daumen an den Hut. »Ich verspreche dir, du wirst es nicht bereuen.«

Nur äußerst widerstrebend gab Chase nach. Doch sein Freund hatte so viel für ihn getan – nicht nur, was diese Heimkehr betraf, sondern auch während all der Jahre, die sie einander kannten. Da kam es auf dreißig Minuten wirklich nicht mehr an, nicht wahr?

»Aber du sagst uns nicht, worum es eigentlich geht? Ich muss auf dein Wort vertrauen?«

»Genau so ist es.«

»In Ordnung. Bisher konnte ich mich ja immer auf dich verlassen.«

Zehn Minuten vergingen. Dann trafen sie auf eine weitere Gabelung. Hier führte die Straße nach Osten weiter, die Abzweigung jedoch wand sich gen Norden, in Richtung der Broken Horn Ranch. Ein- oder zweimal hatte Chase sie besucht, ein stattliches Anwesen.

»Hier biegen wir ab.«

»Was?« Mit Mühe hielt Chase seinen Unmut im Zaum. Das ging entschieden zu weit. »Sag mir einen Grund, warum wir zu Hollister auf die Broken Horn Ranch fahren sollten. Ihren Einstandsbesuch dort kann Jessie immer noch später erledigen, nachdem sie sich ein wenig ausgeruht hat. Hast du uns etwa dafür hergeschleift?«

»Ach, du kennst du mich einfach zu gut. Nein, das hätte ich euch nicht zugemutet. Nach Hause habe ich euch gebracht.«

Kapitel 41

»Was?« Chase war völlig verblüfft. »Sag das noch mal.«

»Dein Landbesitz hat sich um einiges vergrößert, seit du zuletzt hier warst. Die Broken Horn Ranch gehört jetzt dir. Das Angebot war einfach zu verlockend, als dass ich es hätte ausschlagen können.«

Vor Fassungslosigkeit war Chase wie gelähmt. Jessie, Gabe und Jake wechselten verständnislose Blicke, während sie zu erfassen versuchten, was hier vor sich ging.

»Es stimmt. Anderthalb Jahre lang habe ich versucht, dich nach Hause zu locken, du alter Rumtreiber. Ich wusste nie, wie ich dich erreichen sollte, denn immer, wenn du mir ein Telegramm geschickt hast, hast du dich sofort danach wieder aufgemacht, wer weiß wohin. Wenigstens ein einziges Mal hättest du ruhig warten können, bis ich mich bei dir melde.«

»Hör auf mit den Vorwürfen und erkläre mir genau, was hier vor sich geht.«

»Hollister hat sich beim Wetten ein paarmal übel verschätzt und dabei sein ganzes Geld verloren. Ein Spieler war er schon lange, aber diesmal waren die Verluste zu hoch, als dass es noch eine Rettung für ihn gegeben hätte. Irgendwann konnte er dann die Hypothek nicht mehr bezahlen, darum ist die Ranch der Bank zugefallen. Ich habe versucht ihm zu helfen, so gut ich konnte. Habe die Ranch ein Jahr lang gehalten, während er versucht hat, das Geld zusammenzukratzen, um sie zurückkaufen zu können. Schließlich hat er aufgegeben und die Stadt verlassen.« Bei der Erinnerung daran schüttelte Frank den Kopf. Das Schicksal des Mannes ging ihm sichtlich nahe. »Du konntest es dir als Einziger in der Stadt leisten, die Ranch mit allem Drum und Dran zu kaufen. Außerdem war es nur logisch, denn das Land grenzt im Westen an deines.«

Das alles wollte Chase einfach nicht in den Kopf. Irgendjemand erlaubte sich da einen sehr schlechten Scherz mit ihm.

»Meine größte Angst bestand darin, du würdest es irgendwie fertigbringen, ums Leben zu kommen, bevor ich dir überhaupt Bescheid geben könnte. Darum war ich auch so überglücklich, als ich dein Telegramm gelesen habe.« Frank strahlte vor Freude. »Komm schon, auf nach Hause. Und, Chase …« Auf dem Gesicht des Mannes erschien ein überaus selbstzufriedener Ausdruck. »Habe ich dir nicht immer gesagt, dass sich Dividenden wie von Zauberhand vermehren?«

»Immer und immer wieder«, bestätigte Chase, der immer noch den Kopf schüttelte. »Öfter, als ich es hören wollte.«

Das Land war von einer unglaublichen Schönheit. Leicht hügeliges Weideland, so weit das Auge reichte. Im Moment war alles noch von Schnee bedeckt, doch wenn der Frühling kam, würde es hier so grün und frisch aussehen wie in Irland. Es gab zwei Ställe: einen für die Pferde, die Hollisters ganzer Stolz gewesen waren, und einen zweiten für die Nutztiere und die Ausrüstung.

Doch trotz seines heruntergekommenen Zustandes schien das Haus Jessie am meisten zu beeindrucken. Es war, als könne sie sich gar nicht sattsehen an der kunstfertig gezimmerten Blockhütte – dieses Gebäude war gebaut, um ein Leben lang zu halten … oder auch zwei. Die Räume boten viel Platz, und es gab ganze drei Schlafzimmer.

»Es tut mir leid, dass hier alles so kahl aussieht, Mrs Logan«, entschuldigte sich Frank und erfasste mit einer Handbewegung die zumeist leeren Zimmer. »Die meisten großen Möbelstücke hat Hollister verkauft, eines nach dem anderen, um seine Spielsucht zu finanzieren. Wirklich eine Schande, einige waren seit Generationen in seiner Familie. Zum Glück musste der alte Sherm Hollister nicht mehr mit ansehen, wie sein Sohn alles durchbringt.«

»Ich kann kaum fassen, wie wunderschön alles ist.« Jessie ging umher, berührte eine Tiffany-Lampe, die auf einem Ecktisch stand.

»Mrs Logan, kommen Sie mal her«, rief Frank und öffnete eine Tür, die von der Küche abging. Jessie warf einen Blick hinein. »Hier haben Sie eine eingebaute Badewanne. Wenn wir ein wenig Wasser heiß machen, können Sie sich noch heute Abend darin ausstrecken.«

Plötzlich keuchte die junge Frau auf, sodass Mr Lloyd vor Schreck erblasste. Hilfesuchend sah er zu Chase.

»Sie ist einfach völlig erschöpft. Erst die Reise, und dann das hier – das ist alles ein ganz schöner Schock. Komm, Jessie, leg dich einen Moment hin, damit du etwas zur Ruhe kommst.«

»Nein. Wo ist Sarah?« Jessie blickte sich um. »Ich muss …«

»Gabe und Jake sind mit ihr in den Stall gegangen, um ihr die Kuh zu zeigen. Na komm.« In ihren Augen glänzten Tränen, die jeden Moment überzulaufen drohten. Fürsorglich geleitete er Jessie in eines der Schlafzimmer und war dankbar, dass das Bett dort bereits ansprechend mit einer bunten Tagesdecke zurechtgemacht war.

»Hier.« Er ließ sich auf dem Rand nieder und klopfte auf den Platz neben sich. »Setz dich her, dann reden wir.«

Sie nickte, holte tief Atem und schien kaum in der Lage, ihre Emotionen zu kontrollieren. War sie vielleicht genauso verwirrt wie er?

»Alles wird gut, Jessie. Wir kriegen das schon hin. Morgen früh wirst du dich fragen, was du dir eigentlich so zu Herzen genommen hast.«

»Nein.« Die Entschlossenheit in ihrer Stimme überraschte ihn. »Wenn ich hierbleibe, wie wir es geplant hatten, wirst du fortgehen. Aber das hier ist dein Traum, Chase. Eine einmalige Chance. Ich weiß, dass du aus dieser Ranch eine ganz außergewöhnliche Pferdezucht machen könntest. Deshalb werde ich noch heute Abend weiterziehen. Wir werden nicht einmal den Wagen ausladen.«

»Hast du jetzt völlig den Verstand verloren?« Unwillkürlich wurde Chase lauter. »Du bist doch zu Tode erschöpft. Sarah genauso. Die Tiere könnten keinen einzigen Schritt weitergehen, selbst wenn du sie anbettelst. Schlag dir diesen verrückten Plan aus dem Kopf, auf der Stelle.«

Mit bebender Stimme fuhr Jessie fort: »Dieses andere Haus, das am Shady Creek. Da gehen wir hin, und dort werde ich mir alles in Ruhe überlegen.« Das Bedürfnis, sie zu trösten, war überraschend stark. Ihr verdammter Stolz war fast so ausgeprägt wie sein eigener.

»Das sehen wir noch. Jetzt legst du dich erst mal hin, nur einen Augenblick, und ich spreche mit Frank. Tust du mir diesen einen Gefallen? Danach können wir das immer noch klären.« Sanft drückte er sie in das weiche Federbett.

»Sarah?«, fragte sie leise.

»Ich passe auf sie auf.«

Seinen Freund fand er schließlich auf der Veranda, wo er eine Zigarre rauchte. Frank wirkte besorgt, wie er so in die endlose, schneebedeckte Weite blickte. Chase zog sich einen Stuhl heran, setzte sich ihm gegenüber. Frank bot ihm ebenfalls eine Zigarre an.

»Nein danke.« Auch Chase ließ den Blick über das Land schweifen. »Was für eine Aussicht, nicht wahr?«

»Ja, das kann man wohl sagen. Chase, gefällt es dir denn hier? Ich hoffe, du bist nicht wütend, weil ich mir diese Freiheit mit deinem Geld erlaubt habe. Es war einfach eine so fantastische Gelegenheit. Und was Investitionen betrifft, liegt man mit Land immer richtig.«

»Wütend? Das wäre doch völlig absurd. Nein, für mich ist ein Traum wahr geworden. Wem könnte das hier nicht gefallen?«

»Ich bin mir nicht sicher, ob es auch Mrs Logan so gefällt.« Frank ließ den Zigarrenstummel fallen und zertrat ihn mit dem Stiefelabsatz.

»Jessie?«, erwiderte Chase überrascht. »Nein, da irrst du dich. Sie hat sich sofort in die Ranch verliebt. Ihr machen nur ein paar andere Dinge Sorgen, nichts weiter.«

»Kann ich denn irgendetwas für euch tun?«

»Nein. Aber danke, dass du gefragt hast. Wir kriegen das schon hin.«

»Dann mache ich mich jetzt auf den Rückweg in die Stadt. In der Schlafbaracke wirst du ein paar Cowboys antreffen, die sich um die Ranch gekümmert haben, seit Hollister weg ist. Sie haben nur das Nötigste erledigt und dafür gesorgt, dass sich kein Unbefugter hier einnistet.«

»Danke, Frank. Ich kann dir gar nicht genug danken. Du bist wie ein Vater für mich. Als Einziger warst du bereit, mir eine Chance zu geben. Und jetzt schau dir das alles hier an. Das ist dein Werk.«

Das Gesicht seines Freundes färbte sich tiefrot. »Ach, Chase. Weißt du denn nicht, dass ich alles für dich tun würde? Aber jetzt ruhst du dich erst mal aus, mein Sohn, und morgen früh unterhalten wir uns weiter. Gute Nacht.«

Kapitel 42

Gegen Mitternacht wachte Chase auf. Das war jetzt die achte Nacht in Folge, die er nicht richtig schlafen konnte. Wahrscheinlich lag es einfach daran, dass er es nicht gewohnt war, in einem Bett zu nächtigen, besonders nicht in einem, das so breit und bequem war wie dieses hier. Doch er wusste genau, dass er sich damit selbst belog. Frustriert warf er sich auf die andere Seite und versetzte seinem Kissen ein paar Fausthiebe.

Jessie war einfach nicht abzubringen von dieser Vorstellung, sie würde ihm die Ranch wegnehmen. Sie bestand darauf, mit den Kindern in das Haus am Shady Creek zu ziehen, bis sie etwas Neues gefunden hätte.

Ging es womöglich in Wirklichkeit darum, dass sie keinen neuen Mann in ihrem Leben haben wollte?

»Stures Weib«, murmelte er und wälzte sich wieder auf die andere Seite.

Plötzlich verlor er die Geduld, kletterte aus dem Bett und griff nach seiner zerknitterten Hose, die er sich hastig überzog. Auf ein Hemd verzichtete er ganz und ging barfuß in das große Wohnzimmer. Egal, wie kalt es draußen war – er brauchte frische Luft.

Er zog sich den schweren Mantel über den nackten Oberkörper, trat nach draußen auf die Veranda und lehnte sich an einen der Stützbalken. Am nächtlichen Firmament strahlten die Sterne. Eine Ewigkeit schien vergangen zu sein, seit er in jener ersten Nacht mit Jessie draußen gesessen hatte, sie auf der Treppe und er auf der Holzkiste. Das war die Nacht gewesen, in der sie ihm diese Frage über die Engel gestellt und über Gott gesprochen hatte.

Was machte ihn nur so rastlos? Schließlich hatte er seine Entscheidung gefällt. Jessie würde wunderbar ohne ihn zurechtkommen, und jetzt, wo sie die Ranch hatte, würde sie sicher bald wieder jemanden finden, der für sie sorgte. Sie liebte.

War es das, was er wollte? Ein Leben ohne Jessie und Sarah erschien ihm so leer. Und die Jungen würde er auch vermissen. Die Ranch zu verlassen, war nichts im Vergleich zu der Vorstellung, nie wieder zu erleben, wie das Lächeln auf Jessies Gesicht einen ganzen Raum erhellte.

Damals in Valley Springs hatte sie ihn gebeten, bei ihr zu bleiben. Hatte gesagt, dass für sie das Gelübde bindend sein würde, vor Gott ausgesprochen, dass sie vorhatte, ihm eine echte Ehefrau zu sein. Aber wie sah es inzwischen damit aus? Unbestimmte Zweifel nagten an ihm. Vielleicht konnte sie es kaum erwarten, dieses Kapitel in ihrem Leben abzuschließen und ein neues zu beginnen.

Seufzend schaute er zum Haus zurück und sah vor seinem geistigen Auge Jessie.

Mrs Logan, verbesserte er sich.

Sie schlief jetzt dort drinnen bei Sarah. Hatte es wahrscheinlich wunderbar warm und gemütlich. Würde er jemals vergessen können, wie es sich anfühlte, sie in den Armen zu halten?

Ein Pferd wieherte und lenkte seine Aufmerksamkeit auf die Koppel. Ein paar Tiere, die auf der einen Seite der Umzäunung gestanden hatten, setzten sich in Bewegung. Vor Chase' Augen wurde im goldenen Licht des Mondes ein Umriss in der Dunkelheit erkennbar. Bei genauerem Hinsehen entpuppte die Silhouette sich als Jessies gertenschlanke Gestalt. Wahrscheinlich sah sie nach Cricket, der Stute, die sie auf der Reise ins Herz geschlossen hatte.

Er zog sich die Stiefel an und ging zu ihr hinüber. »Was machst du hier draußen ganz allein?«, rief er ihr zu, sobald er in Hörweite war. Sie zuckte zusammen, als sie seine Stimme hörte, und fuhr zu ihm herum.

»Ich habe einfach etwas frische Luft gebraucht, Chase. Sei nicht wütend deswegen.«

Sie trug das Haar offen, und der eisige Nachtwind spielte damit. Im Mondlicht glänzte es so herrlich, dass er nur mit Mühe den Drang unterdrücken konnte, es mit den Händen zu berühren, seine Weichheit zu spüren.

»Es ist so eine schöne Nacht. Ich musste einfach ein wenig ins Freie kommen.«

Nicht so schön wie ihr Anblick, hier im Licht der Sterne. Aufs Neue fiel ihm auf, wie zierlich sie war. Dass ihr Kopf gerade eben bis an sein Kinn reichte. »Du solltest jedenfalls nicht allein hier draußen sein.«

Sie legte ihm eine Hand auf den Arm. »Jetzt bin ich doch gar nicht mehr allein.«

Er zuckte die Achseln, war nicht bereit, seinen Ärger zu vergessen. Sie mussten die Sache jetzt in Ordnung bringen, damit hatten sie schon viel zu lange gewartet.

»Sei nicht wütend. Ich …« Sie brach ab.

Stumm sah er ihr in die Augen.

»Ich kann es einfach nicht ertragen, wenn du wütend bist.« Sie sprach ohne Umschweife, und ihre Worte trafen ihn wie ein Pfeil ins Herz. »Dann bekomme ich Angst, dass du fortreitest und nie wieder zurückkommst.« Sie trat näher an ihn heran.

Er zog sich zurück, kämpfte mit sich. »Was genau willst du von mir? Ich muss wissen, was du wirklich denkst.«

»Ich will, dass du glücklich bist«, sagte sie schlicht. »Das und nichts anderes. Ich will nicht, dass du dich mir verpflichtet fühlst, weder um Nathans noch um Sarahs willen.« Wieder rückte sie näher und brachte ihn innerlich völlig aus dem Gleichgewicht. »Du hast mehr für uns getan, als irgendwer sonst zu tun bereit gewesen wäre.« Sie sah zu ihm auf, und unter ihrem Blick spürte er sein Gesicht warm werden.

Er war immer noch ein Mann. Ein Mann aus Fleisch und Blut. »Wenn du's genau wissen willst, bist du es, die mich glücklich macht, Jessie. Wie du lächelst, wie du mich berührst, alles.« So –

jetzt hatte er es ausgesprochen. Doch er musste unbedingt wissen, was sie empfand. »Aber was ist mit dir? Seit Wochen schleichen wir umeinander herum. Welche Gefühle hast du für mich? Ohne Umschweife.«

Jessie umarmte ihn und reckte den Hals, um ihm ins Gesicht sehen zu können.

»Ich fürchte mich«, flüsterte sie. »Ich habe Angst, dich mit dem, was ich sage, an mich zu fesseln.«

»Das ginge gar nicht. Wenn ich wegwollte, wäre ich längst verschwunden.«

»Ich liebe dich.«

Ihre leisen Worte klangen so lieblich, dass sein Herz wild zu pochen begann. Ihr Gesicht, vom Mondlicht erhellt, zog ihn ganz in seinen Bann. Die Eleganz ihrer Augenbrauen, ihrer wunderschön geschwungenen Lippen. Alles an ihr war einfach vollkommen.

»Jessie.« Er senkte die Lippen auf die ihren.

Jessie schmolz förmlich dahin. War das alles ein Traum, oder geschah es tatsächlich? Sie hatte ihm gestanden, wie es in ihrem Herzen aussah, und er hatte sich nicht von ihr abgewandt. Ein Glücksgefühl erfasste sie, und sie hatte Mühe, dass es nicht überströmte. Empfand er denn womöglich dasselbe?

Chase hob sie hoch, und ehe sie Einspruch erheben konnte, trug er sie in die Scheune. Stieg mit ihr eine Leiter empor, während er sie fest im Arm hielt, als wöge sie gar nichts. Dann bettete er sie sanft in das herrlich duftende Heu, beugte sich über sie und drückte sie mit dem ganzen Gewicht seines Körpers tief in die weiche Unterlage.

»Chase?«, flüsterte Jessie, als er ihren Mund mit Küssen bedeckte. Ihm so nah zu sein, ihn zu schmecken, das überwältigte ihre Sinne, und alles um sie herum schien sich zu drehen. Kurz hielt er inne und streifte mit einer einzigen Bewegung den Mantel ab, sodass sein bloßer Oberkörper zum Vorschein kam. Im Dunkel der Scheune erhaschte Jessie flüchtige Blicke auf ihn, wo das Mondlicht durch Lücken im Dach hereinfiel.

Er war so unglaublich schön, sein Körper so muskulös. Jessie vermochte kaum zu atmen. Zaghaft streckte sie die Hand aus und liebkoste seine Brust. Chase schloss die Augen.

Mitgerissen von der Wonne, die sich so unverfälscht auf seiner Miene zeigte, hob sie den Kopf, küsste ihn auf beide Lider, hauchte weitere Liebkosungen auf seinen markanten Kiefer, seinen Hals. Er zog sie noch dichter an sich heran. Fragend sah er sie an, und in seinem Blick loderte hungrige Leidenschaft, tiefes Verlangen. Doch sie verspürte keine Angst. Das hier war Chase, dem sie vertraute und den sie liebte.

In seinen Bewegungen spürte sie die Dringlichkeit, die er empfand. Schnell öffnete er alle Knöpfe, streifte ihr den Mantel ab und wollte ihr als Nächstes das Nachthemd über den Kopf ziehen – hielt jedoch inne, als sie ihm eine Hand auf die Brust legte, dort, wo sein Herz heftig schlug.

»Doch nicht?«, fragte er leise und suchte ihren Blick.

Ob seiner Ernsthaftigkeit musste sie lächeln, während sie sich aufsetzte.

»Nein … So meine ich es nicht. Es ist mein Rücken. Den will ich dir zuerst zeigen.«

Vorsichtig zog Jessie die Arme aus den Ärmeln, kreuzte sie vor der Brust und hob den Stoff des Nachthemds von ihrem Rücken. Lange sah sie Chase in die Augen, bevor sie sich umwandte und ihm den Rücken zudrehte.

Chase hatte Mühe, nicht den Blick abzuwenden. Er riss sich zusammen, damit sie ihm den Schock nicht anmerkte oder ihm die Stimme versagte. Wie sehr musste sie gelitten haben! Ein Wunder, dass sie überhaupt überlebt hatte. Er streckte eine Hand aus, zeichnete eine der tiefroten, schmerzhaft wirkenden Narben mit dem Finger nach. Sie schauderte. »Wie ist das passiert?«

»Als Sarah noch ein ganz kleines Baby war, ist im Säuglingszimmer ein Feuer ausgebrochen. Ich bin rein, um sie da rauszuholen, aber ich war nicht schnell genug. Ein Balken ist von der Decke gestürzt und hat mich schlimm getroffen. Sarah ist mir aus den Armen gefallen, deswegen hat sie nichts abbekommen.«

»Oh, mein Schatz«, brachte Chase mühsam hervor. Nun zitterte er selbst. Wie hatte sie nur diese entsetzlichen Schmerzen ausgehalten? Es musste unendlich schlimm gewesen sein. »Wie alt warst du, als das passiert ist?« Er brachte nur ein Flüstern zustande.

»Vierzehn«, erwiderte sie über die Schulter. Im sanften Mondlicht wirkte ihr Profil ernst.

»Wo soll denn daran etwas Gutes sein, Jessie? Das ist tragisch. Du warst noch so jung.« Ihm brach die Stimme, und er konnte nicht weitersprechen.

Sie legte ihm einen Finger an die Lippen. »Schhh … Natürlich gibt es einen Silberstreif, Chase. Kannst du das denn nicht sehen? Das hier«, sie strich über eine Narbe an ihrer Seite, »hat mich stark gemacht. Auf diese Weise habe ich gelernt, alles zu ertragen, was mir das Leben an Schwierigkeiten beschert. Es hat mich zu dir geführt. Wenn das der Preis für die Gefühle war, die ich nun empfinde, würde ich alles wieder ganz genauso machen.«

»Jessie … Mein Schatz, mein süßer Liebling, es tut mir so leid, so unendlich leid.« Seine Stimme war heiser, sein Hals wie zugeschnürt.

»Ist schon gut«, flüsterte sie tröstend. »Seitdem ist so viel Zeit vergangen, und Schmerzen habe ich gar keine mehr.« Sie zog sich das Nachthemd ganz über den Kopf und warf es beiseite. Dann ließ sie sich rückwärts ins Heu sinken – eine stumme Einladung.

Kapitel 43

Ihre Augen glitzerten erwartungsvoll, ihre Lippen schimmerten weich und voller Lust. Nun konnte auch Chase glauben, dass es einen Gott im Himmel gab, denn niemand sonst hätte ein so wunderschönes Wesen erschaffen können. Sie war schöner als alles, was er sich je hätte erträumen können.

Unter seinem unverwandten Blick errötete Jessie, wich ihm jedoch nicht aus. Plötzlich reichte es nicht mehr, nur Augenkontakt zu halten. Er presste seine Lippen auf ihre. Eine Stimme in seinem Inneren flüsterte ihm zu, er solle die Sache langsam angehen, jede Sekunde genießen. Doch dazu war er nicht in der Lage. Ihre Leidenschaft trieb ihn immer weiter, bis er nicht mehr warten konnte.

Als sie plötzlich vor Schmerz aufschrie, erstarrte er.

»Jessie?« Er strich ihr das Haar aus der Stirn. Sie hatte die Augen fest geschlossen, atmete flach. Das Herz hämmerte ihm wie wild in der Brust. »Ich habe dir wehgetan«, flüsterte er dicht an ihrer seidigen Haut.

»Nicht schlimm«, murmelte sie und streckte eine Hand aus, um sein Gesicht zu berühren. »Der Schmerz hat schon fast aufgehört.«

Schuldgefühle stürmten auf ihn ein. Hätte er das vorher gewusst, hätte er sich viel mehr Zeit genommen. Hätte abgewartet, bis ihnen ein großes, weiches Bett zur Verfügung stand, Himmel noch mal. So erklärte sich also, warum Nathan sich in der Nacht, als er zu Tode gekommen war, so wild aufgeführt hatte. Wie lange hatte er seinen Freund ungerechterweise dafür verurteilt, dass er so viel Zeit getrennt von seiner Frau verbrachte. Stattdessen hätte er ihm danken sollen.

»Was hast du?«, fragte sie leise.

Er schüttelte den Kopf und drückte ihr einen sanften Kuss auf die Lippen. »Es fügt sich alles, wie es sein soll«, erwiderte er zärtlich und suchte ihren Blick. Langsam verlor alles um sie herum an Bedeutung, bis nur noch Jessie existierte.

Hinterher lag sie still in seinen Armen, und ihre Herzen schlugen im Gleichklang. Die Minuten vergingen, doch Jessie sagte kein Wort. Langsam begann er, sich Sorgen zu machen. »Jessie?« Mit Mühe wandte er den Kopf, sodass er ihr Gesicht sehen konnte. Seine Gefühle übermannten ihn. Sie liebte ihn. Das hatte sie vorhin gesagt. Und doch konnte er es kaum glauben.

»Ich wünschte, du hättest mir gesagt, dass du noch … du weißt schon, unberührt bist«, sagte er liebevoll und strich ihr eine Haarsträhne aus dem Gesicht. »Dann … hätte ich mich anders benommen. Wenigstens dafür gesorgt, dass wir in einem Bett sind. Wie ist es nur möglich, dass du …?« Er hielt inne, setzte dann erneut an. »Ihr wart doch ein Jahr lang verheiratet.«

Sie öffnete die Augen und sah ihn an. »Nathan war ein guter Mensch. Er hat mich als Mädchen wahrgenommen, das Hilfe brauchte, nicht als Ehefrau.«

In ihrem Blick suchte er nach einem Ausdruck des Bedauerns, einem Anzeichen dafür, was sie gerade dachte.

Als wüsste sie, was er sich gerade fragte, schmiegte sie sich enger an ihn. »Es hat mir genau so gefallen, wie es war«, erklärte sie leise. »Anders hätte ich es nicht haben wollen.«

»Ach, tatsächlich?« Neckend fuhr Chase ihr mit dem Finger über die Seite, und sie kicherte. »Da macht aber jemand ziemlich weit den Mund auf, oder?«

Sie zog die Augenbrauen hoch.

Er hörte auf, sie zu kitzeln.

Ganz dicht an seinem Ohr flüsterte sie: »Vielleicht können wir nach drinnen gehen, da ist es ein bisschen wärmer. Ein großes, weiches Bett klingt wirklich verlockend.«

Die Tage vergingen wie im Flug. Schon rückte Thanksgiving näher. Nie hätte Jessie zu hoffen gewagt – nicht einmal zu träumen –, dass sie jemals im Leben so glücklich sein könnte.

Frank Lloyd kam zum Festessen zu ihnen und brachte einen Brief von Mrs Hollyhock mit. Darin stand, dass es der alten Frau gut ging. Ein paar Tage, nachdem Chase und Jessie die Stadt verlassen hatten, war Beth bei Nacht und Nebel mit irgendeinem Spieler durchgebrannt. Mrs Hollyhock wollte für einen Besuch nach Logan Meadows kommen. Sie fragte, ob es wohl in Ordnung wäre, wenn sie ein paar Wochen bei ihnen bliebe. Jessie war hocherfreut. Chase etwas weniger.

Sarahs Augen wurden groß und rund, als Chase den dicken Truthahn aus dem Ofen holte, goldbraun und herrlich duftend. Als sie jedoch erfuhr, dass es sich dabei um ihren geliebten Mr Tom handelte, weigerte sie sich standhaft, auch nur einen Bissen zu probieren.

»Der arme, arme Mr Tom«, rief sie weinend und rannte aus dem Zimmer. Chase, völlig überrumpelt, machte sich sofort auf den Weg in die Stadt und kehrte mit einem der Kätzchen zurück, die Jessie in der Woche zuvor im Kaufmannsladen gesehen hatte. Ein zutrauliches, sanftmütiges Tier mit Schildpattmuster. Sarah schloss es sofort in ihr Herz, liebkoste und küsste es und taufte es »Patches«.

Mit den zwei von Frank angeheuerten Cowboys und den beiden Jungen stand Chase so gut wie alle Hilfe zur Verfügung, die er brauchte, damit die Arbeit auf der Ranch reibungslos ablief. Es würde einige Jahre in Anspruch nehmen, bis die Herde wieder so groß wäre wie früher, aber das machte ihm offenbar nichts aus. Derartige Herausforderungen schien er gern anzunehmen.

Jeden Morgen, wenn er das Haus verließ, sah Jessie ihm nach und wartete schon sehnsüchtig auf seine Rückkehr zum Mittagessen. Die Jungen waren dazu übergegangen, bei den anderen Männern zu essen und zu schlafen, doch zum Sonntagsgottesdienst begleiteten sie Jessie und Sarah immer und blieben danach zum Essen im Haupthaus. Im Lesen und Schreiben machte Chase beachtliche Fortschritte – mittlerweile war er schon dazu in der Lage, der Kleinen aus einem einfachen Buch vorzulesen. Darauf freute er sich jeden Abend.

Es war himmlisch, wieder etwas Zeit für sich zu haben. Wenn Sarah im Bett war, verbrachten Jessie und Chase viele lange Stunden zusammen, erkundeten all ihre jeweiligen Vorlieben. Zu Chase' großer Begeisterung kam dabei auch Mrs Hollyhocks Vermählungsgeschenk zum Einsatz, und er gelobte, seiner Frau jedes Jahr zum Hochzeitstag ein neues Exemplar zu kaufen.

»Kaum zu glauben, bald haben wir schon Weihnachten, Schätzchen«, bemerkte Jessie, der immer noch jedes Mal das Herz aufging, wenn sie Sarah die langen Locken kämmte. »Sag, was sollen wir deinem Daddy schenken?«

Nachdenklich legte das kleine Mädchen den Kopf schief und schaute ihre Mutter mit funkelnden Augen im Spiegel an. Mit ihren kleinen Fingern spielte sie an dem Glas herum, in dem ihre Zahnbürste stand.

»Ein Kätzchen.« Allein die Vorstellung fand das kleine Mädchen so aufregend, dass es am ganzen Körper zu zittern begann.

Jessie musste lachen. »Ich weiß nicht. Ein Kätzchen pro Haushalt ist genug, glaube ich. Meinst du nicht?« Beide schauten zu Patches, die gerade ihre winzigen Krallen an Sarahs Tagesdecke schärfte. »Ich hätte nichts dagegen, wenn wenigstens ein paar Dinge heil blieben, bis unsere Kleine hier groß geworden ist. Fällt dir vielleicht noch etwas ein?«

»Hmmm …« Auf dem Gesicht des Kindes erschien ein ernsthafter Ausdruck.

»Wir könnten ihm ein paar Socken stricken«, fuhr Jessie fort. An Sarahs Gesicht war deutlich abzulesen, dass das Mädchen diese Idee nicht halb so gut fand wie die eines weiteren Kätzchens.

»Und wir könnten Ka'amell machen«, schlug Sarah strahlend vor – das war schon fast so gut wie ein Haustier.

»Gute Idee«, gab Jessie zur Antwort. »Wie wär's, wenn wir ihm außerdem ein warmes Flanellhemd nähen, das zu den Socken passt?« Das reichte, um das Kind für die Idee zu begeistern, und es nickte enthusiastisch. »Wenn wir morgen in die Stadt fahren, suchen wir eine schöne Farbe aus. Dann haben wir noch eine ganze Woche Zeit bis Weihnachten.«

»Daddy freut sich schon auf Weihnachten«, erklärte Sarah. In den letzten Wochen hatte er ihr unzählige Geschichten über den Weihnachtsmann erzählt. Er hatte ihr sogar einen richtigen Baum versprochen, hier im Haus und herrlich geschmückt.

Jessie ließ Sarah im Kinderzimmer zurück, wo sie auf dem Bett mit der Katze spielte. Sie ging in die Vorratskammer und suchte die Zutaten für das Abendessen zusammen. Wenn sie sich nicht täuschte, würde sie Chase das schönste Weihnachtsgeschenk von allen bereiten können. Obwohl es noch zu früh war, um es eindeutig zu sagen, wusste sie es beinahe sicher. Jedes Mal, wenn sie daran dachte, wie glücklich ihn ein Baby machen würde, drohte ihr vor Freude das Herz zu zerspringen.

Schon vor einer Woche hätte sie ihre monatliche Heimsuchung bekommen sollen. An Weihnachten wäre sie dann fast zwei Wochen über die Zeit. Das Geräusch von Stiefelschritten, die sich über die Veranda näherten, riss sie aus ihrem Tagtraum. Die Tür öffnete sich, und Chase betrat das Zimmer.

»Du bist aber früh!«

Chase lief zu seiner Frau, zog sie in die Arme, hob sie hoch und trug sie in die gute Stube. Er setzte sich und behielt sie auf dem Schoß.

»Möchten Sie sich etwa beschweren, Mrs Logan?«, fragte er mit tiefer Stimme, ehe er das Gesicht in ihrem Haar verbarg. Er küsste Jessie auf den Hals, dass ihr wohlige Schauer über den Rücken liefen.

»Aber nicht doch«, brachte sie mit Mühe heraus. Noch immer konnte sie es nicht fassen, dass allein seine Gegenwart jedes Mal solche Leidenschaft in ihr weckte.

Sarah, die seine Stimme gehört hatte, kam aus ihrem Zimmer. Breitbeinig stellte sie sich vor ihre Eltern und schaute erwartungsvoll. »Hallo, Daddy.«

»Hallo, Zuckerpüppchen«, antwortete er und zwinkerte dem kleinen Mädchen zu. »Wie geht es meinem Schatz?«

»Gut. Willst du Patches auf dem Arm halten?«

»Aber natürlich. Magst du sie für mich suchen?«

Wie der Wind stob Sarah davon.

»Chase Logan, du listiger alter Fuchs.« Jessie musste lachen.

»Mit ein bisschen Glück hat sich Patches richtig gut versteckt.« Zärtlich kitzelte er Jessie am Hals.

Da klopfte es an der Tür. »Verflixt. Hat ein Mann denn nicht einmal in seinen eigenen vier Wänden seine Ruhe?«, brummte er. Dann rief er: »Wer ist da?«

»Jake«, kam die Antwort.

»Herein mit dir.«

Der Junge öffnete die Tür. Mit dem Hut in den Händen sah er sich im Zimmer um, bevor er das Paar entdeckte, das zusammen im Lehnstuhl saß. »Ich schaue später noch mal vorbei.«

»Nein, nein, ist schon in Ordnung. Komm nur rein«, erklärte Jessie, die aufstand und sich das Kleid glatt strich. Auch Chase erhob sich. »Was gibt es denn?«

Jake trat ein paar Schritte auf sie zu. »Wir haben eine Art Lagerplatz im Norden der Ranch entdeckt, zwischen den Bäumen versteckt. Sieht verlassen aus. Eindringlinge haben wir nicht gefunden, aber lange kann es noch nicht her sein, dass da jemand war.«

Chase ging sofort zur Tür und setzte den Hut auf. »Hab ihr auch gut nachgesehen?«

»Ja.«

»Sag das unbedingt den anderen, und dann passt alle gut auf. Das gefällt mir ganz und gar nicht.«

Als sie am nächsten Morgen aufwachte, tastete Jessie hinter sich nach dem warmen Körper ihres Mannes. Es hatte fast die ganze Nacht geschneit, und froh dachte sie daran zurück, wie sie sich im

Dunkeln an Chase geschmiegt hatte. Zu ihrer Enttäuschung musste sie feststellen, dass seine Seite des Bettes leer und bereits kalt war. Wahrscheinlich war er schon bei der Scheune und sah nach den Stuten, die zwei Tage zuvor gebracht worden waren. Nun, dann würde sie ebenfalls aufstehen und ihm ein leckeres Frühstück zurechtmachen. Ohne Zweifel würde er bald zurückkommen, und dann hätte er sicher Hunger auf Brötchen und Küsse.

Mit einem Lächeln zog sie den warmen, flauschigen Morgenrock über, ein Mitbringsel von Chase aus der Stadt. Sarah hatte er auch einen besorgt und seiner Frau erklärt, eine bedürftige Witwe nähe die Stücke und benötige das Einkommen. Sie wusste natürlich, dass das eine Ausrede war. Er verwöhnte sie beide nach Strich und Faden. Langsam machte sie sich Sorgen, er gebe vielleicht zu viel Geld aus.

Als sie einen kalten Luftzug spürte, verließ Jessie das Schlafzimmer und stellte fest, dass die Haustür nicht ganz geschlossen war. Nur ein kleiner Spalt war zu sehen, aber es passte so gar nicht zu ihrem Mann, das Haus zu verlassen und aus Unachtsamkeit die Tür nicht richtig hinter sich zu schließen. Besonders jetzt, bei diesem kalten Wetter. Das Lächeln verschwand aus ihrem Gesicht, als sie sich beeilte, die Tür zu schließen.

Angst.

Zum ersten Mal seit langer Zeit empfand sie Unbehagen. Sie schüttelte den Kopf und schalt sich für ihr albernes Benehmen. Selbst ihr Ehemann war nicht vollkommen, auch wenn sie sich das gern vorstellte.

Als der Haferbrei auf dem Herd vor sich hin köchelte und die Brötchen im Ofen waren, machte sich Jessie daran, ein wenig Ordnung zu schaffen. Sarah war ein kleiner Wirbelwind. Wenn sie nicht ständig hinter dem Kind herräumte, würden sie bald in kunterbuntem Chaos versinken.

Mit Puppen, Büchern und Knöpfen in der Hand schlich sie auf Zehenspitzen ins Kinderzimmer. Sie wollte das Mädchen nicht zu früh aufwecken und legte die Gegenstände behutsam auf den Schaukelstuhl des Kindes. Schon drehte sie sich um und hätte beinahe den Raum wieder verlassen, doch da überkam sie erneut ein starkes Gefühl des Unbehagens. Als sie sich umwandte und zu Sarahs Bett hinübersah, erstarrte sie.

Es war leer.

Kapitel 44

»Sarah?«

Keine Antwort.

»Sarah? Komm sofort aus deinem Versteck! Ich habe heute Morgen keine Lust auf solche Spielchen.«

Noch immer kam keine Antwort, und Jessies Herz begann wie wild zu klopfen. *Beruhige dich*, sagte sie sich. *Sie muss doch hier irgendwo sein. Denk nach!*

»Schätzchen, dein Haferbrei ist fertig. Komm an den Tisch, dann darfst du dir selbst Honig reinmachen.«

Sie wartete, hoffte auf irgendetwas – irgendein Geräusch. Sie wollte hören, wie das kleine Mädchen aus seinem Versteck hervorkam. Sehen, wie es auf sie zurannte, sich ihr in die Arme warf. Aber da war nichts, nur Stille. »Das ist kein Spiel, Sarah«, flüsterte Jessie, kaum in der Lage, die Worte hervorzubringen. »Das ist kein Spiel ...«

Bei einem Kratzen im Nebenzimmer horchte sie auf. Erleichtert stieß sie den angehaltenen Atem aus und rannte in die Küche. Dort saß Patches und stupste hungrig die Nase gegen ihre Futterschale. Mit einem kläglichen Miauen schmiegte sich das Kätzchen an Jessies Beine.

Für einen kurzen Moment hob sie das Tier hoch, drückte sich das weiche Fell an die Wange. Im nächsten Augenblick überwältigte sie die Panik. Sie setzte das Kätzchen ab, riss die Tür auf und rannte nach draußen. »Sarah!«, schrie sie gellend.

Chase und Gabe hörten Jessie, obwohl sie gut eine Viertelmeile entfernt waren. Augenblicklich sprang Chase auf sein Pferd, vergaß den Zaun, den sie gerade reparierten, und galoppierte zurück zur Ranch. In großen Sprüngen preschte der Wallach vorwärts, fegte durch Schneewehen, spannte die starken Muskeln bis zum Äußersten an.

Schlitternd kamen sie zum Stehen, und Chase war mit einem Satz aus dem Sattel.

»Jessie!«

Sie kam um die Hausecke gelaufen, kämpfte sich durch den Schnee. Ihr Rock war nass, und in ihren Augen stand wilde Angst.

Er packte sie bei den Schultern.

»Wo ist Sarah?«

»Weg.«

»Was meinst du damit, weg?«

»Als ich aufgestanden bin, lag sie nicht in ihrem Bett.« Ihre Stimme bebte so sehr, dass sie die Worte kaum herausbrachte. »Die Tür war nur angelehnt. Ich habe überall gesucht, Chase! Sie ist weg!«

In diesem Moment erreichte auch Gabe mit dem Wagen das Haus. »Was ist los? Wo ist Sarah?« Vor Besorgnis brach ihm ebenfalls die Stimme.

»Ich weiß es nicht. Es ist, als wäre sie ganz einfach verschwunden.«

»Sarah!« Gabes volle Stimme hallte laut über den Hof, alle Jungenhaftigkeit war aus seinem Ton gewichen. »Sarah?«

Chase führte Jessie zum Haus zurück. »Geh wieder rein und hol dein altes Gewehr aus dem Schrank. Bleib dort, während Gabe und ich die Gegend durchkämmen.«

»Das kann ich nicht. Ich will auch nach Sarah suchen.«

»Nein, du wirst tun, was ich dir sage«, erklärte er mit fester Stimme. »Wenn ich mir auch noch um dich Sorgen machen muss, bin ich nur abgelenkt. Ich muss wissen, dass du sicher im Haus verbarrikadiert bist. Außerdem ist es doch möglich, dass Sarah einfach umherstreift und bald von allein zurückkommt.« Das glaubte er zwar selbst nicht, aber solange er dafür sorgen konnte, dass seine Frau daheimblieb, war ihm jedes Mittel recht. Offensichtlich befand sich das Kind nicht in Hörweite, darauf hätte er sein Leben verwettet. »Du willst doch nicht, dass sie nach Hause kommt und dort niemanden antrifft, oder?«

»Natürlich nicht«, schluchzte Jessie. »Ich will sie einfach nur wiederhaben. Bring sie mir zurück, Chase. Bitte finde unser kleines Mädchen.«

»Natürlich. Natürlich finden wir sie.« Er strich ihr das feuchte Haar aus dem Gesicht und küsste sie auf die Stirn.

»Chase, hier drüben«, rief Gabe von hinter der Räucherkammer. Als er hervorkam, trug er Jake über der Schulter. Unter dem Gewicht seines Freundes ging er beinahe in die Knie.

Sofort eilte Chase ihm zu Hilfe. »Schnell, wir müssen ihn ins Haus bringen.«

Jessie hielt den beiden die Tür auf, und gemeinsam trugen die Männer Jakes schlaffen Körper ins Schlafzimmer und legten ihn auf das Ehebett. Chase deckte ihn zu.

Schließlich tastete er nach dem Puls des Jungen. »Er lebt noch«, erklärte er und untersuchte als Nächstes die Beule am Kopf des Bewusstlosen. »Jemand hat ihm einen ganz schönen Schlag versetzt, das muss man sagen. Ein Glück, dass er noch atmet. Du wirst dich um ihn kümmern müssen, Jessie. Ich mache mich auf die Suche nach Sarah.«

Jessie schnappte vor Schreck nach Luft. »Du meinst, jemand hat sie entführt?« Entsetzt blickte sie von Jake auf, den sie gerade in eine weitere Decke hatte wickeln wollen.

Chase nickte mit grimmiger Miene. »Ich fürchte, es sieht ganz danach aus, jetzt, wo wir wissen, was mit Jake passiert ist. Gabe ...« Brüsk wandte er sich dem zweiten Jungen zu. »Jetzt, wo Jake außer Gefecht ist und wir wissen, womit wir es zu tun haben, bleibst du hier bei Jessie.«

»Nein!«, schrie Gabe.

Fast hätte Chase die Beherrschung verloren. »Jetzt hör mir gut zu. Alle anderen Männer sind in der Stadt, ich brauche also jemanden hier im Haus, falls derjenige, der Sarah verschleppt hat, wieder zurückkommt.«

Deutlich zeichnete sich Widerstand auf dem erhitzten Gesicht des Jungen ab. Er schüttelte den Kopf, griff in die Hosentasche und zog etwas hervor. »Das hier habe ich neben Jake im Schnee gefunden. Wer auch immer ihn angegriffen hat, muss es verloren haben.«

Jessies Augen weiteten sich vor Erstaunen. »Zeig her«, bat sie mit zitternder Stimme. Sie nahm Gabe das herzförmige Silbermedaillon ab und drehte es um. Jeder konnte sehen, dass auf der Rückseite der Name »Jessie« eingraviert war. Verwirrt schaute sie ihren Mann an.

»Das gehört mir. Ich habe es Nathan gegeben, als wir geheiratet haben. Er hat es immer bei sich getragen. Was kann das nur bedeuten?«

Jeder klare Gedanke schien sich aus Chase' Kopf verflüchtigt zu haben. Während all der glücklichen Stunden, die sie in den letzten paar Wochen miteinander verbracht hatten, hatte er den Gedanken an Jessies gestohlenes Geld und das Medaillon weit von sich geschoben. Mehr als einmal hatte er versucht, ihr alles zu gestehen, aber einfach nie die richtigen Worte gefunden. Außerdem schien das alles unwichtig, jetzt, wo sie verheiratet waren, auf der neuen Ranch lebten und so viel zusammen durchgemacht hatten. Ein vergessener Teil der Vergangenheit. Aber einer, der ihn sein Glück kosten konnte. Sein Herz pochte wild, und er fühlte sich schuldig wie nie zuvor. Jessie musste bemerkt haben, dass er das Schmuckstück kannte.

»Chase?«

»Es ist dein Medaillon.«

Sie sah von seinem Gesicht zu dem Herz in ihrer Hand, suchte dann wieder seinen Blick. »Woher weißt du das?«

»Ich hätte es dir wiedergeben sollen, als ich dir die Nachricht von Nathans Tod überbracht habe. Damals hatte ich auch seinen

Lohn bei mir, knapp siebenhundert Dollar. Aber in der ganzen Aufregung um die Adoption ... Na ja, ich habe einfach vergessen, dir alles auszuhändigen, bevor ich losgeritten bin.«

Er ertrug es nicht, zu sehen, wie sie langsam begriff. Wie die Liebe, deren Anblick ihm so vertraut geworden war, die er Tag für Tag so deutlich hatte spüren können, Misstrauen und Verletztheit wich.

Ernüchtert zog Jessie sich einen Stuhl vom Küchentisch heran und setzte sich langsam, schien nachzudenken. Eine ungeheure Anspannung lag drückend und schwer im Raum. Minuten vergingen, und die Katze sprang ihr auf den Schoß. Jessie barg das Gesicht im weichen Fell des Tieres.

»Deswegen bist du also zurückgekommen«, flüsterte sie, immer noch dicht an Patches geschmiegt. Wie versteinert standen Chase und Gabe neben ihr. Schließlich wandte sie sich um und sah zu ihm auf. »Um mir das Geld zu geben. Nicht, weil du mir helfen wolltest. Nicht aus Herzensgüte, wie ich so leichtgläubig angenommen habe, sondern weil du es mir geschuldet hast. So ist es gewesen, nicht wahr?«

Kapitel 45

Am liebsten hätte Chase ihr eine faustdicke Lüge aufgetischt. Sich eine haarsträubende Geschichte ausgedacht, sich irgendwie aus diesem Albtraum herausgewunden. Aber das brachte er nicht über sich. Er konnte Jessie gegenüber nicht unehrlich sein.

»Ja, das stimmt.«

Langsam ließ sie den Blick durch den Raum schweifen, während sie die Teile des Puzzles zusammensetzte. »Und«, begann sie ohne jede Hast, während sie aufstand, zum Fenster hinüberging und hinaussah, »bei deiner Rückkehr, als du dich benommen hast, als würdest du mit mir schlafen wollen, das war alles gedacht, um mir eine Lektion zu erteilen – weil du bei dem Theater für Mr Hobbs mitspielen musstest.«

Trotz der Kälte brach Chase der Schweiß aus. »Ja.«

Jessie wirbelte herum, sodass er ihr Gesicht sehen konnte. Jetzt war es nicht länger nachdenklich und traurig, sondern glühte vor Wut.

»Und alles, was du seitdem getan hast, ist eine Lüge gewesen!«

»Nein, das stimmt nicht«, verteidigte er sich. »Jedes Mal, wenn ich dir das Medaillon zurückgeben wollte, ist etwas dazwischengekommen, und ich habe es wieder vergessen. Am Tag vor unserer Hochzeit habe ich dann gemerkt, dass es mir gestohlen worden sein muss, als man mich niedergeschossen hat.«

Jessie rang nach Luft, als hätte er ihr einen Schlag in die Magengrube versetzt. Sie wirkte so unendlich traurig, dass es

Chase schier das Herz zerriss. Er machte einen Schritt in ihre Richtung, doch sie hob abwehrend die Hand und bedeutete ihm, stehen zu bleiben.

»Und zwar«, setzte sie seine Geschichte fort, »weil du es mir an jenem Tag wiedergeben und dann weiterziehen wolltest.« Ihre Stimme war ausdruckslos und zugleich kalt wie Eis. »Aber als du gemerkt hast, dass alles verschwunden war, hast du dich *verpflichtet* gefühlt, mich zu heiraten.«

Ihr Rücken wirkte unnatürlich steif, ihre Nasenflügel bebten, und hätte sie ein Gewehr zur Hand gehabt, hätte sie ihn wahrscheinlich erschossen, dessen war Chase sich beinahe sicher.

Verstohlen rückte Gabe Richtung Tür. Mit einem Blick bedeutete ihm Chase, zu bleiben, wo er war. »Ich erkläre dir alles, wenn ich Sarah gefunden habe. Aber im Moment zählt jede Sekunde.«

»Du hast recht. Nichts anderes ist noch von Bedeutung.«

Der hohle Klang ihrer Stimme tat ihm in der Seele weh. Er versuchte, sie bei den Händen zu nehmen, doch erschreckend heftig riss sie sich von ihm los. »Ich bringe sie dir zurück, Jessie. Das verspreche ich dir.«

Draußen zurrte er mit einem Ruck Codys Sattelgurt fest, überprüfte die Satteltaschen nach zusätzlicher Munition und nahm das Gewehr, das Gabe ihm hinhielt. Jessie beobachtete sie beide von der Veranda aus. Der Anblick ihres tieftraurigen Gesichts schmerzte ihn. Wie ein Wahnsinniger schwang er sich in den Sattel und galoppierte davon.

Chase preschte wie von Dämonen gejagt zwischen den Bäumen hindurch und duckte sich unter schneebedeckten Ästen hinweg, die es darauf abgesehen zu haben schienen, ihn aus dem Sattel zu reißen. Eisiger Wind pfiff ihm um die Ohren, stach ihn wie mit Nadelstichen in die Wangen. Im Neuschnee war es leicht, die Spur aufzunehmen, der er folgen musste.

Es handelte sich um ein einzelnes Pferd.

Er hatte Jessie versprochen, er werde Sarah zurückbringen, und dieses Versprechen würde er halten. Was auch kommen mochte, nichts würde ihn davon abbringen, sein kleines Mädchen wiederzufinden. »Halt aus, Liebling«, murmelte er. »Daddy ist unterwegs.«

Unbarmherzig trieb er Cody zu Höchstleistungen an, bevor er den Wallach schließlich zügelte, um ihn zu Atem kommen zu lassen. Auf den Flanken des Tieres stand Schaum, und schnell hob und senkte sich seine Brust, während es die kalte Luft einsog. Vor den Nüstern stand ihm der Atem weiß in der kalten Luft. An den Oberschenkeln spürte Chase das Gewicht seiner beiden Colts, und das gab ihm Selbstvertrauen. Er suchte die Gegend ab. An verschiedenen Stellen sah der Schnee aufgewühlt aus.

»Entweder hat sich der Kerl verlaufen, oder er will mich in die Irre führen.«

Cody warf den Kopf zurück und schnaubte ungeduldig. Suchend ritt Chase im Kreis, dann noch einmal, auf der Jagd nach der richtigen Spur.

Dann entdeckte er es. Ein tiefroter Fleck im leuchtend weißen Schnee.

Blut!

Nur ein winziger Tropfen. Kurz darauf ein weiterer. Er versuchte, nicht daran zu denken, was das bedeuten mochte, und gab Cody die Sporen. Einige Augenblicke preschte er durch die Kiefern, dann erreichte er plötzlich ein weites Plateau flacher Felsen. Es war dicht von Bäumen umgeben, die die Steine vor dem Schneefall geschützt hatten. Aus diesem Grund war der Boden hier frei und so gut wie trocken.

Chase stieg ab und führte Cody langsam über die breiten, glatten Steine. Es würde schwierig sein, hier eine Spur aufzunehmen, denn das Tier, dem er folgte, trug keine Hufeisen. Diesen Weg musste Sarahs Entführer mit Absicht genommen haben.

»Was für ein elender Mensch muss man sein, um ein kleines Kind aus seinem Bett zu stehlen?«, schimpfte er laut vor sich hin, so frustriert fühlte er sich. Er hockte sich hin und fuhr mit den Fingern über eine Spur auf dem Felsen, wo das Pferd offensichtlich ausgerutscht war. Aber wohin hatte es sich dann gewendet? Er verlor zu viel Zeit. Jede Sekunde, jedes Ticken der Uhr trug Sarah weiter von ihm fort.

Im Aufstehen suchte er die Berggipfel ab. »Sie kann doch nicht einfach verschwunden sein.« Er wandte sich um und schaute in die Richtung, aus der er gekommen war. Unmöglich, die Gegend sorgfältig abzusuchen – das würde viel zu lange dauern.

Ihn überkam eine entsetzliche Angst. Mühsam rang er nach Luft. Er hatte die Spur verloren. Wohin waren sie geritten? Er schaute in den klaren Morgenhimmel hinauf, dachte angestrengt nach. Drehte sich einmal um sich selbst. Aus Sekunden wurde eine Minute. *Was nun? Was zum Teufel soll ich jetzt tun?* Von seinen Gefühlen überwältigt, nahm er den Hut ab, drückte Daumen und Fingerknöchel auf die brennenden Augen.

Plötzlich senkte sich ein warmes Gefühl der Ruhe über ihn. Irgendetwas an der Art, wie die Sonnenstrahlen über die Wolken glitten, zog seine Aufmerksamkeit auf sich. Er starrte nach oben, ganz in den Anblick versunken. Die Zeit schien sich zu verlangsamen, Stille umschloss ihn. Seine Sinne vibrierten geradezu, bis er jeden einzelnen Schlag seines Herzens spüren konnte. Plötzlich tat Chase etwas, was er noch nie in seinem Leben getan hatte. Er sank auf die Knie und schloss die Augen.

»Gott?« Beim verzweifelten Klang seiner Stimme geriet er ins Stocken. »Gott, bist du da? Jessie sagt, du bist es. Nun, dann glaube ich ihr. Ich brauche deine Hilfe. Sarah braucht dich. Zeig mir den Weg zu ihr.«

In diesem Moment frischte der Wind auf und fuhr ihm durchs Haar. Die Kälte fühlte sich gut an auf seinem Gesicht. Er öffnete die Augen und kam unsicher wieder auf die Füße. Er setzte den Hut auf und griff nach Codys Zügeln. Ganz unerwartet formte sich ein Gedanke in seinem Kopf. Er erinnerte sich an eine List, die Indianer anwandten, wenn sie eine Spur verloren hatten. Er stieg auf und überließ es dem Wallach, den Weg zu finden.

Einige quälend lange Augenblicke stand Cody einfach nur da. Aber endlich wandte sich das Pferd über die rutschigen, glatten Steine entschlossen nach Westen. Langsam atmete Chase wieder aus – er hatte gar nicht gemerkt, wie lange er die Luft angehalten hatte.

Die Zeit schien stillzustehen. Es machte Chase fast wahnsinnig, nicht zu wissen, ob sie sich in die richtige Richtung bewegten.

Nach zwanzig Minuten verließen sie die felsige Gegend, und eine blütenreine Schneefläche erstreckte sich vor ihnen. Unberührtes Weiß umgab ihn.

Von einer Spur war weit und breit nichts zu sehen.

»Ist das wirklich der richtige Weg?« So hatte er sich das nicht vorgestellt. Während er überlegte, was er nun tun sollte, hörte er plötzlich das Geräusch fließenden Wassers. Zu seiner Linken, in der Nähe einiger Felsen, schlängelte sich ein kleiner Bach. Er lenkte das Pferd dorthin. Nach Norden. Wären sie nach Süden geritten, wären sie zurück zur Ranch gekommen. Er ging nicht davon aus, dass der Entführer dorthin zurückkehren wollte. Seine Intuition und ein Gebet waren alles, was ihm noch blieb.

Da. Etwa vierhundert Meter bachaufwärts kam eine Spur aus dem Wasser. Am Ufer lagen ein paar Pferdeäpfel.

Langsam bewegte Chase sich vorwärts, wusste jetzt, dass er sich dem Entführer näherte. Alle paar Meter hielt er an und lauschte, bemühte sich, auch das leiseste Geräusch wahrzunehmen. Wenn er jetzt unvorsichtig voranstürmte und sich umbringen ließ, wäre Sarah damit nicht im Geringsten geholfen.

Plötzlich riss Cody den Kopf hoch, und Chase schaute nach links. Eilig schwang er sich aus dem Sattel und legte dem Pferd eine Hand über die Nüstern. Als der Wallach sich beruhigt hatte, schlang Chase die Zügel locker um einen Ast und ließ ihn zurück. Langsam arbeitete er sich durch das Dickicht und zog dabei lautlos seinen Revolver. Er bemühte sich, an gar nichts zu denken. Aus Gewohnheit überprüfte er, ob die Waffe geladen war, obwohl er daran nicht den geringsten Zweifel hegte.

»Schluss mit dem Geflenne, du blöde Heulsuse. Oder soll's dir genauso ergehen wie dem Gaul?«, ertönte eine böse Stimme. »Reiß dich lieber zusammen, sonst siehst du nämlich deine Ma nie wieder.«

Sarah lebt! Erleichterung durchflutete Chase. Sehen konnte er sie noch nicht, aber er hörte ihr leises Weinen.

»Mach dich lieber aus dem Staub«, stieß er zwischen den Zähnen hervor. Sein Herzschlag beschleunigte sich, und er konnte sich kaum zurückhalten. Alles in ihm drängte danach, so schnell wie möglich zu dem kleinen Mädchen zu gelangen. »Halt aus, Süße.« In diesem Augenblick wieherte Cody.

Chase erhaschte gerade noch einen Blick auf den Kerl, wie er Sarah am Handgelenk packte und nach hinten sprang, sich wie eine Spinne in einer Felsspalte verkroch. Das Pferd des Entführers lag leblos am Boden, offenbar hatte er es zu Tode geschunden.

»Ich weiß, dass du da bist«, rief der andere ihm zu. »Runter mit der Waffe und zeig dich, du räudiger Hund, oder ich bring die kleine Göre um.« Chase ging nicht darauf ein, sondern verbarg sich zwischen einigen Bäumen und suchte unter dem Schnee nach einem Stein. Als er einen fand, schleuderte er ihn ein Stück nach rechts.

Donnernd hallte ein Gewehrschuss durch den Wald. Sarah schrie auf. Im Schutz des Lärms sprintete Chase näher zu den beiden und ging hinter mehreren Felsen in Deckung.

»Halt's Maul, sonst stopfe ich es dir.« Es erklang eine schallende Ohrfeige. Dann nichts mehr.

In Chase krampfte sich alles zusammen, und er rang um Beherrschung. »Rühr sie noch einmal an, und du wirst mich anflehen, dich zu töten, wenn ich mit dir fertig bin!«, schrie er mit wild pochendem Herzen.

»Da reißt aber einer ganz schön das Maul auf.«

Chase entdeckte einen schmalen Vorsprung direkt über dem Versteck der beiden. Wenn er es irgendwie unbemerkt dorthin schaffte, könnte er vielleicht direkt auf den anderen zielen.

»Wer bist du, und was hast du mit dem Kind vor?« Chase hoffte, seine Frage werde den Mann dazu bringen, lange genug zu reden, dass er sich von hinten anschleichen konnte.

»Weißt du das etwa nicht? Hat deine Ehefrau, dieses freche Biest, dir das nicht gesagt? Ich nehme mir, was mir zusteht, weil ich meinen Bruder Lonnie verloren hab. Du bist schuld, dass er tot ist.«

»Daran soll ich schuld sein? Dein Bruder hat den Galgen verdient, das ist nur die gerechte Strafe«, erwiderte Chase. »Außerdem war er noch am Leben, als ich ihn das letzte Mal gesehen habe.«

»Abgeknallt haben sie ihn, als er fliehen wollte. Dein Weib ist an allem schuld. Lonnie hat sie immer beobachtet, wenn sie Wasser geholt hat, gar nicht weit von unserem Claim. Wenn das Miststück an dem Tag im Laden nicht um uns rumscharwenzelt wär, gäb's Lonnie heute noch.«

»Dann hast du mich also niedergeschossen.«

Der Mann schnaubte verächtlich und spuckte hörbar aus. »Nicht ich. Lonnie war's.«

Behutsam arbeitete Chase sich an dem Abhang nach oben, kroch auf dem Bauch durch den Schnee.

»Armer Lonnie«, fuhr der Bösewicht fort. »Ein Bauchschuss ist ein hässlicher Tod. Und das Gleiche mache ich mit dir – damit du schön langsam im Schnee verreckst.«

Chase konnte den anderen jetzt fast sehen. Und Sarah auch. Nur noch ein kleines Stück, dann könnte er schießen. Er kroch hinter eine Kiefer und spähte hervor. Da. Es war der Herumtreiber, der ihnen auf dem Weg nach Logan Meadows begegnet war. Chase ging in die Hocke und wartete auf seine Chance.

Kapitel 46

»Wo steckst du, Feigling?«

Chase sah, wie der Mann Sarah am Arm hochriss. In den Augen des kleinen Mädchens stand wilde Angst, als es vor dem Gesicht des widerlichen Kerls zurückwich.

Bis in die letzte Faser seines Körpers war Chase von rasender Wut erfüllt. Das war Sarah, sein süßer Schatz. Unwillkürlich dachte er daran, wie sie sich an jenem allerersten Morgen friedlich am Fußende seines Bettes zusammengerollt hatte. An ihren ernsten Blick, ihr scheues, aber so einnehmendes Lächeln. Der Mann, der sie gepackt hielt, hatte soeben sein Schicksal besiegelt, zur Hölle mit ihm.

Aufmerksam spähte Chase von seinem Versteck hinab, ließ die beiden nicht eine Sekunde aus den Augen. Sein Gegner wirkte nervös und unsicher, während er versuchte, Chase zu entdecken. Verängstigte Tiere bedeuteten Gefahr, und für Männer in Panik galt dasselbe. Er musste Sarah in Sicherheit bringen, bevor Lonnies Bruder etwas Unüberlegtes tat. Wieder rief der Mann nach ihm.

»He, du da. Mach's Maul auf, sonst tu ich ihr weh.« Brutal quetschte der Kerl Sarahs Handgelenk, und sie wimmerte vor Schmerzen. »Lauter, er muss es hören können.« Mit diesen Worten packte er Sarah an den Haaren und zog heftig daran.

Chase war schweißgebadet. Wäre Sarah nicht im Weg gewesen, hätte er den anderen längst erschossen, ihm eine Kugel mitten zwischen die verschlagen blickenden Augen gejagt. Dieser Qual ein Ende bereitet. Aus dieser Entfernung wäre es ein Leichtes für ihn gewesen, den Gegner zu treffen.

»Deckung, Sarah«, flüsterte er wie zu sich selbst. »Geh in Deckung.«

Völlig unvermittelt hob der Mann die Kleine hoch und kam in Windeseile aus seinem Versteck hervor. Ungeschickt kämpfte er sich durch den Schnee, den Hügel hinab. Das Gewehr hielt er in der einen, das Mädchen an der anderen Hand.

Wohin wollte er nur? Ohne Pferd hatte er nicht die geringste Chance.

»Stehen bleiben«, schrie Chase und schoss in die Luft.

Der Mann warf sich hin und prallte hörbar auf den Boden. Er rollte sich zur Seite, schlang einen Arm um Sarah und hielt sie als Schutzschild vor sich.

»Lass sie los!«, brüllte Chase. »Auf der Stelle!« Im Schutz der Bäume rannte er näher zu den beiden.

»Das geht nicht.« Plötzlich wirkte der Mann verwirrt, als begreife er erst jetzt, in welch unvorteilhafter Lage er sich befand. Sarah hatte den Blick fest dorthin gerichtet, von wo sie Chase' Stimme gehört hatte. Ihr Gesicht war vor Schreck und Angst ganz starr.

»Der verdammte Gaul«, stieß der Kerl hervor. »Wenn das Vieh nicht einfach verreckt wäre …« Plötzlich lachte er auf wie ein Wahnsinniger. »Genau wie das Mädchen in Clancy. Das hätte auch nicht sterben sollen …«

»Lass sie los«, befahl Chase.

»Hier – da hast du sie.« Der Mann stieß Sarah von sich, riss das Gewehr hoch und schoss in Chase' Richtung.

Das kleine Mädchen landete bäuchlings im Schnee und blieb, sehr zu Chase' Erleichterung, still liegen. Er schoss zurück und erledigte den anderen mit einem einzigen Treffer.

Hastig rannte er den Hügel hinab, hob Sarah hoch und drückte sie fest an sich. Die Erleichterung, die ihn erfasste, war beinahe schmerzhaft.

Sarah zitterte unkontrolliert, schlang die Arme um ihn und verbarg das Gesicht an seinem Hals.

»Sieht ganz so aus, als wärst du froh, mich zu sehen, Mäuschen«, sagte er schließlich, als er sich einigermaßen gefasst hatte. Seine Stimme war heiser. Er wandte den Kopf und gab ihr einen Kuss auf die tränenüberströmte Wange. »Weich wie ein Daunenkissen.«

Sarahs Mund verzog sich zu einem kleinen Lächeln. Sie legte ihm sanft die kalte Hand an die Wange und schaute ihm in die Augen. »Daddy«, wisperte sie.

Chase wurde die Kehle eng. Mit den Fingern rieb er sich die brennenden Augen und wischte die Feuchtigkeit weg. Als er sich zum Gehen wandte, hielt er Sarah so, dass sie den Toten nicht sehen konnte, der nicht weit von ihnen dalag, die leblosen Augen zum Himmel gerichtet.

Chase stieß einen langen Pfiff aus, und nur wenige Sekunden später kam Cody durch die Bäume herangaloppiert, die Zügel schleiften neben ihm über den Boden. Vorsichtig hob Chase seine kostbare Fracht in den Sattel, dann stieg er hinter ihr auf. Sie war völlig durchnässt und zitterte vor Kälte am ganzen Leib. Rasch knöpfte er seinen schweren Mantel auf, drehte die Kleine um, zog sie an sich und legte sich ihre Arme um den Oberkörper. Dann machte er den Mantel wieder zu, sodass sie in seine Körperwärme gehüllt war.

Während des Heimwegs blieb sie reglos und still. Ihm war, als könne er sie mit jedem Schlag seines Herzens spüren.

Bis Chase endlich bei der Ranch ankam, war es schon fast dunkel. Jessie kam aus der Tür gerannt. Als sie ihn entdeckte, breiteten sich Verzweiflung und Schmerz über ihre Züge. Es war deutlich, dass sie das Kind nicht sehen konnte, das unter seinem Mantel verborgen saß.

»Sie ist hier bei mir«, rief Chase. Er klopfte auf den Mantel. Auf dem langen Ritt war Sarah wieder warm geworden und hatte dafür gesorgt, dass auch er nicht fror.

Jessie eilte die Stufen herunter und lief zu dem Pferd, konnte es nicht erwarten, dass er abstieg. »Ist sie …?«

»Es geht ihr gut. Ihr ist nichts geschehen. Sie schläft.«

»Gib sie mir«, flehte Jessie besorgt und griff nach dem kleinen Mädchen.

»Ich bringe sie erst nach drinnen«, antwortete er, während er vom Pferd stieg.

»Kannst du Cody versorgen?«, bat er Gabe, der Jessie nach draußen gefolgt war. »Er hat sich eine Extraration verdient.« Der Junge nickte.

Jessie eilte voraus und öffnete Chase die Tür. Drinnen am Feuer knöpfte er den Mantel auf und reichte Jessie das schlafende Kind. Sichtlich überwältigt von ihren Gefühlen, schloss sie Sarah in die Arme. Zärtlich küsste sie ihre warmen, rosigen Wangen, doch das kleine Mädchen wachte nicht auf. Jessie suchte Chase' Blick. In ihrer Miene lag etwas, das er noch nie zuvor darin wahrgenommen hatte. Was es war, hätte er nicht zu sagen vermocht.

»Wie geht es Jake?«, wollte er wissen, um einen sachlichen Ton bemüht. Innerlich zitterte er jedoch wie Espenlaub.

»Er hat heftige Kopfschmerzen, aber ansonsten, denke ich, wird es ihm bald besser gehen. Wer hat Sarah entführt?«

»Lonnies Bruder. Nachdem wir Lonnie geschnappt hatten und er in Gewahrsam gekommen ist, hat er zu fliehen versucht und ist dabei erschossen worden. Absurderweise hat sein Bruder uns die Schuld an seinem Tod gegeben und nicht Lonnie selbst und seinen Missetaten. In seinem verdrehten Verständnis von Gerechtigkeit wollte er uns im Gegenzug Sarah wegnehmen.«

»Ist er …?«, fragte sie zögernd. Ihr Gesicht verriet keine Regung. Chase nickte.

Endlich schaute Jessie auf, das schlafende kleine Mädchen immer noch in den Armen. In ihrem Blick sah er all ihre Gefühle, ihr ganzes Herz lag darin. Doch da war auch noch etwas anderes. Bedauern, Traurigkeit, Kummer …

»Es ist vorbei, Chase.« Sie sprach die Worte in ruhigem Ton, doch in seinem Kopf hallten sie laut und lange nach.

»Ich habe mir schon gedacht, dass du das sagen würdest«, gab er zur Antwort. »Aber ich bin es, der von hier weggehen wird – nicht du.«

»Ich werde nicht zulassen, dass du einfach alles mir überlässt, was dir gehört«, erklärte sie mit wütend funkelnden Augen.

»Wann?«

Die junge Frau wandte den Blick ab. »Sobald ich ein paar Dinge zusammengepackt habe«, flüsterte sie. »Morgen bei Tagesanbruch.«

Chase saß am Esstisch, in der einen Hand eine Kaffeetasse. Mit den Fingern der anderen trommelte er rastlos auf die Tischplatte. Ein unbehagliches Schweigen erfüllte den Raum, während Jessie für Jake Wasser aufsetzte.

»Chase, sind Sie da?«, rief der Junge aus dem Schlafzimmer.

Er stand auf, streckte sich und ging zu dem Jungen.

»Ich hab Sie im Stich gelassen.« Nur unter sichtlichen Schmerzen brachte Jake die Worte hervor. »Als ich diesen Kerl hinter der Räucherkammer entdeckt hab, wollte ich nachsehen, was er vorhat, und zack, hat er mir eins über die Rübe gezogen.«

Chase schob das Streichholz, das er zwischen den Zähnen hielt, von der einen auf die andere Seite. »Von wegen im Stich gelassen. Ich bin einfach bloß froh, dass dir nichts Schlimmeres zugestoßen ist.« Er beugte sich vor und begutachtete Jakes Kopfwunde. Dann stieß er einen langen Pfiff aus. »Wie geht es dir denn?«

»Schon besser. Aber eine ganze Weile hab ich gedacht, mein Kopf bricht einfach in der Mitte entzwei.« Mit der Hand berührte der Junge vorsichtig die verletzte Stelle. »Jessies Weidenrindentee hat da ganz schön geholfen.«

Die Gesichtsfarbe des Jungen war fast wieder normal, doch die riesige Beule auf seiner Stirn leuchtete in allen Schattierungen von Lila, und an den Rändern war die Haut schwarz und grau verfärbt.

Chase warf Jessie einen Blick zu, die in der Türöffnung stand. »Wie es aussieht, hast du die Sache mit den Heilkräutern ja schon gut im Griff. Mrs Hollyhock wäre stolz auf dich. Kann ich viel-

leicht etwas von diesem Tee gegen meine Rückenschmerzen bekommen?«

Sie sah müde aus, als sie gemeinsam in die Küche zurückgingen.
»Natürlich, warum nicht.« Sie wirkte so niedergeschlagen, und er
wünschte, er könnte sie in die Arme schließen, sie trösten. Zum
Teufel noch mal, wie sehr er sich danach sehnte, sie zu lieben … sie
wieder mit Hoffnung zu erfüllen und das Feuer der Begierde erneut
zu entfachen. Er wusste, dass es tief in ihr noch immer brannte.

Jessie wandte sich um. Sie sahen einander fest in die Augen.
Schnell senkte sie die Lider, doch nicht schnell genug – er hatte
die Sehnsucht, die heiße Leidenschaft erkannt, die aus ihrem Blick
leuchtete.

In entsetzlichem Bedauern zog seine Brust sich schmerzhaft
zusammen, während ihre Wangen sich rot färbten. Er konnte es
einfach nicht fassen. Noch gestern hätte er sie in seine Arme genommen und ins Schlafzimmer getragen. Wie hatte sich alles nur
so schnell zum Schlechten wenden können? Bis Tagesanbruch blieben nur noch wenige Stunden.

Kapitel 47

Im Osten wich die Tintenschwärze des Himmels langsam zartem Grau, während Chase dasaß und grübelte. Die ersten Lichtstrahlen erstrahlten am Horizont, rosa und weiß und haarfein. Über zwei Stunden hatte er in der Kälte auf der Veranda verbracht und sich nicht von der Stelle gerührt. Seine Rückenmuskeln schmerzten höllisch, aber er wollte ihnen keine Ruhe gönnen. Eine Art Selbstbestrafung, dachte er.

Vor einer Stunde war Jessie aufgebrochen, hatte Sarah, Gabe und zu seiner Überraschung auch Jake mitgenommen. Sie hatte erklärt, sie könne ohnehin nicht schlafen, also warum solle sie Zeit verlieren? Es wäre leichter für das kleine Mädchen, wenn es auf dem Weg im Wagen erwachte, als wenn es sich von seinem Vater verabschieden müsste.

Von seinem Vater!

Die beiden Jungen waren wie vor den Kopf gestoßen gewesen, als Jessie ihnen mitteilte, dass sie bald in ihr altes Zuhause zurückkehren würden. Dann hatte sich ihre Enttäuschung in etwas anderes verwandelt: Bitterkeit.

Jake hatte erklärt, er werde sie begleiten und ihnen helfen, Valley Springs sicher zu erreichen. Danach würde er sich auf den Weg nach Kalifornien machen. Gabe lud er ein, ihn zu begleiten. Doch dieser hatte das Angebot abgelehnt und gesagt, er gehöre zu Jessie und Sarah. Von nun an werde er sich um sie kümmern.

Der Junge würde seine Sache gut machen. Das hatte er immer wieder bewiesen. Hatte gezeigt, dass er Spuren lesen, jagen, den Wagen lenken und überhaupt alles konnte, was ein Mann können musste.

Aber wie stand es um Jessie?

Sie würde über ihn hinwegkommen. Eines Tages würde sie einen anderen Mann finden, in den sie sich verliebte. Wenn sie ein neues Heim gefunden hatte, würde er das Telegramm schicken, so, wie sie es vor langer Zeit geplant hatten. Damals, als es darum gegangen war, wie diese Ehe, die als Scheinehe begonnen hatte, zu beenden sei. Dann würde er die Ranch verkaufen und sich selbst auf den Weg machen. Vielleicht war ja der Westen seine Bestimmung.

Seufzend fuhr er sich mit einer Hand über das müde Gesicht und spürte den starken Bartwuchs. Seit drei Tagen hatte er nicht die Zeit gehabt, sich zu rasieren. Zuerst waren die Zuchtstuten früher als geplant angekommen, und er hatte den ganzen Tag damit verbracht, die Tiere zu beruhigen. Am nächsten Morgen war Sarah entführt worden, und nun hatten ihn Frau und Familie verlassen. Selbst wenn er sich nie wieder rasierte, würde es keinen Unterschied mehr machen.

Ohne Vorwarnung überfiel ihn die Erinnerung, wie Jessie mit den Händen über seine frisch rasierten Wangen gefahren war und sich darüber gefreut hatte, wie glatt sie sich anfühlten. Dann hatte sie sanft eine Schnittwunde an seinem Kinn berührt. Hatte ihn an sich gezogen, ihn geküsst. Ihm durch ihre Zärtlichkeit fast die Sinne geraubt.

Jessie!

Hatte er ihr überhaupt jemals gesagt, dass er sie liebte? Dieses kostbare Geheimnis hatte er tatsächlich für sich behalten.

Von der Koppel her ertönte ein Wiehern. Er müsste aufstehen, das wusste er. Sich um die Tiere kümmern, anfallende Arbeiten erledigen. Trotzdem verharrte er bewegungslos.

Wieder ließ sich das Tier vernehmen, und schließlich raffte er sich auf. »Ja, ja, ich komme schon.«

Die neuen Zuchtstuten, die ihn mit solcher Befriedigung erfüllt hatten, interessierten ihn nun in keiner Weise mehr. Sie waren gut geeignet für die Arbeit auf einer Rinderfarm, und der Aufbau der Herde würde gut verlaufen. Die Tiere hatten einen muskulösen, aber eleganten Körperbau. Zierliche Köpfe und intelligente Augen.

Freudlos lachte Chase auf. Der Gedanke, wie schnell sich ein Traum in einen Albtraum verwandeln konnte, amüsierte ihn. Es waren Pferde, nichts weiter. Tiere, die sich leicht ersetzen ließen.

Er streichelte einem von ihnen über das seidige Maul und machte sich auf den Weg zurück ins Haus. Normalerweise würde Jessie ihn dort begrüßen, mit einer Tasse heißen Kaffees und ihrem bezaubernd schüchternen Lächeln. Diesem Lächeln, das nicht verbergen konnte, dass sie in seinen Armen die Freuden der Lust kennengelernt hatte.

Chase ging zum Herd und füllte eine Tasse mit dem lauwarmen Gebräu, das sich unten im Topf abgesetzt hatte. Nach dem ersten Schluck verzog er angewidert das Gesicht. Ungeduldig stellte er das Gefäß auf den Tisch und ging hinüber ans Feuer. Es war zu still im Haus. Nur zu laut vernahm er die Selbstvorwürfe, die ihn quälten wie Geister in einer absurden Gespenstergeschichte.

Das war doch alles lächerlich. Er musste sich zusammenreißen, mit dem Selbstmitleid aufhören. In der Tiefe seines Herzens hatte er immer gewusst, dass es so für ihn enden würde. Alles, was er nun brauchte, war Ablenkung. Er würde sich frisch machen und in die Stadt reiten, wo er Frank anweisen würde, die Ranch mit allem Drum und Dran an den Meistbietenden zu verkaufen. Danach würde er sich auf den Weg machen.

Er stand am Waschtisch im Schlafzimmer und verteilte Rasierschaum auf seinem Gesicht. Mit säuberlich geschärftem Messer fuhr er sich übers Kinn. Plötzlich weckte das kleine Regal, das neben dem Spiegel hing, seine Aufmerksamkeit. Er sah genauer hin. Jessie musste ihr Fläschchen mit dem Vanilleextrakt vergessen haben. Auch wenn er sich einen Narren schalt für seine Schwäche, zog er den Deckel ab und atmete den vertrauten, süßen Geruch tief ein. Die Brust wurde ihm ganz eng.

Er beendete die Rasur und ging zum Haken an der Wand, wo sein sauberes Hemd hing. Als er es anzog, blickte er nach unten. Auf seiner Seite des Bettes lugte Sarahs Puppe unter der Decke hervor – die, die sie in den Armen gehalten hatte, als sie ihn aus seinem laudanumgetränkten Schlaf geweckt hatte. Zärtlichkeit erfüllte ihn.

Er hob die Puppe auf und strich mit dem Finger über die Stelle, wo eines der Knopfaugen abgefallen war. Sarah hatte geweint, als das geschehen war, weil ihr Liebling nun nichts mehr sehen konnte. Jessie hatte sie getröstet und ihr versprochen, ein neues Auge anzunähen.

Reglos starrte Chase das einäugige Spielzeug an. Atmete langsam aus, setzte sich auf das Bett und stützte den Kopf in die Hände. Einige Zeit verging, und eine Art Vorahnung breitete sich in ihm aus. Konnte es Zufall sein, dass sich die Puppe auf seiner Seite des Bettes befand? Oder hatte Sarah sie dort hingelegt? Steckte womöglich etwas ganz anderes dahinter?

Ein Zeichen vielleicht?

Konnte er denn falschliegen mit seiner Überzeugung, dass die Verantwortung für das, was er in der Vergangenheit erlebt hatte, bei ihm lag? *Doch*, schrie sein Gewissen, *es war deine Schuld. Molly könnte noch leben, wenn du nicht weggegangen wärst.* Trotzdem gab sein Herz leise eine andere Antwort – Nein.

Bis er damit klarkam, würde es noch einige Zeit dauern.

Er verhielt sich wie ein blinder Narr. Nachdenklich betrachtete er die abgegriffene Puppe. Die Zeit stand still. Eine Minute nach der anderen verstrich, während er sich bemühte, alles zu begreifen.

Jessie wies Gabe an, vor dem Red Rooster zu halten, dem Gästehaus etwas außerhalb der Stadt. Die guten Leute in Logan Meadows würden bald genug herausfinden, was zwischen ihr und Chase vorgefallen war, und sie glaubte nicht, dass sie die mitleidigen Blicke ertragen könnte, mit denen sie rechnen musste, wenn sie sich in dem angesehenen Hotel mitten in der Stadt aufhielte. Frank Lloyd war es zu verdanken, dass die Bewohner sie mit offenen Armen empfangen hatten, und schon wenige Tage nach der Ankunft hatte sie Einladungen zu Nähgesellschaften und Teestunden erhalten.

In einer unwillkürlichen, schützenden Bewegung legte sie sich eine Hand auf den Bauch. Wie hatte Chase sie nur gehen lassen können? Er war kaum in der Lage gewesen, ihr in die Augen zu sehen, als sie heute Morgen aufgebrochen waren. Jessie wollte nicht glauben, dass die Liebe, die sie von ihm im vergangenen Monat erfahren hatte, ganz und gar vorgetäuscht gewesen war. Doch so musste es wohl sein. Und sie würde damit leben müssen, würde weiterleben müssen. Sie hatte vor, in der Stadt zu bleiben, bis sie reisefertig wären. Mithilfe der Jungen würde sie dann die Rückreise antreten. Jetzt, wo Beth nicht mehr da war, würde sich Mrs Hollyhock ja vielleicht über Gesellschaft und etwas Unterstützung im Laden freuen.

»Soll ich uns zwei Zimmer mieten, Jessie?« Gabe wickelte die Zügel um die Bremse des Wagens.

»Nein. Es ist noch sehr früh, lassen wir die Leute schlafen. Wir warten einfach hier, bis sich drinnen etwas rührt. Außerdem möchte ich Sarah noch nicht wecken. Sie hatte gestern so einen schweren Tag.«

Jessie straffte die Schultern. Schluss mit dem Selbstmitleid. Es war nicht das erste Mal, dass sie sich allein um alles kümmern musste. Sie würde es schon schaffen.

Allerdings bereitete ihr der Gedanke, völlig auf sich gestellt zu sein, große Angst. Vor allem jetzt, mit der Verantwortung für Sarah und das neue Baby. Waren es solche Umstände gewesen, die ihre eigene Mutter dazu gezwungen hatten, sie aufzugeben, zu ihrem eigenen Besten? Hatte sie sich bemüht, so lange es eben ging? Jessie sah die Dinge jetzt differenzierter, nicht mehr nur schwarz oder weiß. Mitgefühl für ihre Mutter hatte ihre Wut und Enttäuschung verdrängt. Vergebung keimte in ihr auf und begann zu wachsen.

Langsam stieg Chase die Stufen zum Red Rooster empor, eine nach der anderen. Kurz vor der Tür blieb er stehen. Er nahm den Hut ab und rieb mit der Hand über die Stelle, wo ihn Lonnies Kugel verwundet hatte.

Er kannte Jessie gut genug, um zu wissen, dass ihr Stolz es nicht zulassen würde, ihm zuzuhören. Wieder und wieder rief er sich ins Gedächtnis, dass er ihr nie gesagt hatte, wie sehr er sie liebte. Wie dumm das von ihm gewesen war. Nicht ein einziges Mal in dieser ganzen langen Zeit. Und den vielen Nächten, die sie miteinander verbracht hatten.

Wie hätte sie denn wissen sollen, wie es in seinem Herzen aussah? Hätte sie es nicht in seinen Taten erkennen können? Nun, vielleicht nicht. Wenn sie nicht mit ihm sprechen wollte, würde er ihr das nicht verübeln können.

Er drückte sich vor dem Moment der Wahrheit, das wusste er. Bevor er noch länger darüber nachdenken konnte, hob er die Hand und klopfte zweimal. Er erwartete, Dora Lee, die Wirtin, werde ihn empfangen. Daher war er vor Verblüffung sprachlos, als Mrs Hollyhock aus der Tür trat – mit gestrafften Schultern und bereit zum Angriff.

»So, so, so.« Sie maß ihn mit kalten Blicken. »Sieh einer an, wen haben wir denn hier?« Scheinbar hatte sie ihn keine Sekunde lang vermisst.

»Ich will mit ihr reden.« Beim Anblick des selbstgerechten Ausdrucks in Mrs Hollyhocks Augen fiel es ihm schwer, höflich zu bleiben.

»Sie ist nicht hier.«

»Dass ich nicht lache. Der Wagen steht da draußen vor der Tür, und jeder kann ihn sehen.«

Die alte Frau, nicht größer als ein Kind, schloss die Tür hinter sich. Das Geräusch klang beinah triumphierend. »Sie möchte Sie nicht sehen.«

Chase zählte innerlich bis zehn … dann bis zwanzig. »Sagen Sie ihr Bescheid.«

»Nein. Sie muss sich ausruhen.«

Es war eine Pattsituation. Langsam überkam ihn das unbehagliche Gefühl, er würde an diesem Bollwerk nicht vorbeikommen,

ohne dass es zum Kampf kam. »Dora Lee«, rief er lautem Befehls-
ton. »Ich bin's, Chase Logan. Ich muss mit dir reden.«

Vergnügen blitzte in Mrs Hollyhocks Augen auf. Sie schien
äußerst zufrieden mit dem Verlauf der Dinge. »Nach Dora Lee
brauchen Sie gar nicht erst zu brüllen. Sie ist nicht mehr in der
Stadt, und das Red Rooster hat sie an mich verkauft. Mein alter
Laden in Valley Springs gehört jetzt Garth, der meinen Cousin
Virgil mit übernommen hat.« Sie bedachte Chase mit einem zu-
ckersüßen Lächeln. »Möchten Sie mich nicht in Ihrer Stadt willkommen heißen?«

Frustriert zerdrückte er die Krempe seines Hutes. Er senkte die
Stimme. »Bitte.«

In dem Augenblick kam Frank Lloyd angeritten. »Morgen,
Chase.« Er stieg vom Pferd und band das Tier an. »Ich sehe, du hast
die neueste Bürgerin von Logan Meadows schon kennengelernt.«

Chase starrte seinen langjährigen Freund an. »Allerdings.« Was
um Himmels willen ging hier nur vor?

»Gestern wurden alle Papiere unterzeichnet, und zur Feier des
Tages bin ich eingeladen – zu einer Tasse Kaffee und einem Stück
von Mrs Hollyhocks legendärem Pfirsichkuchen. Mir läuft schon
das Wasser im Mund zusammen.«

Er warf einen zweiten Blick auf Chase. »Aber was treibt dich so
früh hierher?«

Es half nichts, erkannte der. Er würde diesen Menschen einen
Blick in sein Herz gewähren müssen, wenn er Jessie zurückwollte
– und daran gab es nicht den geringsten Zweifel. Notfalls würde
er dem alten Wadenbeißer eigenhändig den Hals umdrehen. Aber
vielleicht bliebe ihm das sogar erspart.

»Ich bin hier, um mit Jessie zu reden.«

Fragend zog sein Freund die Augenbrauen hoch. »Ist sie denn
da drin?« Chase nickte. »*Wir*«, mit theatralischer Geste wies er auf
Mrs Hollyhock, »waren gerade dabei, zu *verhandeln*, unter welchen
Bedingungen ich wohl mit meiner *Frau* sprechen könnte.«

Mrs Hollyhock schnalzte mit der Zunge. Sie griff nach Franks
Arm, gab die Position vor der Tür jedoch nicht auf. »Nicht so vor-

laut, Freundchen. Sie liegt im Bett. Muss sich ausruhen. Schließlich ist sie guter Hoffnung.«

Chase traf fast der Schlag. »Wie bitte?«

»Bei Jessie ist was Kleines unterwegs. Sie wissen schon – ein neuer Erdenbürger.« Als er immer noch nicht reagierte, griff sie nach ihrem Rock und bauschte ihn vor ihrem winzigen Körper auf. »*Schwanger?*«

Frank erdrückte ihn fast, so heftig umarmte er ihn. »Gratulation, alter Junge! Ich wusste es, du bist ein Familienmann.«

Nun trat auch Mrs Hollyhock beiseite, als wüsste sie genau, dass ab hier jeder Widerstand zwecklos war. Chase stürmte durch die Tür und sah sich um. Auf dem Sofa saßen mit aufgesperrten Ohren Gabe und Jake, auf dem Fußboden spielte Sarah mit Bauklötzen. Sie hatten die ganze Zeit zugehört. Das kleine Mädchen lächelte süß. Gabe zeigte mit dem Finger den Flur hinunter.

Mit vier langen Schritten war er an Jessies Seite. Ließ sich auf einem Knie neben das Bett sinken, nahm ihre Hand und führte sie an die Lippen. »Warum hast du mir nichts davon gesagt?«, fragte er mit vor Rührung belegter Stimme.

Sie blinzelte und schaute weg. »Es sollte eine Weihnachtsüberraschung werden.«

»Ach, Jessie.« Er streckte beide Arme aus und zog sie an sich. Drückte sie an seine Brust und strich ihr über das Haar.

»Ich liebe dich«, flüsterte er ihr ins Ohr, streichelte sie zärtlich, und die Wärme ihrer Haut war wie eine Liebkosung. »Ohne dich kann ich nicht leben.« Als sie nicht gleich antwortete, dachte er, sie habe ihn vielleicht nicht gehört. »Ich liebe dich so sehr, allein der Gedanke daran, ich würde dich nie wieder sehen … Es war einfach zu viel für mich.« Sein Körper bebte unter dem Ansturm seiner Gefühle, und sanft spürte er ihre Hand auf seinem Rücken. Zögernd hob er den Blick, um ihr ins Gesicht zu sehen. »Sag etwas, Liebling. Bitte.«

»Ich habe Angst, Chase. Ich will dich nicht an mich ketten. Und jetzt, wo du von dem Baby weißt, wirst du bleiben, nur seinetwegen.« Das Bedauern in ihrer Stimme schmerzte ihn unendlich.

Er schüttelte den Kopf und küsste sie zärtlich auf die Stirn. »Nein, das stimmt nicht. Ich wollte dich ohnehin nach Hause holen. Egal, was du gesagt hättest, ich wollte dir unbedingt zeigen, wie sehr ich dich liebe. Du gehörst zu mir. Von dem Kind wusste ich gar nichts.«

»Bist du dir ... sicher?«

»Sicherer kann man sich gar nicht sein. Jedenfalls ist der Herr selbstsicher genug, um mir mit seinen ungeputzten Stiefeln einen Haufen Pferdemist über den frisch gewischten Boden zu verteilen.« Mrs Hollyhocks Stimme überschlug sich fast, während sie betrachtete, was er da hereingetragen hatte. Vor allen Anwesenden drohte sie Chase mit dem Gewehr, doch in ihren Augen schimmerte es feucht. »Wenn er weiß, was gut für ihn ist, ist er sich sicher.«

Gabe, Jake und auch Frank, der die kleine Sarah auf dem Arm hielt, brachen in lautes Gelächter aus. Gegen seinen Willen musste Chase einstimmen.

»Siehst du, Liebling?« Er zwinkerte Jessie zu, die vor Glück strahlte. »Sicherer kann sich ein Mann doch wirklich nicht sein.«

Epilog

Ein Klopfen an der Tür unterbrach die Festlichkeiten am Weihnachtsmorgen. Jake sprang von seinem Platz am Feuer auf, wobei ihn die Beule auf seiner Stirn in keiner Weise mehr zu beeinträchtigen schien. Zwar verheilte die Wunde nur langsam, doch in letzter Zeit hatte er mehrfach verkündet, es bedürfe mehr als eines kleinen Schlags auf den Kopf, um ihn aufzuhalten. Die Pfefferminzstange, die er bekommen hatte, hatte er zwischen den Zähnen.

Er öffnete die Tür.

»Es ist Mr Lloyd«, rief er Chase und Jessie über die Schulter zu. Gabe und Sarah waren in der Küche, wo sie Milch für eine Runde Kakao warm machten.

Frank betrat das Zimmer und schüttelte sich frischen Pulverschnee vom Hut. »Es tut mir leid, euch am Weihnachtstag zu stören.«

Im nächsten Moment war Chase bei ihm, nahm dem Freund den Mantel ab und umarmte ihn herzlich. »Aber du störst doch nicht. Du gehörst zur Familie, hier bist du immer willkommen.« Selbst er hörte das Glück in seiner Stimme, als Jessie zu ihm trat und sich von ihm umarmen ließ. »Frohe Weihnachten«, fügte er hinzu, während er seiner Frau liebevoll über den Arm streichelte.

Diese lächelte so herzlich, dass ihr gesamtes Gesicht aufzuleuchten schien. »Bitte kommen Sie, setzen Sie sich.«

Frank bewegte sich langsamer als gewöhnlich, und Chase fragte sich, was wohl der Grund sein mochte. Normalerweise war sein Freund kaum zu bremsen, immer mitten im Geschehen. Doch jetzt wirkte er, als fühle er sich unbehaglich.

»Was ist los, Frank?«

Mit einer Hand fuhr sich der Angesprochene durch das dichte Haar und blickte ins Feuer.

»Es gibt Neuigkeiten. Gute Neuigkeiten. Ich dachte mir, du willst sie sicher sofort hören.« Seine Stimme klang ernst und sanft zugleich. Jake zog sich unauffällig in die Küche zurück, damit die Erwachsenen unter sich sein konnten.

Chase, der sich wieder hingesetzt hatte, beugte sich vor, als könne er seinem Freund die angekündigte Auskunft entreißen.

»Sag es uns, Frank. Heraus damit.«

Jessie hatte nicht den Eindruck, als wäre mit guten Neuigkeiten zu rechnen. Sie spürte, wie ihr das Herz bis zum Hals schlug, und Übelkeit drohte sie zu überkommen. Unwillkürlich legte sie sich eine Hand auf den Bauch, als wolle sie das Kind, das darin wuchs, auf diese Weise trösten. Worum es auch gehen mochte, gut klang es nicht, und sie hatte das vage ungute Gefühl, als würde sich ihr Leben dadurch grundlegend ändern. Aus der Küche drang Gelächter, und beinahe kamen ihr die Tränen, so schön klang das.

Chase nickte seinem Freund zu. »Frank?«

Dieser räusperte sich. »Also, es ist so: Als Maude vor ein paar Jahren den Laden renovieren ließ, ist sie krank geworden und musste einige Tage im Bett bleiben. Weil sie die Zimmerleute nicht im Auge behalten konnte, haben die ihre Sache nicht besonders gut gemacht und sind mit wichtigen Dingen ziemlich schlampig umgegangen. Als sie die Theke auf die andere Seite des Raumes geschoben haben, müssen wohl ein paar Briefe hinter die Wand gefallen sein. Gestern war eine Schlange im Laden, und Maude musste mehrere Dielenbretter herausreißen lassen, um das Vieh fangen zu können. Dabei sind diese Briefe wieder aufgetaucht.«

Mittlerweile war Franks Gesicht so weiß wie der Schnee draußen. Er hielt einen Brief hoch. »Von Molly.«

Jessie hatte das Gefühl, als wäre die Zeit plötzlich verlangsamt. Als befände sie sich in einem Traum. Ihre Arme und Beine waren wie gelähmt, und wie angewurzelt saß sie da. Selbst das Atmen fiel ihr schwer, während sie ihren Mann beobachtete, der ganz langsam die Hand ausstreckte und nach dem verstaubten, zerknitterten Umschlag griff. Lange schaute er auf die Buchstaben seines Namens. Schließlich wandte er den Kopf und sah seine Frau an. In seinen Augen stand alles, was er sagen wollte.

Frank erhob sich. »Lasst mich wissen, wenn es irgendetwas gibt, was ich tun kann, wie auch immer ich euch helfen kann.« Er ging zu Tür und nahm den Hut vom Haken. »Frohe Weihnachten.«

Einige Zeit blickte Chase den Umschlag einfach nur an. Fuhr mit dem Daumen immer wieder über die Schrift. Endlich gab er ihn an Jessie weiter. Sie versuchte, in seinen dunklen Augen mit den gesenkten Lidern zu lesen, ihren Ausdruck zu deuten. Chase' Brust hob und senkte sich, ihm zitterten die Hände. Worte waren nicht nötig. Langsam öffnete sie den Umschlag.

Das Papier war grau geworden, weil es so lange in der Feuchtigkeit gelegen hatte. Es roch nach Schimmel und Schmutz. Die Überreste von etwas, das einmal eine Blume gewesen sein mochte, fielen heraus und landeten als Staub in Jessies Schoß. Der Brief wirkte hingekritzelt, als sei er in großer Eile geschrieben worden. Als Datum trug er den achten September des Jahres 1871. »Mein liebster Chase«, las Jessie vor.

Wenn du diesen Brief bekommst, werde ich eine verheiratete Frau sein. Ich hoffe, du kannst mir eines Tages verzeihen, was ich getan habe. Ein Teil meines Herzens wird immer nur dir gehören.

Bitte versuch, mich zu verstehen. Ich wusste, dass Hank und ich zusammengehören, als er in die Stadt kam. Für immer. Ich bin nicht stolz darauf, dass wir die Bank überfallen haben. Ich fühle mich ziemlich schlecht deswegen. Und ich möchte mir gar nicht vorstellen, was die Leute von mir denken. Aber was ich mir wünsche, ändert nichts daran, wie es ist.

Jessie sah zu Chase hinüber, bevor sie das Blatt umdrehte. Er hielt den Kopf in die Hände gestützt und starrte auf den Boden. Sie las weiter vor.

Am meisten Sorgen bereitet mir, was der Skandal wohl für dich bedeutet. Hoffentlich ist es nicht so schlimm, darum bete ich. Ich muss mich jetzt beeilen, weil wir losfahren und mir nur noch ein paar Minuten für die letzten Zeilen bleiben, sonst kann ich den Brief nie in die Post geben.

Wir sind lange geritten, und ich bin schmutzig und rieche ungefähr so gut wie mein altes Hühnerhaus. Ich würde alles darum geben, kurz anhalten zu können und ein Bad zu nehmen.

Das Leben als Gesetzlose ist nicht so romantisch, wie man sich das immer vorstellt. Aber ich bereue nichts.

In tiefer Verbundenheit,
Molly

Jessie verstummte und saß schweigend da. Chase drohten seine Gefühle zu überwältigen. All diese Jahre! Die ganze Zeit war die Antwort ganz in seiner Nähe gewesen. Und Molly hatte die Bank überfallen. Nicht im Traum hätte er, hätte sonst irgendjemand daran gedacht, dass sie daran beteiligt gewesen sein könnte.

Eine Träne rann ihm die Wange hinunter und tropfte auf seinen Stiefel.

»Chase?« Jessie sprach leise und behutsam. »Was kann ich tun, um dir zu helfen?«

»Es gibt nichts zu tun.« Er hob den Blick und sah sie an. Ihr Anblick rührte ihn, und ihm ging das Herz auf. »Ich frage mich einfach, ob ich irgendetwas hätte anders machen können, damit sie nicht als«, er hielt inne, »als Gesetzlose enden musste. Ich kann es einfach nicht glauben.«

»Willst du nach ihr suchen?«

Darüber dachte er ein paar Sekunden nach. »Ich hätte keine Ahnung, wo ich damit anfangen sollte. Den Namen ihres Mannes kenne ich nicht, und ich weiß nicht einmal, in welche Richtung sie geflohen sind.«

In diesem Augenblick stürmte Sarah in den Raum, und mit einem Schlag war die gedrückte Stimmung verflogen. Sie schmiegte sich zwischen Chase und Jessie, einen Kakaobart unter der Nase und eine Pfefferminzstange in der Hand.

Chase zog sie zu sich auf den Schoß und kitzelte sie mit seinen Bartstoppeln am Hals, bis die Kleine leise kicherte. Lange hielt er sie in den Armen, ehe er den Blick hob und sie ansah. »Wie geht es meinem kleinen Liebling? Hat dir die Schokolade gut geschmeckt?«

Sie nickte und erwiderte auf ihre schüchterne Art seine Liebkosung.

Chase ließ das Mädchen nicht los, sondern rückte noch dichter an Jessie heran und zog auch sie in seine Umarmung. Dann flüsterte er ihr ins Ohr: »Du hast recht. Aus jeder schlimmen Situation lässt Gott etwas Gutes erwachsen. Und um den Silberstreif in meinem Leben zu entdecken, brauche ich nicht lange zu suchen, so viel ist sicher.«

Jessie schmiegte sich noch enger an ihn. Sie sah ihm in die Augen, und durch sein Inneres glitt eine unbändige Freude. »Du bist der Silberstreif in meinem Leben.«

Danksagung

Es gibt viele Menschen, denen ich für ihre Hilfe und Unterstützung beim Schreiben dieses Buches zu Dank verpflichtet bin:

Meiner wunderbaren Familie – meinem Mann Michael und meinen Söhnen Matthew und Adam. Jahrelang haben sie mir erlaubt, mich immer wieder in mein Arbeitszimmer zurückzuziehen. Ihre bedingungslose Liebe und ihr Glaube an mich sind meine Inspiration.

Meinen Schwestern Shelly, Sherry, Jenny und Mary, die mich mit ihrem Enthusiasmus und ihrer nie erlahmenden Überzeugungskraft bei diesem Projekt begleitet haben. Sie haben immer Vertrauen gehabt – auch in den Zeiten, in denen ich zweifelte.

Meinen Kolleginnen Susan Crosby, Theresa Ragan, Robin Burcell, Susan Grant und Elana Willey für die wertvolle konstruktive Kritik und die ausführliche Beratung.

Der fantastischen Lindsay Guzzardo von Montlake, die sich für die Geschichte von Chase und Jessie hat begeistern lassen.

Und – *last but not least* – dem Heiligen Antonius ... meinem ganz besonderen Freund, der Wunder zu vollbringen vermag.

Zeitfracht Medien GmbH
Ferdinand-Jühlke-Straße 7
99095 Erfurt, Deutschland
produktsicherheit@kolibri360.de

Druck:
CPI Druckdienstleistungen GmbH
im Auftrag der
Zeitfracht Medien GmbH
Ein Unternehmen der Zeitfracht - Gruppe
Ferdinand-Jühlke-Str. 7
99095 Erfurt